Brigitte Riebe

Die Töchter von Granada

W0358677

Über dieses Buch:

Spanien, 1499: Nachdem die Katholischen Könige die Herrschaft an sich gerissen haben, wird das Leben für Lucias muslimische Freundin Nuri immer schwieriger. Und auch Lucia selbst gerät in große Gefahr, denn sie hat verbotene Gefühle für Nuris Bruder Rashid, der sich den Untergrundkämpfern anschließt. Als schließlich die Familien der Freundinnen in die Fänge der Inquisition geraten, sind die jungen Frauen auf sich allein gestellt. Fest entschlossen, ihre Unschuld zu beweisen, werden sie unwissentlich zu Marionetten der spanischen Befehlshaber – gibt es nun noch Hoffnung für sie?

Über die Autorin:

Brigitte Riebe, geboren 1953 in München, ist promovierte Historikerin und arbeitete viele Jahre als Verlagslektorin. 1990 entschloss sie sichschließlich, selbst Bücher zu schreiben, und veröffentlichte seitdem über 30 historische Romane und Krimis. Brigitte Riebe lebt mit ihrem Mann in München.

Brigitte Riebe

Die Töchter von Granada

Roman

Genehmigte Lizenzausgabe 2018
der Buchvertrieb Blank GmbH, Vierkirchen
Copyright © der Neuausgabe 2017 dotbooks GmbH, München
Dieses Buch erschien erstmals 2010 unter dem Titel *Die Nacht von Granada:* Copyright © der Originalausgabe 2010 cbj Verlag, München, in der Verlagsgruppe Random House GmbH
Umschlaggestaltung: HildenDesign, München (www.HildenDesign.de), unter Verwendung von Bildmotiven von Shutterstock.com/Masson, Shutterstock.com/Dulce Rubia und Shutterstock.com/Romas_Photo.
Gesamtherstellung: GGP Media GmbH, Pößneck
Printed in the EU
ISBN 978-3-94601-297-9

Mit einem Sternchen gekennzeichnete Wörter sind in einem Glossar am Ende des Buches kurz erklärt.

Für Anna von Spanien

Prolog

Granada, Oktober 1499

Woher kamen so plötzlich die Rotkappen? Wie ein aufgestörter Hornissenschwarm umkreisten sie die versammelten Männer, die gerade noch andächtig im Gebet vertieft waren, stießen sie mit Knüppeln grob zu Boden oder zwangen sie zum Aufstehen, indem sie sie mit ihren Morgensternen und Kurzschwertern bedrohten.

Manche der Betenden schienen vor Angst wie gelähmt, zogen die Köpfe ein, als könnten sie sich damit unsichtbar machen, andere erhoben gehorsam die Hände, um anzuzeigen, dass sie unbewaffnet waren. Luceros brutale Landsknechte wirkten beinahe enttäuscht, als hätten sie mit deutlich mehr Widerstand gerechnet, den es zu brechen galt. Im ersten Licht der Dämmerung wirkten sie in ihren grellen Fetzengewändern geradezu gespenstisch, ein wilder, zu allem entschlossener Haufen, wie direkt der Hölle entstiegen.

»Khaled?«, rief der Anführer, ein einäugiger Hüne mit einer gezackten Narbe, die ihm übel das Gesicht zerschnitt. Dass er kein Spanier sein konnte, war unübersehbar, und Arabisch, die heilige Sprache Allahs, nahm er erst gar nicht in den Mund. Doch auch sein Kastilisch klang, als zische eine verborgene Schlange tief aus seinem Rachen, ganz anders als der weiche andalusische Dialekt mit seinen halb verschluckten Endsilben, den die Christen hier sprachen. »Welcher von euch ist Khaled, jener gottverdammte Hurensohn, der unseren Herrn Jesus gemein verraten hat?«

Keiner wagte zu antworten.

Auf sein Nicken hin glitten die scharfen Waffen tiefer, hin zu Körperregionen, die zu verletzen äußerst gefährlich für einen Mann werden konnte.

Jetzt stank der ganze Raum nach Angst.

»Wenn nicht endlich einer von euch das Maul aufmacht, seid ihr alle dran«, dröhnte der Hüne. »Also? Wer von euch ist klug und möchte sein armseliges Leben wenigstens noch für ein Weilchen behalten?«

Einer der Versammelten machte eine winzige Bewegung, erstarrte dann aber, als hätte ihn erneut der Mut verlassen. Dem Hünen jedoch war nichts entgangen.

»Fasst ihn!«, schrie er. »Und bringt ihn her zu mir!«

Zwei der Landsknechte machten sich daran, seinen Befehl auszuführen. Ein junger Maure jedoch war schneller gewesen und hatte den Gesuchten mit einem kräftigen Rempler aus dem offenen Fenster gestoßen. Man hörte den fülligen Khaled draußen aufschlagen, dann einen unterdrückten Schrei, schließlich das Geräusch nackter Füße, die eiligst davonhumpelten.

»Du Hundsfott!«, schrie der Hüne und stürzte auf den jungen Mauren los. »Dich einem wie mir zu widersetzen – was bildest du dir ein?« Doch der Dolch, den der andere plötzlich in seiner Hand aufblitzen ließ, brachte den Angreifer mitten in der Bewegung zum Stehen.

»Das Leben ist wie eine Stunde, so steht es im Koran geschrieben«, rief der junge Maure und seine Lippen waren zu einem aufsässigen Lächeln verzogen. »Deshalb sorge dafür, dass Gott stets mit dir zufrieden ist.«

All seine Aufmerksamkeit war auf den Angreifer vor ihm gerichtet, deshalb bemerkte er den Schatten neben ihm nur aus den Augenwinkeln.

Zu spät, um noch rechtzeitig reagieren zu können.

Ein Schefflin, wie die Söldner ihre kurzen Wurfspieße nannten, bohrte sich in seinen Oberarm. Der Dolch entglitt seiner Hand, fiel klirrend zu Boden. Schmerzerfüllt schrie er auf, als er den Spieß herauszog und fallen ließ. Er wankte, rührte sich aber nicht von der Stelle.

Der rechte Ärmel seiner hellen Djellaba wurde dunkel von Blut.

»Worauf wartest du noch? Lauf zu, Junge, bring dich in Sicherheit!« Malik, der bullige Schächter, bückte sich, setzte seinen blanken Schädel wie einen Rammbock ein und stieß den Verletzten aus dem Fenster, als wiege er kaum mehr als ein Lumpenball.

Das war der letzte Dienst, den er dem bedrängten Freund noch hatte erweisen können. Dann drang die Schwertklinge des blonden Hünen in sein Herz und löschte sein Leben aus.

»Kein Taufbecken dieser Welt wird aus einem Mauren jemals einen wahrhaften Christen machen«, murmelte der Einäugige, nachdem er die blutige Klinge mit einem Lappen sorgfältig gesäubert hatte, und nun überwachte er, wie seine Landsknechte die Männer fesselten, um sie zum Verhör abzuführen. »Euer Blut bleibt unrein wie das der getauften Juden, was immer ihr auch schwören mögt. Wir kriegen euch. Alle. Schneller, als ihr euch in euren dunkelsten Albträumen ausmalen könnt. Treibt sie nach draußen – und dann legt alles hier in Schutt und Asche!«

Verzweifelte Blicke. Tiefes Seufzen. Jetzt ruhte alle Hoffnung der Versammelten auf den Schultern des Verletzten, dem Maliks tapferes Blutopfer die Flucht ermöglicht hatte.

Kapitel 1

Es war verboten, was sie vorhatten – aber hatten sie es seit frühesten Kindertagen nicht immer wieder getan?

Lucia war die Erste, die nach ihrem kleinen Streit die Sprache wiederfand.

»Mach schon«, drängelte sie. »Wir dürfen nicht den ganzen Vormittag wegbleiben, sonst werden sie noch misstrauisch.«

In dem niedrigen Schuppen am Flussufer, in den sie sich zurückgezogen hatten, war es dämmrig, denn es gab keinerlei Fenster, nur die unregelmäßigen Spalten zwischen den rohen Brettern, durch die hier und da ein Sonnenstrahl fiel.

»Und du bist wirklich ganz sicher?« Wenn Nuri aufgeregt war, begann sie manchmal zu lispeln, vor allem wenn sie ins Andalusische verfiel.

Wortlos schnürte Lucia ihr Mieder auf. Sie atmete aus, als der Druck an den Rippen nachließ, und streifte mit einer raschen Bewegung den Rock ab, den ein Band in der Taille zusammengehalten hatte. Jetzt trug sie nur noch das dünne Leinenhemd, das lose über ihren schmalen, hochgewachsenen Körper fiel.

Plötzlich empfand sie Verlegenheit, obwohl sie doch mit Nuri schon als Säugling in einer Wiege gelegen hatte.

Alles an ihr war noch immer staksig und mager, ganz anders als die weichen Rundungen der Freundin, die sie wie eine richtige Frau aussehen ließen.

»Ob dir meine Sachen überhaupt noch passen werden?«, hörte sie Nuri murmeln. »Du musst über den Sommer schon wieder gewachsen sein.«

Dass sie die meisten Mädchen überragte und daher wohl Schwierigkeiten haben würde, einen Mann zu finden, hatte Lucia in ihrem sechzehnjährigen Leben schon zu oft hören müssen, um noch darauf zu antworten. Stattdessen angelte sie ungeduldig nach Nuris weiten Beinkleidern und schlüpfte hinein. Danach zog sie sich das kurze Kleid über den Kopf, das nach dem Jasminöl der Freundin duftete, und schaute prüfend an sich hinunter.

Nuri hatte wieder einmal recht gehabt.

Das Überkleid endete tatsächlich ein ganzes Stück über dem Knie und oberhalb der Knöchel blitzte eine Handbreit heller Haut. Keine anständige Muslima* hätte sich so aus dem Haus gewagt, doch jetzt ließ sich nichts mehr daran ändern. Lucia bedeckte ihr lockiges Haar mit dem dicht gewebten Schleier, so ordentlich, wie es ohne Spiegel eben ging, verzichtete jedoch darauf, ihn auch über Nase und Mund zu ziehen, wie es besonders fromme Maurinnen taten.

Nuri war noch immer mit dem Verschnüren des ungewohnten Mieders beschäftigt.

»Wie haltet ihr Christinnen das auf Dauer nur aus?«, rief sie, als sie endlich damit fertig war. »Das fühlt sich ja an, als würde man in einem Schraubstock stecken!«

»Gewöhn dich besser schon daran! Erst neulich hat Djamila die dicke Fatima sagen hören, dass bald alle Mauren unsere Kleider tragen müssen, und die hat dieses Gerücht angeblich direkt aus der Alhambra*, wo ihre Nichte derzeit in der Hofküche aushilft. Da bekommt man so manches mit.«

Lucia bereute ihren Ausspruch, als sie das erschrockene Gesicht der Freundin bemerkte. Sie hatte Nuri keine Angst machen wollen, aber ihre Zunge war wieder einmal zu flink gewesen.

Ein Geräusch ließ die Mädchen zusammenfahren.

»Was war das?«, flüsterte Nuri in ihrer Muttersprache.

»Woher soll ich das wissen?« Lucia stand schon an der Tür und antwortete ebenso fließend auf Arabisch. »Ich werde nachsehen. Dann wissen wir Bescheid.«

»Du wirst doch jetzt nicht rausgehen wollen?« Im Dämmerlicht waren Nuris riesige Augen fast schwarz.

Knarzend sprang die Tür auf und ließ einen Schwall Licht herein. Die Sommerhitze, die die Tage glasig und schwül gemacht hatte, war zum Glück vorüber. Jetzt, Ende Oktober, roch die Luft nach Herbst, und es wehte ab und zu eine frische Brise, für die alle dankbar waren. Tagsüber war es sonnig und angenehm warm, wenngleich die Nächte merklich früher einsetzten und das Nahen der kühlen Jahreszeit ankündigten. Noch ragten die Gipfel der Sierra Nevada nackt in den blauen Himmel, ohne die schützende Schneehaube, die sie in einigen Wochen und bis weit hinein in den Frühling tragen würden.

»Da ist niemand.« Mit bloßen Füßen kam Lucia zurück. Sich in Nuris kleine Schuhe zu quetschen, die hinten offen waren, hatte sie erst gar nicht versucht. »Außer einem grasenden Maultier ist weit und breit niemand zu sehen. Außerdem sterbe ich halb vor Hunger.«

Sie packte den mitgebrachten Korb und trug ihn nach draußen. Nuri folgte ihr in einigem Abstand.

Weil sie so überstürzt von zu Hause aufgebrochen waren, um lästigen Fragen zu entgehen, hatten die Mädchen hineingestopft, was immer sie auf die Schnelle finden konnten: viereckige Küchlein, die nach Hanfsirup schmeckten, eine Handvoll kandierter Früchte, mehrere Zuckermandelstangen, winzige, dick mit Zucker überzogene Brezeln aus Honigpfannkuchenteig, aber auch gebratene Hühnerbeine, gefüllte Artischocken und vor allem einen kleinen Topf, gefüllt mit Djamilas berühmtem Mandelreis, von dem die Familie niemals genug bekommen konnte.

Während Lucia genüsslich zu kauen begann, beobachtete sie, wie die Freundin ruhig dasaß und lediglich den Kopf langsam drehte und wendete. Plötzlich begriff sie, was in ihr vorging. Es musste sich befreiend und beängstigend zugleich für Nuri anfühlen, endlich wieder einmal den Wind in den offenen Haaren zu spüren! Aber auch Lucia genoss den weichen Stoff der maurischen Kleidung, wo nichts eng war und einschnürte.

Als hätte sie Lucias Gedanken gespürt, senkte Nuri plötzlich den Blick. »Wir müssen verrückt geworden sein«, sagte sie leise. »Rashid würde mich umbringen, könnte er uns so sehen. Keine Ahnung, was ihn so aufstachelt, aber er gerät von Woche zu Woche immer schneller außer sich.«

Jetzt hätte Lucia sich beinahe verschluckt.

Rashid – musste Nuri ausgerechnet jetzt diesen Namen erwähnen? Tagsüber gelang es ihr einigermaßen, ihrer inneren Unruhe Herr zu werden. Doch wenn es dunkel wurde, war es damit vorbei. Sobald Rashids Name fiel, schien jeder Tropfen Blut, den Lucia besaß, ohne Umwege in ihr Herz zu strömen. Kein anderer in ganz Granada* hatte solch schlehenfarbene Augen, umrahmt von Wimpern, lang und dicht wie bei einem Mädchen. Ein schmales, stolzes Gesicht. Die Brauen so kräftig, dass sie über der leicht gekrümmten Nase fast zusammenstießen. Glattes, pechschwarzes Haar, das er immer wieder mit beiden Händen in einer ungeduldigen Geste nach hinten strich.

Jedes Mal wenn Nuris großer Bruder sie ansah, fühlte Lucia sich plötzlich hässlich und klein. Dabei kannte sie ihn, seitdem sie lebte, doch all die Jahre zuvor war er für sie nichts als ein Teil jener Familie gewesen, die untrennbar zu ihrer gehörte, und sie hatte sich nicht weiter den Kopf über ihn zerbrochen. Damals hatte er für sie mit seinen geschickten Händen kleine Tierfiguren aus Pappelholz geschnitzt, mit denen sie stundenlang spielen konnten. Irgendwo im Haus mussten in einer alten Kiste noch Reste davon übrig sein.

Doch in diesem Sommer war alles anders geworden, und sie hätte nicht einmal genau sagen können, weshalb. Plötzlich konnte Lucia nicht mehr aufhören, an Rashid zu denken. Wenn er nicht da war, sehnte sie sich mit allen Fasern ihres Körpers nach seiner Gegenwart, und sobald sie ihn wieder zu Gesicht bekam, brachte sie keinen anständigen Satz mehr heraus. Dass ihre Elternhäuser sich, wie die Bäuche zweier hochschwangerer Frauen, über der engen Gasse beinahe berührten, machte die Sache nur noch schlimmer.

Sie konnte ihm nicht aus dem Weg gehen.

Lucia war dazu verdammt, Rashid täglich zu begegnen. Auch wenn Nuris Bruder seit einiger Zeit so tief in Gedanken verstrickt schien, dass er sie kaum wahrnahm.

»Was ist los mir dir?« Nuris rundes Gesicht wirkte sorgenvoll. »Du bist ja auf einmal ganz blass geworden. Bekommen dir die Leckereien heute etwa nicht?«

Jetzt hatte Lucia plötzlich das Gefühl, als wäre ihr Mund mit zerstoßenem Glas gefüllt. Bislang hatte sie ihrer besten Freundin noch nichts über den Aufruhr in ihrem Herzen verraten. Doch wie lange würde sie ihr Geheimnis noch für sich behalten können?

Das Wiehern des Maulesels enthob sie einer Antwort, denn es klang auf einmal so nah, dass die Köpfe beider Mädchen herumfuhren.

»Haben wir euch gerade gestört? Dann vergebt uns bitte, edle Señoritas«, sagte eine fröhliche Männerstimme in reinstem Kastilisch. »Zu meinem Bedauern verfügt meine brave Rosita nicht immer über die allerbesten Manieren!«

Lucia und Nuri schauten misstrauisch an ihm hoch. Ein junger Mann, langbeinig und schlank, grinste zurück. Er trug ein weites Hemd, ein offenes Wams und seltsame Beinkleider aus unregelmäßigen, alles andere als kunstvoll zusammengenähten Lederstücken, die ein schmaler Gürtel zusammenhielt, an dem eine seltsame Ausbuchtung baumelte.

»Genau die richtige Aufmachung für unterwegs«, sagte er, als könne er ihre Gedanken lesen. »Rosita und ich waren ein paar Tage in den Bergen, da wäre feine Kleidung nur im Weg gewesen.« Er strich sich die braunen Locken aus der Stirn. »Und was ich dort alles gesehen habe! Terrassen voller uralter Olivenbäume, die das beste Öl liefern, weil sie einige Frostgrade aushalten können und trotzdem genug Sonne abbekommen. Ich hatte all diese Schönheiten beinahe vergessen, so lange war ich fort.«

Lucia starrte ihn noch immer schweigend an. Seine Hände waren rissig und voll grünlicher Spuren.

»Dann bist du also ein Bauer?«, entfuhr es ihr. »Der nach seinen Anpflanzungen gesehen hat?«

Er lachte vergnügt. »Weil ich überall noch Spuren von Oliven an mir habe? Nein, da muss ich dich leider enttäuschen, aber stell dir vor, ich wäre am liebsten einer! Jetzt will ich zurück in die Stadt, sonst wird mein Onkel noch unruhig. Es sei denn, die geschätzten Señoritas wollen mich vielleicht zuvor noch zu ihrem kleinen Festmahl einladen?«

Lucia und Nuri tauschten einen kurzen Blick.

Dieser Platz hier am Darro, wo viele Pappeln standen und der Fluss die fruchtbaren Felder durchschnitt, gehörte zu ihren liebsten Kindheitserinnerungen. In früheren Zeiten, damals, als das Banner der Katholischen Könige noch nicht von der Alhambra geweht hatte, waren sie manchmal mit ihren Familien hergekommen, um im Schatten alter Bäume gemeinsam zu tafeln. Gastfreundschaft gehörte zu dem Wichtigsten, was Antonio, der Christ, und Kamal, der Maure, ihren Töchtern beigebracht hatten, aber bezog sich das auch auf einen Fremden, der sich einfach dreist in ihre Gemeinschaft gedrängt hatte?

Der junge Mann hatte sich bereits auf dem Boden niedergelassen, noch immer sein freches Grinsen im Gesicht, und starrte auf den Korb mit all seinen Köstlichkeiten.

»Greif zu!«, sagte Nuri plötzlich auf Andalusisch, als hätte ihr der Kleidertausch auch neues Selbstbewusstsein gegeben. »Ich denke, das hier reicht auch für drei.«

Ohne Zögern folgte er der Aufforderung, nagte in Windeseile zwei Hühnerbeine ab, verdrückte Mandelreis und Hanfkuchen und wurde erst langsamer, als er schließlich bei den Zuckerstangen angelangt war.

»Welch ein Genuss!«, rief er. »Wer auch immer das zubereitet hat, ist eine Meisterin.« Das seltsame Ding an seinem Gürtel entpuppte sich als glucksender Ledersack, den er nun den Mädchen reichte. »So machen es die Leute im Norden. Darin hält sich der Wein nämlich lange frisch«, sagte er, verstummte aber plötzlich mit dem Blick auf Lucia abrupt.

Sie brauchte einen Augenblick, um zu begreifen. Natürlich – in Nuris Kleidern hielt er sie für eine Maurin, die keinen Wein trinken durfte, und hatte nun Angst, sie vor den Kopf gestoßen zu haben!

»Wir beide bleiben lieber bei Wasser«, entgegnete sie. »Vor allem, wenn wir nicht einmal wissen, mit wem wir da trinken und essen.«

Sein Gesicht färbte sich rot. »Ihr müsst mich für einen Tölpel halten«, murmelte er verlegen. »Miguel, so lautet mein Name. Und ihr beide …«

»Ich bin Fatima«, erwiderte Lucia schnell, sprach absichtlich leicht gebrochen und musste sich auf die Zunge beißen, um nicht lauthals loszuprusten. Fatima, die dicke Schächterfrau, war der erste maurische Name, der ihr in den Sinn gekommen war! Dass er so gar nicht zu ihrer hellen, sommersprossigen Haut und den rötlichen Locken passte, die unter dem Schleier hervorlugten, war unübersehbar.

Miguels Blick glitt zu Nuri, deren Augen vor Vergnügen leuchteten.

»Und du?«, fragte er leise.

»Consuelo«, antwortete sie ernst. Der Name der übelsten Klatschbase im ganzen Viertel! Im Sonnenlicht schimmerten ihre Haare metallisch wie Rabenfedern, und plötzlich schien es ihr gar nichts mehr auszumachen, sie einem Fremden preiszugeben. »Wir sind übrigens Schwestern«, setzte sie hinzu.

Spürte er, dass sie ihr Spiel mit ihm trieben? Seine Miene hatte sich jedenfalls verfinstert und er wirkte auf einmal unsicher.

»Was ist das denn?« Lucia war so schnell aufgesprungen, dass ihr der Schleier vom Kopf rutschte und ihre unbändige Lockenpracht freigab. »Deine Satteltasche wackelt ja, als wäre ein böser Geist in sie gefahren!«

Doch dabei blieb es nicht. Ein struppiger rötlicher Katzenkopf schob sich heraus, übel zugerichtet. Das linke Ohr war blutverkrustet und eingerissen, das rechte ebenfalls von einem alten Biss verunstaltet.

Jetzt war auch Nuri nicht mehr zu halten. »Was macht denn das kranke Kätzchen in deiner Satteltasche?«, rief sie. »Was hast du mit ihm vor?«

Miguel zog die Schultern hoch. »In einem der Bergdörfer hatte sich der Kleine offenbar mit einem Stärkeren angelegt, der ihm ordentlich Respekt beigebracht hat. Ihn fiepend am Wegrand liegen lassen, das hab ich nicht übers Herz gebracht. Mal sehen, was mein Onkel zu ihm sagen wird! Verhungern wird er nicht bei uns, dafür werde ich schon sorgen.«

»Ein Kater? Wie heißt er?«, fragte Lucia, die ihre Hand nicht mehr von dem kleinen Kopf nehmen konnte: Der Kater schien die liebevolle Berührung zu genießen und schmiegte sich immer tiefer in die warme Mulde. Sie bildete sich sogar ein, ihn leise schnurren zu hören.

»Woher soll ich das wissen?«, erwiderte Miguel. »Warum eigentlich nicht Fuego? Immerhin ist er ja rot wie Feuer!«

»Fuego«, murmelte Lucia. »Ja, das passt gut zu dir, mein Kleiner!«

Jetzt näherte sich auch Miguels Hand dem Tier und streifte ihre dabei für einen winzigen Augenblick. Überrascht schaute sie hoch.

Aus der Nähe waren seine Augen beinahe golden. Wie der schwere Wein aus Jerez, den Papa im Winter manchmal trank, damit ihm wärmer wurde. Einmal hatte sie heimlich einen halben Becher davon stibitzt und sich anschließend ganz schwindelig und matt gefühlt.

Ganz ähnlich erging es ihr jetzt.

Jeden Morgen begann Goldschmied Antonio Álvarez mit seinem Ritual, bei dem er sich von nichts und niemandem stören ließ. Djamila hatte sich mehrfach erboten, an seiner Stelle die Werkstatt auszufegen, und sie hätte es gewiss mit Sorgfalt und Hingabe getan, wie all die anderen Arbeiten, die sie im Haushalt erledigte – und dennoch hatte er abgelehnt.

Die beiden Räume in Erdgeschoss des Hauses waren einzig und allein sein Reich, und sie eigenhändig von Staub und Straßenschmutz zu befreien, war Antonio ein tiefes Bedürfnis. Kaum hatte er den Besen beiseite gestellt, kam der Tisch an die Reihe, auf dem die Waage stand und all seine Werkzeuge lagen: Feilen, Zangen, Zirkel, Pinzetten, Hammer, Bretteisen und vieles mehr – jeder einzelne Gegenstand hatte seinen eigenen Platz, was langes Suchen unnötig machte.

Erst wenn alles penibel ausgerichtet war, nahm er auf dem Hocker Platz und begann, sich auf die anstehenden Arbeiten zu konzentrieren. So hatte er es schon gehalten, als er als junger Mann das Haus in der engsten Gasse des Albaycíns gekauft hatte, wo Lucia ihren ersten Schrei getan hatte, und nicht anders verfuhr er noch heute. Eines freilich hatte sich grundlegend verändert, und es verging kein Tag, an dem er es nicht aus ganzem Herzen bedauert hätte: Aus dem

Nebenraum drangen schon viel zu lange weder der muntere Bass noch das leicht schleppende Geräusch der handbetriebenen Apparatur, auf der sein Freund Kamal bin Nabil wie kein anderer in der Stadt Edelsteine zum Leuchten bringen konnte. Das Ende der nasridischen* Herrschaft hatte für den begnadeten Steinschleifer auch das Ende der Aufträge bedeutet. Inzwischen verdienten Kamal und sein Sohn Rashid ihr Brot als Fliesenleger, eine schweißtreibende Tätigkeit, die zudem schlecht bezahlt war.

Aber auch für Antonio war nichts mehr wie früher.

Harte Jahre lagen hinter Granada, Zeiten von Belagerung, Eroberung und strenger Herrschaft unter christlichem Regime, eine Situation, in der die Menschen kaum noch Interesse an Schmuck oder kostbaren Gegenständen aus Silber oder Gold aufbringen konnten, weil ganz andere Nöte sie drückten. Viele seiner ehemaligen Handwerkskollegen in den Nachbarhäusern hatten die Stadt inzwischen verlassen oder waren in andere Berufe gewechselt, um ihre Familien durchzubringen. Und auch er hatte lernen müssen, sich mit einfachen Arbeiten zufriedenzugeben, Reparaturen, Umarbeitungen, meist mit minderen Materialien, über die er früher verächtlich die Schultern gezuckt hätte. Inzwischen war Antonio froh über jeden, der noch immer den Weg zu ihm fand und es ihm ermöglichte, weiterhin den Beruf auszuüben, den er so sehr liebte.

Heute musste der Goldschmied mit besonderer Sorgfalt vorgehen. Er hatte sogar Djamila untersagt, ihm den kleinen Imbiss in die Werkstatt zu bringen, mit dem sie ihn sonst am Vormittag verwöhnte. Das Gold hatte er bereits vor Tagen zwischen Lederhäuten hauchdünn geschlagen, in gleich große Blätter geschnitten und zwischen Papierheftchen gelegt. Jetzt stand der silberne Kelch vor ihm, auf den er sorgfältig die Grundierung aufgetragen hatte. Symbolisch gesehen, ein Mensch, der auf dem Erdboden steht und sich zugleich mit ausgebreiteten Armen nach oben öffnet, um sich vom Göttlichen erfüllen zu lassen – eine Vorstellung, die ihn froh machte, wenn er daran dachte.

Antonio nahm den Pinsel und rieb ihn kurz an seiner Stirn, um ihn statisch aufzuladen. Dann hielt er den Atem an. Nur so war gewährleistet, dass der Pinsel das zarte Goldblatt auch aufnehmen und exakt auf dem Metall platzieren würde – bis Antonio von der Ladentür her plötzlich einen starken Luftzug spürte, der all seine Vorsichtsmaßnahmen zunichtemachte. Verloren trudelte das Blattgold durch die Werkstatt und setzte sich schließlich am Fensterrahmen fest.

»Was willst du?« Missmutig starrte er den Mann an, der ihm so störend in die Quere gekommen war. Sie beide teilten ein altes Geheimnis, von dem nur noch eine dritte Person gewusst hatte, doch die war seit Langem tot. Antonio legte keinerlei Wert darauf, daran erinnert zu werden. Deshalb war er erfreut und erleichtert gewesen, dass der andere nach Toledo gezogen war, denn er hatte fest darauf gebaut, dass er damit für immer aus seinem Leben verschwunden sein würde.

»Begrüßt man so etwa einen alten Freund?«, rief der ungebetene Gast. »Jahrelang haben wir uns nicht mehr gesehen!«

»Wir waren niemals Freunde. Was willst du?«, wiederholte Antonio. »Und komm rasch zur Sache, denn ich habe zu tun, wie du siehst.«

»Allerdings.« Gaspars Lächeln geriet dünn. »Schade um die guten alten Zeiten, nicht wahr, Antonio? Damals, als du noch voller Hochmut warst, ein gefragter Meister unseres Handwerks, der dank seiner brillanten Kontakte bei den Heiden auf der roten Burg ein und aus gehen durfte. Niemals hättest du dich damit abgegeben, Silber in billigster Weise auf Gold zu trimmen. Und selbst jetzt haust du noch immer unter den Mauren, als ob nichts geschehen wäre. Muss ich mir ernsthaft Sorgen um dich machen?«

Antonios dichte Brauen schnellten nach oben. Die Worte hatten ihn getroffen, wenngleich er sich bemühte, es sich äußerlich nicht anmerken zu lassen. Hatte Gaspar etwa Djamila gesehen und Rückschlüsse auf ihre Beziehung gezogen? Unwahrscheinlich, denn sie war Fremden gegenüber ausgesprochen scheu und verließ das Haus nur, wenn es unbedingt notwendig war.

Er spürte, wie er ruhiger wurde.

Zudem half es, vor seinem inneren Auge die gütigen Züge von Padre Manolo heraufzubeschwören, Pfarrer von San Nicolás, der ihn gebeten hatte, dem alten Ziborium* ein wenig mehr Glanz zu verleihen. Dass er für seine Bemühungen ein geringes Entgelt erhalten würde, nahm Antonio dem frommen Priester nicht weiter krumm. Es gab niemanden im Viertel, der sich liebevoller um Arme und Kranke kümmerte als Padre Manolo, egal welchem Glauben sie anhingen.

»Antonio, Antonio ...« Gaspar zog sich das schwarze Barett vom Kopf, als wolle er sich häuslich einrichten. Nachdenklich wiegte er seinen kahlen Schädel, der breiter geworden war und mit den vollen roten Wangen und dem ausgeprägten Doppelkinn alles andere als magere Zeiten im Exil verriet. Einen Bauch hatte er auch bekommen, der sich prall über dem Gürtel wölbte und das enge Wams aus grünem Samt schier zu sprengen schien. »Du, der Meister der Feuervergoldung, ertappt bei solch einem Pfusch! Kein Jahr wird diese Beschichtung halten, das kann ich dir schon jetzt prophezeien. Da erscheint es ja geradezu wie eine Fügung Gottes, dass ich heute vor dir stehe.«

»Du bist aus Toledo zurück?«, sagte Antonio knapp und ärgerte sich, dass er überhaupt gefragt hatte.

»Gerade mal zwei Wochen und einen Tag! Jetzt, wo die maurischen Teufel für immer aus der Alhambra vertrieben sind und unsere christlichen Majestäten sorgsam über ihre Untertanen wachen, da kann auch ein Gaspar Ortíz endlich wieder die lang ersehnte Luft der Heimat schnuppern.«

»Und da kommst du ausgerechnet zu mir?«

»Zu euch, zu dir und deinem Mauren!« Gaspar legte ein Ledersäckchen auf den Tisch. »Mit gutem Grund. Mach auf, mein Freund, aber bitte mit allergrößter Vorsicht! Du wirst staunen.«

Antonio gehorchte zögernd. Scharf sog er die Luft zwischen die Zähne, als er sah, was da vor ihm lag.

»Hast du schon jemals zuvor solch einen schönen Hyazinth* gesehen?« In Gaspars Stimme schwang Stolz. »Schon bald wird er einen schweren Goldring zieren. Allerdings nicht in dieser antiquierten Form. Deshalb bin ich hier. Der Stein soll die neue, moderne Schliffart erhalten. Die, die das Blau des Himmels in vielerlei Facetten widerspiegelt.«

Der Goldschmied starrte auf den Saphir, der kornblumenblau war, makellos und ungewöhnlich groß.

»Was für ein edler Brocken! Das müssen ja mindestens fünfzehn Karat sein«, murmelte er.

»Das reicht nicht aus«, rief Gaspar und seine Hängebacken zitterten vor Erregung. »Es sind beinahe achtzehn!« Schon lag der Stein in einer der Waagschalen, und in die zweite ließ der Glatzkopf aus einer kleinen offenen Schale einige Samen des Affenbrotbaumes gleiten, die man benützte, um eine möglichst exakte Karatzahl zu bestimmen. »Siehst du? Achtzehn Samen, das bedeutet stolze achtzehn Karat. Genau, wie ich dir gesagt habe!«

»Solch eine Kostbarkeit gehört bestimmt nicht dir«, sagte Antonio. »Woher hast du den Stein?«

»Das kann ich leider nicht verraten.« Gaspar zuckte die Achseln. »Meine Anweisungen, du verstehst!«

Antonio spürte, wie seine Abwehr wuchs.

»Steck deinen Saphir ein und mach dich davon«, sagte er. »Ich kann dir nicht helfen, das weißt du. Und der, der es könnte, darf es nicht mehr. Kamal muss von morgens bis abends bei Ausbesserungsarbeiten auf der Alhambra buckeln. Dafür sind die Mauren in diesem neuen Granada gerade noch gut genug!«

»Das kann nicht dein Ernst sein!« Gaspar rührte sich nicht von der Stelle. »Mich so hängen zu lassen, passt doch gar nicht zu dir.«

Antonio schwieg eine ganze Weile.

»Für wen soll der Ring denn sein?«, sagte er schließlich. »Zumindest damit müsstest du schon herausrücken, wenn ich dir damit helfen soll.«

Gaspars Hängebacken gerieten in zitternde Erregung. »Mit deinen unentwegten Fragen bringst du mich noch in Teufels Küche!« Er hob beschwörend die Hände. »Auch das obliegt natürlich allerstrengster Geheimhaltung …«

Antonio hatte sich brüsk zur Seite gedreht und tat, als sei er wieder ganz mit seinem Kelch beschäftigt.

»Warte!«, rief Gaspar. »Ich werde dir Auskunft geben, obwohl es gefährlich für mich werden könnte …« Er beugte sich über den

Tisch. »Ein hoher Kirchendiener«, flüsterte er. »Verstehst du jetzt? Ein Auftrag von ganz oben.«

»Ein Ring für einen hohen Kirchendiener, geziert mit einem Saphir, den ausgerechnet ein elender Maure umgeschliffen hat?«, konterte Antonio. »Das kann nicht *dein* Ernst sein!«

»Natürlich darf das niemals herauskommen«, rief Gaspar. »Aber das muss es doch auch nicht! Was mich betrifft, so kann ich meine Zunge im Zaum halten, und ich wette, du und dein maurischer Freund, ihr seid ebenfalls in dieser Kunst geübt. Euer Schaden soll es übrigens nicht sein. Kamal schleift den Stein um und du fasst ihn anschließend in schweres Gold.« Er zog einen zweiten Beutel hervor. »Hier drin findest du alles, was du dazu brauchst.«

»Aber das wäre doch Betrug«, sagte Antonio. »Und wieso legst du nicht selbst Hand an?«

»Dieses hässliche Wort will ich niemals wieder aus deinem Mund hören! Weil ich dir entgegenkommen möchte, so einfach ist das. Ich biete euch beiden Möglichkeiten, wie ihr sie seit Jahren nicht mehr gehabt habt. Ihr müsst nur einschlagen.«

»Und wo ist der Haken?« Antonio hatte dem Glatzköpfigen schon damals nicht getraut, das er noch Haare hatte, und er tat es heute ebenso wenig. Nichts an diesem heimlichen Geschäft gefiel ihm. Und trotzdem gab es da diese winzige unvernünftige Hoffnung, die sich unversehens in sein Herz gestohlen hatte.

»Kein Haken, was denkst du bloß! Lediglich zwei alte Bekannte, die sich einen Gefallen tun und darüber im gegenseitigen Interesse Stillschweigen bewahren. Ich möchte meine Unkenntnis in diesem Bereich …« Gaspar begann zu hüsteln, als wäre ihm die Kehle auf einmal zu eng geworden. »… nicht unbedingt an die große Glocke hängen. Schließlich muss auch ich an die Zukunft denken. Übrigens nicht nur an meine Zukunft. Nach Lage der Dinge bin ich kinderlos geblieben, leider, während dich das Schicksal mit einer schönen Tochter beschenkt hat. Aber da ist der Sohn meiner Schwester, für den ich nach dem frühen Tod seiner Eltern zu sorgen habe. Außerdem hättet ihr das Geld doch dringend nötig, dein Maure und du, oder etwa nicht?«

Jetzt lag auf einmal ein drittes Säckchen auf dem Tisch, das Gaspar mit vielsagendem Blick öffnete. Dann zählte er die Goldmünzen auf den Tisch, die im Sonnenlicht aufleuchteten.

Vier Doblas*!

In Antonios Kopf überschlugen sich die Gedanken. Er könnte endlich das Dach reparieren lassen, das seit dem letzten Winter leckte und Regen und Schnee in die Schlafräume tropfen ließ. Lucia brauchte dringend einen Satz neuer Kleider, weil sie schon wieder aus allem herausgewachsen war. Djamila, die ihm jeden Wunsch von den Augen ablas, hatte seit Langem ein kleines Geschenk verdient, ein paar neue Silberreifen beispielsweise, die an ihren schlanken Gelenken klimperten. Und erst die strahlenden Augen von Kamal, der Mörtel und Hammer beiseitelegen könnte, um endlich wieder seine einzigartige Handkurbel zum Singen zu bringen …

»Antonio?« Gaspars spröde Stimme schreckte ihn aus seinen Tagträumen auf. »Ich warte!«

»Wie sollte solch ein Schliff denn aussehen?«, hörte er sich zu einer eigenen Verblüffung fragen, wenngleich ihm die eigene Stimme spröde und fremd vorkam. »Der Hyazinth würde auf jeden Fall an Karat verlieren, so viel kann selbst ich dir sagen. Außerdem würde es dauern. Kamal kann nur am Sonntag arbeiten, weil er Tageslicht zum Schleifen braucht …«

Gaspar schien plötzlich wie von innen zu strahlen. Die Münzen verschwanden wieder im Lederbeutel, den er sorgfältig einsteckte. Dem folgten noch hastiger die beiden anderen Beutel.

»Lasst euch ruhig Zeit«, versicherte er. »Der Ring muss erst zum Fest der Heiligen Drei Könige fertig sein. Und der Schliff? Wie eine Rose, an der das Licht sich bricht, als ob die Morgensonne ihre Blütenblätter küsst.« Er zog ein gefaltetes Stück Papier aus seinem Wams, schlug es auf und strich es glatt. »Ich hab alles Nötige aufgezeichnet.«

Antonio schob es unwillig zur Seite. »Der beste Steinschleifer Granadas ist Kamal, nicht ich. Komm am Sonntag wieder und zeig ihm den Stein. Erst danach können wir verhandeln.«

»Du hast noch einmal Glück gehabt.« Djamila klang angespannt. »Wenigstens sind die Wundränder einigermaßen glatt, da ...«

»Glück?«, unterbrach sie Rashid. »Unseren geheimen Gebetsraum haben sie aufgespürt, einen Freund in den Untergrund getrieben, einem anderen, der für mich einstehen wollte, die Schwertklinge ins Herz gestoßen, mich mit einem Speer verletzt – und das nennst du Glück?«

»Ein Gläubiger?«, rief Djamila und vergaß für einen Augenblick, die Stimme zu senken. »Einer von uns?«

»Ja, aber frag lieber nicht weiter. Ich möchte nicht, dass du in Gefahr gerätst – du oder andere.«

»Wovon redest du?«

»Was du nicht weißt, kannst du nicht verraten, sollten sie dich zu fassen bekommen. Verstanden?«

»Schon, aber dein Arm ...«

Sein wütender Schmerzenschrei ließ Djamila auf der Stelle verstummen.

Für Lucia, die sich unbemerkt zurück ins Haus hatte schleichen wollen, war es, als bohre sich bei diesem Schrei etwas Spitzes in ihre Brust. Rashid war verletzt – und offenbar erheblich! Aber warum ließ er sich nicht von seiner Mutter verbinden, sondern hatte Zuflucht im Nachbarhaus gesucht?

»Geht es nicht ein bisschen sanfter?«, hörte Lucia ihn schließlich in seiner Muttersprache murmeln. »Es sticht und brennt schon genug. Du musst mir dabei nicht noch die ganze Haut abreißen!«

»Die Wunde muss sauber sein, sonst kann sie sich entzünden«, erwiderte Djamila. »Wieso begibst du dich überhaupt in solche Gefahr?«

»Bist du vielleicht meine Mutter?«

»Nein, aber ...«

»Dann halte dich bitte aus diesen Dingen heraus und mach, worum ich dich gebeten habe. Damit hilfst du mir am meisten.«

Er hatte sie verärgert, das hörte Lucia an der spitzen Stimme, mit der Djamila ihm antwortete: »Dann verabreiche ich dir jetzt ein Pflaster mit Honig und Mehl, das wird fürs Erste helfen. Darauf kommt dann der Verband und du solltest den Arm unbedingt für ein paar Tage schonen …«

»Kein Verband!«, widersprach Rashid so heftig, dass Lucia sich unwillkürlich enger an die Wand drückte. »Der würde mich ihnen doch ans Messer liefern, diesen verdammten Christenhunden, die uns Gläubige jagen, als besäßen sie alles Recht der Welt dazu.« Er hörte sich an wie ein gehetztes Tier, das die Falle bereits wittert.

»Ohne Verband geht es aber nicht!«, beharrte Djamila.

»Niemand aus der Familie darf erfahren, dass ich diese Wunde habe – niemand! Deshalb bin ich hier. Weil ich weiß, dass du schweigen kannst.«

Trotz der ernsten Lage verspürte Lucia etwas wie Erleichterung. Djamila sollte Rashid nur helfen – nicht mehr. Eben hatten die beiden in ihrem Streit noch so vertraut geklungen, dass alles in ihr sich zusammengekrampft hatte. Die Frau, die mit ihr seit einigen Jahren unter einem Dach lebte, war anmutig, die beste Köchin Granadas und keineswegs zu alt, um die Begierde eines jungen Mannes zu wecken. Außerdem befolgte Djamila gewissenhaft die Gebote Allahs, auch wenn Lucia sie erst neulich zu ihrem Vater hatte sagen hören, dass es derselbe Gott sei, zu dem Christen und Moslems beteten, auch wenn er verschiedene Namen habe.

»Wie willst du damit deine Arbeit verrichten?«, bohrte sie weiter. »Ist dir nicht klar, dass die Wunde täglich neu verbunden werden muss, wenn sie schnell heilen soll?«

»Das lass meine Sorge sein! Gib mir lieber eine saubere Djellaba*«, verlangte er. »Ich weiß, dass Antonio einen ganzen Vorrat davon hat und gerne unsere Kleidung trägt, sobald er mit dir allein ist.«

»Ich kann dir doch nicht …«

»Doch, du kannst! Und mach schnell, damit ich endlich hinauf zur Alhambra kann. Unsere Schicht hat bereits angefangen. Ich muss mir ohnehin noch eine Ausrede einfallen lassen. Emilio, unser Vorarbeiter, der nichts kann außer Schnüffeln, Meckern und Befehlen, wartet doch nur auf den passenden Anlass, um mich rauszuwerfen.«

Lucia hörte, wie Djamila leichtfüßig den Raum verließ. Sollte sie die Gelegenheit nutzen, um sich Rashid zu zeigen?

Sie entschied sich dagegen.

Er hatte so ernst geklungen, so erwachsen – und so unendlich fremd. *Diese verdammten Christenhunde …* Dazu gehörten auch ihr Vater und sie, auch wenn sie hundertmal ein tiefes Zusammengehörigkeitsgefühl mit den muslimischen Nachbarn von gegenüber verband!

Das Klimpern der Silberreifen zeigte Djamilas Rückkehr an.

»Hier«, sagte sie leise. »Bring mir seine Djellaba unbedingt bis morgen wieder, sonst wirst du mich kennenlernen. Und jetzt sieh zu, dass du verschwindest. Antonio kann jeden Moment zum Essen kommen!«

Raschid musste so leise hinausgeschlichen sein, dass Lucia nicht einmal das vertraute Knarzen der Haustür gehört hatte. Wie ein Dieb auf leisen Sohlen, dachte sie unwillkürlich. Einer, der sich am liebsten unsichtbar gemacht hätte. Gehörte das etwa auch zu seinen neuen Fähigkeiten, von denen sie nichts wusste und die ihn immer nur noch weiter von ihr entfernten?

In Gedanken noch bei Rashid, schreckte sie zusammen, als plötzlich Djamila vor ihr stand.

»Was machst du hier?«, sagte sie barsch auf Arabisch. Ihr Blick flog zum Korb, in dem sich nur noch ein paar kümmerliche Essensreste befanden, dann musterte sie Lucias zerknittertes Kleid, das einige Grasflecke abbekommen hatte. »Du siehst ja aus wie eine Streunerin! Und wohin wart ihr eigentlich den ganzen Vormittag verschwunden?«

»Nuri und ich haben doch nur Tante Pilar besucht«, erwiderte Lucia ebenso fließend.

»Das kannst du jemand anderem erzählen! Denn zufällig war deine Tante Pilar vorhin hier. Also? Wer so frech lügt wie du, sollte wenigstens eine halbwegs stimmige Geschichte parat haben.«

Die Maurin, der sie längst über den Kopf gewachsen war, musste schräg zu ihr heraufllinsen, um ihr in die Augen zu schauen, was Lucia plötzlich ein Gefühl der Überlegenheit gab. Eigentlich mochte sie Djamila, und es machte ihr auch nichts aus, dass ihr Vater viele Nächte mit ihr verbrachte, obwohl die beiden es zu verheimlichen versuchten und am Morgen aus verschiedenen Zimmern kamen, als wären sie bloß Herr und Dienerin. Doch was sie sich nun anmaßte, war eindeutig zu viel. Wenn Djamila sich das Recht herausnahm, Geheimnisse zu haben, konnte sie das auch.

»Halt dich raus aus meinen Angelegenheiten«, sagte Lucia schroff. »Ich bin kein Kind mehr und weiß schon, was ich tue ...«

Lautes Schreien und herzzerreißendes Weinen ließ beide zusammenfahren.

»Es kommt von der Gasse«, rief Lucia. »Schnell – es muss etwas Schreckliches geschehen sein.«

Sie lief nach draußen, Djamila ihr hinterher.

Ein seltsamer Zug kam ihnen schwankend entgegen, eine Gruppe heulender, aufgelöster Frauen, die eine provisorische Bahre schleppten. Auf ihr lag der Leichnam eines Mannes, halb verkohlt, eine große Wunde auf der Brust, das Gesicht eine vom Feuer grauenvoll verwüstete Fratze.

Unwillkürlich zog Djamila sich den Schleier vor das Gesicht. Auch Lucia wünschte sich plötzlich, sie steckte noch in Nuris Kleidern und könnte es ihr nachtun, denn der Geruch nach verbranntem Fleisch war kaum zu ertragen.

»Mein guter, guter Malik!«, schrie Fatima. »Der beste Schächter von ganz Granada – ihr alle habt ihn gekannt. Keinem Menschen hätte er jemals im Leben etwas antun können, das wisst ihr. Warum nur hat man ihn mir auf so grausame Weise genommen?«

Ihr Kleid war zerrissen, den Schleier hatte sie offenbar längst irgendwo unterwegs verloren, aber es schien sie nicht zu kümmern. Tränen liefen über ihre Wangen, doch Fatima schrie weiter, obwohl der Prophet angesichts des Todes doch Sammlung und stille Trauer geboten hatte.

Auch Antonio kam aus seiner Werkstatt gerannt. Aus dem Haus gegenüber liefen Nuri und ihre Mutter Saida auf die Gasse, blieben aber auf ihrer Seite stehen.

»Sie verbrennen Menschen«, rief eine Frau aus dem Zug. »Malik ist erst der Anfang. Irgendwann werden die Christen in ganz Granada ihre Scheiterhaufen aufrichten und uns alle im Feuer rösten.

Nieder mit den Schweinefressern*! Verdammt sollen sie sein, bis in alle Ewigkeit!« In ohnmächtiger Wut ballte sie die Fäuste und hieb mit ihnen durch die Luft.

»Ja, nieder mit all den Schweinefressern!«, riefen nun auch die anderen Frauen. »Mörder, Mörder, Mörder!«

Unwillkürlich tastete Lucia nach Antonios Hand und war erleichtert, als sie seinen warmen, beruhigenden Druck spürte.

»Du musst keine Angst haben«, sagte er leise in seinem wohlklingenden Andalusisch, das sich wie Gesang anhörte, schaute dabei aber nach Djamila, die ein Stück entfernt stand und seinen Blick mied. »Sie sind wütend, traurig und ratlos, da sagen Menschen schon mal solche Dinge. Wenn sie erst wieder ruhiger geworden sind …«

»Halt den Mund!« Eine aus dem Zug hatte ihn doch gehört – und alles verstanden. Aus ihrem Mund klang die Sprache der Christen hart und kalt. »Sonst schicken wir dir eines Nachts unsere Brüder und Söhne, damit ihr am eigenen Leib zu spüren bekommt, wie es ist, lebendig geröstet zu werden – du und deine gottlose Hure, die sich schon lange von Allah losgesagt hat!«

Bevor der Goldschmied noch etwas darauf erwidern konnte, hatte die Frau sich bereits wieder eingereiht und war mit den anderen weitergegangen. Lucia sah, dass das Gesicht ihres Vaters auf einmal kalkweiß geworden war.

Jetzt war sie es, die seine Hand fest drückte, und sie konnte nicht damit aufhören, selbst als der Trauerzug mit dem toten Schächter längst aus ihrem Blickfeld verschwunden war.

Am frühen Morgen weckten Lucia seltsame Geräusche. Die hölzernen Läden waren nur angelehnt; durch die vergitterten Fenster im maurischen Stil, die ihr Haus ebenso besaß wie die meisten Gebäude im Albaycín, drang klare, frische Herbstluft in ihr Zimmer.

Sie setzte sich auf, rieb sich den Schlaf aus den Augen.

Für ein paar Augenblicke war es ruhig, bis auf das unablässige Wassermurmeln im kleinen Becken des Innenhofs, dann hörte sie einen Hund bellen. Erleichtert wollte Lucia sich schon wieder hinlegen, überzeugt, es sei doch nur ein Traum gewesen, als die befremdlichen Geräusche erneut einsetzten.

Sie stand auf, schlang ein Tuch um sich und trat ans Fenster.

Zwei Männer in seltsam grellen, geschlitzten Gewändern, die Köpfe mit roten Kappen bedeckt, luden einen großen, oben abgeflachten Stein von einem Karren und schleppten ihn zum Nebenhaus. Dort warteten schon zwei weitere, ebenso bizarr gekleidet, die mit ihren Schaufeln eine Kuhle gegraben hatten, welche nun den unteren Teil des Steins aufnahm.

Neben ihnen schlotternd vor Angst und mit grauem Gesicht ihr Nachbar Amir, der ein paar Gassen weiter zusammen mit seinem Vetter eine kleine Schneiderei betrieb und angeblich vor wenigen Tagen die christliche Taufe empfangen hatte.

»Die Sau bringen wir später«, hörte sie einen der Männer in abgehaktem Kastilisch rufen. »Wir wollen doch dabei sein, wenn du sie eigenhändig abstichst. Und heute Abend lädst du uns dann alle zu Schweinebraten und frischer Blutwurst ein.«

Raues, lautes Gelächter.

Amir zog die Schultern noch ein Stück weiter nach oben und wirkte noch kleiner und verlorener.

Ihr war, als schaute er hilfesuchend zu ihr herauf.

Schnell trat Lucia einen Schritt zurück, in der Hoffnung, Amir habe sie nicht erkannt, und kniff die Augen zu. Doch was sie gesehen und gehört hatte, ließ sich nicht mehr rückgängig machen. Sogar das Morgenlicht schien plötzlich grau geworden, grau wie der Tag, der vor ihr lag.

Kapitel 2

Schweigen schlug ihnen entgegen, eisiger als die dunkelste Januarnacht auf den Gipfeln der Sierra Nevada, als Lucia und ihr Vater am dritten Tag der Totenklage Maliks Witwe aufsuchten. Lucia hatte zunächst nicht mitkommen wollen, weil sie sich davor gefürchtet hatte, was sie dort erwarten würde, ihr Vater jedoch bestand auf ihrer Begleitung.

»Sich zu drücken, wäre feige«, hatte er noch auf dem Weg zu Fatimas Haus gemurmelt und dabei den schweren Korb vom einen zum anderen Arm gewechselt. »Nachbarn sind nun einmal Menschen, die uns etwas angehen, auch wenn wir uns sie nicht unbedingt ausgesucht haben. Man hält zusammen, in guten, erst recht aber in diesen schwierigen Zeiten.«

Jetzt allerdings schien seine Zuversicht zu wanken. Lucia sah mit Erschrecken, wie seine Schultern nach unten sackten, als er die in fleckiges Dunkelbau gehüllten Frauen erblickte, die sich als Trauergesellschaft im offenen Hof des einstöckigen Hauses versammelt hatten. Dann aber straffte er sich wieder. Der Vater würde sich nicht einschüchtern lassen, das wusste sie plötzlich und bewunderte ihn dafür.

»Malik fehlt uns allen«, begann er in fließendem Arabisch. »Der Mord an ihm war ein entsetzliches Verbrechen, das gesühnt werden muss. Wir trauern gemeinsam um ihn. Vielleicht wird die Erinnerung eines Tages ja den großen Verlust ...«

»Schweig!«, donnerte ihm jene Frau entgegen, die ihn bereits vor seiner Werkstatt beschimpft hatte, Rabia, wegen Schwatzsucht und Hinterhältigkeit verschrien. »Du bist nicht einmal würdig, seinen Namen in den Mund zu nehmen. Verschwinde, zusammen mit deiner verfluchten Christentochter! Mörder wie ihr haben hier nichts zu suchen.«

Einige andere Frauen schauten ähnlich finster drein, schüttelten den Kopf und ballten erneut die Fäuste. Fatima, tief verschleiert am Boden hockend, machte keinerlei Anstalten, den christlichen Nachbarn zu verteidigen, als plötzlich Saida aufsprang und Nuri mit sich zog.

»Habt ihr jetzt alle den Verstand verloren?« Ihre sonst so sanfte Stimme klang ungewohnt scharf »Besinnt euch gefälligst! Diese beiden gehören seit Langem zu uns und daran wird sich auch künftig nichts ändern. Lucia ist für mich die zweite Tochter, weil meine

Milch sie am Leben erhalten konnte, nachdem ihre Mutter gestorben war. Und ihr Vater ist uns als Bruder und Freund lieb und teuer. Wer sich gegen sie wendet, wendet sich auch gegen uns!«

»Ja, sie hat ganz recht. Lucia ist meine Mondschwester«, rief Nuri lispelnd vor Aufregung. »Wir gehören für immer zusammen!«

Lucia spürte bei diesen Worten ein warmes Gefühl der Zuneigung in sich aufsteigen. Genauso empfand sie auch! Als Zeichen ihres Bündnisses schenkte sie Nuri ein Lächeln, das diese sofort erwiderte.

Jetzt ruhten die Augen aller auf Tochter und Mutter, doch Saida ließ sich dadurch nicht aus der Ruhe bringen. Allein ihre zitternde Hand auf Nuris Arm verriet die innere Anspannung.

»Menschen gehen nach dem Tod über eine Brücke, die so scharf ist wie eine Messerschneide. Wer sich aber in seinem Leben als Gläubiger erwiesen hat, gelangt ins Paradies.« Sie vollführte eine kleine Drehung in Richtung Fatima. »Dein Malik gehört zu jenen Glücklichen, das wissen wir alle hier. Er hat sein Leben verloren, die ewige Seligkeit jedoch gewonnen.«

Ihre klugen Worte wirkten Wunder.

Die Gesichter der Frauen begannen sich zu entspannen und selbst Sinan, der picklige Sohn des Schächters, der immer wieder verstohlen zu Nuri gelinst hatte, verlor seinen verkrampften Ausdruck.

»Wir haben nur eine Kleinigkeit mitgebracht.« Sichtlich erleichtert stellte Antonio den prall gefüllten Korb vor der Witwe ab, der seine Worte Lügen strafte, genauso, wie der Brauch es gebot. »Doch Djamila wäre gerne bereit, zu eurer Trauerrunde zu stoßen und sie mit weiteren Speisen zu laben.«

»Etwa mit diesen ekelhaften Würsten und Schinken, die ihr Schweinefresser am liebsten vertilgt?« Rabia schien noch immer nicht genug zu haben. »Erst vor wenigen Tagen haben sie ganz in eurer Nähe wieder eine Sau ausgeweidet. Und ihr werdet nicht glauben, wer es dieses Mal war: Amir, der sich von Allah abgewandt und seine Beute bestimmt nur allzu gern mit seinem Nachbarn Antonio geteilt hat!«

Woher wusste Rabia das alles? Lucia bekam am ganzen Körper Gänsehaut.

Der kleine Schneider war tatsächlich mit einer Schüssel frischer Würste bei ihnen erschienen, während in seinem Rücken die Fetzenkerle betrunken gejohlt und jedes ihrer Worte belauscht hatten. Inzwischen hatte sie von ihrem Vater auch erfahren, wer sie waren: ein Haufen Söldner aus einem fremden Land, angeheuert von Diego Rodriguez Lucero, der die Inquisitionsverfahren* in Granada mit aller Macht vorantreiben sollte. Aus Mitleid mit Amir hatte die Familie des Goldschmieds das ungebetene Geschenk zwar angenommen, freilich alles danach sofort heimlich weggeworfen. Als fromme Muslima rührte Djamila kein Schweinefleisch an, aber auch Antonio und Lucia, seit Jahren an maurische Küche gewöhnt, ekelten sich vor dem süßlichen Geschmack.

»Amir ist redlich und fromm«, sagte Antonio. »Und er sorgt sich um seine Familie. Die Zeiten sind hart. Sollten wir uns da als Nachbarn nicht besser unterstützen, als uns gegenseitig zu bespitzeln?«

Vorsichtig lugte Lucia in die Runde. Manche Gesichter waren schon wieder ablehnend geworden, andere Frauen dagegen schauten offen, ja beinahe freundlich zurück.

»Ich dulde keinen Unfrieden in meinem Haus«, ergriff endlich Fatima das Wort, und es war unüberhörbar, wie erschöpft sie klang. »Schon gar nicht an diesen stillen Tagen der Trauer, die einzig und allein Malik gehören. Ich danke dir für deine freundliche Gabe, Goldschmied.« Sie rang sich die Spur eines Lächelns ab. »Und ja, richte Djamila aus, dass sie uns hier jederzeit willkommen ist und bleiben kann, solange sie möchte.«

Lucias Herz machte einen freudigen Sprung.

Das würde ihr die Gelegenheit geben, Rashid abzufangen, wenn er sich heimlich zum Verbinden ins Haus schleichen würde!

Den ganzen Heimweg über konnte sie an nichts anderes mehr denken, gab zerstreute Antworten, wenn Antonio sie etwas fragte, und verstummte schließlich ganz.

»Was ist eigentlich los mit dir?«, fragte er besorgt. »Du bist auf einmal so seltsam. Wirst du vielleicht krank?«

»Nein, nein«, sagte Lucia hastig und war froh, dass sie nicht mehr Arabisch reden musste. »Mir fehlt nichts. Ich muss nur die ganze Zeit an den Toten denken …« Sie biss sich auf die Zunge und schämte sich für ihre Lüge. Aber hätte sie ihm denn verraten können, was ihr Herz bewegte?

Kopfschüttelnd zog er sich in seine Werkstatt zurück. Kurze Zeit später hörte Lucia, wie Djamila eilig das Haus verließ, als könne sie es kaum noch erwarten, endlich in die Trauergemeinschaft aufgenommen zu werden.

Jetzt musste Rashid bald von seiner Arbeit in der Albambra zurückkehren. Sie holte die Leinenbinden aus dem Versteck, zusammen mit dem Rosenwasser, mit dem Djamila die Wunde gesäubert hatte, entzündete zwei Öllampen, rührte die leise vor sich hinsiedende Suppe noch einmal um und vergewisserte sich, dass das Herdfeuer so schnell nicht ausgehen würde. Danach verzog sie sich in eine kleine Nische, schlang die Arme um sich und wartete.

Langsam senkte sich der Abend über die Stadt. Das Plätschern des Wassers im Innenhof machte sie schläfrig. Als Kind war sie nicht müde geworden, ihre Hände in das kühle Nass zu tauchen, doch der Reiz war längst verflogen.

Von Rashid noch immer keine Spur.

Wenn sie Pech hatte, würde der Vater bald zum Essen erscheinen – dann wäre der ganze schöne Plan dahin. Lucia war schon nahe daran, aufzugeben, als sie plötzlich das Knarzen der Haustür hörte.

»Djamila?«, hörte sie eine Männerstimme auf Arabisch flüstern. »Bist du das?«

Ihre Hände waren eisig. Das Herz schlug so stark gegen die Rippen, dass sie Angst hatte, er könnte es hören.

»Nein.« Lucia trat ein paar Schritte nach vorn. »Aber ich.« Trotz der Dämmerung sah sie das jäh aufblitzende Misstrauen in seinen Augen.

»Ich muss nach Hause«, murmelte Rashid und schaute zu Boden. »Sie werden schon auf mich warten.«

»Ohne frischen Verband?« Es war heraus, noch bevor sie lange nachgedacht hatte.

»Was weißt du davon?« Plötzlich war er ihr so nah wie in ihren kühnsten Träumen. Sie roch seinen Atem, sah jedes einzelne der dunklen Haare, die ihm auf Kinn und Wange sprossen und die vollen Lippen nur noch mehr betonten. Ließ er sich einen Bart wachsen, um sich unkenntlich zu machen und somit einfacher untertauchen zu können? Doch der Griff, mit dem er ihr Handgelenk umklammert hielt, war zu hart, um sich in weiteren Spekulationen zu verlieren.

»Nichts«, sagte sie schnell. »Gar nichts. Lass mich los. Du tust mir weh!«

»Rede gefälligst!«, forderte er. »Warum hast du uns belauscht?«

Jetzt blieb ihr nichts als die Wahrheit. »Ein dummer Zufall«, sagte sie. »Ich kam gerade nach Hause, da hab ich euch eben gehört.«

»Und hattest gewiss nichts Besseres zu tun, als auf der Stelle zu meiner Schwester zu rennen und ihr alles brühwarm zu erzählen! Was weiß Nuri?«

»Nichts – gar nichts! Und mein Vater ebenso wenig, falls du mich das auch noch fragen willst. Das ist die reine Wahrheit.«

Lucias Worte, vor allem aber ihre ernste Miene schienen ihn überzeugt zu haben, denn er gab sie abrupt frei.

Sie rieb sich das schmerzende Gelenk.

»Früher warst du nie so grob«, sagte sie.

»Früher waren auch andere Zeiten.« Nun klang es fast, als tue es ihm leid.

»Soll ich dir jetzt helfen oder nicht?«, fragte Lucia leise.

»Wo steckt denn Djamila?«, kam prompt die Gegenfrage.

»Sie trauert mit Fatima und den anderen Frauen. Kann sein, dass es spät wird.«

»Dann haben sie ihr also verziehen, dass sie mit einem Christen lebt?«

Lucia musterte ihn schweigend. Wenn seine Lippen sich höhnisch verzerrten, gefielen sie ihr sehr viel weniger als sonst.

»Hat das zwischen deiner und meiner Familie jemals eine Rolle gespielt?«, sagte sie schließlich.

Mit einem Mal sichtlich verlegen, strich Rashid sich die Haare aus dem Gesicht und zuckte dabei schmerzerfüllt zusammen. Jetzt erinnerte er sie wieder an den temperamentvollen Jungen von nebenan, der oft Blessuren davongetragen hatte, weil er sein Temperament nur schwer zügeln konnte.

»Mach deinen Arm frei!«, verlangte sie resolut und fühlte sich plötzlich überlegen. »Wir sollten uns beeilen. Vater kann jeden Moment zurück sein.«

Überraschend gehorchte er ihr. Lucia verbarg ihr Erstaunen, wie muskulös er geworden war. War das nur die harte Arbeit auf der Alhambra, die aus dem schlaksigen Jungen einen durchtrainierten Mann gemacht hatte? Sie wickelte die Leinenbinde ab und war froh, dass ihre Hände einigermaßen ruhig waren. Dann griff sie nach einem Öllicht und untersuchte die Verletzung.

»Scheint ganz gut zu heilen«, sagte sie und säuberte die Wundränder mit Rosenwasser. »Nur in der Mitte hat es sich noch nicht vollständig geschlossen. Ich denke, du hast noch einmal Glück gehabt. Und jetzt halt die Lampe ruhig, damit ich dich neu verbinden kann!«

Die Abendglocken, die den Sonntag einläuteten, setzten ein, die dünnen, hellen von Sankt Nicolás als Erstes, gefolgt von den tieferen Stimmen anderer Glocken, bis es ein voll tönender Klangteppich geworden war, der jede Unterhaltung unmöglich machte. Auf Anordnung der Katholischen Majestäten wurden Jahr für Jahr immer noch mehr christliche Gotteshäuser errichtet, während eine Moschee nach der anderen abgerissen wurde und der Ruf des Muezzins* zu den täglichen Gebetszeiten für immer verstummt war.

»Glück?« Plötzlich war seine Stimme rau. »Weißt du, was du da sagst? Alles wollen sie uns rauben – unsere Stadt, unsere Berufe, sogar unseren Glauben. Doch unseren Stolz, den werden sie uns niemals nehmen!«

Plötzlich war sie sich ganz sicher, zu wissen, was geschehen war, und die Worte strömten geradezu auf ihre Zunge. »Du warst dabei, als sie Malik getötet haben«, sagte Lucia, während sie die beiden Enden der Binde geschickt verknotete. Der Verband war flach. Unter den weiten Ärmeln einer Djellaba würde keiner ihn bemerken. »Genauso war es doch! Deshalb darf auch niemand deine Wunde sehen. Weil sie dich sonst holen und bestrafen würden.«

Unter seinem Bart war Rashid mit einem Mal aschfahl.

»Wenn du das auch nur einem einzigen Menschen erzählst, muss ich …«

»Ich bin schon lange kein Kind mehr, das Gefallen an Holzspielzeug findet«, fiel sie ihm ins Wort. »Falls dir das noch nicht aufgefallen sein sollte. Ich bin fast erwachsen und kann sehr wohl schweigen.«

Er musterte sie überrascht, als sähe er sie zum allerersten Mal. Dann drehte Rashid sich wortlos um und verschwand nach draußen.

Kaum war er fort, setzte ihr Zittern erneut ein.

Sie hatte seine glatte, warme Haut berührt! Und sie war seine Mitwisserin. Natürlich wäre Lucia jetzt am liebsten zu Nuri gelaufen, um der' Freundin ihr übervolles Herz auszuschütten, aber die war ja noch immer Teil von Fatimas Trauergesellschaft. Doch selbst wenn Nuri oder wenigstens Saida zu Hause gewesen wären – das Geheimnis, das Lucia mit Rashid teilte, hatte eine unsichtbare Schranke errichtet.

Auch dem Vater konnte sie nichts davon erzählen. Und Tante Pilar, im Lauf ihrer Witwenschaft immer spröder und frömmelnder geworden, würde nur wieder mit einem Beispiel aus der Bibel ankommen, um zu beweisen, in welche Abgründe die Liebe ein unschuldiges junges Mädchen führen konnte.

Warum nur hatte sie keine Mutter mehr, in deren tröstende Arme sie hätte flüchten können?

Seit Langem hatte Lucia sich nicht mehr so allein gefühlt.

»Du hast dich umsonst hierher bemüht.« Kamal legte den Saphir wieder zurück in die Waagschale. »Geh nach Hause. Ich kann dir nicht helfen.« Sein Kastilisch klang hölzern.

»Aber warum denn nicht?« Jegliche Zuversicht war aus Gaspars Gesicht verschwunden. »Es gibt doch in ganz Granada keinen Besseren als dich!«

»Das war einmal. Es liegt Jahre zurück, dass ich meine Kunst unter Beweis stellen konnte.« Der Maure streckte seine Hände aus, die der ständige Umgang mit Mörtel und Erde derb und rissig gemacht hatte. »So sehen die Pranken eines Fliesenlegers aus – aber nicht die geschmeidigen Finger eines Steinschleifers!«

»Und dein Sohn?« Der Glatzkopf, der sich gleich beim Eintreten das Barett heruntergerissen hatte, schien entschieden, nicht aufzugeben. »Man sagt doch, du hättest ihn selbst unterwiesen. Vielleicht könnte ja er …«

»Lass Rashid aus dem Spiel!« Sein Sohn ging den neugierigen Christen nichts an, und dennoch fühlte Kamal sich plötzlich unwohl, als hätte Gaspar ihn bei etwas Verbotenem ertappt. »Er war noch ein halbes Kind, als die königlichen Truppen die Rote Burg* gestürmt haben. Danach gab es kaum noch Gelegenheit, unser Handwerk auszuüben. Ein Steinschleifer aber braucht vor allem Routine, wenn er etwas Ordentliches zustande bringen soll, sonst rührt er seine Kurbel am besten erst gar nicht erst an.«

Antonio Álvarez hatte bislang schweigend zugehört. Jetzt aber wandte er sich dem Freund zu.

»Wenn du ablehnen willst, bin ich natürlich einverstanden«, sagte er zögernd. »Ich dachte nur …«

»Und wenn es misslingt? Hast du daran schon einmal gedacht?«, rief Kamal. »Dann macht man uns womöglich einen Kopf kürzer – alle beide!«

Gaspar schien bei seinem Ausbruch neue Hoffnung zu schöpfen. So unauffällig wie möglich schob er die Zeichnung mit dem Rosenschliff in Kamals Richtung.

»Für einen Meister deiner Klasse ist so ein Schliff doch keine Schwierigkeit«, sagte er. »Eine Herausforderung, das ja. Aber ich dachte, das würde einen Kamal bin Nabil reizen. Endlich mal wieder zu zeigen, was in ihm steckt!«

»Und den Ruhm dafür steckt dann ein Gaspar Ortíz ein.« Aufsteigender Zorn färbte das schmale Gesicht des Mauren dunkler. Er hatte seinem Sohn Rashid die ausdrucksvollen Augen vererbt, seine aber lagen tiefer in den Höhlen. »Während von uns beiden aus gutem Grund niemand je etwas erfahren darf. Genau so hast du es doch geplant, wenn ich es recht verstanden habe.«

Gaspar zuckte die Schultern. »Für die herrschende Politik bin ich nicht verantwortlich«, sagte er mit bedauernder Miene. »Sie wird höheren Orts entschieden. Und vergiss nicht, dass bei diesem Geschäft ich das größte Risiko trage, denn ich halte ja den Kopf für euch hin. Außerdem würdet ihr dabei ja keineswegs leer ausgehen – ganz im Gegenteil!«

Da war er auf einmal wieder, jener geheimnisvolle dritte Beutel, aus dem Gaspar nun abermals mit großer Geste vier Goldmünzen auf den verschrammten Tisch zählte! Bei ihrem Anblick musste Antonio schlucken, so aufreizend hell glänzten die Doblas im Sonnenlicht.

Und selbst Kamal schien plötzlich nachdenklich zu werden. »Wie bist du überhaupt an diesen Stein gekommen?«, sagte er und musterte Gaspar eingehend.

»Das tut doch hier gar nichts zur Sache«, rief Gaspar. »Du sollst ihn umschleifen, allein darum geht es!«

»Du kennst den Stein, Kamal?«, fragte Antonio überrascht.

»Er stammt aus Boabdils* Thronschatz und hat früher das Prunkdiadem seiner Favoritin geschmückt. Einen Hyazinth dieser Qualität vergisst man nicht, wenn man ihn einmal in der Hand hatte.« Kamal ließ die Wucht seiner Worte nachwirken.

»Ein Juwel aus dem Maurenschatz?«, rief Antonio ungläubig. »Du bist dir ganz sicher?«

Kamal nickte, während Gaspar plötzlich in sich zusammensackte.

»Ihr beide seid noch mein Ruin«, flüsterte er. »Bist du taub, Álvarez? Hab ich dir nicht schon beim letzten Mal eingeschärft, dass gewisse Fragen nicht gestellt werden dürfen? Aber hier hält sich wohl niemand daran?«

»Du hast von einem hohen Kirchenmann gesprochen, für den der Ring bestimmt sei und dessen Namen nicht preisgegeben werden dürfe, daran erinnere mich sehr wohl. Aber wer ist dein Auftraggeber?«, beharrte Antonio, ohne auf den gespielten Schwächeanfall einzugehen. »Heraus damit! Du kommst uns nicht davon, bevor du diesen Namen nicht ausgespuckt hast.«

»Nein – nicht solange noch ein Tropfen Blut in mir fließt!« Schweiß stand auf Gaspars Stirn. Plötzlich sah er wirklich elend aus. »Zwingt mich nicht dazu, denn das könnte das Ende bedeuten. Für uns alle. Ihr solltet also damit aufhören, mich zu quälen …«

»Lass ihn, Antonio!« Kamal hielt dem Schwankenden einen Becher Mandelmilch vor die Nase, den dieser gierig leerte. »Du siehst doch, dass er nicht antworten wird. Und selbst wenn doch: Was nützen uns fromme Lügen? Viel wichtiger ist, was wir beide entscheiden.« Seine Miene war sehr ernst geworden. »Du willst auf diesen Handel eingehen? Das verwundert mich.«

»Du nicht? Denk doch nur einmal, was wir damit alles für unsere Familien tun könnten!«

Kamal hatte sich abgewandt und erneut Gaspars Zeichnung zur Hand genommen. »Es würde dauern, denn man könnte nur stufenweise verfahren«, sagte er.

»Der Ring muss erst nach dem Christfest fertig sein«, versicherte Gaspar eifrig. »Es bliebe also noch ausreichend Zeit!«

»Ohne Probeschliff geht es nicht«, fuhr Kamal in seiner Muttersprache fort, als hätte er ihn gar nicht gehört. »Das Problem dabei ist, dass Saphir sehr hart ist. Selbst wenn es also gelänge, Bergkristalle in der gewünschten neuen Form umzuschleifen, hieße das noch lange nicht, dass der Hyazinth später keine Tücken bereitet.«

Gaspar schien sich inzwischen wieder gefangen zu haben. Offenbar auf alles vorbereitet, ließ er vor Kamal einen weiteren Lederbeutel baumeln.

»Bis zum Rand gefüllt mit Diamantstaub«, sagte er. Sein Arabisch klang rostig, aber er sprach fehlerlos. »Damit kannst du deinen Schleifstein zum Singen bringen und den Hyazinth zur schönsten blauen Rose machen.« Er hielt ihm seine Rechte entgegen. »Schlag ein, Kamal – dann kann die Arbeit endlich beginnen!«

Jetzt schaute Antonio unbehaglich drein. Seine Augen suchten Kamals Blick. »Lass dich von ihm nicht unter Druck setzen. Wir haben es bislang geschafft. Wir werden auch weiterhin über die Runden kommen. So viel ist gewiss.«

Kamal ließ Gaspars Hand unberührt, bis dieser sie schließlich wieder zurückzog.

»Du willst darauf eingehen?«, sagte der Steinschleifer leise, wieder zu Antonio gewandt. »Dich wird bestimmt niemand angreifen, aber was ist mit mir, meiner Frau, unseren Kindern?«

»Dir wird auch nichts zustoßen, mein Freund!«, versicherte Antonio.

»Wie kannst du da so sicher sein?«, erwiderte Kamal sorgenvoll. »Tag für Tag werden neue Schrecklichkeiten bekannt, die den Mauren von Granada Kummer und Verzweiflung bringen. Wer kann wissen, was uns noch bevorsteht? Ich hoffe von ganzem Herzen, dass die Sau, die man uns einmal auf den Schlachtstein legt, noch lange nicht geboren wird!«

Irgendwann musste selbst Nuri in ihrem Redeschwall eine Pause einlegen. Sie trank einen Schluck von der Zitronenlimonade, die Saida ihren Mädchen fürsorglich hingestellt hatte.

»Endlich zufrieden? Oder hast du noch immer nicht genug von all den Geheimnissen?«, sagte sie lächelnd. Sie trug nicht länger das düstere, schnell gefärbte Trauerkleid, sondern war zurück in die farbenfrohen Gewänder geschlüpft, die ihre bräunliche Haut zum Strahlen brachten. Wie schön sie aussah, wenn sie so lebhaft war! Eine Blume, die im Sonnenlicht leuchtete. »Dann frag einfach weiter! Ich weiß jetzt so gut wie alles, was im Albaycín so passiert – vor und hinter geschlossenen Fenstern.«

»Ich dachte, ihr wäret bei Fatima zusammengekommen, um gemeinsam zu trauern.« Lucias Gedanken waren schon wieder zu Rashid geflogen. Unten, im Innenhof, hörte sie ihn mit seiner Mutter reden, offenbar kein erfreuliches Gespräch, denn seine Antworten waren knapp und Saida reagierte ungewohnt kurz angebunden.

»Aber das kann man doch nicht tagelang«, rief Nuri und ihr Andalusisch klang wie das Lied eines fröhlichen kleinen Vogels. »Irgendwann macht die Erste einen kleinen Scherz, dann fällt ein Lachen, plötzlich hat eine Zweite etwas ganz besonders Spannendes zu erzählen, worauf wiederum die Dritte …«

Nuris helle Stimme schien an Lucias Ohren abzuperlen, so sehr strengte sie sich an, die beiden da unten zu verstehen.

»Du hast dich an die Regeln deines Vaters zu halten!«, hörte sie Saida nun sagen. »Er ist das Oberhaupt unserer Familie und besitzt die größte Lebenserfahrung. Außerdem ist er ein kluger, besonnener Mann. Wenn du eines Tages selbst eine Familie haben wirst, dann kannst du …«

Rashid ließ sie nicht ausreden, doch der Steinboden und die nackten Wände verschluckten, was er in gereiztem Ton antwortete.

Inzwischen saß Lucia stocksteif da, um bloß nichts Wichtiges zu verpassen. Für kurze Zeit hörte sie noch erregte Wortfetzen zwischen Saida und Rashid hin und her fliegen, dann fiel die schwere Holztür ins Schloss.

»Ich muss sofort nach Hause!« Sie war aufgesprungen, warf der verdutzten Nuri eine Kusshand zu und stürmte nach unten.

Draußen angekommen, blendete sie das helle Licht. Für einen Augenblick unentschieden, schaute Lucia in alle Richtungen und seufzte vor Erleichterung, als sie Rashids schlanke Gestalt in einiger Entfernung entdeckte. Sie ging ihm nach, und das Glück schien mit ihr, denn die Gassen waren gut bevölkert, weil heute niemand arbeitete. Seit der Reconquista* galt in Granada allgemein die Sonntagsruhe. Notfalls könnte sie ja noch immer in einen Hauseingang springen, um einer Entdeckung zu entgehen.

Was aber, wenn Rashid sich zu plötzlich umdrehen würde? Ihre Größe, die rötlichen Locken und das blaue Kleid, das sie heute trug, würden sie auf der Stelle verraten. Lucia sehnte sich mehr denn je nach den maurischen Gewändern und dem Schleier der Freundin, die mehr Schutz geboten hätten.

Doch Rashid schien gar nicht daran zu denken, sich misstrauisch umzublicken. Er nahm den Weg hinauf zu San Nicolás, was sie verblüffte. Zwar kannte er Padre Manolo von Kindesbeinen an, aber was wollte ein Maure am heiligen Sonntag in einer christlichen Kirche?

Sie sah, wie er seine Schritte verlangsamte, als das helle Gebäude in Sicht kam. Schließlich blieb er ganz stehen und musterte das Gotteshaus nachdenklich, während sie sich eng an eine Mauer drückte. Nach einer Weile setzte er sich erneut in Bewegung, bog nach rechts ab und nahm nun Kurs auf den Darro. Inzwischen ging er immer schneller, und Lucia musste fast laufen, um ihn nicht aus den Augen zu verlieren.

Dann war er plötzlich verschwunden.

Ärger über ihre Unachtsamkeit wollte sich schon in ihr breitmachen, da hörte sie aus dem offenen Fenster eines niedrigen Gebäudes seine unverkennbare Stimme. Rashid hatte offenbar die kleine Taverne betreten, die nur eine schmale Gasse vom Flussufer trennte, und begrüßte gerade einen Bekannten.

Jetzt blieb ihr nichts anderes übrig, als sich einen möglichst günstigen Warteplatz zu suchen. Lucias Wahl fiel auf eine Pappel, die schräg gegenüber wuchs, und sie hoffte, ihr kräftiger Stamm würde sie genügend verdecken.

Eine ganze Weile verging – und nichts geschah.

Sie sah, wie die Männer ihren stark gesüßten Minztee tranken, dann wurden Lederbecher gezückt und das Würfeln begann, obwohl sie von Djamila doch wusste, dass der Prophet nicht nur den Genuss von Alkohol, sondern auch jede Form von Glücksspielen streng verboten hatte.

Die Sonne schien so warm, wie sie an einem Oktobernachmittag nur scheinen konnte, und machte Lucia langsam schläfrig. Irgendwann musste sie sogar kurz eingenickt sein. Das Gezeter zweier Buben, die um einen Kreisel stritten, weckte sie wieder auf

In der Taverne schien inzwischen eine heftige Auseinandersetzung im Gange zu sein, doch Lucia war zu weit entfernt, um zu verstehen, worum es ging. Was sie allerdings sehen konnte, war, dass einige Männer sich um Rashid geschart hatten, der offenbar eine Rede hielt, denn er schnitt Grimassen und fuchtelte dabei mit seinen Armen. Den anderen schien zu gefallen, was er sagte, denn sie brachen in lautes, begeistertes Grölen aus.

Jetzt hielt die Neugierde sie nicht länger an ihrem Platz. Lucia überquerte die Gasse, duckte sich, als sie die Frontfenster passierte, und schlich zum Hintereingang.

»Bist du jetzt ganz von Sinnen?«, hörte sie eine Frau in einfachem Arabisch keifen. »Man kann den Haschischrauch dieser Leute ja bis auf die Straße riechen!«

»Und wie bitte schön sollte ich sie daran hindern?«, schrie der Mann zurück. »In diesen Zeiten müssen wir froh um jeden Gast sein, der bei uns einkehrt.«

»Essen und trinken sollen sie bei uns und ordentlich dafür bezahlen, aber nicht diese aufrührerischen Reden schwingen!« Die Stimme der Frau überschlug sich beinahe. »Luceros Rotkappen gehen seit einigen Wochen verstärkt auf Patrouille. Wenn sie diese Möchtegern-Aufrührer bei uns entdecken, werden sie uns die Taverne über dem Kopf anzünden – so einfach ist das!«

Der Wirt packte seine Frau offenbar unsanft am Arm, denn sie schrie kurz auf. »Wenn du weiterhin so plärrst, sind sie schneller da, als wir bis drei zählen können. Du weißt, ich war immer ein friedliebender Mann, der jede Gewalt verabscheut – aber sollen wir uns von diesen Christen alles gefallen lassen? Diese Zwangstaufe, die sie vorhaben, das ist einfach zu viel!«

»Was geht uns das an?«

Die Wirtin schien sich eines Besseren besonnen zu haben und redete inzwischen leiser. Abermals musste Lucia die Ohren spitzen, um möglichst viel mitzubekommen.

»Das will ich dir sagen! Wir beide könnten auch darunter sein – heute, morgen, übermorgen, wer weiß das schon? Sie fackeln nicht lange. Und dieser junge Kerl dort drinnen, der sie zur Gegenwehr aufruft, gibt den Entmutigten neue Hoffnung. Das gefällt mir …«

»Mir gefällt vor allem unsere Taverne!«, fiel die Wirtin ihrem Mann ins Wort. »Du gehst jetzt hinein und wirfst sie alle raus …«

Lucia hatte genug gehört. Aber konnte wirklich wahr sein, was der Wirt behauptet hatte?

Hernando de Talavera, der Erzbischof von Granada, hatte immer wieder beteuert, dass eine Bekehrung der Mauren zwar erwünscht sei, aber niemand zum Christentum gezwungen werden sollte. Deshalb hielt er auch Predigten in arabischer Sprache, wobei man freilich einräumen musste, dass der erwünschte Erfolg bislang ausgeblieben war. Padre Manolo, ein alter Freund der Familie, hatte sich in letzter Zeit oft genug darüber beklagt.

Plötzlich erschien es ihr nicht mehr so wichtig, was Rashid als

Nächstes unternehmen würde. Erst einmal musste sie in diesem wichtigen Punkt selbst Klarheit bekommen. Wie von selbst setzten ihre Beine sich in Bewegung und trugen sie die Anhöhe hinauf, bis zu dem kleinen Platz, an dem die Kirche San Nicolás stand.

»Die Blumen noch ein Stück weiter nach links. Ja, so ist es gut!«, befahl Padre Manolo. »Jetzt stehen sie genau richtig vor den Altarstufen!«

Pilar richtete sich seufzend auf.

»Warum müssen diese Vasen nur so schwer sein?«, murmelte sie und rieb sich den Steiß. »Fühlt sich ja an, als wären sie mit Steinen statt mit Wasser gefüllt!«

»Eigentlich dürfte ich Euch für solche Arbeiten gar nicht missbrauchen, Doña Pilar«, sagte der Priester. »Jede anständige Gemeinde hat einen Mesner, der dafür zuständig ist. Aber Ihr wisst ja – das liebe Geld!« Er zuckte die schmalen Schultern und schien in seinen Messgewändern beinahe zu verschwinden, was ihr Herz zum Überfließen brachte. Wie oft hatte sie ihm schon gesagt, dass er sich schonen solle! Doch sobald jemand nach seiner Hilfe schrie, war er zur Stelle.

»Weil Ihr alles bei den Armen lasst«, protestierte sie schwach, da sie seine Antwort schon kannte. »Eure Liebe, die Gesundheit und auch jeden Blanco*, den Ihr irgendwo abzwacken könnt, steckt Ihr ihnen zu – und beileibe nicht nur den Christen.«

»Menschen müssen essen und trinken, egal ob sie nun an Gott oder an Allah glauben, so einfach ist das. Und wenn sie krank werden, brauchen sie ihre Medizin. Außerdem hat Seine Exzellenz gesagt, dass wir Priester in diesen schwierigen Zeiten als leuchtendes Beispiel vorangehen sollen …«

Er hielt mitten im Satz inne, als er plötzlich Lucia erblickte.

»Ist etwas passiert, Mädchen?«, sagte er besorgt. »Du siehst so aufgelöst aus.«

»Das kommt nur daher, weil sie immer rennen und herumhüpfen muss wie eine Verrückte.« Pilars Tonfall verriet tiefste Missbilligung. »Als wäre sie ein Fratz von gerade mal acht Jahren und kein junges Mädchen im besten Heiratsalter. Wie soll sich da jemals der passende Bewerber einstellen? Ihre Mutter hätte …«

»Meine Mutter ist tot!«, konterte Lucia schnell, um sich die übliche Leier zu ersparen.

Wie konnten Schwestern nur so unterschiedlich sein! Sie war ein Säugling von wenigen Tagen gewesen, als sie gestorben war, doch wenn man Vaters Erzählungen glauben konnte, war seine geliebte Maria stets fröhlich und gut gelaunt gewesen.

Was man von Tante Pilar nicht behaupten konnte.

»Weiß dein Vater überhaupt, dass du hier bist?«, bohrte sie nun unverdrossen weiter. »Du weißt, er schätzt es gar nicht, wenn du allein in der Stadt herumstromerst!«

»Ich muss alles über die geplanten Zwangstaufen wissen«, wandte Lucia sich an den Priester. »Bitte, Padre Manolo, helft mir. Es ist äußerst wichtig!«

»Welche Zwangstaufen? Was redest du da?«, fragte er stirnrunzelnd. »Wer hat dir solchen Unsinn erzählt?«

»Ich hab es gehört«, sagte sie ausweichend. »Unten am Fluss. Die Mauren im Viertel fürchten sich davor. Alle haben Angst, dass etwas Schreckliches geschehen könnte.«

»Aber das müssen sie nicht, denn dazu wird es niemals kommen!« Der Priester hob beschwörend seine Arme. »Erzbischof Talavera hat das Edikt unterzeichnet, das ihnen ausdrücklich Religionsfreiheit garantiert. Zusammen mit Königin Isabella* und König Ferdinand*. Ich habe eine Abschrift des Übernahmevertrags* gesehen. Mit eigenen Augen!«

»Was aber, wenn sie inzwischen ihre Meinung geändert haben?« So einfach ließ Lucia sich nicht abschütteln. »Vielleicht weil kein Maure freiwillig Christ werden möchte? Djamila hat mir gesagt, dass sie es gar nicht dürfen. Wer Allah verrät, der hat den Tod verdient.«

»Ich weiß gar nicht, woher du all diese ungehörigen Themen und Fragen hast!«, mischte sich nun Pilar erneut ein. »Einem jungen Mädchen wie dir stehen sie jedenfalls ganz und gar nicht zu. Damit sollen sich Gelehrte und kluge Kirchenleute beschäftigen. Wieso gehst du nicht lieber nach Hause zu deinem Stickrahmen …«

»Weil ich es von ganzem Herzen hasse, mit einer Nadel sinnlos in einem Stück Stoff herumzustochern!«, fuhr Lucia sie an. »Talent dazu fehlt mir auch. Meine Stickereien sehen immer aus, als wäre ein wild gewordener Taubenschwarm darübergetrippelt!«

Padre Manolo lächelte Tante und Nichte versöhnlich an. »Deswegen müsst ihr doch nicht in Streit geraten«, sagte er. »Ich mag es, dass Lucia ihren Kopf benützt, denn dazu hat ihn ihr der liebe Gott ja schließlich geschenkt.« Eine kleine Drehung zu Pilar. »Und an Euch gefällt mir, wie sehr das Mädchen Euch am Herzen liegt – beinahe wie eine eigene Tochter!«

Das fehlte gerade noch, wollte Lucia schon ausrufen, biss sich aber im letzten Augenblick noch auf die Zunge. Tante Pilar würde sehr gekränkt sein, wenn sie erführe, wie viel näher ihr Saida mit ihrer warmen, liebevollen Art war – oder wusste sie das vielleicht bereits?

Der Ausdruck des Priesters war so freundlich, dass sie einen letzten Vorstoß wagte.

»Ihr würdet es doch erfahren, wenn solche Zwangstaufen anstünden, Padre?«, musste Lucia sich vergewissern. »Habt Ihr uns nicht erzählt, dass Ihr dem Erzbischof sehr nahesteht?«

Bescheiden schlug er die Augen nieder. »Wir waren zur gleichen Zeit Novizen im Kloster San Leonardo«, erwiderte er. »Beide erfüllt von glühender Liebe zum heiligen Franziskus und voller Hochachtung gegenüber dem Einsiedler Hieronymus, das verbindet. Dann aber haben unsere Lebenswege sich getrennt. Hernando … ich meine natürlich, Seine Exzellenz … hat wegen seiner vielen Talente und Fähigkeiten die Stufen der Hierarchie verdienterweise sehr rasch erklommen. Ich dagegen habe zwar wie er das Kloster verlassen, bin jedoch bis heute einfacher Priester geblieben, da, wo man mich brauchte.«

Er las wohl die Enttäuschung in Lucias Gesicht, die auf eine ganz andere Antwort gehofft hatte.

»Weißt du, dass du die Augen deiner Mutter hast, Mädchen?«, sagte er. »Die gleiche Neugierde und dieser unstillbare Hunger nach Leben! Ja, ich würde es erfahren – darum geht es dir doch, oder?

Seine Exzellenz geruht, seinen unwürdigen Bruder vor wichtigen Entscheidungen zurate zu ziehen. Und in diesem Punkt hat er es bislang noch nicht getan. Bist du jetzt zufrieden?«

Er wandte sich ab, als sei alles gesagt, und verschwand in der Sakristei.

Um Tante Pilars Redefluss möglichst schnell zu entkommen, murmelte Lucia einen Gruß und machte sich auf den Heimweg. Eigentlich hätte sie sich nun befreit fühlen müssen, doch noch immer hockte ein grauer Alb auf ihrer Brust.

Die aufgeregten Mauren in der Taverne ... Rashids große Gesten ... der Streit zwischen dem Wirt und seiner Frau – und das alles nur wegen vager Gerüchte, die keinerlei Grundlage hatten?

Sie war so tief in Gedanken versunken, dass sie beinahe in einen Mann gerannt wäre.

»Ja, wen haben wir denn hier? Fatima!« Die fröhliche Männerstimme brachte sie schlagartig in die Gegenwart zurück. Nicht einen Moment hatte er gezögert, in welcher Sprache er sie anreden sollte, als ob er ganz genau wüsste, dass eine echte Andalusiern vor ihm stand. »Heute so ganz anders gewandet? Ich staune. Aber Blau steht dir ausnehmend gut – Kompliment!«

Verwirrt starrte Lucia ihn an.

»Und ganz allein unterwegs! Wo hast du denn deine Schwester Consuelo gelassen?«, fuhr Miguel fort. »Trägt sie heute vielleicht deinen Schleier?«

Was Lucia vorhin gehört hatte, war viel zu bedrückend gewesen, um jetzt auf seine Frotzeleien einzugehen.

»Ich bin nicht Fatima«, sagte sie brüsk. »Und meine Freundin heißt auch nicht Consuelo. Aber ich denke, das weißt du längst.«

»Was du nicht sagst!« Das Lächeln war aus seinem Gesicht verschwunden. Seine Augen aber ließen sie nicht mehr los. »Deshalb ist sie wohl heute auch nicht bei dir – wie schade!«

Lucia hielt es nicht für nötig, darauf zu antworten.

»Welche Laus ist dir denn über die Leber gelaufen? Willst du mir das nicht erzählen, wo wir uns so unerwartet wiedersehen?«

»Nichts, was dich etwas anginge.« Plötzlich wollte sie wirklich nur noch nach Hause, doch Miguel versperrte ihr den Weg. »Lass mich vorbei. Ich hab es eilig.«

»Willst du denn gar nicht wissen, was aus Fuego geworden ist? Und ich dachte, dir läge etwas an dem kleinen Kerl!«

»Geht es ihm schlechter?«, fragte Lucia erschrocken. »Er ist doch nicht etwa …«

»Nein, nein«, rief Miguel. »Alles läuft gut, die Wunde ist nahezu verheilt und sein Appetit enorm. Genau da freilich liegt unser Problem. Mein Onkel meint nämlich, ein Kater solle allein vom Mäusefangen leben. Außerdem macht es ihn unruhig, wenn Fuego durch die Werkstatt fetzt und alles zum Wackeln bringt. Du siehst, der Kleine braucht dringend ein neues Zuhause.«

»Warum bringst du ihn dann nicht zu mir?«, hörte Lucia sich zu ihrer eigenen Überraschung antworten – und erstarrte.

Djamila, die mit dem Haushalt schon mehr als genug Arbeit hatte, würde alles andere als begeistert darüber sein, und was Vater betraf, so musste sie ihn eigentlich zuvor um Erlaubnis fragen. Aber jetzt war es ohnehin schon zu spät. Ihr Angebot zurücknehmen konnte und wollte sie nicht mehr.

Miguel grinste von einem Ohr zum anderen. »Mit dem allergrößten Vergnügen!«, sagte er. »Davon haben der Kleine und ich seit Tagen geträumt. Allerdings fehlt dazu noch eine Winzigkeit.«

Lucia sah ihn verständnislos an.

»Nun, ich müsste schon wissen, zu wem.« Sein Grinsen schien noch breiter geworden zu sein. »Und wohin.«

Jetzt saß sie in der Falle!

Wenn herauskäme, dass sie und Nuri am Fluss die Kleider getauscht und dabei auch noch mit einem fremden jungen Mann geschäkert hatten …

»Warum sagst du mir nicht lieber, wo ich dich finden kann?«, sagte sie. »Dann komme ich den Kater holen.«

»Würde ich ja, jederzeit, aber mein Onkel sieht es nun mal nicht gern, wenn Fremde zu uns kommen«, sagte er und zuckte bedauernd die Schultern. »In Toledo war er noch ganz anders. Doch seitdem wir wieder in Granada sind, verschließt er sich vor allem und jedem. Ich werde daraus noch nicht ganz schlau. Er wird seine Gründe haben, aber noch hat er mich nicht ins Vertrauen gezogen.«

»Dann bist du sein Gefangener?«, entfuhr es Lucia.

»Nein, ganz so schlimm ist es nun auch nicht«, sagte Miguel. »Könnte es sein, dass du gern ein wenig übertreibst?« Sein zwingender Blick trieb ihr die Röte ins Gesicht. »In die Kirche jedenfalls lässt er mich gehen, wie du siehst. Etwas, was wir beide offenbar gemeinsam haben, denn du besuchst ja auch die Messe in San Nicolás.«

»Ich muss weiter«, murmelte sie entschlossen, rührte sich aber nicht von der Stelle.

»Komm schon, verrat mir, wie du wirklich heißt – wenigstens das!«, bat er.

»Nur, wenn du mir sagst, wo ihr wohnt!«

Er schien mit sich zu kämpfen, dann aber entspannten sich seine Züge wieder.

»Also gut! Ich wette, du kommst ja ohnehin nicht«, sagte er. »Calle San Augustin. Dort, wo jetzt die neue Kathedrale in den Himmel wächst. Ein gelbes Haus. Tag und Nacht verriegelt. Und jetzt du!«

»Lucia«, sagte sie, »und meine Freundin heißt Nuri.«

»Lucia«, wiederholte er gedankenverloren. »Und Nuri. Wie gut, dass beides zu Fuego passt – Licht und Feuer!«

»Wo hast du denn die ganze Zeit gesteckt?«, hörte Lucia Nuri auf Arabisch flüstern. »Ich war zweimal umsonst bei euch drüben.«

»Ach, überall und nirgendwo«, antwortete sie und schämte sich schon wieder für ihre Ausflüchte. »Ich hab einfach ein bisschen Bewegung gebraucht.«

»Du hast es gut.« Die Freundin klang traurig. »Kannst gehen, wohin du willst, während ich Tag und Nacht zu Hause herumhocken muss. Seitdem sie diesen Unfug aufgebracht haben, dass ich bald heiraten soll, ist es sogar noch schlimmer geworden.«

»Und hat Sinan schon um dich angehalten?«, fragte Lucia so ernst wie möglich.

Jetzt mussten beide kichern.

Dass der picklige Schächtersohn seit Langem in die anmutige Nuri verliebt war, war kein Geheimnis. Dass sie nicht daran dachte, ihn jemals zu erhören, ebenso wenig.

Lucia und Nuri saßen im Mondlicht auf den flachen Dächern ihrer Elternhäuser, die jeweils auf der anderen Seite der Gasse lagen und doch so nah zusammenstanden, dass man mit einem mutigen Satz von einem auf das andere hätte wechseln können. Als Heranwachsender hatte Rashid das zu Saidas Entsetzen einmal gewagt – und sich von Kamal für seinen Leichtsinn eine Tracht Prügel eingefangen.

Hierher konnten die Mädchen allabendlich kommen, um ungestört ihre Geheimnisse auszutauschen, ohne das Haus verlassen zu müssen – jedenfalls solange sie ihre Geheimnisse noch miteinander geteilt hatten. Der Mond war ihr Verbündeter, so empfanden die beiden es jedenfalls. In seinem Licht waren sie sich nah. So war der Name »Mondschwestern« entstanden.

Trotz des sternenklaren Nachthimmels über ihnen fühlte Lucia sich plötzlich elend, und ihr Unwohlsein verstärkte sich, als Nuri weiterredete.

»Alle sind auf einmal so seltsam«, sagte sie. »Vater hab ich den ganzen Tag nicht zu Gesicht bekommen. Er hat sich mit deinem Vater in der Werkstatt verbarrikadiert, beinahe wie früher, als sie noch zusammen gearbeitet haben, doch damals standen die Türen stets offen. Weißt du vielleicht, was sie vorhaben?«

»Keine Ahnung«, antwortete Lucia. Sie war erleichtert, dass sie wenigstens in diesem Punkt die Wahrheit sagen konnte. »Mir hat er bislang nichts erzählt.«

»Mama hat sich mit Rashid gezankt und der ist noch immer nicht nach Hause gekommen. Manchmal hab ich richtig Angst um meinen Bruder. Da ist so etwas in seinem Blick, als wäre er innerlich ganz woanders. Ob er sich verliebt hat? Vielleicht leidet er ja, weil seine Liebste einen anderen vorzieht?«

Lucia rang nach Atem.

Das konnte, das durfte nicht sein! Rashid kämpfte für die Freiheit, daher rührte seine Aufregung.

»Alt genug dazu wäre er ja.« Nuri spann ihre Gedanken ungehindert weiter. »Mama wäre sogar froh, wenn er endlich heiraten würde. Dann wird er sicherlich ruhiger, hat sie gesagt, und vernünftiger …«

»Weißt du, wen ich heute getroffen habe?«, fiel Lucia ihr ins Wort, weil sie es nicht länger aushalten konnte. »Diesen Naseweis vom Fluss!«

»Miguel?« Nuris Stimme zitterte leicht. »Einfach so?«

»Einfach so«, bekräftigte Lucia. »Ich kam gerade von Padre Manolo und da stand er plötzlich vor mir. Natürlich hat er sofort wieder mit seinen frechen Bemerkungen angefangen, aber ich habe gut pariert.«

»Hat er auch nach mir gefragt?«, wisperte Nuri und wechselte unwillkürlich ins Andalusische.

»Hat er. Ob du heute meinen Schleier trägst, wollte er wissen, da hab ich ihm verraten müssen, dass wir nicht Fatima und Consuelo sind.«

»Er kennt unsere Namen?«

Wieso wollte Nuri alles, was diesen Miguel betraf, plötzlich bis in die letzte Kleinigkeit wissen?

»Ja«, erwiderte Lucia. »Es ließ sich leider nicht vermeiden. Ich hab mich nach dem Kater erkundigt. Erst hat er ganz großspurig angeboten, wir könnten Fuego haben, weil sein Onkel ihn ohnehin loswerden wolle, dann aber wollte er, dass ich ihm verrate, wo wir wohnen …«

»Er will hierherkommen?« Jetzt klang Nuri entsetzt. »Aber dann kommt ja heraus, dass wir heimlich am Fluss waren!«

»Keine Angst – Miguel weiß nichts! So leicht lasse ich mich doch nicht von einem Fremden ausfragen.«

»Dann bleibt der Kater also bei ihm?« Überraschenderweise schien Nuri auf einmal enttäuscht.

»Fürs Erste wohl schon. Aber Miguel hat mir auch gesagt, dass er regelmäßig die Messe in San Nicolás besucht. Da findet sich bestimmt eine Gelegenheit, um noch einmal darauf zurückzukommen.«

»Dann wirst du ihn also bald schon wiedersehen – und ich nicht«, sagte Nuri nach einer Weile. »Manchmal beneide ich dich um deine Freiheiten. Und wie viel Spaß würde es erst machen, könnten wir gemeinsam losziehen!«

»Da malst du dir entschieden zu viel aus. Djamila hat doch ihre Augen überall, und mein Vater will stets wissen, wo ich stecke. Was diesen Miguel betrifft, so bin ich gar nicht besonders erpicht darauf, ihn wiederzusehen«, erwiderte Lucia rasch. »Ich kann Kerle nicht ausstehen, die dermaßen überzeugt von sich sind!«

»Seine Augen sind goldbraun, fast golden, ist dir das eigentlich schon aufgefallen?« Nuri schien tief in Gedanken. »Ich hab noch nie zuvor einen Mann mit solch ungewöhnlichen Augen gesehen!«

»Nein«, sagte Lucia und erhob sich. »Gute Nacht, Nuri! Ich gehe jetzt besser hinunter zum Schlafen. Meine Hände sind schon eiskalt.«

Kapitel 3

Emilio zeigte sein hässliches Lachen nur, wenn einer der Arbeiter einen Fehler gemacht hatte. Dann allerdings stellte sein weit aufgerissener Mund fahlgelbe Zahnstummel zur Schau, von denen ihm einige bei einem Sturz in Volltrunkenheit auch noch abhandengekommen waren.

»Dummkopf!«, rief er, zog sein längliches Schafsgesicht in Falten und schien sich regelrecht daran zu weiden, dass Kamal der schwere Eimer aus der Hand geglitten war und dessen Inhalt sich über den halben Hügel ergossen hatte. »Was für ein unglaublicher Tölpel du doch bist. Jetzt musst du halt noch einmal in die Scheiße fassen.«

Ein Teil der Fliesenleger war vom Myrthenhof*, wo sie defekte Wanddekorationen erneuern sollten, abgezogen worden, um kurzerhand in die Gärten der Generalife* beordert zu werden. Zu den schweißtreibenden Tätigkeiten, die dort auf die Männer warteten, gehörten nicht nur das Ausheben neuer Wasserbecken sowie die Verlegung unterirdischer Leitungen, sondern auch das Abladen einer so gewaltigen Menge Mist für den riesigen Gemüsegarten, als hätte man alle Pferde, Schafe und Ziegen Andalusiens auf einmal ihres Kots beraubt.

Mit zusammengebissenen Zähnen schaufelte Kamal den stinkenden Inhalt zurück in das Gefäß.

»Ich wünschte nur, dieser Emilio würde darin ersticken«, murmelte Rashid neben ihm auf Arabisch, das bärtige Gesicht angeekelt verzogen. »Dann wären wir ihn endlich für immer los.«

»Pass bloß auf, dass er dich nicht hört«, warnte Kamal. »Was sollte das außerdem schon bringen? Wenn Emilio uns nicht länger drangsaliert, dann eben ein anderer. Einen Maurenfreund werden sie uns zuliebe hier wohl kaum einstellen.«

»Wie kannst du nur so leicht klein beigeben?« Unwillkürlich hatte Rashid sich aufgerichtet. »Willst du dir von diesen Christen denn alles gefallen lassen?«

»Mist lässt sich mit reichlich Wasser und Seife wieder abwaschen. Außerdem ist es immer noch besser als dieses eintönige Steineklopfen, das nur zu noch mehr Hornhaut und Schwielen führt.« Dazu hatte Emilio ein paar andere aus ihrer Schicht verdonnert. Der penetrante Lärm ihrer Hämmer drang durch die klare Herbstluft. »Ich versuche, meine Hände zu schonen, so gut es geht. Sie sollen möglichst geschmeidig bleiben – gerade jetzt.«

»Hat das vielleicht damit zu tun, dass du auf einmal wieder ständig mit Antonio zusammensteckst?«

Kamal verkniff sich ein Lächeln. Dass sein Sohn die scharfen Augen eines Falken besaß, denen kaum etwas entging, wusste er schon lange. Rashid kümmerte sich also sehr wohl darum, was sein Vater tat, auch wenn er sich äußerlich nichts anmerken ließ. Antonio und er hatten Gaspar strengstes Stillschweigen geloben müssen. Und dennoch drängte auf einmal alles in ihm, Rashid einzuweihen.

»Vielleicht wird eines Tages ja alles anders«, sagte er nach einer Weile. »Und wir können wieder in unseren alten Beruf zurück – alle beide. Oder wir siedeln uns anderswo an, wo wir es besser haben werden.«

»Was soll das heißen?« Rashids dunkle Brauen stießen über der Nase fast zusammen, so angestrengt schaute er drein. »Hast du vielleicht einen Auftrag, von dem ich nichts weiß? Etwas, das so viel einbringt, dass du dir endlich wieder eine bessere Zukunft vorstellen kannst?«

Kamal zuckte die Achseln und schwieg, bis der bucklige Omar ihm den frisch gefüllten Eimer abgenommen und einen neuen ausgehändigt hatte.

»Schon möglich«, sagte er.

Wie gern hätte er seinem Sohn jetzt erzählt, dass drei Schleifversuche mit Bergkristall missglückt waren, weil es ihm nicht gelungen war, die Kalette* exakt in der Mitte zu platzieren! Doch beim vierten Mal hatte er anders begonnen und alles war gut gegangen. Eine perfekte durchsichtige Rose war entstanden, Vorbild für die blaue Rose, die noch in dem kostbaren Hyazinth schlummerte. Er hatte nichts von seiner Kunstfertigkeit verlernt, das machte ihn froh und stolz zugleich. Er durfte sich nur nicht unter Zeitdruck setzen lassen.

»Kamal?« Emilios scheppernde Stimme holte ihn unsanft in die Gegenwart zurück. Er spie ihm die Worte regelrecht entgegen. »Jetzt hat sich diese Dummbacke von Gadi auch noch die rechte Hand zu Brei gehauen! Du ersetzt ihn. Und beeil dich gefälligst! Soll der Beichtvater der Königin etwa im Schlamm stecken bleiben, sobald er seine neue Residenz verlässt, wenn erst mal die herbstlichen Regenfälle einsetzen?«

»Warte!«, rief Rashid, noch bevor Kamal etwas antworten konnte. »Nimm lieber mich an seiner Stelle!«

»Weshalb?« Misstrauisch starrte der Vorarbeiter von einem zum anderen. »Wenn der Alte zu schwach dafür ist, werfe ich ihn raus. Seinen Lohn kann er dann allerdings vergessen. Ich kann hier nur Männer gebrauchen, die richtig zulangen können.«

»Nein, er ist nicht zu schwach, aber ich … kann fast doppelt so schnell arbeiten!« Rashid hatte plötzlich Schweißperlen auf der Stirn, weil er an seinen Arm dachte, der immer noch nicht ganz wie sonst zu gebrauchen war, und dennoch hielt er dem bohrenden Blick Emilios stand. »Ist doch egal, wer von uns es macht.«

»Von mir aus.« Emilio drehte sich gleichgültig um. »Aber ich werde ein Auge auf dich haben, Freundchen, die ganze Zeit, darauf kannst du dich verlassen!«

Die beiden bekamen erst Gelegenheit zum Weiterreden, als die kurze Mittagspause angebrochen war. Unter einem der Granatapfelbäume war ihr Lieblingsplatz, und wenn sie jetzt auch nicht mehr täglich die sich ständig verändernden Licht- und Wasserspiele der Nasridenpaläste genießen konnten, so doch wenigstens das verschwenderische Grün und Gold ringsumher, das Augen und Sinnen wohltat. Das noch immer dichte Laub hing voller Früchte, manche noch mit grünen Stellen, andere schon tiefrot, sodass sie bald geerntet werden mussten. Saida hatte ihren beiden Männern einen Korb mit Oliven, gefüllten Weinblättern und einem Tongefäß voller Lablabi mitgegeben, der traditionelle Eintopf aus Saubohnen, den beide so gerne mochten. Obwohl die dicke Suppe warm noch besser schmeckte, stieg ein verführerischer Duft nach frischen Kräutern und Zitronen auf, sobald Kamal den schweren Deckel gelüftet hatte. Bohrender Hunger zwang sie, zunächst ein paar schnelle Bissen hinunterzuschlingen, doch sobald die erste Gier gestillt war, wanderten Rashids dunkle Augen neugierig zu seinem Vater.

»Also, was ist das für eine geheimnisvolle Geschichte?«, fragte er und massierte sich zwischen zwei Bissen immer wieder die schmerzenden Gelenke. Drei seiner Nägel hatten auch schon dran glauben müssen und färbten sich unaufhaltsam lila. »Rück schon raus damit! Damit ich wenigstens weiß, wofür ich meine Knochen hinhalte.«

»Kann ich nicht.« Kamal schob sich ein Stück Fladenbrot in den Mund und wünschte, er hätte niemals damit angefangen. »Lass uns von etwas anderem reden.«

»Ich bin dein Sohn«, bohrte Rashid weiter. »Meinst du nicht, ich sollte es erfahren?«

Plötzlich war Kamals schmales Gesicht ganz leer. »Und ich bin dein Vater«, entgegnete er. »Wer, wenn nicht ich, muss wissen, was mein Sohn so treibt?«

Ertappt starrte Rashid zu Boden und sah plötzlich wieder aus wie der kleine Junge von damals, der im wilden Spiel versehentlich Saidas schönste blaue Schüssel zerbrochen hatte.

»Du zuerst«, murmelte er.

Kamal holte tief Atem. Lange waren sie sich nicht mehr so nah gewesen. Wenn er nun diese Gelegenheit ungenutzt verstreichen ließe, beginge er womöglich einen großen Fehler.

»Du musst mir versprechen, den Mund zu halten«, sagte er. »Kein Wort zu irgendjemandem! Sonst geraten wir in größte Schwierigkeiten.«

Rashid nickte knapp.

»Es geht da um einen besonderen Edelstein, der die neue Schliffart erhalten soll«, fuhr Kamal leise fort. »Man hat mich danach gefragt, weil mein guter Ruf offenbar noch immer gilt. Natürlich bin ich nach all den Jahren ziemlich außer Übung. Aber ich denke, ich kann es trotzdem schaffen.«

»Und wieso darf niemand davon erfahren?«, fragte Rashid. »Das klingt ja beinahe, als tätest du etwas Verbotenes!«

Kamal zuckte die Achseln und schwieg.

»Es ist also nicht erlaubt«, mutmaßte Rashid weiter. »Aber du machst es trotzdem. Weil man dir genügend Geld angeboten hat? Hat das dich überzeugt? Oder gibt es andere Gründe?«

Kamal begann seine Nase zu reiben.

»Warte! Dann müssen es Schweinefresser sein, für die du arbeiten sollst. Genau so ist es doch, oder? Schweinefresser, die aus irgendeinem Grund nicht bekannt machen wollen, dass ein Maure …«

»Du sollst nicht so reden«, fiel Kamal ihm ins Wort. »Wie oft hab ich dir das schon gesagt! Unsere engsten Freunde sind Christen. Vergiss das nicht!«

»Ich meine doch nicht Antonio und Lucia. Ich spreche von den anderen, die uns das Leben schon schwer genug machen und bald womöglich noch schwerer …« Erschöpft hielt er inne. »Welches Recht dazu haben sie? Sie stellen ihren Christengott über Allah und behandeln uns mieser als Tiere!«

»Das Recht der Sieger«, sagte Kamal leise. »Sie nehmen Rache für Jahrhunderte maurischer Herrschaft.«

»Jahrhunderte, in denen sie ihren Glauben behalten durften, genauso wie die Juden, die nun von diesen Christen erbarmungslos aus dem Land getrieben wurden. Nachdem die Christen mit dem Geld der Juden Granada zurückerobert, nein, zurückgekauft hatten! Und jetzt sind wir an der Reihe. Weißt du, was sie als Nächstes vorhaben?« Seine Augen brannten, so erregt war er auf einmal.

»Nicht so laut, Junge!«, rief Kamal. »Sonst hört man dich ja bis hinüber zu den Palästen, und dort verstehen sie Arabisch, das kann ich dir versichern! Salzedo, der Hofmeister von Erzbischof Cisneros, hasst uns Mauren aus tiefstem Herzen. Willst du ihn unbedingt auf dich aufmerksam machen?«

»Ich werde es dir verraten! Wie Vieh wollen sie uns in ihre Kirchen treiben, dann die Türen verschließen und uns mit ihrem Dämonenwasser zwangsweise taufen.«

»Das ist nicht dein Ernst!« Kamal vergaß für einen Augenblick, die Stimme zu senken. »Jemand muss dir einen Bären aufgebunden haben. Das würden die Christen nicht wagen!«

»Jedes einzelne Wort davon ist wahr!« Rashid sprang auf, stieß dabei den Topf um und verschüttete den Rest des Eintopfs. »Aber so einfach werden wir es ihnen nicht machen. Zum Glück gibt es nämlich noch ein paar Muslime, die bereit sind, bis zuletzt für ihren Glauben zu kämpfen. Bist du dabei, Vater? Wirst du uns Söhne Allahs unterstützen?«

Rostiges Bimmeln ertönte und rief sie zur Arbeit zurück, Kamal zu seinem Misthaufen, Rashid zum Steineklopfen, damit der Hof vor dem Nordpavillon noch vor der Ankunft von Erzbischof Cisneros gepflastert wurde. Die wenigen Christen in der Truppe sprachen von nichts anderem. Der asketische Franziskaner, der jeden Tag in Granada eintreffen musste, hatte sich einer Unterbringung in den behaglicheren, wohnlich ausgestatteten Palastteilen hartnäckig verweigert. Nur auf ausdrücklichen Wunsch der Königin war er schließlich bereit gewesen, ein paar bescheidene Räume in der Generalife zu beziehen, die nun unter der kritischen Aufsicht seines Hofmeisters eiligst auf Hochglanz gebracht werden mussten.

»Wir reden später weiter«, rief Kamal seinem Sohn nach, der sich mit großen Schritten bereits entfernte. »Und du machst nichts ohne meine Erlaubnis, hast du mich verstanden?«

Rashid ging weiter, als hätte er nichts gehört.

Eine kalte Hand griff nach Kamal. Und wenn er ihn längst verloren hatte?

Ein Gedanke, der sein Herz in Finsternis tauchte und ihn nicht mehr losließ, bis der letzte Misteimer geleert war.

Lucia hatte die halbe Nacht von Fuego geträumt. Im Traum war er kein kleiner, zerzauster Kater mehr mit kaum verheilten Wunden, sondern ein großes, gut genährtes Tier, das im Schatten der Pappeln auf Beutezug ging.

Wie geschmeidig er sich bewegte! Und wie aufgeregt sein buschiger Schwanz zuckte!

Die Ohren angelegt, setzte er zum Sprung an und nagelte mit schweren Tatzen das Opfer unter sich fest. Sein Fell schimmerte in allen erdenklichen Rottönen; die Augen waren gleißend grün.

Sie erschrak, als er sich plötzlich umdrehte und sie eingehend musterte.

Eine ganze Weile standen sie regungslos, der Kater und das Mädchen, dann veränderte sich sein Ausdruck, und mit einem hellen Fiepen kam er langsam näher.

Nichts wünschte Lucia sich mehr, als ihn zu berühren, und als ob er ihre Sehnsucht gespürt hätte, stupste er sie sanft mit der Schnauze an. Gehorsam ließ sie sich auf dem Boden nieder, der warm und trocken war.

Und tatsächlich kletterte Fuego auf den Schenkel und ließ sich dann auf ihrem Schoß nieder. Ihre Finger berührten sein seidiges Fell. Wohliges Schnurren ertönte …

»Träumst du schon wieder im Stehen? Eines Tages wirst du noch über deine eigenen Füße fallen, wenn dein Kopf stets in den Wolken steckt!«

Manchmal konnte Djamila eine Nervensäge sein!

Lucia hasste es ebenso, wenn sie sich in ihre Fantasien mischte, wie wenn Djamila ungebeten ihr Zimmer betrat. Dass es in der ersten Zeit anders gewesen war, wussten sie beide, ohne jemals ein Wort darüber zu verlieren.

Damals war Lucia überzeugt gewesen, in der jungen Maurin, von der sie nur zehn Jahre trennten, eine Freundin und Verbündete zu finden. Doch nach den ersten Nächten, die Djamila mit Antonio verbracht hatte, musste sie schweren Herzens Abschied von dieser Illusion nehmen. Djamila wollte nicht länger Dienerin sein, sondern am liebsten die Herrin des Hauses, das ließ sie Lucia immer wieder spüren.

Djamila wollte *alles.* Dazu gehörte auch, dass sie Monat für Monat auf eine Schwangerschaft hinfieberte, die bislang jedoch ausgeblieben war. Zum Glück, wie Lucia fand. Sie war das einzige Kind ihres Vaters und verspürte wenig Lust, dieses Privileg mit einem Nachgeborenen zu teilen.

Manchmal schien Djamila ihre heimlichen Gedanken zu erraten. Dann verschlossen sich ihre gleichmäßigen Züge und der weiche Mund wurde hart. Sie fing an, ungerecht und kleinlich zu werden, spielte sich mit Anweisungen und Verboten auf, als ob sie Lucias Mutter wäre, zuständig für ihre Erziehung.

Zum Glück verschwanden solche Anwandlungen meist rasch wieder. Die alte Eintracht kehrte zurück, wenngleich sich in den letzten Wochen immer wieder ein gereizter Unterton in ihre Gespräche geschlichen hatte, der Lucia unfroh machte.

»Linsen auszulesen, ist derart öde, dass ein wenig Träumen wohl kaum schaden kann«, erwiderte sie und verfiel absichtlich ins Andalusische. »Dann geht wenigstens mein Geist spazieren.«

»Mir scheint eher, du bist dir für alles und jedes im Haus zu schade«, erwiderte Djamila prompt in ihrer Muttersprache. »Nähen und Sticken willst du nicht lernen, alles in der Küche ist dir zu mühsam, und was das Putzen betrifft, so …«

»… haben wir ja schließlich dich.« Lucia erschrak, wie patzig, ja geradezu hochnäsig ihre Antwort klang.

Djamilas feine Wangenknochen zeichneten sich deutlicher als sonst unter der straffen bräunlichen Haut ab.

»Du musst nicht unverschämt werden, Lucia«, sagte sie verstimmt. »Das habe ich nicht verdient.«

»Das will ich doch auch gar nicht«, protestierte Lucia schwach. »Es ist nur so, dass dieses ständige Herumhocken mich ganz unruhig macht.«

»Das Haus ist nun mal der Platz für die Frauen; während die Männer …«

»Aber ich bin keine Maurin wie du!«, stieß Lucia hervor. »Ich kann gehen, wohin ich will.«

Djamilas Hände begannen leicht zu zittern. Früher war sie ihr freundlich und nachgiebig erschienen, doch inzwischen gewann Lucia immer mehr den Eindruck, dass das, was sich hinter der weichen Fassade verbarg, hart wie Feuerstein war.

»Das sieht dein Vater ganz anders«, sagte die Maurin langsam. »Wie oft hat er mir schon darüber sein Herz ausgeschüttet!«

»Dann soll er mir das gefälligst selbst sagen!« Lucia ging steifbeinig zur Tür.

»Wo willst du hin?«, hörte sie Djamila rufen.

Am liebsten zu Rashid, war das Erste, was ihr durch den Sinn schoss. Nur leider kann ich dessen Wunde nicht mehr verbinden, weil sie am Abheilen ist. Und kein Mensch hätte sie in die Palastanlage der Alhambra hineingelassen, wo er mit seinem Vater arbeitete.

»Zu Padre Manolo«, sagte sie stattdessen und drehte sich langsam zu Djamila um.

»Aber heute ist doch gar kein Sonntag …«

»Die Beichte kann man immer ablegen«, erklärte Lucia. »Vorausgesetzt, man ist als Christ getauft.«

Kaum hatte sie die steilen Stufen erklommen, die hinauf zu San Nicolás führten, bereute sie ihre Worte. Der Vater würde traurig und zornig werden, könnte er sie so reden hören. Die Mauren zu achten, hatte er ihr von klein auf beigebracht, auch wenn er selbst an den Dreifaltigen Gott glaubte. Ihm lag viel daran, dass sie alle verschiedenen Religionen achtete. Denn da gab es ja auch noch ein paar seltsame Dinge, die er ihr vor einiger Zeit über ihre tote Mutter erzählt hatte, die sie inzwischen allerdings schon wieder halb vergessen hatte – Maria, die als Mädchen offenbar Miriam geheißen hatte …

Ob auch Tante Pilar früher einen anderen Namen getragen hatte?

Lucia nahm sich vor, sie bei Gelegenheit danach zu fragen. Jetzt aber musste sie erst einmal herausfinden, ob Padre Manolo in der Zwischenzeit etwas Interessantes erfahren hatte.

Ein wenig unschlüssig betrat sie den Kirchenraum. Helles Licht fiel durch die schmalen Fenster und hüllte ihn in ein Gespinst aus Sonnenstrahlen. Die einfachen Holzbänke waren leer, bis auf einen korpulenten Glatzkopf, der ganz hinten kniete und das Gesicht in den Händen verbarg.

Plötzlich stand er auf und verschwand in einem der beiden Beichtstühle. Lucia hörte Rascheln und Scharren, als suche er nach der richtigen Stellung, dann begann er zu reden, so laut, dass sie unwillkürlich mithören musste.

»Ich lade große Schuld auf mich, Padre, denn ich bin dabei, etwas Schreckliches zu tun«, sagte er weinerlich.

»Das klingt, als hättest du noch immer die Wahl, es zu lassen.« Padre Manolos Stimme war tief und ernst.

Der Beichtende heulte auf.

»Das sagt sich so leicht! Ich bin den Pakt eingegangen, versteht Ihr? Jetzt gibt es kein Zurück mehr für mich. Wer sich einmal mit denen einlässt, der ist verloren!«

»Es gibt immer ein Zurück. Man muss nur wollen.«

»Wie denn? Die können mich zermalmen wie eine winzige Laus in der Hand eines Riesen, das müsst Ihr doch besser wissen als ich – Ihr, ein Mann der Kirche! Ich dagegen bin nur ein kleiner Handwerker, der nichts als ein wenig Sicherheit wollte in diesen harten Zeiten …« Er begann zu schluchzen.

»Bekenne, mein Sohn! Befreie dich von deinen Sünden. Dann wird der Allmächtige dir vergeben.«

»Das kann ich nur, wenn Ihr mir helft. Sprecht mich los. Ich kann mit dieser Schuld nicht länger atmen.«

»Nur wer bereut und sich freien Herzens von der Sünde abwendet, kann auch Vergebung erlangen …«

Lucia hörte ein lautes Rumpeln, als wäre etwas Schweres umgestoßen worden, dann öffnete der Glatzköpfige den Vorhang des Beichtstuhls und stürzte davon, als wäre ihm der Leibhaftige auf den Fersen.

Verdutzt blieb sie stehen, bis eine Weile später hinter dem zweiten Vorhang Padre Manolo erschien.

»Lucia! Wie lang bist du denn schon da?«, rief er und fuhr sich mit der Hand über das Gesicht, als wolle er etwas wegwischen.

»Gerade erst gekommen.« Sie kreuzte die Finger hinter dem Rücken und bat die Heilige Jungfrau um Verzeihung für diese Notlüge. »Ich wollte Euch fragen, ob Ihr inzwischen Neuigkeiten vom Erzbischof habt.«

»Allerdings.« Der Priester erschien ihr auf merkwürdige Weise abwesend, als wäre sein Geist anderswo. »Seine Exzellenz war äußerst befremdet, als ich ihn darauf angesprochen habe. Doch seine Weitsicht und Güte sind immer wieder erstaunlich. Anstatt ungehalten zu sein, hat Erzbischof Talavera mich zu theologischen Gesprächen mit den wichtigsten Imamen* der Stadt eingeladen. Stell dir vor, er bereitet eine Übersetzung der kompletten Heiligen Schrift ins Arabische vor, um die Mauren besser zu missionieren! Es ist genauso, wie ich dir schon sagte: Mehr denn je zuvor sucht er den Austausch mit den Andersgläubigen – und beileibe nicht die Konfrontation …«

Lucia hing gebannt an seinen Lippen, doch plötzlich unterbrach er sich selbst. »Weshalb interessierst du dich eigentlich so sehr für diese ominösen Zwangstaufen?«

Die Wahrheit konnte sie ihm kaum verraten, doch zum Glück drängte sich ein anderer Gedanke vor, den sie sehr wohl preisgeben durfte.

»Wegen Nuri. Wir sind Mondschwestern, du erinnerst dich? Beinahe so etwas wie Zwillinge. Ich mache mir eben Sorgen um sie.«

»Der kleinen Nuri wird nichts geschehen.« Padre Manolo schien sich wieder gefasst zu haben. »Richte ihr das bitte aus. Und auch, dass sie immer zu mir kommen kann, ob sie nun Christin werden möchte oder nicht.«

»Nuri will keine Christin werden«, sagte Lucia ungeduldig. »Ebenso wenig wie ihre Eltern oder ihr Bruder Rashid.« Allein seinen Namen auszusprechen, trieb ihr das Blut in die Wangen. »Alles, was sie wollen, ist, weiterhin in Frieden in Granada zu leben. Ist das etwa zu viel verlangt?«

Die feinen Züge des Priesters verzogen sich schmerzlich, als ob innerlich ein Kampf in ihm wütete.

»Wir müssen schwierige Zeiten durchstehen«, murmelte er. »Alles, was einst galt, erscheint plötzlich in neuem Licht. Gebe der Allmächtige uns die Kraft, das Wichtige vom Unwichtigen zu unterscheiden. Ich muss dich jetzt verlassen, mein Kind. Der Kardinal erwartet mich.«

Bevor Lucia sich noch versehen hatte, war er fort.

Sie blieb allein zurück, die Sinne aufgewühlt, eine schwach glimmende Hoffnung im Herzen, dass seine beruhigenden Worte sich bewahrheiten würden.

Es gefiel Antonio ganz und gar nicht, wie blass Kamal aussah und wie stark seine Kiefer mahlten, während er über den Zeichnungen brütete. Zum Schleifen war es längst zu dunkel, so spät war sein Freund von der Alhambra gekommen, hatte zu Hause das Abendessen in Windeseile verschlungen, um sich danach sofort wieder seinen Grübeleien hinzugeben.

»Was ist eigentlich los?«, fragte Antonio sanft auf Arabisch. »Dass dich etwas bedrückt, ist ja nicht zu übersehen. Du hast doch wohl keine Angst vor Gaspar? Er wird bald hier sein, um zu sehen, wie weit du gekommen bist, aber du hast doch etwas vorzuweisen!«

Kamal schüttelte den Kopf.

»Oder hast du schon wieder Schwierigkeiten mit diesem hinterlistigen Emilio?«

»Er behandelt uns noch immer wie Dreck. Eigentlich ist es sogar schlimmer geworden, jetzt, wo der Beichtvater der Königin bald eintreffen wird. Alles soll fertig sein, bevor Erzbischof Cisneros aus Toledo anreist, die Zimmer, die Gärten, sogar das Pflaster! Ich musste bis zum Abend Mist schaufeln und zwischendrin wollte er mich auch noch zum Steineklopfen verdammen. Wäre Rashid nicht für mich eingesprungen, meine Hände sähen vermutlich zum Fürchten aus und ich könnte meine Holzzange kaum noch halten! Aber das ist es nicht …« Kamal verstummte und selbst das kurze Kohlestückchen in seiner Hand tanzte nicht länger leichtfüßig über das Papier.

»Was ist es dann?« So leicht wollte Antonio sich nicht abschütteln lassen. »Doch nicht etwa Ärger mit Saida? Dann solltest du besser nachgeben! Frauen sind das Salz der Erde. Ohne sie verdirbt alles.«

»Nein«, erwiderte Kamal. »Der Junge ist es, der mir große Sorgen macht.«

»Rashid? Aber sagtest du nicht eben, er habe dir geholfen?«

»Das hat er auch! Aber er hat sich so verändert. Ich erkenne meinen Sohn nicht mehr, Antonio. Was er sagt, was er denkt – alles ist mir fremd. Rashid ist so wild, so radikal, zu allem entschlossen. Ich habe Angst, dass er in falsche Kreise geraten ist. Kreise, die auf Revolte und Zerstörung aus sind. Die sich gegen die neue Herrschaft über die Stadt stemmen, ohne Rücksicht auf Verluste.«

Der Goldschmied trank einen Schluck Wein und hätte am liebsten dem Freund auch einen Becher davon eingeschenkt, so bedrückt erschien er ihm.

»Ist das nicht seit jeher das Vorrecht der Jugend?«, sagte er nach einer Weile. »Wir, die Älteren, richten uns notgedrungen ein in dem, was ist. Sie dagegen streiten und kämpfen für ihre Träume. Haben wir es denn so anders gemacht, damals, als alles noch möglich schien? Ich kann Rashid gut verstehen. Für einen jungen Mauren wie ihn ist das Leben zurzeit nicht gerade einfach …«

»Aber wenn das, was er vorhat, sein Leben womöglich in Gefahr bringt?«, fiel Kamal ihm ins Wort. »Du hast nur eine brave Tochter. Du hast nicht die geringste Ahnung, wie verzweifelt man um einen ungehorsamen Sohn bangen kann!« Er schlug die Hände vor das Gesicht.

»Soll ich vielleicht einmal mit ihm reden?«, bot Antonio an. »Immerhin bin ich ja für Rashid so etwas wie ein Onkel. Und mein Arabisch habe ich, wie du hörst, noch nicht verlernt.«

»Früher einmal hätte das vielleicht etwas gebracht.« Kamal ließ die Hände sinken. Im Kerzenlicht wirkten die Schatten unter seinen Augen gespenstisch. »Wie kein anderer hast du ihn zum Lachen bringen können, und er konnte niemals genug davon bekommen, auf deinen Schultern zu reiten. Er hat dich bewundert, zu dir aufgesehen, wollte so sein wie du, das weiß ich. Aber das ist lange vorbei. Jetzt sieht er in dir vor allem den Christen. Jemand, der ihm Böses will. Jemand, der seinen Glauben stehlen möchte.«

»Ich?«, rief Antonio und schüttelte den Kopf. »Wie kommt er nur auf so etwas? Ich wäre doch der Allerletzte, der …«

»Das weiß ich, doch ich fürchte, so genau unterscheidet mein Sohn schon lange nicht mehr.« Kamal klang verzweifelt. »Rashid hat mir etwas von Zwangstaufen erzählt, die er und ein paar andere verhindern wollen – um jeden Preis. Versteht du jetzt, was in mir vorgeht?«

»Allerdings.« Antonios Miene verriet seine Betroffenheit. »Glaubst du, er hat recht?«

»Woher soll ich das wissen? Ich weiß nur, sollte er jemals erfahren, dass ich dir davon erzählt habe, wird er auch noch sein restliches Vertrauen in mich verlieren. Du schweigst doch, Antonio? Kann ich mich darauf verlassen?«

»Ich bin dein Bruder, Kamal«, sagte der Goldschmied. »Spätestens seit jener Mondnacht im August vor sechzehn Jahren, als du mein weinendes Kind zu deiner Frau gebracht hast und sie es an ihre nährende Brust anlegte. Ich hoffe, das hast du nicht vergessen. Ich jedenfalls erinnere mich noch so genau daran, als wäre es gestern gewesen.«

Kamal erhob sich zittrig. Sie umarmten sich.

»Was wirst du jetzt tun, Kamal?«, fragte Antonio, als sie sich voneinander gelöst hatten.

»Die schönste blaue Hyazinthrose aller Zeiten erschaffen«, erwiderte der Steinschleifer. »Und Allah in jedem meiner Gebete demütig um Klugheit und Geduld anflehen. Möge seine beschützende Hand weiterhin auf uns allen liegen.«

Da war diese schreckliche Unruhe in ihr, die mit jeder Stunde stärker wurde. Lucia hatte es nicht länger ausgehalten, bei Nuri zu sitzen und Belangloses zu schwatzen, obwohl es natürlich die beste Gelegenheit gewesen wäre, Rashid bei seiner Rückkehr von der Roten Burg zu begegnen.

Etwas hatte sich zwischen ihnen verändert, seitdem sie seinen Verband gewechselt hatte. Dieser Veränderung Worte zu verleihen, wagte sie noch nicht. Doch sie spürte, dass sie ihm gegenüber nun erst recht befangen war.

Rashids Blicke ruhten länger auf ihr, und manchmal schüttelte er bei ihrem Anblick leicht den Kopf, als verwundere ihn etwas. Wenn er sie im Haus seiner Eltern ansprach, dann freundlich, wenngleich sie manchmal einen fragenden Ton in seiner Stimme mitschwingen hörte. Doch von sich aus suchte er niemals das Gespräch, was Lucia traurig machte, und nichts auf der Welt schien ihn dazu zu drängen, sich irgendwo heimlich mit ihr zu verabreden. Sie hatte sogar für sich behalten, was sie von Padre Manolo erfahren hatte, weil sie nicht genau wusste, wann und wie sie es am besten anbringen könnte. Ein falsches Wort, und Rashid hätte erraten können, dass sie ihm heimlich gefolgt war. Eigentlich durfte sie gar nichts von dem wissen, was ihn so sehr beschäftigte.

Ob er sich noch öfter mit den anderen Männern getroffen hatte? Irgendwo musste er doch sein, wenn er Abend für Abend unauffällig das Haus verließ.

Ein paar Mal hatte sie schon versucht, Nuri unauffällig auszufragen, aber Rashids Schwester wusste, wie Lucia nach wenigen Worten herausgefunden hatte, noch weniger als sie.

»Er hasst seine Arbeit«, sagte Nuri bedauernd. »Um Papa zu schonen, hat er sich sogar zum Steinklopfen einteilen lassen. Sie schuften von früh bis spät, manchmal sogar im Fackellicht. Hast du mal seine Hände gesehen? Mein armer Bruder, der stets so stolz auf seine makellosen Finger war – und das alles nur, damit der Beichtvater der Königin ja keine nassen Füße bekommt!«

Damit schien Nuri recht zu behalten, denn auch als die Dämmerung sich über die Stadt senkte und der Herbsthimmel langsam von Blau in tiefes Grünblau wechselte, gab es, wie Lucia von ihrem geheimen Fensterplatz aus beobachtete, noch immer keine Spur von Rashid.

Die Idee, kleine Gruppen von Conversos* in die Maurenhäuser zu schicken, damit sie ihre einstigen Glaubensgenossen nach draußen trieben, stammte von Lucero selbst und erfüllte ihn mit tiefem Stolz. Denn auf diese Weise ließen sich gleich zwei Fliegen mit einer Klappe schlagen: Die Aufgescheuchten hegten zunächst keinen Verdacht und leisteten daher auch kaum Widerstand; hatten sie aber erst einmal verstanden, dass sie einer gemeinen List aufgesessen waren, würde die Kluft zwischen Getauften und Moslems nur umso tiefer werden.

Vor den Häusern erwarteten sie bereits die schwer bewaffneten Rotkappen, die sie umkreisten wie Wolfshunde eine Schafherde und sie in gebrochenem Kastilisch dazu zwangen, im Galopp in Richtung von San Nicolás zu laufen. Sie befolgten exakt den Plan, den Lucero für das gesamte Albaycín ausgearbeitet hatte, und leerten systematisch Gasse um Gasse.

Zu seinem Bedauern mussten sie die Aktion vorzeitig abbrechen, denn das Gotteshaus am Ende der Stufen war zu klein, um noch mehr Menschen zu fassen. Aber auch so war der Zug erstaunlich lang ausgefallen, und das Weinen der Frauen und Kinder schwoll an, je näher sie San Nicolás kamen.

Lucero, hoch zu Ross, wie gewohnt militärisch gekleidet anstatt im kirchlichen Gewand, verfolgte in einiger Entfernung das befremdliche Treiben. Dass Erzbischof Cisneros sich bereits in der Sakristei befand, machte ihn ruhiger. Eine Eilbotschaft hatte den Beichtvater der Königin früher als eigentlich vorgesehen aus Toledo anreisen lassen.

Das Vorhaben einer Zwangstaufe musste trotz strengster Geheimhaltung im Albaycín durchgesickert sein. Es hieß sogar, einige Mauren wollten dagegen aufbegehren und planten einen Aufstand. Ihnen zuvorzukommen, war nun das Gebot der Stunde, auch wenn es Lucero lieber gewesen wäre, erst später zuzuschlagen. Dann wären nämlich mehr Männer bereits von der Arbeit zurückgekehrt. Einige gingen ihm aber auch jetzt schon ins Netz, und wen immer seine Leute auf den Gassen noch zusätzlich einsammeln konnten, der musste daran glauben.

Dazu gehörten auch Kamal und Rashid, auf der Rückkehr von einem anstrengenden Tag auf der Alhambra, der ihnen nichts als Mühen und weiteren Verdruss eingebracht hatte. Bevor sie es sich versahen, waren sie von den Rotkappen umkreist, die ihre Speere und Lanzen auf sie richteten und sie somit zwangen, im Zug zu bleiben.

»Mach jetzt bloß keinen Unsinn«, flüsterte Kamal, dem nicht entgangen war, dass die Züge seines Sohnes sich schlagartig verhärtet hatten. »Wir finden bestimmt noch eine Gelegenheit zur Flucht.«

»Die Söhne Allahs stehen bereit«, zischte Rashid zurück. »Aber nicht für heute. Die Taufe sollte erst in drei Tagen stattfinden. Es muss einen Verräter geben!«

Das Portal von San Nicolás stand weit geöffnet, um die aufgebrachte Menge aufzunehmen. Vorsorglich waren alle Bänke entfernt worden, damit der Platz auch ausreichte. Aber obwohl die Leiber bereits dicht an dicht standen, wurde es brechend eng. Einige Frauen weinten, andere schimpften und keiften. Kinder drängten sich schutzsuchend an ihre Mütter.

Über den Grundgeruch von Angst und blankem Hass legten sich Wolken schwüler Weihrauchschwaden.

»Du hast doch niemandem etwas von unserem Plan verraten?«, begann Rashid aufs Neue. »Ich hab dir mein Vertrauen geschenkt. Wenn du uns verpfiffen hast, dann ...«

Das Bimmeln vieler Glöckchen. Ein großer, magerer Mann hielt Einzug, flankiert von einem halben Dutzend Ministranten, die Weihrauchfässer schwenkten. Zwei von ihnen hatten an hässlichen Eimern schwer zu schleppen, die aussahen, als stammten sie direkt aus einer Viehtränke; ein anderer trug eine brennende Fackel. Den nahezu kahlen Schädel des Mannes bedeckte ein rotes Barett*, seinen ausgemergelten Körper umschloss eine abgewetzte Franziskanerkutte, die mit einem breiten roten Band gegürtet war.

Hinter ihm schritt ein kräftiger Mann in einem ledernen Wams mit vergoldeten Nieten. Padre Manolo, der ihm folgte, war so bleich wie ein Leichentuch.

»Der Inquisitor!«, murmelte Kamal erschrocken. »Diego Rodríguez Lucero. Antonio hat ihn mir einmal im Vorbeigehen gezeigt. Dann kann der Magere vor ihm …«

»… kein anderer als der Beichtvater der Königin sein! Erzbischof Cisneros befindet sich also bereits in Granada«, ergänzte Rashid. »Und der freundliche Padre, der immer tut, als gehöre er zur Familie, ist ebenfalls mit im Bunde! An welchen der drei hast du uns verraten? Oder hat das dein angeblicher Bruder Antonio erledigt?«

Kamal schüttelte verzweifelt den Kopf. »Zu niemandem habe ich davon gesprochen! Kein Sterbenswörtchen!«

»Könntest du das beschwören, Vater – beim Leben deiner Tochter?«

»Ihr habt euch hier eingefunden, Brüder und Schwestern im Herrn«, begann Erzbischof Cisneros und seine volle, leidenschaftliche Stimme in reinstem Kastilisch erfüllte das Kirchenschiff bis in den allerletzten Winkel, »um eurem alten Irrglauben abzuschwören und demütig um die Aufnahme in den Schoß der Heiligen Katholischen Kirche zu bitten …«

»Niemals!«, schrie eine alte Frau auf Arabisch und reckte ihren faltigen Hals, um sich besser Geltung zu verschaffen. »Sich von Allah abzuwenden, bedeutet den Tod!«

»Bringt die hässliche Vettel augenblicklich zum Schweigen! Sonst lasse ich mein Schwert sprechen«, befahl Lucero. »Wer noch einmal Seine Exzellenz unterbricht, soll mich kennenlernen.«

»Lob sei Allah, dem Weltenherrscher, dem Erbarmer, dem Barmherzigen, dir dienen wir und zu dir rufen wir um Hilfe …« Die zittrige arabische Männerstimme verriet Alter und Krankheit, aber es gab keinen in der ganzen Kirche, der sie nicht gehört hätte.

Das Gesicht des Erzbischofs war wie erstarrt, und er schien auf einmal zu schwanken, als träfe ihn der unerwartete Widerstand körperlich. Lucero dagegen wirkte umso lebendiger. Er sprang zu dem Ministranten, riss ihm die Fackel aus der Hand. Ein anderer reichte ihm auf sein herrisches Nicken hin einen mit Weihwasser getränkten Wedel.

»Das ist eure Wahl«, schrie er auf Kastilisch. »Feuer oder Wasser – Tod in den Flammen oder ewiges Leben. Entscheidet euch!«

Lautes Knirschen ertönte. Die Köpfe vieler flogen entsetzt nach hinten, als sie erkannten, was es war.

Die Riegel schnappten zu – sie waren gefangen!

»Dann wählen wir das Feuer!«, schrie Rashid auf Kastilisch zurück, so laut er nur konnte. »Allah ist der Beschützer aller Gläubigen. Er führt uns aus tiefster Finsternis zum Licht …«

»Ergreift ihn!«, brüllte Lucero und drehte sich zu seinen Söldnern um, die als Wachen an den Wänden standen. »Dieser Aufwiegler wird erfahren, wohin sein freches Maul ihn bringt.«

Kamal, eben noch vor Schreck wie gelähmt, reagierte blitzschnell. Er zog seinem Sohn die Kapuze seiner Djellaba über den Kopf und versetzte ihm einen Stoß.

»Los!«, flüsterte er. »Da vorn, links neben dem Altar – die kleine offene Tür. Und jetzt renn um dein Leben!«

Rashid duckte sich und gehorchte.

Zuerst wusste er nicht genau wohin, denn überall standen ja angststarre Menschen. Dann jedoch schienen sich auf wunderbare Weise die dicht gedrängten Leiber der Mauren wie Wellen zu teilen, die der Wind aufbäumt, und er entdeckte immer wieder neue Lücken, durch die er schlüpfen konnte.

Natürlich blieb die Gegenseite nicht untätig und versuchte mit allen Mitteln, ihm den Weg abzuschneiden. Gleich mehrere Fetzenkerle auf einmal schwärmten aus, um ihn zu fassen, doch ihnen blieb die Gunst der Welle verschlossen. Ganz im Gegenteil, je energischer sie sich Rashid zu nähern versuchten, desto enger schlossen sich die Leiber zusammen, als wären sie eine festgefügte Wand. Einer der Söldner ging dabei besonders brutal vor, er trat den Mauren hart auf die Füße, schlug und boxte wild um sich – und hätte mit diesem Verfahren beinahe Erfolg gehabt, denn seine Hand war schon beinahe an Rashids Djellaba, als der alte Mann, der vorhin seine Stimme erhoben hatte, ihm mutig seine magere Brust entgegenreckte.

»Töte mich an seiner Stelle!«, rief er und lenkte den Verfolger dabei für einen Augenblick ab. »Lass den Alten für den Jungen sterben!«

Der Söldner versetzte ihm einen wütenden Stoß, als er erkannte, was der Alte bezweckte. Aber es war zu spät. Rashid hatte eine schmale Lücke entdeckt, die sich hinter ihm sofort wieder schloss. Jetzt war sein Ziel zum Greifen nah.

Die Tür, hinter der ein Licht schimmerte!

Sein letzter großer Satz trug ihn über die Schwelle. Jetzt warf er sich von der anderen Seite mit seinem ganzen Gewicht gegen das Holz.

Die Tür schlug zu. Mit zittrigen Händen drehte er den Schlüssel um.

Er war in Freiheit!

Kamal stieß einen Seufzer der Erleichterung aus. Freilich blieben ihm nur ein paar Augenblicke, denn mittlerweile schien der Inquisitor entschlossen, im Kirchenschiff jeden weiteren Widerstand im Keim zu ersticken.

»Wasser oder Feuer?«, wiederholte er grollend. »Man hat mir im Vertrauen verraten, dass nichts so gut brennen soll wie verstockte Maurenärsche!«

»Wasser.« Ganz schwach ertönte der erste Ruf auf Arabisch.

»Ich kann euch nicht hören.« Lucero hielt die Hand an sein Ohr und beugte sich übertrieben nach vorn. »Hat irgendjemand etwas gesagt?«

»Wasser. Wasser. Wasser!« Jetzt schrien sie im andalusischen Dialekt und das Gesicht des Inquisitors verzog sich vor Genugtuung fratzengleich.

Kamal begann zu zittern. Seitdem er denken konnte, war Allah sein Halt und seine Zuflucht gewesen, der gütige Gott, vor dem er sich fünfmal am Tag verneigte, dem er mit Gebet und Fasten diente. Er hatte die Welt erschaffen, er allein verkörperte Erbarmen und Gerechtigkeit – kein wahrhaft Gläubiger durfte sich jemals von ihm abwenden!

Ein Strudel von Bildern stieg in ihm hoch, der Tag, als der Imam seine Ehe mit Saida gesegnet hatte, Rashids Geburt und Beschneidung, der erste Schrei der winzigen Nuri, der Trauerweg zum Grab seines Vaters, den sie zu viert zur letzten Ruhe getragen hatten.

Das alles sollte auf immer verloren sein? Das war sein Leben, war alles, woran er seit jeher geglaubt hatte.

Er konnte, er durfte kein Christ werden!

Doch was sollte er tun? Jetzt aufzuschreien, würde den Tod bedeuten. Auf einmal beneidete er seinen Sohn für den Mut, sich diesem Zwang widersetzt zu haben.

Erzbischof Cisneros tauchte seinen Wedel in einen der eilig herbeigekarrten Eimer und schwenkte ihn über die Köpfe der Eingepferchten.

»Ich taufe euch im Namen des Vaters, des Sohnes und des Heiligen Geistes …«

Im Kirchenschiff herrschte bleierne Stille. Nur ein Kind schluchzte kurz auf, verstummte aber sofort wieder, als die Mutter es hochnahm und erschrocken an sich drückte.

Es fühlte sich so gut an, Nuri zu umarmen und ihre Wärme zu spüren, doch die Sorgen, die sie ihr dabei ins Ohr raunte, ließen Lucia nur noch zappliger werden.

»Wo bleiben sie bloß?« Nuri war von gegenüber zu ihnen gelaufen, weil sie Saidas ängstliches Lamento nicht länger ertragen hatte. »Papa und Rashid müssten doch schon längst zu Hause sein!«

»Sie werden aufgehalten worden sein.« Lucia fühlte sich elend, weil sie nicht wirklich glaubte, was sie da gerade sagte. »Bestimmt hat Emilio sie wieder länger arbeiten lassen …«

»Und wenn ihnen etwas zugestoßen ist?« Im flackernden Licht der Öllämpchen waren Nuris Augen übergroß. »Wenn sie einen Unfall hatten? Oder überfallen wurden? Vielleicht liegen sie irgendwo, sind verletzt und bräuchten dringend unsere Hilfe!«

»Zwei so starke Männer wie Rashid und dein Vater?« Lucia brachte sogar ein halbwegs überzeugendes Lachen zustande, das die Freundin tatsächlich ein wenig zu beruhigen schien. »Das glaubst du doch selber nicht! Du wirst sehen, es gibt einen ganz schlüssigen Grund, weshalb sie …«

Ein Klopfen an der Tür. Djamila kam aus der Küche, um aufzumachen. Ihr folgte Kamal mit steinernem Gesicht.

»Papa!« Nuri flog an seine Brust. »Da bist du ja endlich! Ist Rashid schon drüben? Aber du siehst ja so ernst aus. Und kreidebleich bist du auch! Was ist geschehen?«

»Wo ist Antonio?«, fragte er und strich ihr mit der Hand kurz über das Haar.

»In der Werkstatt«, sagte Lucia auf Arabisch.

Er nickte kurz, drehte sich um und ging wieder hinaus.

Lucia und Nuri sahen sich ratlos an.

»So hab ich ihn noch nie gesehen«, sagte Nuri. »Nicht einmal damals, als Rashid über die Dächer springen wollte, hat er derart verstört dreingeschaut. Es *muss* etwas Schreckliches passiert sein, da bin ich ganz sicher!«

»Wieso gehst du nicht deine Mutter fragen?«, schlug Lucia vor. »Vielleicht weiß sie ja inzwischen mehr.«

»Genau das werde ich tun.« Nuri war schon an der Tür.

»Aber erzähl mir alles haarklein! Versprochen?«, rief Lucia ihr noch hinterher, da war Nuri jedoch schon nach draußen verschwunden.

Antonio merkte, dass Kamals Hände allmählich ruhiger wurden, aber die Farbe war noch immer nicht in sein wächsernes Gesicht zurückgekehrt. Zu seinem Entsetzen hatte er Antonio nicht allein in der Werkstatt vorgefunden, sondern Gaspar Ortíz hatte ausgerechnet diesen unseligen Abend für seinen Besuch gewählt.

Der Glatzköpfige war nicht allein erschienen. Ein schlanker junger Mann begleitete ihn, den er als seinen Neffen Miguel Díaz vorstellte.

»Miguel ist für mich wie ein Sohn«, erklärte er. »Eines Tages wird er meine Geschäfte weiterführen. Deshalb schien es mir angebracht, ihn einzuweihen.«

»Und ich dachte, je weniger Mitwisser, desto besser.« Antonio gab sich keinerlei Mühe, seine Missbilligung zu verbergen. »Uns machst du tausenderlei Vorschriften, an die du dich selbst jedoch keineswegs gebunden fühlst. Das gefällt mir ganz und gar nicht!«

»Für meinen Neffen lege ich die Hand ins Feuer«, versicherte Gaspar überschwänglich. »Du musst dir keine Sorgen machen! Wir denken mit einem Kopf und sprechen mit einer Zunge. Der Junge ist mindestens so verschwiegen wie ich.« Neugierig kam er näher. »Gibt es denn schon etwas zu sehen? Ich kann es kaum erwarten!«

Noch immer hatte Kamal kein Wort gesagt. Antonio warf ihm besorgte Blicke zu.

»Willst du ihnen nicht deine Kristallrose zeigen?«, fragte er, um Kamal aus der Lethargie zu locken.

Der Freund schrak auf wie aus tiefen Träumen. »Wenn du meinst«, sagte er, erhob sich langsam und ging schlurfend nach nebenan.

Nach einer Weile kam er mit einem Tuch zurück, das er vorsichtig auf der Werkbank ausbreitete. Antonio hatte in der Zwischenzeit alle Öllämpchen eingesammelt und sie in Reih und Glied aufgestellt, um die Werkstatt möglichst hell zu erleuchten.

Die Wirkung war verblüffend. Winzige goldene Lichter brachen sich in den funkelnden Facetten und brachten sie zum Strahlen. Die durchsichtige Rose war makellos, perfekt von allen Seiten.

»Gib sie mir!«, verlangte Gaspar, sichtlich entzückt. »Ich will sie wenigstens einmal berühren!«

Kamal gehorchte und griff nach dem Bergkristall, bekam ihn aber in der Eile nicht richtig zu fassen. Der geschliffene Edelstein rutschte aus seiner Hand und wäre beinahe auf dem Steinboden zersplittert, hätte nicht Miguel einen entschlossenen Satz nach vorn gemacht und ihn im letzten Moment zu fassen bekommen.

»Idiot!«, schrie Gaspar. »Wenn du das auch mit dem Hyazinth machst, kommen wir alle in Teufels Küche!«

»Es ist doch gar nichts passiert«, versuchte Miguel einzulenken, dem die Blässe und vor allem die Fahrigkeit des Mauren aufgefallen waren. »Die Rose ruht sicher und unversehrt in meiner Hand, schau doch nur, Onkel!«

»Ich hab dich nicht hierher mitgenommen, damit du mich belehrst«, rief Gaspar. »Deine neunmalklugen Sprüche kannst du dir also sparen. Und jetzt her mit der Rose! Ich will sie endlich in Augenschein nehmen.«

Miguel reichte den geschliffenen Edelstein an seinen Onkel weiter. »Ich freue mich schon auf den Hyazinth«, sagte er währenddessen zu Kamal. »Ihr seid ein großer Meister. Wenn der ebenso schön wird, dann …«

Wütend war Gaspar zu seinem Neffen herumgefahren. »Hörst du endlich damit auf, den Schnabel aufzureißen? Du sollst hier schweigend lernen und dich nicht in alles und jedes einmischen.«

In den Augen des jungen Mannes blitzte Trotz.

»Warum geht Ihr nicht ein Weilchen nach nebenan, Señor Díaz?«, schlug Antonio vor, um die unangenehme Situation zu entschärfen. »Unsere Haushälterin besucht gerade ihre kranke Großmutter. Doch meine Tochter würde sicherlich äußerst erfreut sein, Euch mit Tee und Gebäck bewirten zu dürfen!«

Zuerst sah es aus, als würde Miguel den Kopf schütteln und das freundliche Angebot ablehnen, dann aber schien er sich eines Besseren zu besinnen.

»Warum nicht?«, sagte er. »Wo finde ich sie denn?«

»Ich begleite Euch, wartet!« Antonio schob ihn durch die schmale Tür, die hinüber ins Haus führte. »Lucia!«, rief er. »Wir haben Besuch – durstigen Besuch!«

Beim Klang ihres Namens kam sie angelaufen und blieb sofort wie angewurzelt stehen.

»Meine Tochter Lucia«, sagte der Goldschmied. »Miguel, der Neffe eines Kunden, der sich schon auf deinen Minztee freut.« Mit diesen Worten verschwand er zurück in die Werkstatt.

»Du?«, sagte Lucia, als der erste Schreck sich gelegt hatte. »Das hast du ja fein eingefädelt!«

»Ich bin nicht minder überrascht, das kannst du mir glauben.« Sein Blick ließ sie nicht mehr los.

Nuri hat recht, dachte Lucia unwillkürlich. Seine Augen sind tatsächlich golden!

»Hör doch damit auf, dich zu verstellen!«, rief sie, damit er nicht erriet, was in ihr vorging. »Du bist mir heimlich nachgegangen. Regelrecht verfolgt haben musst du mich! Wie sonst könntest du wissen, wo ich wohne?«

»Nichts als purer Zufall«, beharrte er. »Mein Onkel hat die Werkstatt deines Vaters besucht und mich gebeten, ihn zu begleiten. Ich hatte nicht die geringste Ahnung, wen ich da antreffen würde.« Ein Schatten ging über sein Gesicht. »Kennst du den maurischen Steinschleifer schon länger?«, fuhr er fort. »Er schien ja ganz durcheinander zu sein. Beinahe hätte er seine eigene Arbeit zerstört. Dabei beherrscht er seine Kunst perfekt.«

»Er ist Nuris Vater«, hörte Lucia sich zu ihrer eigenen Überraschung antworten. »Sie wohnen gleich gegenüber.« Beide musterten sich schweigend.

»Dann weiß ich ja, wo ich Fuego abliefern kann«, sagte Miguel nach einer Weile. »Der Kleine folgt mir schon jetzt wie ein Hündchen auf Schritt und Tritt. Wenn ich ihn noch länger behalte, wird es immer schwieriger für ihn werden, sich an andere Menschen zu gewöhnen.«

»Du willst wiederkommen?«, sagte sie leise und für einen Augenblick waren alle Gedanken an Rashid wie durch einen kräftigen Windstoß aus ihrem Kopf verschwunden.

»Warum nicht?«, fragte er, mit der Spur eines Lächelns auf den Lippen. »Möchtest du denn, dass ich wiederkomme, oder soll ich lieber Nuri fragen?«

Lucia zog die Schultern hoch. »Es ist besser, wenn du jetzt gehst«, sagte sie. »Bevor mein Vater noch einmal zurückkommt und feststellt, dass wir uns bereits kennen. Ich bin sicher, das würde ihm ganz und gar nicht gefallen. Und er kann sehr wütend werden, wenn ihm etwas gegen den Strich geht.«

»Das war keine Antwort«, sagte Miguel. »Könnte es sein, dass du zu feige dafür bist?«

»Ich und feige?« Lucia stieß ein angestrengtes Lachen aus. »Da schätzt du mich ganz falsch ein. Es ist mir ehrlich gesagt vollkommen egal.«

Dieser eitle Kerl sollte sich nur nicht zu viel einbilden!

»Dann *adios.*« Miguel deutete eine Verneigung an, die in ihrer Knappheit eher spöttisch als höflich wirkte. »Bis irgendwann, Fatima. Vielleicht.«

Sie sah ihm nach, wie er die Tür öffnete und nach draußen verschwand, und plötzlich wünschte sie, die Unterhaltung wäre ganz anders verlaufen. Aus einem jähen Impuls des Bedauerns lief sie ihm hinterher – blieb aber nach wenigen Schritten wie angewurzelt stehen.

Auf der Schwelle saß im Mondlicht Fuego und stieß ein kurzes Maunzen aus, als habe er nur darauf gewartet, endlich von ihr eingelassen zu werden.

Kapitel 4

Der kleine Kater schien nur noch Augen und Ohren für Nuri zu haben, seitdem sie den Innenhof betreten hatte. Hingebungsvoll schnüffelte er ihre Knöchel ab, gab sich alle Mühe, sich mithilfe seiner scharfen Krallen an ihren weiten Hosenbeinen emporzuhangeln, und war erst zufrieden, als er das erstrebte Ziel erreicht hatte und schließlich auf ihrer Schulter gelandet war, wo er es sich laut schnurrend bequem machte.

Lucia gab sich Mühe, ihre Enttäuschung zu verbergen.

Hatte Fuego nicht gerade noch die Nacht auf ihrem Kissen verbracht, als wären sie seit jeher unzertrennlich? Und war sie nicht schon in der ersten Dämmerung erwacht, als er ihr übermütig die Decke weggezerrt hatte, um hinunter in die Küche zu schleichen, wo sie etwas Essbares für ihn zusammengesucht hatte? Wie glühend hatte sie den neuen Hausgenossen gegen die Einwände Djamilas verteidigt, die alles andere als erfreut über seinen Anblick gewesen war – und nun das!

Fuego tat, als hätte er sie noch nie im Leben gesehen.

»Er scheint mich zu mögen«, sagte Nuri hingerissen, während sie die rot-weiß-getigerte Pfote streichelte, die träge über ihrer Brust baumelte. »Ich denke, weil der Kleine spürt, dass ich es gut mit ihm meine.«

Und ich etwa nicht?, hätte Lucia beinahe hervorgestoßen, biss sich aber im letzten Augenblick auf die Zunge.

»Vielleicht sollten wir ihn Schlingel oder Schmeichler nennen«, sagte sie stattdessen mit leicht säuerlicher Miene. »Denn so einer scheint er mir zu sein – nicht viel anders übrigens als sein menschlicher Entdecker.«

Jetzt hatte sie Nuris gesamte Aufmerksamkeit gewonnen.

»Erzähl mir von Miguel«, bat sie. »Was genau hat er gesagt?«

»Noch einmal?«

»Noch einmal!«

Gehorsam wiederholte Lucia die wenigen Sätze, die der junge Mann und sie am Vorabend getauscht hatten, eine durchaus übliche Unterhaltung, wären da nicht diese merkwürdigen Zwischentöne gewesen, an die sie sich sehr wohl erinnerte, von denen sie jetzt aber tunlichst nichts erwähnte. Warum genau sie es verschwieg, hätte sie gar nicht sagen können.

Vielleicht wegen des seltsamen Lichts in Nuris Augen, das sich jedes Mal zeigte, sobald Miguels Name fiel? Und wegen der Anspannung auf ihrem lieblichen Gesicht, die nicht einmal bei der vierten Wiederholung banaler Worte verschwinden wollte?

»Du hast dich doch nicht etwa in ihn verguckt?«, fragte Lucia plötzlich. »Denn immer, wenn die Rede auf ihn kommt, bist du plötzlich ganz verändert.«

»Hast du jetzt den Verstand verloren? Verguckt in einen Christen, mit dem ich gerade ein einziges Mal gesprochen habe – niemals! Das bildest du dir nur ein.«

Nuri war so überstürzt aufgesprungen, dass Fuego die Balance verlor und kopfüber von ihrer Schulter rutschte. Sofort machte er sich daran, den verlorenen Platz zurückzuerobern. Doch das misslang, weil Nuri sich nun dagegen wehrte. Schließlich erklomm er den Rand des Bassins und starrte ins leise plätschernde Wasser. Nur der zuckende Schwanz verriet seine Aufregung.

»Du kannst es ruhig zugeben«, sagte Lucia. Ihr war die feine Röte auf Nuris Wangen nicht entgangen. »Mir liegt ohnehin nichts an ihm. Gar nichts, wenn du es ganz genau wissen willst!«

»Das glaubst du doch selbst nicht!«, rief Nuri. »Du solltest dich mal hören. Miguel hier – Miguel da – Miguel überall. Als ob du es kaum erwarten könntest, ihn noch einmal zu treffen!«

Nuris leidenschaftlich hervorgestoßene Worte beschworen in Lucia ein ganz anderes Bild herauf – Rashid, der mittlerweile alle ihre Träume beherrschte. Von Tag zu Tag wurde die Sehnsucht nach ihm stärker. Was bedeutete dagegen schon dieser fremde Junge mit den goldenen Augen, der von irgendwo zurückgekehrt war und, wie er sagte, Olivenbäume liebte?

»Lass uns von etwas anderem reden«, sagte sie, um sich nicht zu verraten. »Miguel würde sich vermutlich ins Fäustchen lachen, könnte er uns wie zwei aufgescheuchte Hennen aufeinander losgehen sehen – und das alles nur seinetwegen! Meinst du nicht, er ist schon aufgeblasen genug? Tante Pilar behauptet immer, genau das seien die Männer, die ihren künftigen Ehefrauen einmal wenig Freude bereiten werden. Und sie muss es ja schließlich wissen!«

Lucia tat Miguel damit unrecht, das wusste sie, aber auf die Schnelle war ihr nichts anderes eingefallen. Und auch die fromme Tante, die am liebsten betete, hatte eigentlich Besseres verdient, wenngleich ihre ständigen Ermahnungen über Männer und Frauen bisweilen unerträglich waren.

Nuri schenkte ihr ein kleines Lächeln.

»Schon möglich«, räumte sie ein. »Du kennst ihn ja schließlich besser als ich. Verzeih, dass ich eben wütend geworden bin. Aber ich bin so müde, dass mir fast die Augen zufallen. Weil ich die halbe Nacht gelauscht habe, ob Rashid nicht doch nach Hause kommt.«

»Er ist noch immer nicht da?«, fragte Lucia, obwohl sie es bereits befürchtet hatte.

Nuri schüttelte den Kopf. »Ich hab solche Angst, dass er gar nicht mehr kommt«, flüsterte sie. »Etwas Schreckliches muss geschehen sein. Papa und Mama haben stundenlang hinter verschlossenen Türen gestritten und zwischendrin hab ich Mama immer wieder bitterlich weinen hören. Aber mir wollten sie nichts verraten, sooft ich auch gefragt habe. Angeblich, um mich schützen. Die beiden tun so, als ob ich noch ein kleines Kind wäre!«

Ihr Tonfall wurde flehentlich.

»Was geschieht mit uns, Lucia? Noch vor wenigen Wochen waren wir alle heiter und unbeschwert. Und jetzt ist alles auf einmal so bedrückend geworden. Als ob man einen dunklen Schatten über sich spüre. Ein riesiger schwarzer Vogel, der seine scharfen Krallen nach uns ausstreckt.«

Lucia zog sie in ihre Arme.

Wie weich sie war, wie gut sie duftete, wie schutzbedürftig sie sich anfühlte! Sogar der kleine Kater schien zu verstehen, dass Nuri gerade besonderen Zuspruch brauchte, und schmiegte sich schnurrend an ihre Wade.

»Du kannst ihn fürs Erste behalten«, murmelte Lucia an Nuris Ohr und verfiel dabei unwillkürlich ins singende Arabisch der frühen Kindertage. »Lass uns wegen des Kleinen nicht streiten, einverstanden? Fuego soll uns beiden gehören. Haben wir denn nicht schon immer alles miteinander geteilt?«

Aus Nuris Brust kam ein tiefer Seufzer.

»Hab keine Angst«, fuhr Lucia leise fort und wickelte eine Strähne von Nuris dunklen Haaren um ihren Finger. »Dir wird nichts Schlimmes geschehen. Das erlaube ich einfach nicht!«

»Aber wie willst du das anstellen?«, murmelte Nuri. »Du bist doch auch bloß ein Mädchen!«

»Solange wir zusammenhalten, sind wir unbesiegbar«, versicherte Lucia voller Inbrunst. »Das darfst du niemals vergessen. Und wer oder was sollte uns beide schon trennen?«

Antonio lag am Morgen regelrecht auf der Lauer, weil er Kamal unbedingt abpassen wollte. Das bleiche Gesicht und die fahrigen Gesten des Freundes hatten ihn gestern Abend bis in den Schlaf verfolgt. Nicht einmal Djamilas Anwesenheit konnte er ertragen, was die junge Maurin zu einem ungewohnt heftigen Ausbruch veranlasst hatte.

»Nichts als Spielzeug bin ich für dich, das du herausholst, wenn dir danach ist, und zurück in die Truhe verbannst, sobald du genug hast. Aber ich bin ein lebendiges Wesen, falls du das vergessen haben solltest, eine Frau aus Fleisch und Blut! Meine Geduld neigt sich zu Ende, Antonio Álvarez. Wenn sich nicht bald etwas zwischen uns ändert, gehe ich zurück zu meiner Großmutter.«

Er würde später versuchen müssen, sie zu besänftigen, denn nun hörte er das vertraute Ächzen der schweren Holztür von gegenüber und setzte sich sofort in Bewegung. Zu seiner Überraschung trug Kamal keine einfache Djellaba, wie sonst jeden Morgen, sondern ein blendend weißes Gewand, gegen das seine Haut dunkler als gewöhnlich wirkte. Sein Bart war frisch gestutzt; das schwarze Haar schimmerte feucht unter der runden Kappe.

»Wir sollten reden«, begann Antonio und heftete sich ohne Umschweife an Kamals Seite. »Ich muss endlich wissen, was los ist. Was genau ist gestern geschehen, das dich so sehr aus der Bahn geworfen hat?«

»Bitte frag nicht! Ich möchte dich da keinesfalls mit hineinziehen …«

Antonios fester Griff hinderte Kamal am Weitergehen.

»Ich stecke doch in allem mit drin, was dich betrifft. Erst recht, solange wir unseren Auftrag noch nicht ausgeführt haben. Immerhin wäre dir gestern Abend direkt vor Gaspars Nase fast die geschliffene Kristallrose aus der Hand geglitten«, sagte er. »So durcheinander habe ich dich noch nie gesehen. Also?«

Kamals Schultern sanken nach unten. Dann berichtete er: »Auf dem Rückweg von der Alhambra sind wir ihnen direkt in die Falle getappt, der Junge und ich. Wie Vieh haben die Rotkappen uns in die Kirche getrieben. Dort fand die Zwangstaufe statt. Für mich und viele andere Brüder und Schwestern aus dem Viertel.«

»Dann bist du jetzt ein Christ?« Antonio starrte ihn erschrocken an.

»So würde ich es eigentlich nicht nennen«, sagte Kamal mit unglücklicher Miene. »Es sei denn, ein wenig Wasser aus einem Eimer könnte das bereits bewirken.«

»Und Rashid? Du sagtest doch, ihr wart zusammen!«

»Mein Sohn konnte im letzten Augenblick fliehen.« Kamals brüchige Stimme verriet eine Spur von Stolz. »Ihm ist dieses entwürdigende Schicksal bislang also erspart geblieben. Dafür ist er jetzt auf der Flucht. Und wenn sie ihn finden …« Er fuhr sich mit der Hand über das Gesicht.

»Hat man euch registriert?«, wollte Antonio wissen.

Kamal nickte. »Beim Hinausgehen. Auf ellenlangen Listen. Jetzt wissen sie genau, wen von welcher Familie sie bereits erwischt haben. Und ich könnte wetten, sie werden nicht lange zögern, die noch ausstehenden Familienmitglieder ebenfalls unter ihre Taufe zu zwingen. So lange, bis auch der letzte Moslem aus Granada verschwunden ist.«

Der Goldschmied blieb stehen und rang nach Luft.

»Ich verstehe das alles nicht«, sagte er kopfschüttelnd. »Das steht doch in krassem Gegensatz zu den Predigten von Erzbischof Talavera. Und auch Padre Manolo hat uns immer wieder hoch und heilig versichert …«

»Dein blasser kleiner Priester war gestern ebenfalls mit von der Partie«, unterbrach ihn Kamal. »Elend sah er aus, kreidebleich und verstört, als wäre sein letztes Stündlein angebrochen, aber hat er auch nur einem einzigen Mauren geholfen? Hat er nicht!«

»Was willst du jetzt tun?«, fragte Antonio.

»Da gibt es vor allem eine Frage, die mich quält.« Kamals Augen, die sich bohrend auf ihn hefteten, waren tiefschwarz. »Wer oder was hat sie dazu veranlasst, die Zwangstaufe vorzuverlegen? Ich weiß von Rashid, dass sie eigentlich für später geplant war.«

»Wieso fragst du das ausgerechnet mich?«, stieß Antonio hervor. »Ich hab doch von allem nicht die geringste Ahnung!«

»Immerhin bist du der Einzige, dem ich anvertraut habe, dass mit heftigem Widerstand von muslimischer Seite zu rechnen sei. Gibt es da vielleicht etwas, das du mir sagen möchtest, alter Freund?«

Eine Weile blieb alles stumm.

Als Antonio schließlich zu sprechen begann, war seine Empörung nicht zu überhören.

»Du hältst mich für einen Verräter, der Freunde hinhängt und in Gefahr bringt? Denkst du das wirklich, Kamal?«

»Vielleicht geschah es ja nur aus Versehen …«

»Für einen Verräter *und* Idioten – das wird ja immer besser!«, rief Antonio in seiner Muttersprache, inzwischen dermaßen aufgebracht, dass der andere ihn hastig in einen Torbogen zog, um kein unnötiges Aufsehen zu erregen. »Keinem Menschen hab ich auch nur das Geringste gesagt. Alles, was du mir anvertraust, bleibt tief in meinem Herzen versenkt. Seit jeher. Das solltest du eigentlich wissen!«

»Aber wie kamen sie dann darauf, den Zeitpunkt vorzuverlegen?«, fragte Kamal. »Eigentlich halte ich es ja auch für ausgeschlossen, dass du etwas damit zu haben sollst, aber fragen musste ich! Verzeih, dass ich dich gekränkt habe! Doch welch andere Möglichkeiten gibt es sonst noch?«

»Das weiß ich nicht«, erwiderte Antonio. Er spürte, dass die Verzweiflung seines Freundes fast mit Händen zu greifen war. »Allerdings trägt jeder geheime Plan den Keim des Verrats bereits in sich, das solltest du nicht vergessen. Mir kannst du rückhaltlos vertrauen, in allem – aber kann dein Sohn das auch von seinen Kumpanen behaupten? Sich gegen das Bündnis von Staat und Kirche aufzulehnen, ist lebensgefährlich!«

»Was sollen sie nur anfangen, wenn all ihre Träume zerstört sind, Antonio?« Jetzt schimmerten Tränen in Kamals dunklen Augen. »In welche Zukunft schicken wir unsere Söhne – ohne Hoffnung, ohne Gnade?«

»Du musst ihm zeigen, dass es einen Ausweg gibt.« Antonio schaffte es, überzeugter zu klingen, als ihm eigentlich zumute war. »Sei sein Halt, sein Vorbild. Rashid braucht dich jetzt!«

Seine eindringlichen Worte schienen Wirkung zu zeigen, denn auf einmal nickte Kamal. »Deshalb bin ich ja auch auf dem Weg zum Imam«, sagte er leise. »In meinem besten Gewand. Um ihn um Rat zu bitten. Vielleicht weiß er ja eine Antwort.«

Während Antonio zurück zur Werkstatt lief, setzte Kamal seinen Weg umso entschlossener fort. Nur noch ein paar Biegungen, dann stand er vor dem bescheidenen Haus von Hasan bin Ali, der früher in der großen Moschee das Freitagsgebet gesprochen hatte. Niemand hatte ihn jemals klagen hören, dass er nun in kargen Räumen heimlich die Gläubigen um sich versammeln musste. Doch im ganzen Albaycín war es wie ein Lauffeuer von Mund zu Mund gegangen, dass er bitterlich wie ein Kind geweint hatte, als man die stolzen Mauern vor seinen Augen eingerissen hatte.

Als hätte der Imam ihn bereits erwartet, wurde ihm nach kurzem Klopfen von einer tief verschleierten Frau geöffnet, die ihn nach drinnen führte. Zum Glück war der Gelehrte in seinem Studierzimmer allein, umgeben von übereinandergelagerten Schriftrollen und vergilbten Folianten, mit denen so gut wie jeder freie Platz belegt war. Leer getrunkene Teegläser auf einem bunten Tablett zeigten, dass er bereits Besuch gehabt hatte.

Aber es roch nicht nur nach Minze. Da gab es noch ein anderes Aroma, das in der Luft hing, stark und bitter, und Kamal unwillkürlich mehr Speichel auf die Zunge trieb.

»Du bist schon der Zehnte heute«, sagte Hasan mit einem kleinen Seufzer. »Mindestens! Alles Muslime, die weder ein noch aus wissen, weil man sie um jeden Preis zu Christen machen will. Ich nehme an, das ist auch das Anliegen, das dich zu mir geführt hat?«

Kamal nickte. »Eines meiner Anliegen«, sagte er. »Aber ich muss dich dringend noch in einer zweiten Sache um Rat fragen.«

»Dann lass uns mit dem ersten beginnen«, sagte der Imam. »Die Lage in Granada ist ernst, ja geradezu brenzlig. Unserer Kenntnis nach ist die Zeit der Duldung unseres Glaubens durch die Christen vorbei. Egal, was schriftlich vereinbart wurde – ab jetzt werden die Katholischen Könige und ihre Helfershelfer mit allen Mitteln gegen die Söhne Allahs vorgehen.«

»Was ich gestern am eigenen Leib erleben musste«, rief Kamal. »Der Prophet stehe mir bei!«

»Du warst also auch unter jenen Unglücklichen von San Nicolás?«

»Ihr Weihwasser hat meinen Arm verbrannt. Meine Seele jedoch blieb unberührt«, erwiderte Kamal. »Ich fühle und denke, wie ich immer gedacht habe. Ich verehre den Propheten. Und bin ein treuer Diener des Koran*.«

»Das solltest du beibehalten – tief drinnen!« Die Stimme des Gelehrten klang eindringlich. »Doch lass sie nach außen hin nichts davon merken. Sonst werden die Christen dich ihre Rache spüren lassen.« Er zog den einfachen Wollmantel enger um sich, als ob er frösteln würde.

Jetzt erst fiel Kamal auf, dass Hasan nicht die grün-weiße Kappe des Vorbeters* trug, sondern einen hohen roten Filzhut, der sich zur Spitze hin verbreiterte und unter dem sein weißes Haar hervorquoll. Ihm kam in den Sinn, was andere über den weisen Mann gesagt hatten. Dass er zu einem strengen Orden gehöre, der spezielle Tänze zelebriere, um Gott besonders nah zu sein. Und dass seine ursprüngliche Heimat ein Land weit im Osten sei, unweit der Geburtsstätte des Propheten.

»Ich soll also heucheln?«, rief Kamal. »Nach außen hin tun, als wäre ich Christ, und heimlich Moslem bleiben – das rätst du mir?«

»Im Augenblick weiß ich keine andere Lösung. Was ich dir eben gesagt habe, das habe ich auch schon deinen Brüdern empfohlen. Der Koran duldet diese List in schwierigen Zeiten, vorausgesetzt, Herz und Seele bleiben ganz bei der Lehre des Propheten. So kannst du dein Leben retten – und das deiner Familie.«

Hasan wischte sich die Stirn mit einem weißen Tuch ab.

»Unser aller Tod käme ihnen äußerst gelegen«, fuhr er fort. »Diesen Gefallen sollten wir ihnen nicht erweisen. Nur wenn wir überleben und unsere Kinder mit uns, können die Söhne Allahs eines Tages das Ruder erneut herumreißen.«

Kamal suchte nach den richtigen Worten. Doch wie sollte er seine tiefe Sorge um Rashid ausdrücken, ohne zu viel preiszugeben?

»Was aber, wenn einige von uns dagegen aufbegehren?«, sagte er schließlich. »Und sogar zu den Waffen greifen, um sich zu wehren? Wie beurteilst du das? Verstoßen sie damit gegen Allahs Gebot?«

»Das war deine zweite Frage?« Zwischen den weißen Brauen Hasans stand auf einmal eine steile Falte.

Kamal nickte hastig.

»Es gibt den Heiligen Krieg«, sagte der Imam. »In unseren Schriften ist davon die Rede. Doch die richtige Zeit dafür ist noch nicht angebrochen. Wir sind den Christen unterlegen, haben zu wenige Waffen und vor allem keine überzeugende Strategie. Der Koran hält nichts davon, Leben leichtsinnig zu verschleudern. Ein gläubiger Moslem muss wissen, wann es sich zu kämpfen lohnt, und wann es besser ist, in Deckung zu bleiben.«

Sein Blick wurde plötzlich weich.

»Richte das deinem rebellischen Rashid aus«, fügte er leise hinzu. »Mit einem besorgten Gruß von mir. Und auch, dass wir solche jungen Männer wie ihn brauchen. Ohne sie wäre unsere Zukunft keine blühende Oase, sondern wüst und leer.«

Er langte neben sich, nahm einen Stoffbeutel und drückte ihn Kamal in die Hand.

»Das ist *qavah** – eine ganz besondere Medizin. Falls es nötig werden sollte, wird sie ihm helfen, den Schlaf zu meiden und stattdessen bei wachen Sinnen den Glanz des nächtlichen Sternenhimmels zu genießen. Der Allmächtige hat eine Welt voller Schönheit geschaffen. Allein wir Menschen sind es, die sie zu einem unwirtlichen Ort machen.«

Seine Züge verschlossen sich. Die gewohnte Strenge war zurück.

»Und jetzt lass mich allein. Ich möchte mich erneut ins Gebet versenken.«

Wo steckte Rashid?

Dass ihr Vater sich wortkarg in die Werkstatt zurückgezogen hatte, wo er sicherlich die nächsten Stunden verbringen würde, nützte Lucia als willkommene Gelegenheit, um so schnell wie möglich das Haus zu verlassen. Ob Djamila ihr etwas hinterherschrie, war ihr im Augenblick einerlei. Die verweinten Augen der jungen Maurin jedenfalls konnten nichts mit ihr zu tun haben, so viel stand fest.

Unwillkürlich schlugen ihre Beine den Weg zum Fluss ein, und es dauerte nicht lange, und sie stand erneut vor der kleinen Schänke. Ein paar Männer saßen drinnen, Gläser mit Minztee vor sich, redeten und würfelten.

Von Rashid keine Spur.

Enttäuschung stieg in ihr hoch, doch Lucia erlaubte dem bitteren Gefühl nicht, sich gänzlich in ihr breitzumachen.

So einfach ist es eben nicht, dachte sie und presste die Wange fest an den rauen Stamm der Pappel. Kann es ja gar nicht sein! Denn wenn ich ihn so leicht finden würde, dann könnten es sicherlich auch seine Verfolger.

Doch was sollte sie jetzt tun?

Unschlüssig starrte Lucia weiter auf das niedrige Gebäude, aus dem nur ein paar Augenblicke später ein junger Mann trat.

Ein junger Mann in Rashids Alter! Ob er sie vielleicht zu ihm führen würde?

So unauffällig wie möglich folgte sie ihm, stets in der Angst, er könnte sich umdrehen und sie entdecken. Doch der Unbekannte lief unbeirrt in raschem Tempo weiter, einem Ziel zu, das sie nicht kannte.

Irgendwann blieb er vor einer offenen Schuhwerkstatt stehen.

»Da bist du ja endlich«, rief ihm ein Weißbart in ärgerlichem Tonfall entgegen. »Dass mein werter Sohn sich auch mal herbemüht, welch ein Wunder! Nimm den Hammer und leg endlich los. Unsere Kunden hassen es, zu warten.«

Ein junger Schuster, der von seinem Vater ausgeschimpft wurde!

Mit hängenden Schultern ging Lucia zurück zur Schänke. Ob sie aufgeben sollte?

Sie war kurz davor, als sie sah, wie ein zweiter Mann die Schänke verließ. Er war beleibt, um einiges älter und schien es nicht eilig zu haben. Ihn zu verfolgen, erwies sich trotzdem als schwierig, denn er blieb zwischendrin immer wieder stehen, musterte Häuser und Eingänge, als gäbe es an ihnen etwas besonders Interessantes zu entdecken, um dann plötzlich weiterzuschlendern.

Lucia wünschte aus ganzem Herzen, sie könnte sich unsichtbar machen, denn der Mann führte sie tief in die schmalsten und dunkelsten Gassen. Plötzlich wusste sie, wo sie gelandet war: im ehemaligen Judenviertel, in dem sich mittlerweile zahlreiche Mauren angesiedelt hatten, seitdem die stattlichen Häuser leer standen. Der Vater hatte sie einmal hierher gebracht und ihr gezeigt, wo Mama und Tante Pilar gewohnt hatten, als sie noch kleine Mädchen gewesen waren. Das Haus war blau angestrichen gewesen, geschmückt mit Ranken blühender Bougainvillea, die wie ein glühender Duftteppich über die Mauern gekrochen waren. Sein Anblick hatte eine Sehnsucht in ihrem Herzen geweckt, gegen die nur schwer anzukommen war, und in unzähligen Träumen war das blaue Blütenhaus Lucia seitdem erschienen …

Der Maure war verschwunden.

Verblüfft blieb sie stehen. Wie sollte sie von hier aus wieder zurückfinden?

Zu weiteren Gedanken blieb ihr keine Zeit, denn mit einem Mal war Lucia gleich von drei Bärtigen umringt, die sie an den Armen packten und auf sie einschrien. Eine nicht enden wollende Flut arabischer Schimpfworte ergoss sich über sie, während die Männer an ihr zerrten und zogen, dass ihr schier der Atem schwand.

»Lasst mich los!«, rief Lucia angsterfüllt. »Ich hab euch doch nichts getan!«

»Diese Christenhure verdient einen Schlag auf den Kopf«, rief der jüngste der Männer, der am brutalsten vorging. »Und dann ab mit ihr ins Loch, so lange, bis sie sich nicht mehr rührt!«

»Lieber fesseln und gleich in den Fluss werfen«, schlug der Zweite vor. »So wird man Spione für immer los!«

Lucia nahm alle Kraft zusammen und stieß einen spitzen Schrei aus. Ein paar Fensterläden flogen auf.

Sonst rührte sich nichts.

»Wenn du nicht gleich damit rausrückst, was du hier willst, werden wir dich zum Reden bringen.« Der Mann, den sie verfolgt hatte, versetzte ihr einen kräftigen Schlag ins Gesicht. Seine Miene wirkte höhnisch und kalt. »Ich mache keine leeren Drohungen. Zwing mich nicht, es dir zu beweisen!«

»Lasst sie sofort los!« Rashids Stimme drang nur mühsam durch den dichten Nebel aus Furcht und Schmerz, der sie umgab. »Ich kenne sie. Unsere Familien sind befreundet.«

»*Das* sind deine Freunde?« Der Kräftige spuckte angeekelt aus. »Wie sollen wir dich schützen, Junge, wenn du solchen Umgang pflegst?«

Rashid schien ihn gar nicht zu hören, griff behutsam nach Lucias Handgelenken und zog sie ein Stück zur Seite.

»Was machst du nur, Lucia?«, sagte er kopfschüttelnd, und aus seinem Mund klang ihr Name so weich, dass alle Angst sofort verflog. »Einfach hier aufzutauchen! Du hast dich in große Gefahr gebracht. Weißt du das?«

»Und wenn schon! Ich musste doch wissen, wo du bist.«

Sein dunkles, rätselhaftes Lächeln, das sie jedes Mal halb um den Verstand brachte! Doch es verschwand ebenso schnell, wie es gekommen war.

»Ich bin noch aus einem anderen Grund hier«, setzte Lucia hastig hinzu. »Deine Mutter weint sich die Augen aus. Und Nuri kann nicht mehr schlafen. Dein Vater ist außer sich. Was tust du uns allen an? Bedeuten wir dir denn so wenig?«

Sie war zu weit gegangen. Ein Schatten flog über sein Gesicht; er presste die Lippen fest aufeinander. Rashid schaute sich nach den Männern um, die neben der Tür standen und sie keinen Augenblick aus den Augen ließen.

»Besondere Zeiten verlangen besondere Maßnahmen«, sagte er laut. »Du hättest niemals herkommen dürfen.«

Von der Tür kam zustimmendes Grunzen. Die Männer standen noch immer da und glotzten sie an.

Lucia schüttelte sich unwillkürlich. »Aber wir müssen reden«, stieß sie hervor.

»Es gibt nichts zu reden.« Jetzt schrie Rashid beinahe. »Geh nach Hause und lass mich in Frieden! Und kein Wort zu irgendjemandem, sonst wirst du es bitter bereuen.«

Entsetzt starrte Lucia ihn an. Doch was taten seine Lippen? Bildeten unhörbare Worte!

Am Fluss, las sie. Geh zur Schänke. Bei Sonnenuntergang. Warte dort auf mich!

Hatte sie das alles nur geträumt?

Als Rashid sich umdrehte und steifbeinig im Haus verschwand, überkam sie ein Frösteln. Es legte sich erst, als sie sich auf den Heimweg machte, langsam und zögerlich zunächst, weil sie immer wieder überlegen musste, welche Richtung sie einschlagen sollte. Doch nach und nach wurde sie sicherer.

Und als Lucia schließlich wieder in der heimischen Gasse angelangt war, glühte sie von Kopf bis Fuß wie im Fieber.

Kamal hatte sich den Arbeitsstaub der Spätschicht abgewaschen und wollte sich gerade mit seiner Familie zum Essen setzen, als sie plötzlich im Innenhof von einem bewaffneten Söldnertrupp umringt waren. Luceros Rotkappen war es offenbar ein Leichtes gewesen, ungehindert ins Haus einzudringen.

»Name?«, rief einer von ihnen gebieterisch in gebrochenem Kastilisch.

»Kamal bin Nabil«, erwiderte Kamal. »Was wollt ihr von uns? Wieso dringt ihr hier ein?«

Der Söldner deutete auf Saida, die sich gerade noch erschrocken den Schleier vor das Gesicht gezogen hatte.

»Frau?«, krähte er.

»Ja, das ist meine Ehefrau«, sagte Kamal. Innerlich musste er sich mühsam ermahnen, ruhig zu bleiben. »Wer gibt euch das Recht, in mein Haus einzudringen?«

Ein hässliches Lächeln.

»Du Christ – Kirche jedes Recht!« Die Augen des Söldners glitten zu Nuri, die sich ängstlich in eine Ecke drückte. »Mädchen?«, sagte er. »Schöne Mädchen!«

»Meine Tochter.« Kamal griff nach Nuris Hand und zog sie sanft zu sich.

»Mehr Kinder?« Die ungehobelte Befragung war offenbar noch nicht zu Ende.

»Mein Sohn ist tot«, rief Saida und begann bitterlich zu weinen. »Tot, versteht ihr? Tot!«

Für einen Moment schien der Söldner verwirrt, dann jedoch wurde sein breites rotes Gesicht wieder glatt.

»Ihr alle Christen«, sagte er. »Sonntag. San Nicolás.« Seine Hand fuhr zum Hals und vollführte eine Bewegung, als würde die Kehle durchgeschnitten. »Sonst alle tot.«

Auch nachdem die Rotkappen mit ihren schweren Stiefeln hinausgetrampelt waren, brachte zunächst keiner der drei Anwesenden ein Wort heraus. Saida weinte stumm vor sich hin, Kamal starrte blicklos zu Boden.

Schließlich schlug seine Tochter mit der Faust gegen die Wand.

»Musste ich das so erfahren?« Nuris Stimme bebte vor Zorn. »Sie haben dich zum Christen gemacht – und ich weiß nichts davon! Wann wolltest du es mir mitteilen, Papa? Am Sonntag, wenn sie auch mich zum Taufbecken schleifen?«

»Es geschah alles nur zu deinem Besten …«

»Mein Bestes!«, fiel sie ihm ins Wort. »Meine Mutter weint, mein Bruder ist verschwunden …« Nuri hielt plötzlich inne. »Sag nur, Rashid ist auch getauft worden!«

Kamal schüttelte den Kopf »Er konnte im letzten Moment entkommen. Aber sie werden nicht von ihm ablassen, denn er hat sie öffentlich provoziert.« Aufgebracht wandte er sich an Saida. »Wieso hast du ihnen gesagt, unser Sohn sei tot? Früher oder später werden sie herausbekommen, dass es eine Lüge war!«

Wie eine ausgehungerte Löwin ging sie auf ihn los. »Weil ich meine Familie schütze«, schrie sie. »Bis zum allerletzten Atemzug. Und weil ich nicht zulasse, dass Ungläubige sie beschmutzen und in Gefahr bringen!«

»Du hast doch ihre Waffen gesehen«, antwortete er und wurde ebenfalls laut. »Die setzen sie ein, darauf kannst du dich verlassen! Sie werden zurückkommen …«

Saida machte eine Geste, als wolle sie sich auf ihn stürzen, doch entschlossen sprang Nuri dazwischen.

»Hört endlich auf!«, rief sie. »So kommen wir nicht weiter. Anstatt uns gegenseitig anzuschreien, sollten wir lieber nach Auswegen suchen.«

»Es gibt keinen Ausweg«, sagte Saida dumpf »Wer vom Propheten abfällt, ist des Todes.«

»Das sieht Imam Hasan anders«, wandte Kamal ein. »Ich war heute bei ihm. Und viele andere Brüder haben ebenfalls seinen weisen Rat eingeholt. Hier ist, was er mir gesagt hat.«

Es wurde still im Haus, als er zu reden begann. Das Herdfeuer brannte herunter, das unberührte Abendessen wurde kalt.

Als er schließlich geendet hatte, senkte sich beinahe so etwas wie ein kleiner Frieden über die Familie.

Als die Schatten über Granada tiefer wurden, spürte Lucia, dass der Winter nicht mehr weit war. Der Herbst hatte seine schmeichelnde Wärme abgelegt und zeigte sich von seiner unangenehmeren Seite. Wild blies der Wind ins raschelnde Laub unter ihren Füßen. Kühle kroch unter ihren Rock.

Sie zog das Tuch enger um sich.

Was tat sie eigentlich hier? Wenn jemand sie erkannte und ihrem Vater Bescheid sagte, war die nächste Strafpredigt fällig – und vermutlich sogar viel mehr als das. Er würde sie einsperren, nicht anders als Saida und Kamal es mit Nuri machten. Wahrscheinlich hatte sie alles ohnehin nur falsch verstanden. Rashid hatte gewiss Besseres zu tun, als sich hier mit ihr am Fluss zu treffen.

Als sie ihn schließlich doch auftauchen sah, eine alte Wolldecke um die Schultern gewickelt, um sich gegen die aufsteigenden Abendnebel zu schützen, war sie so erleichtert, dass ihre Augen feucht wurden.

»Du bist gekommen«, hörte sie ihn murmeln. »Ich hatte schon Angst, du hättest mich nicht verstanden. Lass uns hinter die Schänke gehen. Es ist besser, wenn wir nicht zusammen gesehen werden!«

Ich verstehe dich immer, dachte Lucia mit klopfendem Herzen und wünschte, sie hätte auch den Mut, es laut auszusprechen.

»Was hast du im alten Judenviertel zu suchen?«, sagte sie stattdessen und versuchte, die Ratten ebenso zu ignorieren wie den Gestank nach Abfall. »Bereitet ihr dort euren Widerstand vor?«

»Besser, wenn du so wenig wie möglich darüber weißt«, sagte Rashid. »Ich möchte nicht auch noch dich in Gefahr bringen. Was du vorhin über meine Familie gesagt hast, ist schon schwer genug zu ertragen. Ich wollte ihnen doch niemals Kummer bereiten!«

»Aber genau das tust du! Sie sterben halb vor Sorge um dich«, sagte Lucia heftig – und meinte dabei doch vor allem sich selbst.

Wieso schaute er sie so eindringlich an? Noch war es hell genug, um dem Zauber seiner Augen zu erliegen.

»Du weißt, was geschehen ist?«, fragte Rashid.

Sie schüttelte den Kopf. »Ich weiß nur, dass wir dich alle vermissen.« Hatte sie das gerade wirklich gesagt?

»Du auch?«, sagte er leise.

Sie nickte, unfähig, jetzt auch nur ein einziges Wort herauszubekommen.

»Ich bin gefährlich für dich«, hörte sie ihn sagen. »Viel gefährlicher, als dir vielleicht bewusst ist. Wir sind über Jahre beinahe wie Geschwister aufgewachsen …«

»Nuri ist meine Schwester«, unterbrach sie ihn. »Und wird es immer bleiben, was auch geschieht. Du aber bist …« Sie hielt inne. Durfte sie ihm zeigen, wie es in ihr aussah?

Alles in ihr schrie danach.

»Was bin ich für dich, Lucia?« Seine Hand berührte sanft ihr lockiges Haar und vor Aufregung und Glück vergaß sie beinahe zu atmen.

»Auf jeden Fall kein Bruder«, stieß Lucia hervor. »Eher ein … Freund.« Eine heiße Welle hatte sie erfasst und stieg unbarmherzig in ihr höher, als wollte sie sie verbrennen.

»Ein Freund?« Für einen Augenblick hörte es sich an, als wäre Rashid enttäuscht von ihrer Antwort.

Was hatte er erwartet? Dass sie sich ihm blindlings an den Hals warf – und er sie zurückweisen konnte?

»Wieso sollte ich hierherkommen?«, sagte sie. »Nur um wieder lauter Ausflüchte zu hören? Weißt du, was ich damit riskiere? Mein Vater würde aus der Haut fahren, sollte er davon erfahren!«

Rashid begann zu lachen. »Was bist du nur für ein seltsames Mädchen!«, rief er. »Mutig wie eine Löwin, die sich furchtlos in die gefährlichsten Gefilde wagt – und dann im nächsten Moment ängstlich wie ein Zicklein, das nach seiner Mutter blökt!«

Sie zuckte zurück, und erst jetzt schien ihm bewusst zu werden, was er soeben gesagt hatte.

»Es tut mir leid!«, murmelte er. »Ich wollte dich nicht verletzen.

Ausgerechnet deine Mutter ins Spiel zu bringen, die du niemals gekannt hast! Manchmal kann ich ein richtiger Idiot sein.«

Schweigend starrte Lucia ihn an.

»Es war gut, dass du mich gesucht hast«, sagte Rashid, »denn nun kannst du meinen Leuten sagen, dass sie sich keine Sorgen machen sollen. Ich melde mich bei ihnen, sobald es möglich ist. Vielleicht sogar schon sehr bald. Und jetzt geh zurück nach Hause, meine tapfere kleine Botschafterin!«

Er kam näher und immer näher, bis er direkt vor ihr stand. Dann strich er ihr zart über die Wange. Lucia fühlte, wie das Blut in ihren Kopf schoss, doch es war mittlerweile zu dunkel geworden, um sie zu entlarven.

Jetzt berührte auch seine linke Hand ihr Gesicht.

»Beweg dich nicht«, murmelte er. »Ich möchte mich immer an diesen kostbaren Augenblick erinnern.«

Sie hörte seinen Atem, spürte die Wärme seiner Finger. Ihr Herz schlug so hart gegen die Rippen, dass sie Angst hatte, er würde es hören. Langsam glitten seine Hände tiefer, berührten ihren Hals, die kleine Kuhle in ihrer Kehle.

»Wie warm du bist«, murmelte er. »Voller Leben!«

Plötzlich spürte sie seine Lippen auf ihrem Mund, trocken und heiß, und sie hörte, wie ein Seufzer sich seiner Kehle entrang. Lucia wollte die Arme um ihn schlingen, sich fest an ihn schmiegen und ihn am liebsten nie wieder loslassen – da war es auch schon vorbei.

Rashid trat einen Schritt zurück, als hätte er sich verbrannt. In der Dunkelheit sah sie seine unergründlichen Augen glitzern.

»Verzeih!«

Hatte er das wirklich gesagt?

Ihr blieb nur noch, ihm nachzuschauen, denn Rashid hatte sich blitzschnell umgedreht und war losgerannt, bis die Nacht ihn verschluckt hatte.

Lucia blieb stehen, taumelig, wie von Sinnen. Langsam fuhr ihre Hand zum Mund, wo sie eben noch den Druck seiner Lippen gespürt hatte.

Wie konnte sie jetzt nach Hause gehen? Alles musste doch auf ihrem Gesicht wie in einem aufgeschlagenen Buch zu lesen sein!

Und doch hatte sie keine andere Wahl, wollte sie den Vater nicht unnötig aufbringen. Nur mit großer Mühe gelangen ihr die ersten Schritte, die erst allmählich wieder geschmeidiger wurden, während sich in ihrem Herzen eine wilde Freude auszubreiten begann.

Rashid hatte sie geküsst!

Auf einmal hätte sie tanzen mögen und singen, so laut, dass das ganze Viertel zusammenlief.

Ich bin ihm nicht gleichgültig, dachte sie, innerlich jubelnd. Er mag mich. Vielleicht …

»Lucia?«, hörte sie auf einmal eine bekannte Männerstimme. »Was machst du denn so spät hier im Dunklen – und ganz allein?«

Als hätten ihre Beine einen stummen Befehl erhalten, bewegten sie sich nur umso schneller voran.

»Lucia, so warte! Ich kann dich doch begleiten. Ich bringe dich sicher nach …«

Inzwischen rannte sie regelrecht – sie wollte so schnell wie möglich weg von diesem aufdringlichen Miguel, der mit seinem munteren Rufen gerade dabei war, den Zauber dieses unvergesslichen Abends zu zerstören.

Irgendwann schien er aufgegeben zu haben, ihr hinterherzubrüllen. Lucia konnte nur hoffen, dass inzwischen nicht das halbe Viertel an den Fenstern klebte, begierig auf Klatsch und Gerüchte, die die Leute bei nächster Gelegenheit an den Vater weitergeben würden.

Ob Miguel ihr aufgelauert hatte? Was wollte er von ihr?

Vielleicht wäre es besser, Nuri und sie wären ihm niemals begegnet. Dann gäbe es allerdings auch nicht Fuego, der ihnen schon so viel Freude bereit hatte!

Als sie den Lichtschein sah, der aus den vergitterten Fenstern der Werkstatt drang, atmete sie auf. Es schien, als ob sie Glück gehabt hätte. Offenbar war der Vater noch immer am Arbeiten, das traf sich gut. Jetzt galt es nur noch, Djamilas Vorwürfen erfolgreich die

Stirn zu bieten, eine weitaus einfachere Übung, die sie sich eher zutraute.

Doch zu ihrer Überraschung war die junge Maurin nicht allein. Nuri und Saida leisteten ihr bei einer Kanne Minztee Gesellschaft, beide allerdings mit so seltsamen Mienen, dass Lucia unwillkürlich erstarrte.

»Es ist doch niemand gestorben?«, entfuhr es ihr.

Nuri schüttelte den Kopf »Nein, aber es ist etwas geschehen, was beinahe ebenso schlimm ist. Papa wurde zwangsgetauft«, sagte sie. »Und am Sonntag sollen Mama und ich ebenfalls zu Christen gemacht werden.«

»Aber das dürft ihr doch gar nicht!«, rief Lucia und schielte zu Djamila, die ebenfalls verweinte Augen hatte. »Kein Gläubiger darf sich von der Lehre des Propheten abwenden. Das hast du doch immer gesagt!«

»Wenn wir uns weigern, werden sie uns töten«, sagte Saida. »Wegen mir wäre es mir egal, aber meine Kinder sollen leben. Meine Tochter und mein Sohn – der von zu Hause geflohen ist, weil er die Schande nicht ertragen konnte.«

Eine Welle von Scham erfasste Lucia. Eben hatte sie noch mit Rashid gesprochen, doch seine Familie wusste nichts über ihn.

»Ich bin sicher, Rashid geht es gut«, sagte sie hastig – und erntete prompt einen alarmierten Blick von Nuri.

»Woher willst du das wissen?«, fragte sie. »Wir haben seit zwei Tagen nichts mehr von ihm gehört!«

Verlegenheit schnürte ihr die Kehle zu. Wie sollte sie diesen besorgten Augen länger standhalten?

»Er ist erwachsen und weiß doch, was er tut«, begann sie zu stammeln. »Rashid kennt viele Leute und kann sicherlich gut für sich sorgen …«

Nuri war aufgesprungen und packte ihr Handgelenk. »Was weißt du, Lucia?«, sagte sie fordernd. »Heraus damit! Was ist mit meinem Bruder? Wo steckt er?«

»Ich hab ihn vorhin zufällig gesehen«, sagte sie. »Ganz zufällig, am Fluss, als ich schon auf dem Nachhauseweg war. Er schien es sehr eilig zu haben. Wir haben nur ein paar Worte gewechselt. Es geht ihm gut, soll ich euch ausrichten … Und dass er bald bei euch vorbeischauen wird. Sehr bald vielleicht sogar.«

»Das hat Rashid gesagt?« Jetzt lagen auch Saidas Augen bohrend auf ihr.

Lucia nickte. »Mehr weiß ich leider auch nicht«, stieß sie schamrot hervor.

Saida erhob sich ächzend. »Sein Name bedeutet ›der Vernünftige‹«, murmelte sie. »Vielleicht hätten wir ihn anders nennen sollen. Ich will jetzt nur noch in mein Bett. Vielleicht kann ich ja diese Nacht ein paar Stunden schlafen.«

Sie schlurfte zur Tür. Nuri begleitete sie.

»Warte!« Lucia hielt Nuri noch einen Augenblick zurück. »Da war wieder dieser Miguel … er hat mir hinterhergerufen …«

Nuris Augen waren plötzlich trüb. »Es gibt jetzt wichtigere Dinge, Lucia«, sagte sie leise. »Ich denke, das weißt du ganz genau.«

Als die Tür hinter den beiden ins Schloss fiel, wandte Lucia sich Djamila zu. Doch die zuckte lediglich die Achseln und verschwand blitzschnell in der Küche, als wollte sie von alledem am liebsten nichts mehr hören.

Kamal hatte alle Öllampen entzündet, die sich auftreiben ließen, und wieder und wieder ihre Position verändert. Antonio, der ihm dabei zunächst behilflich gewesen war, hatte er nach Kurzem weggeschickt.

Jetzt musste er allein sein.

Das Licht der vielen Lampen war beachtlich, wenn man bedachte, dass sich draußen schon längst die Nacht wie schwerer schwarzer Samt über die Stadt gelegt hatte – aber es reichte natürlich trotz allem nicht an die strahlende Klarheit des Tages heran. Immer wieder veränderte Kamal die Position seiner Lampen, um das Ergebnis möglicherweise doch noch zu verbessern, musste sich aber schließlich mit einem Kompromiss zufriedengeben.

Der Hyazinth ruhte auf einem weichen Tuch und schien ihn zu rufen. Doch noch war er nicht bereit, seinem Werben nachzugeben.

In immer engeren Kreisen umrundete Kamal den kostbaren Edelstein, bis er schließlich die innere Ruhe fand, sich an seine Schleifmaschine zu setzen und ihn zu berühren.

Wie kühl und glatt er war! Die Oberfläche eine schimmernde, geheimnisvolle Wolke, nach oben hin leicht gewölbt.

Plötzlich tat es ihm leid, dass er diesen vollkommenen Saphir in eine andere Form zwängen sollte – aber er hatte nun einmal in diesen seltsamen Handel eingewilligt und jetzt gab es kein Entkommen mehr. Seine innere Anspannung wuchs. Die Vorarbeiten am Bergkristall hatten ihm gezeigt, wie schwierig das Vorhaben war – und der Saphir war noch um einiges härter!

Er musste an der Rondiste* beginnen und den ersten Kranz von drei Ecken setzen, um sich später von dort aus weiter nach oben und unten vorzuarbeiten. Mit größter Behutsamkeit nahm er den Edelstein in die rechte Hand, während seine linke die Kurbel der Schleifmaschine zu drehen begann.

Er würde ihn nicht in den Holzstock einspannen, sondern direkt aus der Hand bearbeiten, um noch mehr Gefühl zu haben. Ein Risiko, wie Kamal wusste, doch er war bereit, es einzugehen.

Anfangs lief alles glatt.

Wie früher vergaß Kamal die Welt um sich herum. Sogar die drängenden Sorgen waren mit einem Mal aus seinem Kopf verschwunden. Es gab nur noch das Ächzen der Scheibe, auf der eine dünne Lage von Diamantstaub schimmerte, und die Sicherheit seiner Finger, die den Hyazinth immer wieder in die richtige Position brachten, um ihn irgendwann zu einer funkelnden Rose zu formen. Er spürte, wie er innerlich immer leerer wurde, ganz im Dienste dessen, was gerade von ihm erschaffen wurde.

Plötzlich hörte er das Rattern eines Karrens über holpriges Pflaster, gefolgt von genagelten Stiefeln – und mit einem Ruck war alles wieder da: die hämischen Mienen der Rotkappen, Saidas haltloses Weinen, Rashid, der sich wieselgleich durch die Menge in der Christenkirche schlängelte, um der Zwangstaufe zu entkommen.

Kamals Rechte begann zu zittern. Gerade noch gelang es ihm, sie rechtzeitig von der Schleifscheibe wegzuziehen.

Er sprang auf, hielt bebend den Hyazinth an das nächste Öllicht. Ein winziger Fehler, den nur ein sehr geschultes Auge überhaupt entdecken würde. Mit großem Fingerspitzengefühl ließ er sich noch korrigieren.

Erleichtert sank Kamal auf seinen Hocker zurück. Nicht auszudenken, hätte er auch nur einen Augenblick weiter geschliffen!

Eine Weile blieb er regungslos sitzen, dann jedoch begann sein Verstand wie gewohnt zu arbeiten. Er brauchte Morgenlicht, um den Patzer von eben auszugleichen.

Und Schlaf – jede Menge Schlaf!

Sorgfältig wie immer räumte er seinen Arbeitsplatz leer und säuberte alles wie gewohnt. Danach legte er den Hyazinth auf das graue weiche Tuch, schlug ihn behutsam darin ein und trug ihn zurück in das Versteck, das außer ihm nur Antonio kannte.

Die Wandfliese war zurück an ihrem Platz. Selbst ein geschultes Auge würde nicht erkennen, was sich dahinter verbarg.

Kamal löschte die Lichter. Jetzt erst spürte er, dass er bis in die Knochen erschöpft war.

»Nuri?«

Sooft sie auch rief, drüben auf dem Dach blieb alles still.

Lucia wickelte sich das zweite Tuch um die Schultern. Was hätte sie jetzt darum gegeben, der Freundin all das Wunderbare und Aufregende zu erzählen, das sie heute erlebt hatte!

Die Worte brannten in ihrem Mund, als könnten sie es kaum erwarten, ausgesprochen zu werden – und doch durfte sie diesem Drängen niemals nachgeben.

Nuri würde sie hassen, sollte sie die Wahrheit erfahren. Aber würde sie das nicht erst recht tun, wenn irgendwann herauskam, dass Lucia sie belogen hatte?

Ich bin gefährlich für dich, hatte er gesagt. *Um vieles gefährlicher, als dir vielleicht bewusst ist.*

Was genau meinte er mit »gefährlich«? Dass die verbotene Liebe zu ihm sie womöglich zwang, ihre tiefe Freundschaft mit Nuri aufs Spiel zu setzen?

Plötzlich überlief es Lucia eiskalt. Was dachte sie da überhaupt? Durfte der Preis für die Liebe jemals Verrat sein?

In diesem Moment berührte etwas Weiches ihre Wade und sie schrie erschrocken auf.

Fuego zuckte ebenfalls zurück und machte einen hohen Satz zur Seite.

»Kleiner Freund!« Jetzt lockte sie ihn zärtlich. »Wie in aller Welt bist du denn auf das Dach gekommen?«

Er stieß ein kurzes Gurren aus, ließ sich widerstandslos hochnehmen und schmiegte sich sogar vertrauensvoll in ihren Arm.

Mit einem Mal wurde es Lucia leichter ums Herz. Wie gut, dass sie vereinbart hatten, sich beide an ihm zu erfreuen! Fuego schien stets zu spüren, wer ihn gerade am dringendsten brauchte.

Nuri und sie würden sich nicht verlieren – niemals! Doch was Rashid betraf …

Aber daran wollte sie jetzt nicht denken. Sie vertrieb die schwermütigen Gedanken und behielt nur die glückseligen zurück.

Mit einem schwärmerischen Lächeln trug sie den Kater hinunter in ihr Schlafzimmer.

Kapitel 5

Der erste Schnee auf den Gipfeln der Sierra Nevada!

Kamal wollte seinen Augen kaum trauen, als er ihn am Morgen beim Öffnen der Fensterläden entdeckte, Wochen früher als üblich. Die klare Luft, in der alles wie gemeißelt wirkte, versprach den Beginn eines kalten Winters, der, wenn die Anzeichen nicht trogen, bis weit hinein ins Frühjahr dauern konnte.

Auch seine Hände und Fingerkuppen waren eiskalt und binnen Kurzem so klamm geworden, dass er sie erst durch kräftiges Reiben wieder geschmeidig machen musste, bevor er über die schmale Gasse hinüberging. Antonio ließ sich nur kurz in der Werkstatt blicken, um dann brummig wieder in seinen angrenzenden Wohnräumen zu verschwinden. Über Nacht hatte ihn eine heftige Erkältung befallen, gegen die Djamila nun energisch mit heißer Zitrone und ihrer speziellen Salbeimischung ankämpfte, die sie ihn über einer großen Schüssel inhalieren ließ. Wenn der Goldschmied gesundheitlich geschwächt war, blieb er zu Hause und sie konnte sich um ihn kümmern. Das schien ihr zu gefallen, weil sie ihn dann die ganze Zeit in ihrer Nähe haben konnte.

Energisch verbannte Kamal diesen wie auch alle anderen störenden Gedanken aus seinem Kopf. Er konnte sich keine Ablenkung leisten, denn er hatte bereits die Schleifmaschine frisch eingeölt und hauchdünn mit feinstem Diamantstaub bestreut. Jetzt wartete der Hyazinth auf ihn, wenn er die günstigen Lichtverhältnisse des Morgens nutzen wollte, bevor er erneut zur kräftezehrenden Arbeit hinauf auf die Alhambra musste. Bislang schien Emilio das Märchen von Rashids plötzlicher Erkrankung zu glauben, doch wie lange würde der misstrauische Vorarbeiter sich noch hinhalten lassen? Dazu kam, dass sich auf einmal Salzedo, der Hofmeister des Erzbischofs, ständig einmischte, offenbar um seinen geistlichen Herrn in jedem nur denkbaren Belang zufriedenzustellen.

Der Schleifer schüttelte den Kopf, unzufrieden mit sich selbst. Der Stein, dachte er, jetzt zählt nur der Stein.

Konzentriere dich endlich!

Als Erstes musste er seinen Patzer vom Vorabend ungeschehen machen, eine durchaus knifflige Aufgabe, die ihm dank seiner sicheren Hand überraschend schnell gelang. Nach einigen Runden an der Maschine waren die ersten Dreiecke rund um die Rondiste wieder vollkommen gleichmäßig, Basis für die künftige Rose – doch wie viele warteten noch auf ihn!

Kamal drehte den Stein eine winzige Spur weiter, um sich langsam weiter nach oben zu arbeiten, als von draußen plötzlich lautes Geschrei ertönte.

»Du wirst die Sau fressen – und wenn ich sie dir eigenhändig in den Schlund stopfen muss!«, hörte er jemanden in hässlichem Kastilisch brüllen.

»Lasst mich endlich in Frieden! Ich hab euch doch nichts ge… ge…tan!«

Diese schrille Stimme und das aufgeregte Holpern bei jedem zweiten Wort! Das konnte nur Amir sein, der kleine Schneider von nebenan, der da in höchster Todesangst vor sich hinstotterte.

Kamal legte den Stein zurück auf das graue Tuch, das er zum Schutz des Hyazinths auf der Werkbank ausgebreitet hatte, und stürzte hinaus.

Amir war von zwei Rotkappen umzingelt. Einer hielt ihm einen Holzspieß mit Batzen schwärzlich verkohlten Schweinefleischs vor die Nase, während der zweite sein Schwert gezückt hatte und damit angriffslustig vor Amirs mageren Schenkeln herumfuchtelte.

»Friss die Sau!«, schrie er. »Friss auf der Stelle, wenn du ein Christ sein willst!«

»Nein und noch ein…ein…mal nein!« Amirs verzweifelte Stimme drohte zu kippen. »Dazu könnt ihr mich nicht zwi…zwi …zwingen.«

Viele Fenster waren aufgeflogen und aus den Türen liefen immer mehr Menschen auf die enge Gasse.

»Und ob wir das können!« Jetzt zielte das Schwert exakt auf Amirs Geschlechtsteile, die der dünne Stoff der Djellaba kaum schützte. »Christ oder Eunuch. Überleg es dir gut – noch hast du die Wahl!«

Unwillkürlich war Kamal losgerannt, um Amir zu Hilfe zu kommen, doch plötzlich setzte sein Verstand wieder ein und er blieb unschlüssig stehen. War es nicht ungemein gefährlich und töricht dazu, erneut die Aufmerksamkeit der Rotkappen zu erregen? Es reichte doch, dass sie hinter seinem Sohn her waren!

Der Gedanke an Rashid ließ ihn ganz elend werden. Schwindel überfiel ihn, und er hatte plötzlich das Gefühl, nicht mehr scharf sehen zu können.

Doch dann klärte sich sein Blick wieder – und er erstarrte.

Lief dort vorn nicht ein junger Mann, der exakt Rashids Statur hatte? Oder spielte ihm seine überhitzte Fantasie lediglich einen Streich? Bevor Kamal sich noch richtig darüber klar werden konnte, was er eigentlich wahrgenommen hatte, war die Gestalt allerdings schon wieder verschwunden.

Für einen Augenblick hatte sie ihn von dem ungleichen Kampf auf der Gasse abgelenkt. Doch nun war seine Aufmerksamkeit zurück, und was Kamal zu sehen bekam, erstaunte ihn sehr.

Angefeuert von schrillem arabischem Geschrei, hatte Amir dem ersten Söldner den Spieß mit dem Schweinefleisch aus der Hand gerissen und hieb mit ihm wie mit einem hölzernen Schwert wild durch die Luft. Fleischfetzen fielen herunter, was die Menschen auf der Gasse zu immer begeisterterem Johlen veranlasste. Offenbar war der Schwertträger zu langsam oder zu verblüfft, um parieren zu können; denn seine Bewegungen wurden nach und nach ungelenker, bis er plötzlich über eine straff gezogene Schnur stolperte und wie ein nasser Sack zu Boden stürzte.

»Lauf, Amir!«, ertönte nun der Schrei aus unzähligen Kehlen, was sich der magere Schneider nicht zweimal sagen ließ.

Leichtfüßig wie ein junger Windhund spurtete er los, während der erste Söldner ihm in einigem Abstand folgte und der zweite sich erst mühsam wieder aufrappeln musste.

»Das werdet ihr büßen!« Das rote Barett des Söldners, das schief auf seinem grindigen Schädel saß, als er endlich wieder auf den Beinen war, hatte durch den Sturz hässliche Flecken bekommen und wirkte nun eher lächerlich als respekteinflößend. »Wir finden ihn, und dann wird er darum betteln, niemals geboren worden zu sein. Und ihr alle mit dazu!«

Jetzt sagte keiner mehr ein Wort, doch viele Münder waren spöttisch verzogen, während die Menschen wieder in ihre Häuser zurückkehrten.

Auch Kamal konnte ein Lächeln über Amirs pfiffiges Entkommen nicht ganz unterdrücken. Außerdem hatte das frühe Aufstehen mittlerweile geradezu ein Loch in seinen Magen gebrannt. Vielleicht könnte er ja Djamila überreden, ihm gefüllte Weinblätter, ein Schälchen mit Kichererbsenmus und Fladenbrot zu bringen, Kostproben ihrer berühmten Kochkunst, bevor er erneut …

Alles in ihm erstarrte.

Das graue Tuch lag noch immer auf der Werkbank, so wie er es zuvor zurückgelassen hatte. Aber es war leer.

Sein Körper reagierte sofort. Angstschweiß rann ihm in Strömen über den Rücken und das Herz hämmerte wie wild in seiner Brust.

Ob der Beutel mit dem Gold auch verschwunden war?

Kamal machte eine ungelenke Bewegung in Richtung Versteck, doch die Beine wollten ihm nicht wie gewohnt gehorchen.

Der kleine rote Kater, den die Mädchen ohne Erlaubnis angeschleppt hatten, kam neugierig durch die offene Tür gelaufen und geriet ihm dabei in den Weg. Er bekam einen harten Tritt ab, der ihn ein ganzes Stück zur Seite schleuderte, was Kamal schon im nächsten Moment leidtat.

Was konnte ein unschuldiges Tier für den Aufruhr in seinem Innersten? Der Kleine hatte sich rasch in Sicherheit gebracht, doch um Kamal stand es noch schlimmer als zuvor. Wie von Sinnen riss er an seinem Gewand, um überhaupt noch Luft zu bekommen.

Wo war der Saphir?

Ein Stöhnen drang aus seiner Kehle, so rau, dass er selbst davor erschrak. Dann begann er Antonios Namen zu schreien, wieder und immer wieder, bis er vor Erschöpfung über der Werkbank zusammensank.

Gemeinschaftlich hatten sie jeden Winkel durchkämmt und das Unterste zuoberst gekehrt – doch der Hyazinth war und blieb verschwunden. Obwohl sie den Beutel mit dem Gold unversehrt an Ort und Stelle im Versteck gefunden hatten, war Antonios anfängliche Zuversicht inzwischen gänzlich verflogen und hatte tiefster Bedrückung Platz gemacht.

»Das hätte niemals geschehen dürfen«, murmelte er mit grauem Gesicht, als er wohl zum tausendsten Mal mit dem Besen vergeblich durch die Werkstatt fuhr, während er mit der anderen Hand gegen seine unentwegt laufende Nase anzukämpfen hatte. »Wieso hast du mich denn nicht gerufen? Ich hätte doch aufpassen können, wenn du schon unbedingt nach draußen musstest!«

»Weil du krank bist und Schonung brauchst!«, antwortete Kamal. »Ich bin einfach losgerannt, als Amirs verzweifelte Schreie ertönten. Ohne nachzudenken, was ich inzwischen natürlich zutiefst bereue. Aber wer kann sich denn so etwas schon vorstellen!«

Entmutigt ließ Antonio den Besen sinken.

»Es muss auf jeden Fall jemand gewesen sein, der dich heimlich beobachtet hat«, sagte er. »An einen Zufall kann ich nicht glauben – du vielleicht? Überleg noch einmal in aller Ruhe! Ist dir nicht vielleicht doch irgendetwas aufgefallen? Auch die winzigste Einzelheit könnte wichtig sein.«

»Die Gasse war auf einmal schwarz vor Menschen«, sagte Kamal tonlos. »Wenn du so willst, könnte jeder aus dem Viertel es gewesen sein – jeder!«

»Wie lange genau warst du draußen?« Auch diese Frage hatte Antonio mindestens schon ein Dutzend Mal gestellt.

»Nur ein paar Augenblicke.« Kamal klang gereizt. »Aber das hab ich dir doch alles schon haarklein erzählt. Da war dieses Durcheinander auf einmal, die vielen, vielen Leute … Frauen, Kinder, ein paar Männer … sie haben alle laut geschrien. Für einen Lidschlag glaubte ich sogar, Rashid in der Menge laufen zu sehen …«

»Rashid?«, fiel Antonio ihm ins Wort. »Kannst du dir vorstellen, dass er möglicherweise den Stein …«

»Das nimmst du sofort zurück!«, sagte Kamal drohend.

»Aber Rashid wusste von dem Hyazinth, das hast du mir selbst erzählt. Als Einziger!«

»Abgesehen von uns beiden sowie Gaspar und seinem Herrn Neffen!«, schrie Kamal. »Wenn das überhaupt reicht! Wer kann schon wissen, wen dieser elende Christenhund sonst noch eingeweiht hat? Mein Junge jedenfalls hat nichts damit zu tun. Inzwischen bin ich sicher, dass ich mich getäuscht habe. Rashid war gar nicht da. Ich hab mir bloß eingebildet, ihn zu sehen, weil ich ständig an ihn denken muss.«

»Der verschwundene Hyazinth besitzt ungeheuren Wert. Ihn in Gold oder möglicherweise Waffen für einen geplanten Aufstand zu verwandeln, könnte …«

»Hör sofort damit auf!«, schrie Kamal und erhob drohend seinen Arm, als wollte er im nächsten Moment zuschlagen. »Ich dachte, du bist mein Freund – und der meines Jungen!«

»Das bin ich doch auch«, sagte Antonio. »Gerade deshalb sollten wir ja den Mut aufbringen, alles in Erwägung zu ziehen.«

»Aber doch nicht, dass Rashid ein Dieb ist!«

»Wenn er nicht da war, kann er es ja auch nicht gewesen sein«, räumte Antonio ein. »Ich bin in meinen Befürchtungen wohl zu weit gegangen. Aber wir müssen gründlich nachdenken, Kamal. Nur so können wir unseren Hals vielleicht doch noch aus der Schlinge ziehen. Der Stein muss sich wieder auffinden lassen. Allein darum geht es!«

»Mir fehlt die Kraft dazu«, flüsterte der Steinschleifer. »Hätten wir uns doch niemals auf diesen schrecklichen Handel eingelassen! Sieh mich bloß an – meine Hände zittern, als ob ich uralt wäre, und ich bin schweißnass. Wie ich meine schier endlose Schicht auf der Alhambra überstehen soll, weiß Allah allein. Aber wenn ich dort heute nicht auftauche, wird Emilio nur noch misstrauischer. Was sollen wir tun?«

»Vor allem die Nerven bewahren! Du gehst jetzt erst einmal nach drüben, wäschst dich, ziehst ein frisches Gewand an und isst etwas …«

»Nicht einen Bissen werde ich hinunterbekommen!«

»Das ist ein Befehl! Keiner von uns darf jetzt Schwäche zeigen, das ist das Allerwichtigste. Wir werden eine Lösung finden. Wir *müssen* eine Lösung finden!«

Antonios scharfe Stimme klang Kamal noch im Ohr, als er sein Haus betrat, schlurfend wie ein alter Mann.

Saida lief ihm strahlend entgegen.

»Ich habe gute Neuigkeiten«, rief sie. »Sehr gute sogar. Stell dir vor, unser Junge war vorhin hier! Es geht Rashid gut und er ist bei bester Gesundheit, doch er muss sich weiterhin versteckt halten, damit die Rotkappen ihn nicht in die Finger bekommen. Von der Taufe am Sonntag hab ich ihm besser nichts erzählt, aber ich hab ihm das Säckchen mit der Medizin mitgegeben, das der Imam ihm durch dich hat zukommen lassen …«

Erst jetzt schien sie seinen elenden Ausdruck zu bemerken.

»Was ist mit dir? Bist du krank? Du siehst ja zum Fürchten aus!«

»Du musst jetzt sehr stark sein, Saida«, sagte er. »Eigentlich wollte ich dich unbedingt aus der leidigen Geschichte heraushalten, doch dazu ist es jetzt zu spät. Wirst du mir zuhören?«

Saida nickte hastig.

»So schlimm?«, sagte sie leise.

»Schlimmer!«, versicherte Kamal. »Du bist mit einem Dummkopf verheiratet, das solltest du als Erstes wissen. Dem größten Dummkopf von ganz Granada.«

»Du bist alles andere als ein Dummkopf!«, widersprach sie. »Und ich gehöre zu dir, was immer auch geschehen sein mag.« Sie nahm seine Hand und zog ihn weiter.

Nuri, die ihre Eltern gerade noch hinter der Tür verschwinden sah, stutzte kurz, dann reagierte sie sofort.

Der Vater hatte wie ein Greis ausgesehen, die Mutter aufgelöst gewirkt. Bevor sie ihr wieder alles verschweigen konnten, schlüpfte Nuri behände in die winzige Kammer neben der Küche, in der zahlreiche Löcher in verschiedener Höhe für Belüftung sorgten. Sogar im Hochsommer hielten gekochte Speisen sich hier für einige Tage, und über die Wintermonate ließ Eingemachtes sich wochenlang lagern. Das System war ebenso alt wie ausgetüftelt; zusammen mit dem fließenden Wasser schenkte es dem Haus jenen Komfort, ohne den in Granada seit Jahrhunderten kein Maure leben mochte.

Von hier aus würde ihr nichts von dem entgehen, was die beiden nebenan so heimlich zu besprechen hatten.

Lucia hatte das bedrückte Schweigen im Haus nicht länger ausgehalten und war durch die engen Gassen zu Tante Pilar gelaufen, die zwar rasch öffnete, aber nicht gerade beglückt über ihren Besuch schien und sie eher mürrisch empfing.

Angelockt vom verführerischen Duft nach gebratenem Zitronenhuhn und Kräutern, der sie nach drinnen lockte, war Lucia trotzdem weitergegangen – und blieb erstaunt stehen, als sie am länglichen Esstisch Padre Manolo vor einem vollen Teller sitzen sah.

»Sie hat darauf bestanden, dass ich zum Essen komme«, erklärte er beschwichtigend. »Schon den zweiten Tag hintereinander. Aber setz dich doch zu uns, mein Mädchen. Du siehst auch aus, als könntest du eine kleine Stärkung gut gebrauchen.«

Lucia gehorchte schweigend und tat, als bemerke sie die biestigen Blicke der Tante nicht, die ihr stumm einen weiteren Teller reichte. Es war nicht gerade gemütlich auf dem harten hölzernen Stuhl, um einiges unbequemer, als sie es von zu Hause gewohnt war. Doch Tante Pilar hatte sich von jeher geweigert, auf niedrigen Kissen zu essen, wie die Mauren es taten.

»Er brauchte dringend jemanden, der sich um ihn kümmert«, sagte Pilar nach einer Weile. »Erst recht nach all dem, was er durchmachen musste. Da bin eben ich in die Bresche gesprungen. Gab ja sonst niemanden weit und breit, der dazu bereit gewesen wäre.«

Der Priester erhob abwehrend seine Hände, als wäre ihm das Gesagte peinlich, doch Tante Pilar ließ sich davon nicht bremsen.

»Hast du vielleicht eine Ahnung, wie es nach der Maurentaufe in unserer schönen Kirche ausgesehen hat?«, fuhr sie fort. »Als hätte eine Horde wilder Schweine in San Nicolás gewütet! Alle Bänke wüst nach draußen geworfen, der Boden voller Unrat und Schmutz. Die Frau, die früher immer zum Fegen kam, hat sich bei diesem Anblick prompt aus dem Staub gemacht. Und Padre Manolos unzuverlässige Haushälterin gleich mit dazu. Da hab ich eben die Ärmel aufgekrempelt und die ganze Arbeit erledigt!«

»Ihr wart dabei?« Plötzlich hatte das Hühnerbein, an dem Lucia gerade noch heißhungrig genagt hatte, jeglichen Geschmack verloren. »Aber Muslime dürfen sich doch gar nicht von Allah abwenden, das weiß ich von Djamila. Was macht es da für einen Sinn, sie zwangsweise christlich zu taufen?«

»Solch ein schrecklicher Tag!«, murmelte Padre Manolo. »Ich habe erst sehr spät erfahren, dass man ausgerechnet meine Kirche für dieses unselige Spektakel ausgesucht hatte. Da waren sie schon dabei, die Bänke nach draußen zu schleppen. Was hätte ich dagegen tun sollen? Gegen die Rotkappen des Inquisitors war ich doch machtlos.«

»Ihr hättet uns warnen können«, sagte Lucia und suchte furchtlos seinen Blick. »Das zumindest hätte ich von Euch erwartet. Ich dachte, Kamal und seine Familie sind auch Eure Freunde. Das habt Ihr jedenfalls früher immer behauptet. Oder hat sich daran inzwischen etwas geändert?«

Zu ihrer Überraschung fiel die Tante ihr dieses Mal nicht ins Wort. Pilars helle Augen hingen ebenso wie Lucias am Gesicht des Priesters, als wäre seine Antwort immens wichtig für sie.

Der Padre wirkte sichtlich beschämt.

»Ja, du hast recht, ich war feige«, rief er. »Das hässliche Waffengerassel hat mich eingeschüchtert. Waffen in meinem Gotteshaus – wie konnte ich das nur zulassen! Dabei ist die Inquisition doch einzig und allein dazu da, um die Lehre der Heiligen Kirche rein zu halten, falls sie verfälscht oder beschmutzt werden sollte, und nicht, um Menschen gewaltsam dazu zu zwingen, Christen zu werden!«

»Mir scheint, als wäre das erst der Anfang gewesen«, sagte Lucia. »Mit ihren Listen haben die Rotkappen schon bald danach die Maurenhäuser des Albaycíns durchkämmt, um alle Muslime zu registrieren, die ihnen noch fehlen. Am Sonntag wollen sie mit dem Taufen weitermachen. Und dieses Mal sind auch meine beste Freundin Nuri und ihre Mutter Saida dran, die für mich seit jeher wie eine Mutter war. Habt Ihr vielleicht eine Idee, wie sie sich schützen könnten?«

Der Priester wurde noch eine Spur bleicher, dann schüttelte er langsam den Kopf.

»Saida und ihre junge Tochter«, sagte er leise. »Wohin sollten sie schon fliehen? Das alles macht mich so unendlich traurig, Lucia! Eine Handvoll Wasser hilft doch der Seele nicht. Jeder Übertritt zu unserem Glauben muss aus freien Stücken, nach aufrichtiger Buße und vor allem nach gründlicher Unterweisung geschehen. Erzbischof Talavera hätte niemals gewollt …«

Er hielt plötzlich inne.

»Ich bin nicht einmal sicher, ob man Seine Exzellenz über dieses ungeheure Geschehen vollständig informiert hat«, rief er. »Aber seitdem Erzbischof Cisneros in Granada weilt, scheinen plötzlich andere Gesetze zu gelten.«

Der Priester sprang auf, so heftig, dass die Teller klapperten.

»Wir dürfen keine kostbare Zeit vergeuden«, rief er. »Vielleicht ist ja doch noch etwas zu retten.«

»Wohin wollt Ihr denn so plötzlich?«, rief Tante Pilar. »Ihr habt ja noch nicht einmal aufgegessen!«

»Zum Erzbischof«, rief Padre Manolo, schon halb auf der Schwelle. »Sofort! Und ich bin sicher, er wird seinen alten Mitbruder nicht abweisen.«

»Ich wollte ihn nicht von deinem Tisch vertreiben«, sagte Lucia nach einer Weile des Schweigens, das sich nach dem überstürzten Aufbruch des Priesters zwischen ihnen ausgebreitet hatte. »Es war ganz allein sein Entschluss, das hast du ja gehört.«

»Du zeigst durchaus Talent, immer wieder im falschen Augenblick aufzutauchen, liebe Nichte«, sagte Pilar. »Aber dieses Mal war es wohl genau der richtige. Der Padre hat sich nach der erzwungenen Taufe so elend gefühlt, dass ich schon Angst bekam, er würde ernstlich krank werden. Aber dank dir ist offenbar sein Kampfeswille neu erwacht. Das wird ihm guttun. Hast du nicht bemerkt, wie anders er auf einmal ausgesehen hat? Als hättest du ihm in wenigen Augenblicken viele Jahre zurückgegeben!«

Wie verändert sie selbst auf einmal wirkte!

Bislang hatte Lucia ihre Tante für eine unauffällige, nicht gerade anziehende Frau in mittleren Jahren gehalten, die sich frömmlerisch in ihrer Witwenschaft vergrub und bestenfalls als Wohltäterin für Arme und Kranke verausgabte. Doch die Pilar, die ihr jetzt gegenübersaß, hatte plötzlich so gar nichts mehr von einer vergrämten Kirchgängerin an sich, die lediglich auf die nächste Messe wartete.

Ihr Gesicht glühte, wie von einem inneren Feuer erwärmt. Außerdem hatte sie sich ungewöhnlich sorgfältig zurechtgemacht. Ihr braunes Haar war nicht wie sonst zu einem strengen Knoten gezwirbelt, sondern locker aufgesteckt. Ein paar Löckchen hatten sich selbstständig gemacht, kringelten sich um das schmale Gesicht und ließen es weicher, beinahe jugendlich wirken.

Und erst das Kleid!

Schlicht war es und dunkel wie gewohnt, da für sie nach dem Tod ihres Mannes die Trauerzeit lebenslang andauern würde, wie sie stets versicherte, doch am Ausschnitt und an den Ärmeln war es reichlich mit feiner weißer Spitze besetzt.

Tante Pilar sah aus wie ein junges Mädchen, das sich für einen heimlichen Verehrer herausstaffiert hatte.

»Du liebst ihn?«, entfuhr es Lucia. Erschrocken hielt sie inne.

Was war ihr da nur eingefallen? Darauf würde sie doch niemals im Leben eine Antwort erhalten.

»Einen Priester?« Pilar schüttelte leicht den Kopf und errötete zart. »Red keinen Unsinn, mein Kind!«

»Und wenn es doch so wäre? Kann man sich denn aussuchen, wen man liebt?«, fragte Lucia weiter und beobachtete die Tante dabei ganz genau. »Oder ist es nicht eher Schicksal?«

Ob Pilar ihrer toten Schwester Maria, Lucias Mutter, die sie niemals gekannt hatte, wirklich so ähnlich war, wie alle behaupteten? Dann könnte sie sie ja eines Tages doch nach dem blauen Haus mit dem Blütenteppich fragen, das sich immer wieder in ihre Träume stahl!

Pilars Miene war undurchdringlich, nur die Mundwinkel bebten leicht.

»Verliebtheit kann uns Menschen durchaus wie ein Pfeil treffen. Gegen sie ist man machtlos. Doch wenn sie sich erst einmal in wahre Liebe verwandelt hat, die hält und trägt, dann …«

»Was dann?«, stieß Lucia hervor. »Erzähl mir mehr davon – bitte! Wen sonst sollte ich denn danach fragen?«

»Dafür bist du noch viel zu jung!« Tante Pilar griff nach den halb geleerten Tellern und stellte sie unter Getöse zusammen. »Schade um das schöne Huhn«, fuhr sie resolut fort, peinlich darauf bedacht, dass Lucia ihr jetzt keinesfalls mehr ins Gesicht schauen konnte. »Komm mit in die Küche! Ich werde dir etwas davon für deinen Vater einpacken.«

Der Raum war länglich, kahl und stank durchdringend nach Schweiß. Doch hinter der strengen Ausdünstung, die alles überlagerte, hätte eine feine Nase durchaus andere Gerüche ausmachen können – den Duft nach Anis beispielsweise, nach Kardamon, Koriander, Kreuzkümmel und Zimt, denn Rashid und die Söhne Allahs vollzogen ihre Kampfübungen in einem aufgelassenen Lagerhaus, in dem jüdische Kaufleute früher Gewürze gestapelt hatten.

In einer Ecke hieb ein Mann mit bandagierten Fäusten gegen einen Ledersack, der mit Stofffetzen gefüllt war; in der anderen waren zwei Ringer zugange, von einem Schiedsrichter angefeuert, der sie erst zögernd trennte, als aus dem Kampf blutiger Ernst zu werden drohte.

Die meisten jedoch hatten ihre üblichen Laufrunden in der Halle absolviert, unterbrochen von Liegestützen und Kniebeugen, die die Kraft steigern sollten. Allen rann der Schweiß herab und die dünnen Gewänder klebten regelrecht am Leib, so verausgabt hatten sie sich. Nur einem schien die Puste noch immer nicht ausgegangen zu sein – Amir, der offenbar gar nicht genug bekommen konnte.

»Ich denke nicht beim Laufen«, sagte er zu Khaled, der mit ihm das Schicksal der Zwangsbekehrung teilte, obwohl sein Herz noch immer einzig und allein für den Propheten schlug. »Vielleicht ist das ja mein Geheimnis! Meine Beine bewegen sich wie von selbst, was am wenigsten Kraft kostet. So bin ich auch den verdammten Christenhunden entkommen – Allah sei Dank!«

»Weil du kaum mehr als eine Feder wiegst!« Betrübt starrte Khaled auf den stattlichen Bauch, der sich unter seiner Djellaba wölbte. »Das Leben im Untergrund bekommt mir nicht. Bei dem ständigen Herumsitzen wird er von Woche zu Woche immer noch dicker, anstatt endlich zu schrumpfen.«

»Wieso versuchst du es zur Abwechslung nicht einmal mit Stockfechten?«, schlug Rashid vor. »Da übt man gleichzeitig Präzision, Kraft und Konzentration, und man gerät ganz schön außer Atem, das kann ich dir versichern!«

»Mir dir vielleicht?«, sagte Khaled unschlüssig. »Aber du bist doch höchstens halb so alt wie ich!«

»Umso besser!«, rief Rashid. »Dann musst du dich eben noch ein bisschen mehr anstrengen.«

Absichtlich vermied er jegliche Anspielung auf jenen Morgen vor einigen Wochen, an dem er Khaled durch sein beherztes Eingreifen die Flucht ermöglicht und ihm damit das Leben gerettet hatte. Jeder in der Halle wusste ohnehin davon. Der Tod Maliks am gleichen Tag, den sie mittlerweile als eine Art Märtyrer verehrten, tat ein Übriges. Seitdem galt Rashid nicht nur als Held, sondern auch als ausgesuchter Liebling Allahs, dem sogar Ältere sich bereitwillig untergeordnet hätten. Doch Zegri ibn Kamran sorgte dafür, dass es bislang nicht dazu gekommen war.

Einem alten maurischen Kriegergeschlecht entstammend, das am Hofe Boabdils wichtige Ämter innegehabt hatte, war er von Kindesbeinen an gewohnt, zu befehlen. Seit der Vertreibung des letzten maurischen Emirs aus Granada beanspruchte der kräftige Mann die Führungsrolle unter den Mauren, die ihm auch im Untergrund kein anderer streitig machen sollte – erst recht keiner, der viele Jahre jünger als er war.

»Noch sage ich hier, was getan werden soll«, ergriff Zegri nun das Wort. »Stockfechten ist nur etwas für junge Stiere. Nicht aber für alte Bullen, die …«

»Wir werden schon bald jeden einzelnen unserer Männer brauchen, egal, ob jung oder alt«, unterbrach ihn die ruhige Stimme des Imam, der unbemerkt die Halle betreten hatte. »Fangt ruhig an zu kämpfen!«

Rashid starrte dem Weißbart mit der hohen roten Filzkappe überrascht entgegen, dann gehorchte er schweigend. Sein Holzstock zischte durch die Luft. Schließlich knallte er auf Khaleds Waffe.

»Gut gemacht!«, rief Imam Hasan. »Beim Stock ist es die Einschlagenergie, die für den größten Schaden sorgt. Je kleiner die Fläche, auf die diese Energie konzentriert ist, desto stärker der Einschlag. Daran solltet ihr arbeiten. Gleich noch einmal!«

Seine Worte hatten den Ehrgeiz der beiden ungleichen Kämpfer geweckt. Sogar Khaled schien aus seiner anfänglichen Starre erwacht zu sein und bewegte sich schneller und geschmeidiger. Eine ganze Weile gelang es ihm, den Hieben Rashids auszuweichen, dann jedoch knallten die beiden Stöcke wieder aneinander, dieses Mal von Rashids Seite aus mit so großer Kraft, dass er seinem Gegner die hölzerne Waffe aus der Hand schlug und sie krachend auf den Boden fiel.

Der Imam klatschte in die Hände. Einige der anderen Männer taten es ihm nach.

»Was ich sehe, erfreut mein Herz«, sagte er. »Ihr werdet weiter zusammen trainieren. So lange, bis auch aus Khaled schließlich ein schlanker, schlagsicherer Stockkämpfer geworden ist.«

»Aber was könnte unser Holz im Ernstfall schon gegen ihr Eisen ausrichten?«, rief Rashid leidenschaftlich. »Die Rotkappen Luceros starren geradezu vor Waffen. Und zögern, wie einige von uns schon am eigenen Leib erfahren mussten, keinen Augenblick, ihre Schwerter und Spieße gegen uns einzusetzen. Wir haben bereits einen Toten zu beklagen – wie viele sollen es noch werden?«

»Je gründlicher ihr trainiert seid, desto größer werden eure Chancen im Kampf von Mann gegen Mann«, erwiderte der Imam. »So war es schon seit jeher. Nicht anders wird es auch im Heiligen Krieg* sein.«

»Sollen wir also weiterhin tatenlos abwarten, bis der Großteil von uns zum Christentum gezwungen wird oder man uns einfach abschlachtet?« Furchtlos bot Rashid ihm erneut die Stirn. »Ist es das, was du uns rätst, weiser Mann?«

»Genug!« Zwischen den dichten weißen Brauen des Geistlichen war eine tiefe Falte erschienen. »Dein Übermut passt zu deiner Jugend, doch ein wahrer Kämpfer weiß, wann er den Mund zu halten und sich den Befehlen Älterer zu fügen hat.«

Der Imam wandte sich der großen Runde zu.

»Ihr fahrt mit euren bisherigen Übungen unter Zegris Anweisungen fort. Allerdings werdet ihr demnächst tatkräftige Unterstützung erhalten, das habe ich vorhin von einem Boten erfahren. Seid also guten Mutes!«

Jetzt ruhten die Blicke aller gespannt auf ihm.

»Aus den unzugänglichen Tälern der Alpujarras stoßen schon bald weitere Kämpfer zu euch, tapfere Krieger, die euch mit Schwertern, Messern und Eisenspießen ausstatten werden. Boabdil, unser geliebter früherer Emir, hat die Söhne Allahs nicht ganz unversorgt unter der Herrschaft der Christen zurückgelassen. Seine engsten Getreuen haben sein eisernes Erbe für uns aufbewahrt.«

Lauter, anhaltender Jubel brach unter den versammelten Männern aus.

»Wann genau wird das sein?«, fragte Rashid leise, der ganz nah neben den Geistlichen getreten war, damit kein anderer seine Frage hören konnte. »Diese Waffen, wir brauchen sie so dringend! Ich weiß, ich sollte nicht mehr fragen, aber ich kann einfach nicht anders. Wenn sie sich nicht beeilen, werden Schnee und Eis ihnen womöglich den Weg abschneiden! Jeder Tag früher wäre also ...«

»Hast du meine Medizin schon kennengelernt?«, unterbrach ihn der Imam.

Rashid schüttelte den Kopf. »Dazu war leider noch keine Zeit. So viele andere Dinge gab es zu erledigen!«

»Dann nimm sie dir! Fang am besten gleich heute Nacht damit an.« Ein kleines Lächeln umspielte die schmalen Lippen. »Kann nicht schaden, wenn du dich beizeiten an die Wirkung gewöhnst.«

»Und du hast wirklich richtig gehört?« Lucia mochte nicht glauben, was Nuri da gerade atemlos hervorgestoßen hatte. »Vielleicht hat die Kammer ja doch verzerrt, was sie gesagt haben ...«

Nuri ließ sie nicht ausreden. »Jedes einzelne Wort«, versicherte sie mit ernstem Gesicht. »Als ob ich direkt neben ihnen gestanden hätte. Unsere Väter schweben in Lebensgefahr, Lucia! Wenn der blaue Stein nicht wieder auftaucht – was wird man ihnen dann antun?«

Vor lauter Aufregung hatten ihre Hände Fuego so heftig gestreichelt, dass der kleine Kater die Lust an derart ungestümen Liebkosungen verlor. Er schnellte nach vorn und biss blitzschnell zu. Mit einem kurzen Schmerzenslaut zuckte Nuri zusammen und schubste ihn von ihrem Schoß auf den Boden.

Für den roten Kater lediglich die Aufforderung zu weiterem Spiel.

Jetzt begann er ihre Füße mit seinen spitzen Zähnchen zu attackieren, bis sie ihn entnervt hinausjagte.

»Daran mag ich gar nicht denken«, sagte Lucia angstvoll. »Wie konnten sie sich nur darauf einlassen! Wo doch alle Welt weiß, dass Mauren solche Arbeiten nicht mehr …« Sie biss sich auf die Zunge und schwieg.

Erregt war Nuri aufgesprungen. »Genau das ist für meinen Vater ja so schlimm! Früher hat er auf seiner Scheibe die kostbarsten Edelsteine zum Leuchten gebracht – und jeder in Granada hat ihn bewundert und gerne ordentlich dafür bezahlt. Nun hingegen muss er von früh bis spät als Tagelöhner den Rücken krumm machen und verdient doch kaum etwas. Vielleicht war das ja der Grund, warum er überhaupt zugestimmt hat. Aber jetzt weiß er nicht mehr weiter. Ebenso wenig wie Antonio.«

Ihr Gesicht schien plötzlich winzig vor Sorge.

»Wir müssen den Stein zurückholen«, rief Lucia, der dieser Anblick ans Herz ging. »Wir werden unseren Vätern helfen!«

»Aber wie wollen wir das anstellen?«, sagte Nuri mutlos. »Ich kann mich doch nicht einmal frei in der Stadt bewegen, wie du weißt. Wie soll ich da einen Dieb ausfindig machen?«

»Aber du hast Augen und Ohren!« Lucia geriet immer mehr in Rage. »Die machst du sperrangelweit weit auf und speicherst alles, was du hörst und siehst: was die Frauen im Hamam* klatschen, was man auf den Markt so redet, was zwischen den Zeilen gesagt wird – einfach *alles*! So ein wertvoller Stein kann doch nicht mir nichts, dir nichts vom Angesicht der Erde verschwinden. *Irgendwo* muss er sein. *Irgendjemand* muss ihn haben. Und wir beide werden herausbekommen, welcher Schuft das ist!«

Sie wirkte so ansteckend mit ihrer Tatkraft, dass Nuri für einen kurzen Augenblick das Lächeln wiederfand.

Dann jedoch erlosch es erneut.

»Uns bleibt nur so wenig Zeit«, wandte sie ein. »Papa hat gesagt, dass dieser Gaspar jeden Tag auftauchen kann, um den Stein zu inspizieren. Was dann …«

Wie ein Geist stand auf einmal Djamila mit einem Gast in der Tür. Sie hatte Haar und Gesicht verhüllt, als wäre sie bereits für den täglichen Gang auf den Markt gerüstet.

»Antonio hat ihn herübergeschickt«, sagte sie und ihr Tonfall verriet tiefste Empörung. »Du sollst Señor Díaz mit Tee und Gebäck bewirten, bis dein Vater genügend Zeit hat, sich um ihn zu kümmern.«

Nuri war abwechselnd rot und blass geworden, zu aufgeregt, um noch daran zu denken, sich halbwegs anständig zu bedecken.

»Ich möchte die geschätzten Señoritas keinesfalls stören«, sagte Miguel mit einer angedeuteten Verneigung, »aber Señor Álvarez war so freundlich, mich hier zum Warten einzuladen. Es scheint ihm nicht sonderlich gut zu gehen, wie ich eben sehen und hören konnte. Es ist doch hoffentlich nichts Ernstes?«

Unfähig zu antworten, schüttelte Lucia stumm den Kopf, während in ihrem Kopf die Gedanken sich überschlugen.

Erst neulich war er ihr am Abend nachgegangen und jetzt stand er schon wieder vor ihr!

Konnte es sein, dass er ihr Verhalten so falsch verstand?

Sie schielte zu Nuri, die ihn wie gebannt anstarrte. Und auch er schien seine Augen kaum von ihr lösen zu können, was Lucia zu ihrer eigenen Verblüffung einen kurzen, heftigen Stich versetzte.

Bislang hatte er nur sie so angesehen. Vielleicht, weil er Nuri erst heute wieder zu Gesicht bekommen hatte?

»Wir sollten uns setzen«, brachte Lucia schließlich hervor. »Ich gehe Tee holen.«

»Das ich kann doch machen!« Wieselflink war Nuri in der Küche verschwunden, während Djamila noch immer wie angewurzelt dastand.

»Du kannst ruhig deine Einkäufe erledigen«, sagte Lucia, zu ihr gewandt. »Mein Vater wird ohnehin jeden Augenblick bei uns sein.«

»Das solltest du schon mir überlassen«, erwiderte Djamila. Aus der Küche kam hektisches Klappern, dann ein unterdrückter Schrei.

»Nichts passiert!«, rief Nuri gewollt munter von nebenan. »Nur beinahe das Tablett und die Becher …«

Jetzt gab es für Djamila kein Halten mehr. Sie stürzte ihr in die Küche hinterher, offenbar entschlossen, das Schlimmste zu verhindern.

»Was willst du wirklich hier?«, zischte Lucia Miguel zu. »Und sag gefälligst die Wahrheit!«

»Ein Besuch in der Werkstatt deines Vaters.« Wie brachte er nur das Kunststück fertig, derart unschuldig dabei auszusehen! »Mein Onkel hat mich gebeten, mich nach dem Stein zu erkundigen, der dort gerade nach seinen Angaben umgeschliffen wird. Ich soll mir anschauen, welche Fortschritte diese Arbeit macht. Das ist auch schon alles.«

»Dein Onkel?«, krächzte Lucia, während Nuri mit einem Tablett, auf dem eine Teekanne und vier Gläser standen, zurückkam, gefolgt von einer noch immer misstrauischen Djamila. »Dein Onkel ist Gaspar Ortíz?« War das bereits die erste Gelegenheit für Nuri und sie, ihre Klugheit unter Beweis zu stellen und den Vätern zu helfen?

Jetzt wären die Gläser Nuri beinahe ein zweites Mal von dem polierten Metall gerutscht.

Miguel nickte, und wieder ruhten seine Augen auf Nuris lieblichen Zügen, als könne er sich kaum daran sattsehen.

»Dein Vater besitzt großes Talent.« Seine Stimme war voller Wärme. »Es ist mir eine Ehre und ein Vergnügen, diesen aufregenden Verwandlungsprozess mitverfolgen zu dürfen. Allerdings komme ich heute …«

»…ungelegen!«, riefen Nuri und Lucia wie aus einem Mund.

Irritiert schaute Djamila von einer zur anderen.

»Mein Vater ist tatsächlich krank«, sagte Lucia rasch. »Viel zu krank, um Besuch zu empfangen, auch wenn er das dir gegenüber natürlich niemals zugeben würde. Doch ich als besorgte Tochter muss dich bitten, dass du ihn heute nicht mehr störst – ebenso wenig wie in den nächsten Tagen.«

Nuri begleitete Lucias Worte mit heftigem Nicken, während Djamila offenbar noch immer nicht wusste, was sie von dem ungewöhnlichen Auftritt zu halten hatte.

Unschlüssig hatte Miguel sich wieder erhoben.

»Dann gehe ich am besten nur noch einmal kurz nach nebenan, um mich zu verabschieden«, sagte er. »Damit Señor Álvarez nicht etwa auf die Idee kommt, ich sei ein ungehobelter …«

»Nein!«, schrien Lucia und Nuri im Chor.

»Das ist ganz und gar unnötig.« Lucia redete jetzt so schnell, dass die Worte wie Fallobst aus ihrem Mund zu purzeln schienen. »Mein Vater macht sich nämlich ganz und gar nichts aus aufgesetzten Höflichkeiten. Er war und ist ein Mann des Herzens, jemand, der immer spürt, wie etwas gemeint ist …« Sie hielt inne.

Himmel, wenn sie nicht aufpasste, redete sie sich noch um Kopf und Kragen!

Nuri, die ihre Verwirrung zu spüren schien, nickte ihr abermals aufmunternd zu. Sogar Djamilas Haltung wirkte auf einmal weniger verkrampft.

Miguel machte ein paar unentschlossene Schritte.

Und wenn er es sich doch noch anders überlegte, nach nebenan lief und darauf beharrte, den Stein zu sehen – den es hier doch gar nicht mehr gab?

Dazu durfte es nicht kommen. Sie brauchten doch Zeit! Um den Stein wiederzufinden.

»Warte!«, rief Lucia. »Ausnahmsweise werde ich dich ein kleines Stück begleiten. Ein wenig frische Luft wird mir guttun.« Sie bugsierte den Überraschten weiter in Richtung Tür, öffnete sie und schien erst zufrieden, als Miguel wirklich draußen war.

Vor der Haustür allerdings blieb sie plötzlich stehen.

»Geh du schon mal voraus«, sagte Lucia zu Miguel. »Ich hab etwas vergessen und komme gleich nach.«

Auf Zehenspitzen schlich sie zurück und spähte nach drinnen.

Nuri hatte zu weinen begonnen, obwohl sie irgendwie erleichtert wirkte, während Djamila sie eher kritisch beäugte.

»Ich weiß genau, dass ihr seit jeher irgendwelche Geheimnisse habt«, hörte Lucia die junge Maurin sagen. »Und ich habe sie euch stets gelassen, das musst du einräumen. Aber findest du nicht, dass ihr es heute zu bunt getrieben habt? Du scheinst diesen jungen Christen ja auch ganz gut zu kennen. Woher, wenn ich fragen darf? Oder soll ich lieber deine Mutter um Auskunft bitten?«

Nuri schüttelte den Kopf. »Ich wünschte ja selbst, alles wäre niemals so gekommen. Frag nicht weiter – bitte! Lucia versucht gerade zu retten, was noch zu retten ist!«

Lucia fühlte sich plötzlich unbehaglich. Sie musste Miguel hinterher. Die Freundin hatte recht. Doch zuerst wollte sie noch Djamilas Antwort hören!

»Aber dieser fremde junge Mann und sie! Das schickt sich doch nicht, dass sie Seite an Seite durch die Straßen laufen. Als wären sie einander versprochen. Die Leute werden reden. Sie warten doch nur darauf. Dann ist Lucias Ruf ruiniert. Und was wird erst Antonio sagen, wenn er davon erfährt?«

Nuris Gesicht war tränennass, das konnte Lucia von ihrem Versteck aus gut erkennen.

»Du sagst ihm einfach nichts, so einfach ist das. Dann weiß er nichts und wird bestimmt auch schneller wieder gesund.«

»Wieso sollte ich das tun?«, fragte Djamila. »Nenn mir auch nur einen einzigen triftigen Grund!«

»Weil Miguel goldene Augen hat«, hörte Lucia die Freundin flüstern, während sie selbst schon wieder halb auf dem Sprung war. »Hast du das nicht gesehen?«

Lucia zog die Tür leise zu und rannte ihm hinterher.

Nuri, noch immer schluchzend, schüttelte den Kopf.

Jetzt wurde die dunkle Wolke der Lügen, Halbwahrheiten und Geheimnisse, die über den beiden Häusern lag, mit jedem Tag drückender, zumal der Sonntag und damit auch die drohende Zwangstaufe mit grausamen Schritten näher rückten. Kamal und Antonio hatten wieder und wieder die Geschehnisse zerpflückt, die dem Verschwinden des Steins vorausgegangen waren – ohne auch nur einen einzigen Schritt weitergekommen zu sein. Und in der folgenden Nacht führten dann Kamal und Saida in ihrer Schlafkammer endlose Gespräche, die sich um das gleiche Thema drehten.

Am Morgen danach schimmerten die Ränder um Kamals dunkle Augen vor Erschöpfung fast grünlich, und dennoch hatte er es eiliger als sonst, hinauf auf die Alhambra zu kommen, als könnte er es kaum erwarten, endlich dem Dunstkreis der beiden Häuser zu entrinnen.

Antonio blieb in der Werkstatt zurück, geplagt von einem trockenen Husten, der ihm schwer zu schaffen machte. Er hatte das Wachsmodell herausgeholt, das er bereits für die goldene Fassung des Rings angefertigt hatte, und drehte es nachdenklich in seinen Händen, als plötzlich Gaspar hereinkam.

»Einen guten Tag wünsche ich!«, rief er aufgeräumt. »Ist es nicht längst an der Zeit, dass wir mal wieder miteinander sprechen? Ist das da in deiner Hand schon das Modell?«

Neugierig kam er näher.

»Gefällt mir, was du dir ausgedacht hast. Doch wie edel wird es erst in seiner goldenen Pracht wirken, geschmückt mit dem Hyazinth!«

Ein Hustenanfall beutelte Antonio so hart, dass er nach Luft rang.

»Du bist krank?« Gaspars blanke schwarze Augen, die geschliffenem Jettstein* ähnelten, musterten ihn durchdringend. »Ja, ich erinnere mich! Mein Neffe hat mir davon berichtet. Wieso liegst du dann nicht im Bett und kurierst dich gründlich aus?«

»Keine Zeit«, krächzte Antonio mühsam. »Die Arbeit …«

Gaspars kalter Blick flog durch die leere Werkstatt. Dann nickte er knapp. »Wir alle haben unser Joch zu tragen«, sagte er. »Kamal ist nicht hier?«

Antonio schüttelte den Kopf. »Bei der Arbeit. Auf der Roten Burg …« Er verstummte. Welche Frage würde als Nächstes kommen?

»Dort soll ja jetzt der Erzbischof von Toledo wohnen«, sagte Gaspar. »Vielleicht bekommt dein maurischer Freund eines Tages den berühmten Mann sogar persönlich zu Gesicht, den die Katholischen Majestäten mit der Missionierung der Muslime Granadas beauftragt haben. Die Königin hat ihn zudem als ihren Beichtvater bestellt. Ihr Vertrauen in ihn muss grenzenlos sein.«

Mein maurischer Freund kennt ihn bereits, dachte Antonio. Sein Weihwasser sollte Kamal zum Christen machen!

»Man erzählt sich wahre Wundertaten über ihn«, fuhr Gaspar fort. »Überall im Land hat er unerbittlich aufgeräumt mit der maurischen Pest, wie einst vor ihm der heilige Apostel Jakob, unser unerschrockener Maurentöter hoch zu Ross, an dessen Sattel zuhauf die abgeschlagenen Köpfe Ungläubiger baumeln …« Mit einer gezierten Geste hielt er sich die Hand vor den Mund. »Verzeih!«, sagte er in gekünsteltem Tonfall. »Das ist mir nur so herausgerutscht. Wie die Leute auf der Straße halt so daherreden, du weißt schon!«

Antonio starrte ihn feindselig an.

Wenn er diesen elenden Wurm doch niemals mehr zu Gesicht bekommen hätte! Einmal schon hatte er sich in der trügerischen Sicherheit gewiegt, den Glatzkopf für immer losgeworden zu sein, damals, als aus Miriam, Maria geworden war, die sich für das Leben an seiner Seite entschieden hatte, ohne freilich zu ahnen, wie bald es beendet sein würde.

Leider wusste auch Gaspar davon, mehr, als Antonio lieb sein konnte. Und er würde nicht zögern, dieses Wissen preiszugeben, falls er auch nur den kleinsten Vorteil daraus ziehen könnte, so viel stand fest.

»Lass uns lieber zur Sache kommen.« Gaspar lächelte dünn. »Unser Stein! Wie weit seid ihr damit? Ich kann es kaum noch erwarten, ihn im neuen Schliff zu sehen!«

Alles Blut schien aus Antonios Kopf zu strömen und in seinen Ohren erhob sich ein dunkler Summton.

»Kamal«, begann er zu stammeln, »er wollte unbedingt …«

Jetzt grinste Gaspar. »Du willst deinem Freund nicht vorgreifen und ziehst es vor, lieber mich noch etwas länger auf die Folter zu spannen«, sagte er. »Gefällt mir, dass jeder von euch bei dem Handwerk bleibt, das er meisterhaft beherrscht! Wann kommt Kamal abends immer zurück?«

»Ist jeden Tag anders …«, brachte Antonio mit rauer Stimme hervor und war fast dankbar, dass erneutes Husten ihn am Weiterreden hinderte.

Gaspar wich ein paar Schritte zurück. »Mach mich bloß nicht krank!«, rief er. »Das wäre das Letzte, was ich gebrauchen könnte.« Er begann wie wild mit den Händen zu wedeln, als könnte er damit eine Ansteckung verhindern. »Dann richte deinem Mauren aus, dass ich wiederkomme. Und dass wir drei uns dann gemeinsam an der neuen Schönheit des Hyazinths erfreuen werden.«

Er drehte sich um und ging hinaus.

Antonio atmete tief aus. Seine Stirn war schweißnass. Unter den Achseln klebte der kratzige Wollstoff unangenehm am Körper.

Er würde hinübergehen, einen heißen Tee trinken und dann …

Sein Blick flog zur Tür, durch die Gaspar noch einmal eingetreten war.

»Eines noch«, sagte er. »Ihr wolltet doch wissen, wem das Schmuckstück einmal gehören soll.« Er legte eine bedeutungsvolle Pause ein.

Unfähig zu reden, bewegte Antonio nur leicht den Kopf.

»Es ist zwar immer noch ein großes Geheimnis«, fuhr Gaspar fort, »doch jetzt, wo der Ring bald fertig sein wird, will ich eure Neugierde nicht länger strapazieren. Und ich bin sicher, ihr werdet das Geheimnis für euch behalten …«

Er kam näher, beugte sich mit spitzbübischer Miene über die Werkbank.

»Lucero«, flüsterte er. »Dessen Rotkappen gerade so fleißig in der Stadt aufräumen. Es ist sein Ring. Der Ring des Inquisitors.«

Mit diesen Worten wandte er sich um und verließ die Werkstatt.

Noch eine Weile hörte Antonio draußen sein fröhliches Pfeifen, das langsam leiser wurde, wie eine Tanzweise, die sich langsam entfernte, während drinnen in der Werkstatt eine eisige Hand so grob nach seinem Herzen griff, als wollte sie es nie wieder loslassen.

Eine kleine Ewigkeit hatte Lucia vergeblich auf den Schlaf gewartet, der sie sonst meistens sanft in seine Arme nahm und forttrug, kaum dass ihr Kopf das Kissen berührte. Doch all das, was in den letzten Tagen geschehen war, ließ sie nicht mehr zur Ruhe kommen.

Dabei war sie todmüde, der Körper hart vor Anspannung, die Muskeln im Nacken steif, als hätte sie über Stunden schwere Lasten getragen.

Wieso fiel ihr ausgerechnet jetzt wieder ein, was Miguel über seinen letzten Ritt in die Berge erzählt hatte?

»Überall das Gold und Rot des Herbstes, dazwischen das Silbergrün der Olivenbäume. Und Früchte, Lucia, die süßesten und besten Oliven, die du dir nur vorstellen kannst …«

Er muss mich mit Nuri verwechseln, dachte sie säuerlich, weil dieser Gedanke ihr noch immer nicht gefiel. Nuri, die den Atem anhält, wenn er in ihrer Nähe ist, und nicht genug bekommen könnte von all den Tälern und Bäumen und Pflanzen, von denen er ständig redet. Nuri, die schon rot wird, wenn sie nur an ihn denkt.

Seltsam, dass sie das alles nicht gleichgültiger ließ!

Dabei war ihr ganzes Fühlen und Wollen doch eigentlich von Rashid erfüllt, einem Rashid freilich, der sie heute ignoriert hatte, als sie ihm freudig überrascht hinterhergerufen hatte. Dabei war er sogar kurz stehen geblieben, unweit seines Elternhauses, das er offenbar besucht hatte, um über die Schulter rückwärts zu spähen – und danach nur umso schneller loszuspurten.

Ob es ihr Anblick gewesen war, der ihn in die Flucht getrieben hatte, weil er den Kuss am Flussufer am liebsten ungeschehen machen wollte? Der Gedanke war zu schmerzlich, um sich allzu lange bei ihm aufzuhalten. Außerdem spürte Lucia, wie ihre Lider immer schwerer wurden.

Morgen werden wir weiter für unsere Väter kämpfen, dachte sie, während sie immer schläfriger wurde. Morgen finden wir eine Lösung …

Ein Wispern weckte sie, ein leises Geräusch – und ein Geruch, den sie unter Dutzenden heraus gekannt hätte.

Lucia schlug die Augen auf. »Rashid?«, flüsterte sie, obwohl sie eigentlich wusste, dass sie träumen musste.

»Ja?«, sagte jemand in der Dunkelheit.

Erschrocken fuhr sie hoch und zog die Decke über ihre Brust.

»Hab keine Angst«, sagte er leise. »Man kann fast nichts sehen. Selbst wenn man wollte.«

»Wie bist du hier hereingekommen?«, flüsterte sie und versuchte, ihr wild schlagendes Herz zu beruhigen. »Mein Vater schließt die Haustür doch jeden Abend eigenhändig zu.«

»Ich weiß.« Es klang, als ob er ein Lachen unterdrückte. »Mein alter Weg, du erinnerst dich? Was man als kleiner Junge lernt, kann später manchmal sehr nützlich sein.«

»Über das Dach?« Er musste den Verstand verloren haben! Trotzdem spürte sie, dass wilde Freude sie durchflutete.

Er hatte seinen Hals riskiert – ihretwegen!

»Ganz genau. War gar nicht so schwer. Immerhin sind meine Beine jetzt länger als damals.«

Nebenan schliefen ihr Vater und Djamila. Wenn er seine junge Geliebte mitten in der Nacht verließ, wie er es manchmal tat, um hinüber in sein eigenes Zimmer zu gehen … Der Gedanke ließ sie erschaudern.

»Du hättest nicht kommen dürfen«, murmelte Lucia.

»Nein?« Jetzt saß Rashid neben ihr. »Aber ich musste!«

»Weshalb?«, flüsterte sie. »Damit du mir wieder wehtun kannst wie heute Nachmittag?«

»Als ich so tat, als hätte ich dein Rufen nicht bemerkt?« Sie spürte, wie er ein Stück zurückwich. »Du hast wohl noch immer nichts verstanden, Lucia …«

»Dann erklär es mir«, forderte sie.

»Ich hab mein Elternhaus nicht zum Spaß verlassen und schlafe auch nicht zum Spaß auf nacktem Boden. Die Rotkappen sind hinter mir her, und wenn sie mich zu fassen bekommen …« Seine Stimme erstarb. »Wir sind mitten im Krieg, auch wenn er offiziell noch nicht erklärt worden ist. Es kann keinen Frieden mehr geben zwischen Christen und Moslems. Nicht, solange sie uns so dreist all unserer Rechte und Freiheiten berauben!«

»Aber ich bin doch Christin und du glaubst an Allah, und dennoch sind wir …«

»Das ist ja gerade das Schlimme daran.« Seine Stimme klang traurig. »Ein paar Jahre früher hätte das keine große Rolle gespielt. Jetzt aber trennt uns auf einmal ein tiefer Graben.«

»Dann bleib doch auf deiner Seite!« Sie war urplötzlich so laut geworden, dass er sich nicht anders zu helfen wusste, als ihr beschwichtigend seine Hand auf den Mund zu legen.

Seine Finger waren warm und lebendig. Es war ein süßes Gefühl, sie sich tiefer vorzustellen, an ihrem Hals, auf ihrer Brust …

Lucia wurde schwindelig vor Glück.

Licht anzumachen, wagte sie nicht, doch inzwischen hatten ihre Augen sich halbwegs an die Dunkelheit gewöhnt. Sie sah nicht alles von ihm, doch was sie erkennen konnte, genügte, um sie noch sehnsüchtiger werden zu lassen.

Wie gern hätte sie ihm von dem verschwundenen Saphir erzählt und in welcher Gefahr ihre Väter seitdem schwebten, doch ein Teil von Rashid war ohnehin nicht bei ihr, das spürte sie deutlich, und sie hatte Angst, noch mehr von ihm zu verlieren, wenn sie jetzt damit anfing.

»Bist du denn wieder vernünftig?«, hörte sie Rashid schließlich sagen.

Als sie nickte, löste er seine Hand.

»Ich weiß nicht, wie es ausgehen wird«, sagte er. »Niemand weiß das. Doch wie es aussieht, stehen die Zeichen auf Kampf Wir beide werden uns in nächster Zeit kaum sehen können, und wenn doch, so muss ich vielleicht so tun, als hätte ich dich niemals gekannt. Aber das hat nichts mit uns zu tun, verstehst du? Bitte vergiss das nicht!«

Lucia nickte abermals.

»Niemand darf wissen, was zwischen uns ist«, fuhr er fort. »Auch Nuri nicht, das musst du mir versprechen!«

»Was ist denn zwischen uns?« Ihre Lippen bebten.

»Sie könnten euch zwingen, etwas über mich zu verraten – gewaltsam. Sie fackeln nicht lange, das habe ich selbst zu spüren bekommen. Um ihre Ziele zu erreichen, schrecken sie vor nichts zurück. Behalte alles in deinem Herzen, Lucia. Da ist es am besten aufgehoben.«

»Es macht mir Angst, wenn du so redest!«, rief sie.

»Vielleicht geschieht ja doch noch ein Wunder«, sagte Rashid, »und Christen und Muslime finden einen Weg, ohne sich gegenseitig abzuschlachten. Aber Wunder sind leider sehr selten.«

»Du darfst nicht sterben«, rief sie angstvoll.

»Das habe ich auch nicht vor.« Er klang grimmig. »Aber kämpfen, Lucia, kämpfen werde ich.«

Er beugte sich tiefer über sie. Sie roch seinen Duft, den sie so vermisst hatte, vermischt mit etwas anderem, Bitterem, das ungewohnt für sie war.

Unwillkürlich schrak sie zurück.

»Eine neue Medizin.« Er schien ihre Gedanken lesen zu können. »Blätter und Beeren, die du abkochst und danach durch ein Sieb gibst. Drei Becher davon, hintereinander geleert – und du brauchst nicht mehr zu schlafen. Könnte nützlich werden, wenn die Kämpfe beginnen.«

Er zog sich langsam zurück.

»Rashid!« Lucia versuchte, ihn mit beiden Armen festzuhalten, als das Knarren einer Tür sie zusammenzucken ließ. »Höchste Zeit, dass ich wieder verschwinde!«

Sie spürte seine Lippen auf ihrem Haar, dann auf der Stirn, schließlich streiften sie ihren Mund und verharrten dort für einen köstlichen, viel zu kurzen Augenblick.

»Du kannst doch jetzt nicht gehen!«, flüsterte sie.

»Ich komme wieder«, sagte Rashid, und es klang, als ob er lächelte. »Versprochen! Den Weg zu dir finde ich ja wie im Schlaf!«

Kapitel 6

Als Kamal erkannte, wer da durch das raschelnde Laub auf dem Hauptweg stapfte, war es schon zu spät, um noch rechtzeitig die Flucht antreten zu können. Kamal, der gerade in einem kleinen Graben stand, der parallel zum Hauptweg verlief, senkte den Kopf und machte sich kleiner, während er seinen Rechen so lautlos wie möglich weiterschob. Wie froh war er gewesen, sein Zuhause verlassen zu können, um bloß nicht auf Gaspar Ortíz und seine bohrenden Fragen zu treffen, für die er keine Antworten hatte!

Doch was sich hier anbahnte, erschien ihm mindestens ebenso schlimm.

Zum Glück fiel er niemandem auf – er war nichts als ein maurischer Tagelöhner unter anderen, die sich um die Pflege der Generalife zu kümmern hatten. Keiner der beiden geistlichen Würdenträger dort auf dem Hauptweg verschwendete an ihn auch nur einen Blick.

»Wie kommt Ihr dazu, die von mir angeordnete Taufe einfach abzusagen?«, schäumte Erzbischof Cisneros, trotz der kühlen Morgenluft in einer schäbigen Kutte und barfüßig in abgetretenen Sandalen. »Alles war bereits für das Jubelfest gerüstet!«

»Das nennt Ihr ein Fest?« Erzbischof Talavera, in eine schwarze Wollrobe mit rotem Zingulum* gehüllt, die Schultern von einem breiten Hermelinumhang gewärmt, kam in seinen genagelten Stiefeln schneller und vor allem sicherer auf dem rutschigen Untergrund voran. »Meine Mauren wie Vieh zusammentreiben zu lassen, um sie dann mit Weihwasser zu besprengen? So werdet Ihr doch niemals aufrichtige Christen aus ihnen machen! Zum Glück habe ich treue Gefolgsleute, die mich rechtzeitig warnen konnten.«

Vor ihnen erstreckten sich die schmalen Wasserbecken, kreuzförmig angelegt, an beiden Seiten von Büschen begrenzt, an denen die letzten Rosen in der aufsteigenden Kühle gerade ihre leuchtenden Blütenblätter verloren. Das Plätschern der Springbrunnen und vereinzeltes Vogelzwitschern verliehen dem Garten eine heimelige, ja geradezu intime Atmosphäre, die im krassen Gegensatz zu der aufgeladenen Stimmung zwischen den beiden Bischöfen stand.

»Ganz Spanien soll endlich ein katholisches Land sein. So und nicht anders lautet der Auftrag, den die Königin mir erteilt hat – und ich werde ihn bis zum letzten Atemzug treu erfüllen!«, rief der Erzbischof

»Aber doch nicht mit Eisen und Blut, was wiederum nichts als neues Leid gebiert! Unser Herr Jesus hätte niemals gewollt, dass …«

»Sagt Ihr mir nicht, was Christus wollte!« Erzbischof Cisneros schien endgültig die Welt um sich herum vergessen zu haben und sprach jetzt so laut, dass Kamal sich unwillkürlich duckte, als wollte er förmlich in das Laub kriechen. »Was maßt Ihr Euch an? Ausgerechnet mir gegenüber, der mehr für Jesus Christus brennt, als Ihr Euch je vorstellen könnt.« In einer dramatischen Geste riss er sich die Kutte von der mageren Brust.

Talavera blieb äußerlich unbewegt, als vor seinen Augen die blutverkrusteten Male zur Schau gestellt wurden, die unzählige Selbstgeißelungen auf dem bleichen Fleisch hinterlassen hatten. Erzbischof Talavera wirkte ausgelaugt und müde, wie ein alter Mann, dem die Zeit davonlief. Trotzdem bot er Cisneros die Stirn.

»Zu einem guten Hirten gehört weit mehr, als sich in glühender Gottesliebe zu verzehren«, entgegnete er. »Er sollte seiner Gemeinde nicht nur Vater sein, sondern auch Bruder und Freund, Ängste und Mühseligkeiten mit ihr teilen, ohne gleich beim kleinsten Vergehen strafend den Finger zu erheben. Menschen sind nun einmal sündig und fehlbar, egal, ob sie einen Bischofsring am Finger tragen oder tagtäglich auf dem Markt Gewürze verkaufen. Dass ich mir dies immer wieder aufs Neue bewusst mache, hilft mir, nicht zu verurteilen, sondern zu verstehen und zu vergeben. So jedenfalls habe ich mein Amt bislang verstanden und werde es auch künftig nicht anders handhaben.«

»Allerdings habt Ihr dabei etwas Wesentliches übersehen. Denn das griechische Wort ›Bischof‹ bedeutet auch Vorsteher und Wächter«, wandte Cisneros ein. »Vielleicht hat die Königin ja deshalb mich statt Euch zu ihrem Beichtvater bestellt.« Aus seinen schmalen Augen loderte blanker Hass. »Weil sie Eure Saumseligkeit satt hat. Und endlich Ergebnisse sehen will. Die Taufen werden nachgeholt – so wahr ich der Erzbischof von Toledo bin.«

»Ich habe dieses Privileg, Beichtvater der Königin zu sein, freiwillig aufgegeben. Außerdem befinden wir uns in Granada, falls Ihr das vergessen haben solltet – in *meiner* Stadt.« Die Stimme Talaveras blieb ganz ruhig. Nur beim genauen Hinhören konnte man die Schärfe ausmachen, die in ihr lag.

Kamal, der nicht wagte, die zusammengerechten Blätter in den Karren zu schaufeln, um nicht doch noch Aufmerksamkeit auf sich zu ziehen, bekam plötzlich Gänsehaut am ganzen Körper, als der Kirchenmann weitersprach.

»Und diese Stadt werde ich weiterhin als geistlicher Hirte nach meinen Regeln und Vorstellungen führen. Natürlich respektiere ich die Wünsche der Katholischen Könige. Doch was Glaubensdinge anbelangt, so gibt es für mich auf dieser Welt nur eine einzige Instanz: den Heiligen Vater in Rom. Habt Ihr das verstanden, Bischof Cisneros?«

Der andere fuhr herum, als wäre er auf eine giftige Natter getreten.

»Das ist doch nichts anderes als die schmutzige Sprache unreinen Blutes! Sollte also tatsächlich wahr sein, was man schon lange hinter Eurem Rücken raunt? Dass Ihr selbst von Marranen* abstammt und Eure direkten Vorfahren Juden waren? Dazu würden Eure frevelhaften Ketzerworte trefflich passen!«

Noch immer blieb das blasse und von feinen Falten gefurchten Gesicht Talaveras gelassen. Nur seine schmalen Hände begannen zu flattern wie ein aufgeregter Vogelschwarm.

»Von der Erde sind wir genommen – und zur Erde werden wir zurückkehren. Keiner von uns vermag die Nachkommenschaft Adams abzustreifen, bis wir eines Tages diese irdische Hülle verlassen dürfen. Ich weiß, für Euch ist unsere schöne Erde ein Jammertal, von dem Ihr Euch durch übertriebene Buße zu reinigen sucht. Zu diesem Zweck jedoch Mitbrüder zu verleumden, um den eigenen Verdienst größer erscheinen zu lassen, ist gewiss der falsche Weg. Sonst könnten am Tag des Jüngsten Gerichts die Pforten des Paradieses womöglich für Euch verschlossen bleiben – Bruder Jimenes!« Seine Absätze hieben dabei auf das steinerne Pflaster, als wollten sie es in Stücke zerschlagen. Abrupt blieb er stehen und starrte sein Gegenüber eindringlich an.

»Ihr weigert Euch also ausdrücklich, meine Maßnahmen zu unterstützen?«

»Keine Zwangstaufen mehr bis auf Weiteres, das ist mein letztes Wort! Und habt gefälligst ein strengeres Auge auf das, was Inquisitor Rodriguez Lucero und seine Söldner in meiner Stadt anrichten! Andernfalls sehe ich mich leider gezwungen, die Königin um ein Regiment zu ersuchen, um geeignete Gegenmaßnahmen zu treffen!«

Gespenstisch still war es auf einmal in den lauschigen Gärten geworden. Kein Vogellaut mehr, sogar das Plätschern des Wassers schien leiser geworden zu sein.

»Sie streiten – sie streiten!« Eine durchdringende Stimme ließ alle zusammenzucken.

Gehörte sie einem Kind oder nicht doch eher einem missgestalteten Wesen der Nacht? Das Geschöpf jedenfalls, das sich auf winzigen Beinen vorwärts bewegte, war so kurz geraten, dass es einem ausgewachsenen Mann kaum bis zum Gürtel gereicht hätte. Sein Kleid aus schwerem blauem Samt schleifte nachlässig am Boden und zog einen bunten Blätterwirbel nach sich. Um den Hals schmiegte sich ein Fuchspelz und die pummeligen Gelenke waren mit schimmernden Perlenschnüren umwickelt.

Die Hofnärrin der Königin! Und wo die Zwergin Lola war, konnte auch Isabella von Spanien nicht weit sein.

Tatsächlich folgte auch dieses Mal der winzigen Person Ihre Majestät auf dem Fuße, gefolgt von einigen dunkel gekleideten Hofdamen, die mit dem energischen Tempo der Monarchin kaum Schritt zu halten vermochten.

Kamal, der abwechselnd blass und rot geworden war, verfiel in eine Art Starre. Was hatte er nicht schon alles über Königin Isabella gehört! Doch was er nun zu sehen bekam, war übler als all seine Erwartungen. Unter rotblondem, leicht schütterem Haar dehnte sich ein schlaffer Körper aus, den das Kleid aus blauem Samt unvorteilhaft wie einen nassen Sack wirken ließ. Das Gesicht war flächig und bleich, an Stirn und Wangen von kleinen Inseln trockenen Schorfs bedeckt. Am schönsten empfand er noch die hellen Augen, weit auseinander liegend, die wach und aufmerksam in die Welt schauten.

»Die Herrn Erzbischöfe?« Beiden Männern gönnte sie nur ein kühles Nicken. »Und schon wieder im theologischen Disput verstrickt?« Die Stimme der Königin war klar wie die eines jungen Mädchens.

»Nein, Majestät. Sie streiten – sie streiten!«, trompetete Lola ungefragt los. »Gleich werden sie sich an die Gurgel gehen. Ich hab's genau gehört!«

Das ärgerliche Knurren der Monarchin ließ sie abrupt verstummen.

»Was gibt es Neues über die Maurenmission zu berichten?«, fragte Isabella und strafte mit ihrem eisigen Blick den scheinbar leutseligen Ton Lügen.

»Wir ringen noch um die richtige Vorgehensweise«, erklärte Erzbischof Talavera. »Während ich nach wie vor für Geduld und Milde plädiere, will der Erzbischof von Toledo unbedingt ...«

»*Ich bin nicht gekommen, um Frieden zu bringen, sondern das Schwert,* hat unser Erlöser gesagt«, unterbrach Cisneros ihn schroff. »*Denn ich bin gekommen, um die Menschen zu entzweien ...* So und nicht anders sind uns die Worte des Heilands in der Bibel überliefert. Und durch Feuer und Schwert soll auch das schöne Granada endlich wieder rein werden.«

Die Königin schaute schweigend von einem zum anderen, während Lola plötzlich ihr Interesse für den Graben zu entdecken schien. Zu Kamals Entsetzen machte sie Anstalten, zu ihm hinunterzusteigen. Nun blieb ihm nichts anderes übrig, als sich widerwillig aus seiner Starre zu lösen. Er schüttelte den Kopf und begann abwehrend mit den Armen zu rudern, was sie offenbar für ein köstliches Spiel zu halten schien, denn sie lachte plötzlich hell auf.

Der Kopf der Königin fuhr herum. Würde sie Kamal jetzt entdecken?

Dann jedoch schaute Isabella wieder nach vorn.

»Sogar meine Zwergin lacht Euch aus«, sagte sie in scharfem Ton zu den Erzbischöfen. »Und dazu hat sie wahrlich jeden Grund. Mit Euch wurden zwei kluge Männer in die höchsten kirchlichen Ämter meines Reiches erhoben – wenigstens war ich bislang dieser Meinung. Schafft mir also endlich das Problem vom Hals, das mir schlaflose Nächte bereitet und den Appetit raubt.« Ihre Stimme wurde schneidend. »Ich bin schon so oft im Leben enttäuscht worden – reiht nicht auch Ihr Euch noch in diese endlose Reihe ein. Ihr wisst beide, wie abgrundtief ich es hasse, enttäuscht zu werden!«

Die Hofnärrin stand noch immer am Rand des kleinen Grabens und starrte wie gebannt zu Kamal hinunter.

»Komm, Lola«, rief die Königin, genau so, wie man ein ungehorsames Hündchen zur Ordnung ruft. »Unser Frühstück wartet!«

Es dauerte eine ganze Weile, bis das Schlagen seines Herzens wieder ruhiger geworden war. Dann jedoch genoss Kamal das Prickeln in Armen und Beinen, die neu erwacht schienen, und selbst der kühle Wind, der ihm um die Ohren strich, erschien ihm auf einmal wie eine Liebkosung.

Seine Gedanken flogen zu Saida.

Wie anmutig und liebenswert sie in all den langen Ehejahren geblieben war! Und welch wunderbare Kinder sie ihm geschenkt hatte. Eine wilde, verzweifelte Liebe zu seiner Familie erfasste ihn, angesichts der Angst, dass er bald für immer von ihr getrennt werden könnte. Am liebsten hätte er auf der Stelle alles stehen und liegen lassen, um hinunter ins Albaycín zu laufen und sie an sein heißes Herz zu drücken.

Stattdessen nahm er widerwillig die Schaufel zur Hand und machte sich daran, die Schubkarre randvoll mit welken Blättern zu füllen, um sie zum Komposthaufen zu bringen, wie Salzedo ihm befohlen hatte.

Niemand im Hamam beherrschte die Kunst des Seifenschlagens so perfekt wie die dicke Lissa. Die stämmige Badefrau quirlte so lange, bis sahniger, cremeweißer Schaum über den Rand der Schüssel quoll. Danach vermengte sie ihn mit einem Schuss Salz und begann, die wartenden Frauen von Kopf bis Fuß damit einzuseifen.

Djamila und Nuri, die die Prozedur bereits hinter sich hatten, inzwischen mit sauberem Wasser abgespült worden waren und, in weiche Tücher gehüllt, die entspannende Wärme der Fliesen genossen, mussten lächeln, als Lucias lautstarke Proteste ertönten.

»Du reibst mir ja die ganze Haut ab!«, schrie sie empört. »Und musst du mir auch noch die Ohren abreißen?«

»Muss ich!«, gab Lissa ungerührt zurück. »Weil du nämlich schmutziger bist als ein Eselfohlen, das sich im Dreck gewälzt hat. Wie lange hast du dich hier nicht mehr blicken lassen? Das müssen Wochen sein, Lucia, wenn ich es recht in Erinnerung habe!«

Wie immer übertrieb die Badefrau – und doch steckte in ihren Worten ein Körnchen Wahrheit. Früher hatte der regelmäßige Besuch des Hamam an Saidas und Nuris Seite zu Lucias Alltag gehört, während Djamila es stets vorgezogen hatte, allein ins Badehaus zu gehen, sobald ein Frauentag angekündigt war, der Männern das Betreten des Badehauses verbot. Doch seitdem die muslimischen Gebräuche mehr und mehr aus dem Leben Granadas verschwanden, hatte sie viele Gründe gefunden, die dagegen sprachen, und es immer wieder auf später verschoben.

Wie dumm das gewesen war, spürte Lucia jetzt. Die Haut prickelte vor Sauberkeit, die Wärme entspannte den ganzen Körper, und der Duft verschiedenster Öle, mit denen die Frauen sich gegenseitig eingerieben hatten, hing wie eine liebliche Wolke über allem.

Ein paar der Nachbarinnen hatten Süßigkeiten wie kandierte Feigen oder Pistazienkuchen mitgebracht, die nun die Runde machten; andere schenkten Tee oder verdünnten Granatapfelsaft aus, während sie neugierig dabei zusahen, wie einer jungen Verlobten eine warme Mischung aus Rosenwasser, Essig und Kleie ins Gesicht gepinselt wurde, die den Teint angeblich noch feiner machen sollte.

Nur Saida fehlte, die sich geweigert hatte, das Haus zu verlassen, um Kamal rechtzeitig zu empfangen, wenn er von der Arbeit zurückkam. Stattdessen hatte Djamila sich erboten, die Mädchen zu begleiten, was alle drei auf seltsame Weise befangen machte, auch wenn niemand es laut aussprach. Die junge Maurin war weder Mutter, noch konnte sie sich offiziell Herrin eines Hauses nennen. Doch den eng begrenzten Status einer Dienerin hatte sie ebenfalls seit Langem verlassen. Das ganze Viertel mutmaßte oder glaubte zu wissen, dass sie Antonios Geliebte war, eine Bürde, die Djamila manchmal so schwer erschien, dass es sie es kaum noch schaffte, den zweideutigen Blicken aufrecht und mit erhobenem Kopf zu begegnen.

Hier, im Badehaus, ohne den gewohnten Schutz der verhüllenden Kleidung, war es sogar noch schlimmer.

»Was ist eigentlich mit deinem Vater, Nuri?«, rief auf einmal Hana, deren schwere Brüste das dünne Badetuch, in das sie sich gewickelt hatte, zu sprengen drohten.

»Was soll schon mit ihm sein?«, fragte Nuri zurück, während Lucia am eigenen Körper spürte, wie sehr die Freundin innerlich sofort in Deckung ging. »Papa schuftet von früh bis spät auf der Roten Burg.«

»Ich sehe ihn jetzt aber wieder öfter bei Antonio. Wollen die beiden ihr altes Geschäft weiterführen?«

»Meinst du, das würde er ausgerechnet seiner Tochter auf die Nase binden?«, gab Nuri spitz zurück. »Da kennst du meinen Vater aber schlecht!«

»War vielleicht jemand von euch dabei, als Amir den Rotkappen davongerannt ist?«, schaltete sich nun Lucia ein, um die Aufmerksamkeit der versammelten Frauen auf ein anderes Thema zu lenken. »Ich selbst war leider auf dem Markt, doch wie gern hätte ich es auch gesehen!«

»Ja«, sagten zwei der Frauen im Chor. Und die ältere der beiden fuhr fort: »Das ganze Viertel hat innerlich gejubelt. Keiner, der sich nicht darüber gefreut hätte!«

»Na ja, ich weiß nicht so recht«, ergriff erneut Hana das Wort. »Was uns Muslime betrifft, so stimmt das sicherlich. Aber dieser Mann mit dem schwarzen Barett, der schon öfters Antonios Werkstatt besucht hat, schien sich rein gar nichts daraus zu machen.«

Lucia und Nuri tauschten einen raschen Blick.

»Wer sollte das sein?«, fragte Lucia. »Ich hab bei meinem Vater noch nie einen Mann mit schwarzem Barett gesehen. Meinst du nicht vielleicht doch einen der Rotkappen?«

»Wenn ich schwarzes Barett sage, meine ich das auch!«, kam es scharf zurück. »Kein Wunder, du bist ja auch ständig unterwegs. Wärst du meine Tochter, ich würde dir schon beibringen, wo dein Platz ist. Aber das sind ja zum Glück nicht meine Sorgen.«

»Was ist mit ihm?«, mischte sich nun Nuri ein.

»Du kannst ihn ja erst recht nicht kennen, denn deine Mutter weiß, was sich gehört. Schon mehrfach hab ich ihn in letzter Zeit in Antonios Werkstatt verschwinden sehen. Natürlich nur von meinem schicklichen Fensterplatz aus, wo keiner mich erkennen kann.«

»Womöglich auch am Tag von Amirs Flucht?« Nuris Stimme zitterte leicht.

Hana nickte. »Da ging er ebenfalls hinein zu Antonio, während Kamal bei all den anderen auf der Gasse stand. Und kam nach Kurzem wieder herausgerannt, als wäre ihm auf einmal ein ganzes Heer von Dämonen auf den Fersen. Dabei ist es doch ein christliches Haus, aus dem er so eilig fliehen musste – jedenfalls ein überwiegend christliches Haus.«

Lucia wechselte mit Nuri vielsagende Blicke, während Djamila verlegen zu Boden schaute.

»Du kennst also diesen Mann?«, sagte sie schließlich. »Dann weißt du ja vielleicht auch seinen Namen.«

»Natürlich nicht!« Hana sprang von der Ruhebank auf, als hätte man sie gestochen, und begann aufgebracht zu gestikulieren. »Ich kann dir den Namen meines Mannes nennen und die Namen der Söhne, die ich ihm geboren habe. Für wen hältst du mich? Ich habe zwar Augen so scharf wie die eines Falkenweibchens, aber ich kenne keine anderen Männer!«

Unmissverständlicher hätte Hana ihre Abscheu vor einer Muslima, die das Bett mit einem christlichen Dienstherrn teilte, kaum zum Ausdruck bringen können.

Die junge Maurin öffnete den Mund und schloss ihn wieder, ohne auch noch einen einzigen Ton hervorzubringen.

»Aber würdest du ihn wiedererkennen?« Nuri war aufgesprungen und Hana hinterhergeflitzt. »Diesen Mann mit dem schwarzen Barett, der in der Werkstatt war?«

»Ich hätte wohl besser erst gar nicht davon anfangen sollen!« Hana verdrehte die Augen, bis nur noch das Weiße zu sehen war. »Das hat man jetzt von seiner Gutmütigkeit!«

»Bitte, Hana«, sagte Nuri eindringlich. »Es könnte wichtig sein!«

»Wozu?«

»Das darf ich dir leider nicht verraten«, flüsterte Nuri. »Noch nicht!«

Hana hatte den Köder geschluckt. Das erkannte Nuri an der Art, wie sie eifrig nickte.

»Etwa ein Geheimnis?«, flüsterte sie zurück.

»Ein riesengroßes sogar. Aber du wirst die Erste sein, die davon erfährt!« Die Lüge ging ihr glatt und einfach über die Lippen.

»Jederzeit würde ich ihn wiedererkennen.« Hanas Stimme hatte wieder ihre übliche Lautstärke. »Eine Visage wie die seine vergisst man nicht.«

»Das muss gar nichts heißen«, murmelte Djamila, als die drei auf dem Heimweg waren. »Jeder im Albaycín weiß, dass Hanas Geschichten schnell in den Himmel wachsen. Wie eine Spinne liegt sie hinter ihrem Gitter auf der Lauer …«

»Und wenn doch?«, fiel Lucia ihr ins Wort. »Wir müssen unseren Vätern sofort davon erzählen!«

»Was aber, wenn ihr ihnen Hoffnungen macht, die dann doch nur enttäuscht werden?«, protestierte Djamila. »Antonio ist schon bedrückt genug. Ihr solltet lieber vorsichtig mit irgendwelchen vagen Behauptungen sein!«

Offenbar hatte der Vater Djamila in das Drama um den verschwundenen Stein eingeweiht, was Lucia irritierte und wehtat, weil er seiner eigenen Tochter nicht ein Sterbenswörtchen davon verraten hatte. Doch wie viel wusste die junge Maurin wirklich? Genoss sie tatsächlich sein ganzes Vertrauen, wie es schien, oder hatte sie lediglich nur ein paar Andeutungen mitbekommen und sich den Rest zusammengereimt?

»Genau, das müssen wir«, rief nun auch Nuri. »Und dann werden wir diesen Mann schon ausfindig machen, der …«

»Du ganz bestimmt nicht«, unterbrach Djamila ihren Redefluss. »Dafür wird schon deine Mutter sorgen. Eine anständige Muslima …«

»Wenn du so weiterschreist, weiß bald das ganze Viertel Bescheid«, zischte Lucia und musste trotz aller Befürchtungen plötzlich lächeln.

Mit hoch erhobenem Schwanz kam ihnen Fuego entgegenstolziert, drehte um und schritt nun majestätisch neben ihnen her, als hätte er nur darauf gewartet, seine beiden Herrinnen endlich wieder sicher nach Hause zu geleiten.

»Sieh an – die Damen sind vom Bad zurück!«

Consuelo, eine der wenigen Christinnen im Viertel, die ihrem Mann regelmäßig mit grundlosen Eifersuchtsanfällen die Hölle auf Erden bereitete, trat ihnen entgegen. Alle im Albaycín mochten den anständigen, stets gut gelaunten Zimmermann Pedro, dem es einerlei war, ob er für Glaubensgenossen oder Andersgläubige sein Holz bearbeitete; sie jedoch hatte es sich wegen ihres zänkischen Wesens mit nahezu allen verscherzt.

Keine der drei jungen Frauen verspürte Lust auf eine Antwort.

Consuelo, die den Widerstand spürte, stellte sich quer, um sie am Weitergehen zu hindern. »Und die kleine Lucia Álvarez auch fleißig mit dabei! Seltsam, wo das Mädchen doch christlich getauft ist und eigentlich bessere Sitten kennen müsste. Deine arme Mutter würde sich im Grab umdrehen, könnte sie dich so sehen. Sich vor anderen vollkommen zu entblößen – wie schamlos und widerlich! Ich wollte lieber sterben, als so etwas zu tun.« Jetzt ging sie Lucia direkt an. »Oder bist du etwa heimlich zu den Moslems konvertiert? Bei diesem Umgang warte ich eigentlich schon lange darauf!«

»Aus dem Weg!«, sagte Djamila mit mühsamer Beherrschung.

»Das wagst du mir zu befehlen?«, rief Consuelo in herrischem Tonfall. »Ausgerechnet du?«

»Die Gasse gehört uns allen.«

»Werd bloß nicht unverschämt, sittenlose Maurendirne!« Auf den fleischigen Wangen Consuelos brannten rote Flecken. »Glaubst du vielleicht, ich wüsste nicht, was ihr hinter euren vergitterten Fenstern treibt? Dein Goldschmied wird dir schon bald nicht mehr helfen können. Bald wird ohnehin keiner von eurem Pack mehr hier leben dürfen. Weil ihr dann nämlich alle getauft sein müsst oder die Stadt zu verlassen habt. Ja, starr mich nur an, als könntest du nicht bis drei zählen! Du hast mich schon richtig verstanden. Mit der Maurenherrlichkeit in Granada ist es bald für immer vorbei!«

Sie lachte schrill, warf den Kopf zurück und verschwand um die Ecke, während Djamila und die Mädchen sich beeilten, nach Hause zu kommen.

Kamal hatte kaum die Werkstatt betreten, da stand schon Gaspar neben ihm. Sein Erschrecken war so groß, dass ihm beinahe die Waagschale aus der Hand geglitten wäre, die er gerade hatte einsetzen wollen.

»Da bin ich wieder!« Die feisten Hängebacken zitterten in freudiger Erregung. »Jetzt lass endlich sehen!«

Antonio, der gerade aus seinen Wohnräumen kam, machte auf der Treppe einen unbeholfenen Schritt vorwärts. Dabei knickte er aus Versehen auf der letzten Stufe um und stieß einen Schrei aus.

»Pass bloß auf, alter Freund!«, rief Gaspar leutselig, während Antonio sich mit schmerzverzerrtem Gesicht den verletzten Knöchel rieb. »Komm her, damit wir uns gemeinsam an dem edlen Stein erfreuen können.«

Kamal hatte sich rasch umgewandt, um seine Gesichtszüge wieder einigermaßen unter Kontrolle zu bringen.

»Ich fürchte, das wird nicht gehen«, murmelte er.

»Was soll das heißen?« Gaspars Stimme war plötzlich scharf geworden. »Dass du mich erneut vertrösten willst? Das kann nicht dein Ernst sein!«

»Du musst ihn verstehen«, schaltete sich nun Antonio ein, der kreidebleich geworden war und schneller sprach, als es sonst seine Art war. »Ein Meister wie Kamal mag nun mal keine halben Sachen. Erst wenn der Stein fertig ist …«

»Und das ist er noch immer nicht?«, fiel Gaspar ihm ins Wort. »Weshalb? Gibt es etwa Schwierigkeiten, von denen ich nichts weiß? Dann frank und frei heraus damit!«

Kamal und Antonio schüttelten beklommen den Kopf.

In diesem Augenblick betrat Lucia die Werkstatt, die auf einem Tablett die Kanne mit dem Salbeitee und eine Platte süß duftender Hanfküchlein brachte, die Djamila für die Männer als Stärkung bereitet hatte.

Ihr Vater – blass wie ein frisch gebleichtes Leintuch!

Kamal, der auf einmal die hängenden Schultern eines Greises hatte. Und dann dieser Glatzkopf, dessen Beichte sie ungewollt in San Nicolás belauscht hatte!

Wieso starrte er sie an wie eine Erscheinung? Erinnerte er sich ebenfalls an sie?

»Meine Tochter Lucia«, sagte Antonio in gezwungenem Tonfall, als kostete ihn jedes Wort Überwindung. »Und das ist Señor Ortíz.«

»Du hast wahrlich die Schönheit deiner Mutter geerbt.« Seine metallischen Augen musterten sie von Kopf bis Fuß. »Aber was sollte man von Mi …, ich meine, von Marias einziger Tochter auch anderes erwarten?«

Erneut drehte er sich zu Kamal um.

»Der Stein«, sagte er drohend. »Ich warte!«

Sein plumper Körper wirkte wie ein massiger, vor Urzeiten erstarrter Berg. Die Hände allerdings verrieten ihn. Unruhig fuhren sie hin und her, ergriffen schließlich seine Kopfbedeckung, die er sich beim Eintritt wie gewohnt vom Haupt gerissen und auf die Werkbank geworfen hatte, drückten und kneteten sie.

Das schwarze Barett!

Lucia konnte auf einmal kaum noch schlucken. Dieses Mal sind Hanas Geschichten nicht in den Himmel gewachsen, dachte sie. Jedes Wort, das sie im Hamam gesagt hat, ist wahr.

Wieso war sie nicht gleich zum Vater gerannt und hatte ihn vor diesem Mann gewarnt? Nie mehr im Leben würde sie auf einen Ratschlag von Djamila hören!

»Du wirst den Hyazinth zu Gesicht bekommen, sobald er gänzlich umgeschliffen ist.« Kamals Antwort klang hohl. »Wieso auf einmal diese Eile? Bis zum Christfest sind es noch Wochen hin.«

»Aber der Inquisitor wird langsam ungeduldig!«, rief Gaspar. »Jeden Tag fragt er mich nach seinem Ring. Ihr kennt Rodriguez Lucero nicht, sonst wüsstet ihr, was das bedeutet. Schon jetzt ist er wie ein wütender Stier, der mit seinen Hörnern gegen das Gitter stürmt. Ihn rasend zu machen, wäre mehr als gefährlich!«

Die beiden Freunde sahen sich schweigend an.

»Dein Stier wird trotzdem warten müssen«, sagte Antonio und verschränkte seine Hände hinter dem Rücken, um ihr Zittern zu verbergen. »Wir liefern nichts Unvollständiges. Das ist Kamal allein schon seinem Ruf schuldig.«

»Von dem niemand etwas erfahren darf. Worauf wir alle uns geeinigt hatten! Wenn ihr zwei mich zu betrügen versucht …« Gaspars Stimme drohte zu kippen.

»Niemand hier will dich betrügen«, versicherte Antonio und wurde noch eine Spur bleicher. »Unser Handel gilt. Du kannst dich darauf verlassen.«

Gaspar bedeckte seinen blanken Schädel mit dem schwarzen Barett.

»Sieh zu, dass der Saphir endlich fertig wird«, sagte er. »Beim nächsten Mal bringe ich Verstärkung mit. Darauf könnt ihr euch verlassen.«

Schon halb im Gehen begriffen, glitt sein Blick noch einmal zu Lucia, und sie fühlte sich gemustert und taxiert wie eine Stute auf dem Pferdemarkt, die seit dem Morgengrauen vergeblich auf einen Käufer wartet.

»Ich mag Euer Barett, Señor Ortíz«, entfuhr es ihr. »So ein schönes Exemplar sieht man nur selten in Granada.«

Hatte sie das gerade wirklich gesagt? Eine Welle heftiger Übelkeit stieg in Lucia empor, so groß war ihre Abneigung. Für einen Augenblick wurde sein feistes Gesicht misstrauisch, dann aber kehrte der selbstgefällige Ausdruck zurück.

»Eine feine Arbeit aus Toledo«, sagte er. »Dort, wo christliches Handwerk schon seit Jahrhunderten gepflegt wird.« Er verschwand endlich nach draußen.

»Das war alles andere als klug, Tochter.« Antonios Bass verriet seine Erschöpfung. »Sich ausgerechnet diesen Mann zum Feind zu machen! Er hat uns in der Hand. Mehr, als du dir vielleicht vorstellen kannst. Wir dürfen ihn nicht unnötig gegen uns aufbringen.«

»Wie recht er hat«, pflichtete Kamal ihm bei. »Ein junges Ding wie du kann vielleicht noch nicht begreifen, wozu solche Menschen fähig sind.«

Lucia holte tief Atem. »Als ob ich das nicht wüsste!«, rief sie. »Dieser gemeine, hinterlistige Verbrecher! Bei Padre Manolo hat er bereits gestanden.«

Beide Männer starrten sie verständnislos an.

»Ihr werdet gleich begreifen. Dazu müsst ihr mir jetzt allerdings aufmerksam zuhören«, verlangte Lucia. »So lange, bis ich mit allem zu Ende bin.«

Jeden einzelnen Fußbreit von San Nicolás kannte Padre Manolo auswendig, als hätte er das schmale Gotteshaus mit seinem eigenen Leib ausgemessen. Stets hatte er sich hier zu Hause gefühlt, auch wenn seit dem letzten nassen Winter an der Nordseite der Schimmel blühte, für dessen gründliche Beseitigung ihm die Mittel fehlten, und die bunten Glasfenster, die das heilige Leben der Himmlischen Jungfrau Maria preisen sollten, mit hässlichem Flickwerk durchsetzt waren.

Heute jedoch kam er sich hier zum ersten Mal wie ein Fremder vor. Schuld daran war jener Mann, der sich hartnäckig an seine Seite geheftet hatte und so selbstbewusst neben ihm ausschritt, als wäre er der heimliche Herr des heiligen Ortes. Ausnahmsweise trug er kein militärisch anmutendes Lederwams und Beinkleider, sondern ein langes, schlicht geschnittenes Gewand, eine Mischung zwischen Priestersoutane und Bischofsornat.

»Ihr müsst ein glücklicher Mann sein«, hörte Manolo ihn sagen. »Euer Gotteshaus erscheint mir wie ein Adlerhorst, von dem aus Ihr alles fest im Blick habt – die Stadt, die Rote Burg, den Darro. Was wollt Ihr mehr?«

»Ich bin durchaus zufrieden, wenn auch meine Augen lieber auf andere Dinge schauen«, erwiderte der Padre. »Nach innen. In die Herzen der Menschen. Denn was es dort zu entdecken gibt, erscheint mir seit jeher als das größere Wunder.«

»Trefflich geantwortet!« Der Inquisitor lachte kurz auf. »So ist es also richtig, was man von Euch behauptet: dass Ihr die Weisheit der Schlangen besitzt – gemischt mit der List der Füchse. Und dass Ihr offenbar sehr gern lest. Habt Ihr nicht erst kürzlich eine Liste aller arabischer Schriften zusammengestellt, die es in Granada gibt?«

»Das Letztere geschah auf ausdrücklichen Wunsch des Erzbischofs, der großes Interesse an arabischer Medizin und Philosophie hat. Und von ›kürzlich‹ kann gar keine Rede sein. Diese Arbeit hat viele Monate in Anspruch genommen.«

»Dürfte ich vielleicht bei Gelegenheit einen Blick darauf werfen?«

Was sollte Manolo dagegen einwenden? Doch er beschränkte sich auf ein kurzes Nicken.

»Und was das Erstere betrifft: Ich weiß nicht, woher Ihr Eure Informationen bezieht«, fuhr er fort. »Ich bin nichts als ein einfacher, frommer Mann, der seinen Herrgott aufrecht liebt und den Nachbarn wohlgesonnen ist – nicht mehr und nicht weniger.«

»Auch den Mauren?«, fragte Lucero. »Und das womöglich mehr, als es für einen Mann Eures Amtes gut ist?«

»Gott liebt alle Wesen, die er erschaffen hat. So jedenfalls habe ich die Schöpfung stets verstanden. Und er vergibt ihnen. Wovon wir Menschen nur profitieren können.«

Sie hatten den Gang zwischen den hölzernen Bänken durchschritten und waren am Taufstein angelangt, ein ovales Becken aus rötlichem Granit, dessen sich nach unten verjüngender Fuß fest auf dem Steinboden der Kirche ruhte.

»Gefüllt mit dem geweihten Wasser der Osternacht.« Lucero tauchte seine Finger kurz ein und schlug dann auf seiner Brust das Kreuzzeichen. »Welch wunderbarer alter Brauch!«

»So und nicht anders sollte eine christliche Taufe sein.« Padre Manolo hielt dem zwingenden Blick mühelos stand. »Ein wahres Fest, da mit diesem heiligen Sakrament eine neue Seele der Erbsünde entrissen und in die Gemeinschaft der Christen aufgenommen wird – kein Akt der Gewalt und Demütigung.«

Die Züge des Inquisitors verschlossen sich.

»Es steht Euch nicht an, die Methoden des Erzbischofs von Toledo infrage zu stellen«, sagte er scharf. »Erst recht nicht, wenn er im Namen der Katholischen Könige vorgeht. Es wird neue Maurentaufen in Granada geben, ob es Euch nun passt oder nicht!«

»Aber gewiss nicht in meiner Kirche, das hat Erzbischof Talavera mir fest versprochen! Ich bin der Priester dieser Gemeinde und damit verantwortlich für San Nicolás.« Die Stimme des Priesters war fest. »Einmal hab ich mich von Euren wilden Horden übertölpeln lassen. Beim nächsten Versuch werde ich wachsamer sein und schneller reagieren, das solltet Ihr wissen.«

Lucero schien gar nicht richtig zuzuhören.

»Man hat mir gesagt, dass unter dem Taufstein eine uralte Krypta liegen soll«, sagte er. »Ist sie eigentlich noch zugänglich?«

Alles in Padre Manolo sträubte sich gegen diesen neuerlichen Zugriff.

»Schon seit Langem nicht mehr«, sagte er. »Der Raum ist einsturzgefährdet. Keiner darf ihn betreten.«

»Führt mich trotzdem nach unten!«

»Der Schlüssel zur Krypta ist verschollen. Niemand weiß, wo er sich befindet.«

»Lügt Ihr mich jetzt etwa an, Padre?«, raunzte der Inquisitor. »Ich kann sehr ungemütlich werden, wenn mir die üblen Schwaden der Unwahrheit in die Nase steigen.«

»Wozu sollte ich Euch belügen?«, sagte Manolo langsam. »Die Krypta ist unzugänglich. Mehr gibt es dazu nicht zu sagen.« Er wandte sich dem großen Portal zu. »Ich würde jetzt gerne zuschließen. Die Abendmesse wird bald beginnen. Und meine Predigtvorbereitungen sind leider noch nicht ganz abgeschlossen.«

»Lasst Euch von mir nicht abhalten.« Der Inquisitor rührte sich nicht von der Stelle.

»Ihr wollt noch bleiben?«

»Ja, ein wenig, wenn Ihr erlaubt. Euer schönes Gotteshaus lädt mich zu Sammlung und Gebet ein.« Gebieterisch streckte er seine Rechte aus. »Überlasst mir ruhig den Schlüssel. Ich werde später sorgfältig abschließen und ihn Euch hinüber ins Pfarrhaus bringen. Ihr könnt Euch auf mich verlassen!«

Beten – zu wem und wofür?, hätte Padre Manolo ihm am liebsten entgegengeschleudert. Etwa für das Heil Eurer Seele? Dann müssten Jahrhunderte vergehen, bis Ihr fertig wäret!

Stattdessen neigte er leicht den Kopf und verließ mit einem unguten Gefühl im Magen sein geliebtes Gotteshaus San Nicolás.

»Hier kommen wir niemals rein.« Nuris Stimme klang dumpf. »Alles verrammelt und verriegelt. Ich hab es dir gleich gesagt. Wir hätten erst gar nicht herkommen sollen!«

Lucia wehrte sich gegen die Mutlosigkeit, die sich auch auf sie senken wollte.

Was hatten sie nicht alles gewagt, um hierher zu gelangen!

Saida überredet, dass Nuri bei ihr schlafen durfte. Djamila dazu gebracht, ihnen heimlich die Tür aufzusperren und zu versprechen, sie auch wieder hineinzulassen. Aus freien Stücken hatte die junge Maurin sogar Antonios Wein mit einem Schlaftrunk versetzt, damit er ihre Pläne nicht stören konnte.

Dann der Weg Seite an Seite durch die nachtdunklen, kaum noch belebten Gassen Granadas, eine winzige Ölfunzel in der Hand, die ihnen als Beleuchtung genügen musste, bis sie schließlich das gelbe Haus entdeckt hatten, das Miguel Lucia beschrieben hatte – und nun das!

»Wir geben nicht auf«, murmelte sie mit zusammengebissenen Zähnen. »Nicht so kurz vor dem Ziel. Wir werden den Hyazinth bei Gaspar finden. Auch wenn unsere Väter nicht daran glauben und uns sogar streng verboten haben, uns in ihre Geschäfte einzumischen. Wären wir junge Männer – sie würden anders reden! Aber wir werden ihnen beweisen, dass auch Mädchen denken können. Vorher gehen wir nicht heim!«

»Dann wirst du wohl die ganze Nacht vor diesem Haus stehen müssen«, sagte Nuri. »Bis die ersten Nachbarn wach werden und sich fragen, was zwei Mädchen …« Sie schrie erschrocken auf, weil plötzlich etwas Weiches ihre Wade gestreift hatte, dann begann sie erleichtert zu lachen. »Fuego!«, sagte sie. »Der Kleine ist uns offenbar den ganzen Weg hierher gefolgt.«

Der Kater drückte seinen Kopf an ihre Beine und ließ sich streicheln. Doch bereits nach Kurzem schien er genug zu haben und sprang mit einem eleganten Satz auf den Fenstersims.

»Er scheint sich zu erinnern«, sagte Lucia. »Schließlich war das hier ja mal sein Zuhause.«

Fuego hob seine Vorderpfote und begann sich zu putzen. Dann drehte er sich um und stupste mit dem Kopf gegen den hölzernen Fensterladen, der sich mit einem Knarren langsam öffnete.

Auf einmal war der kleine Kater verschwunden.

»Hast du das gesehen?«, flüsterte Lucia. »Das Fenster dahinter muss auf sein. Ich hab es doch gewusst – kluger Fuego!«

»Aber wie sollen wir da hinaufkommen?« Nuri starrte verzweifelt auf den Sims. »Ich schaffe das nie!«

»Natürlich schaffst du das! Du legst deine Hände ineinander, ich steige rauf, hangle mich nach oben – und wenn ich erst mal drinnen bin, ziehe ich dich nach.«

»Aber ich hab solche Angst!«

»Meinst du vielleicht, ich nicht? Aber was bleibt uns anderes übrig? Mach schon – Wir müssen endlich den Stein finden!«

Nuri ächzte und stöhnte, als Lucia in ihre Hand stieg, denn trotz ihrer Schlaksigkeit war sie alles andere als leicht, und Nuri fürchtete schon, die Kräfte würden sie verlassen – dann ließ der Druck nach, und sie sah Lucia katzengleich auf dem schmalen Sims hocken.

Plötzlich eine Bewegung am Fenster, die Läden gingen auf, lautes Plumpsen, ein Schrei.

Der Sims war leer.

Eine ganze Weile tat sich nichts, während Nuri vor Angst kaum noch zu atmen wagte.

Hatte Gaspar Lucia entdeckt und sie bedroht oder gar verletzt? Tausend verschiedene Gedanken wirbelten durch Nuris Kopf, während sie sich sehnlichst wünschte, sicher und geborgen daheim in ihrem Bett zu liegen.

Dann öffnete sich plötzlich die Haustür. Auf der Schwelle stand Miguel, einen Kerzenleuchter in der Hand, neben ihm Lucia, die verlegen lächelte.

»Herein mit dir!«, sagte er zu Nuri. »Liebend gern möchte ich auch die zweite junge Dame begrüßen, die unser Haus so überraschend mit ihrem nächtlichen Besuch beehrt!«

Nuri folgte ihm beklommen, während Lucia auf ihn einredete.

»Dein Onkel muss den Stein haben! Eine Nachbarin hat ihn genau beschrieben – als den Mann mit dem schwarzen Barett, der am Tag von Amirs Flucht in der Werkstatt war …«

»Willst du damit etwa sagen, dass der Hyazinth nicht mehr da ist?« Der Schreck stand Miguel ins Gesicht geschrieben.

»Er wurde gestohlen!«, rief Lucia. »Und zwar von keinem anderen als Gaspar. Wo ist er überhaupt? Im Obergeschoss? Kann er uns hören?«

»In der Taverne«, sagte Miguel. »Und da bleibt er wohl auch noch eine ganze Zeit.«

»Dann lass uns suchen!« Ungeduldig griff sie nach seiner Hand, ließ sie aber gleich wieder los, als sie Nuris verletzten Blick spürte. »Wenn der Stein nicht wieder auftaucht, wird man unsere Väter verhaften und verurteilen. Wo hier im Haus könnte er ihn versteckt haben?«

»Nirgendwo, wenn ihr mich fragt«, rief Miguel. »Was macht das alles denn für einen Sinn? Kamal erst den Stein zur Bearbeitung übergeben und ihn ihm dann wieder wegnehmen?« Eine Locke war ihm in die Stirn gefallen, was ihn jünger und verletzlicher aussehen ließ. »Wie könnt ihr euch überhaupt so sicher sein?«

»Es ist unsere einzige Hoffnung«, sagte Nuri leise. »Wenn man Papa hinrichtet – das überlebe ich nicht.«

»Mein Onkel ist doch kein Verbrecher!« Miguel schüttelte den Kopf. »Dafür kenne ich ihn viel zu gut. Ein seltsamer Kauz, der es sich gern mit anderen verdirbt, das ja! Aber ein hinterlistiger, gemeiner Dieb …«

»Bitte!« Nuris dunkle Augen hingen an seinem Gesicht. »Du musst uns helfen!«

Ein Ruck schien durch Miguels Körper zu gehen, dann nickte er langsam.

»Also gut«, sagte er. »Fangen wir an!«

Es gab eine kleine Werkstatt im Untergeschoss, der man ansah, dass hier nur gelegentlich gearbeitet wurde, dort begannen sie. Öffneten Truhen und Verschläge, Kisten und Kästchen – alles vergeblich.

»Du kennst den Stein ja wenigstens«, sagte Lucia zwischendrin. »Was die Suche einfacher machen könnte. Nuri und ich haben ihn niemals gesehen.«

»Man kann hier nur finden, was hier auch versteckt ist«, lautete seine Antwort.

Als Nächstes kam die Küche an die Reihe, wo sie jeden Topf, jeden Becher zweimal umdrehten, die Vorratskammer mit all ihren Säcken und Amphoren, dann der große Raum mit dem langen Eichentisch.

Irgendwann waren sie im Obergeschoss gelandet. Lucia durchsuchte das Schlafzimmer Gaspars, während Nuri Miguel mit klopfendem Herzen in den nächsten Raum gefolgt war.

»Hier schläfst du?«, rutschte ihr heraus, als sie eine Laute neben dem Fenster entdeckte und ein paar geometrische Zeichnungen, über die er schnell ein leeres Blatt schob.

»Ja«, sagte er. »Und ich schwöre beim Gedenken an meine tote Mutter, dass ich den Hyazinth nicht gestohlen habe. Glaubst du mir, Nuri?«

»Das unterstellt dir doch niemand.« Ihre Wangen brannten vor Scham. »Wenn du nicht gewesen wärst, so stünden wir …«

»Es war sehr mutig«, sagte er, »und sehr, sehr leichtsinnig, hier einfach einzubrechen. Wäret ihr meinem Onkel in die Hände gefallen, so …« Er brach ab. »Ich wünschte nur, du wärst aus einem anderen Grund gekommen«, fuhr er schließlich fort. »Du hier bei mir – manchmal habe ich davon geträumt.«

»Aber das wäre ganz und gar unmöglich!«, rief sie. »Und das weißt du ganz genau. Ich bin eine Muslima, die ihr Zuhause eigentlich nicht verlassen darf, und du …«

»Ich habe nichts gefunden.« Lucia stand plötzlich wieder im Zimmer. »Nirgendwo. Wo sonst könnte er ihn noch haben?«

Miguel schüttelte abermals den Kopf. »Der Stein ist nicht im Haus«, sagte er. »Hab ich es euch nicht gleich gesagt? Eure Nachbarin muss sich getäuscht haben!«

»Ich glaube, er hat recht, Lucia.« Nuri wirkte auf einmal fahl vor Müdigkeit. »Lass uns heimgehen. Hier kommen wir nicht weiter.«

»Ich verspreche, die Augen aufzuhalten«, rief Miguel. »Wenn mir auch nur das Geringste auffällt, sage ich euch sofort Bescheid.«

»Wenn es dann nicht schon zu spät ist.« Lucia nahm ihre Freundin an der Hand. »Lass uns gehen. Ich bin innerlich so enttäuscht und leer, dass ich nur noch heulen könnte!«

Nuri ließ sich mitziehen, blieb allerdings noch einmal stehen und drehte sich um.

Miguel stand noch immer in der Türe, die Linke auf seine Brust gelegt. Seine Augen konnte sie nicht mehr erkennen, und dennoch wusste sie plötzlich, dass er ihr hinterherschaute.

Trotz ihres elenden Zustands machte ihr Herz einen kleinen Sprung.

Inzwischen waren die Gassen menschenleer und sie beeilten sich voranzukommen.

»Er muss ihn trotzdem haben«, murmelte Lucia. »Vielleicht gibt es einen anderen Ort, an dem Gaspar ihn versteckt hat. Hana hat die Wahrheit gesagt, und was ich bei Padre Manolo in der Kirche mit anhören musste …«

»Kannst du nicht endlich aufhören?«, rief Nuri. »Wir haben doch alles versucht! Was willst du denn noch mehr, Lucia?«

»Die Wahrheit, Nuri – und Gerechtigkeit …«

Ein dunkler Schatten verstellte ihnen plötzlich den Weg. »Was macht ihr hier mitten in der Nacht?«, fragte eine Männerstimme.

»Rashid!« Nuri lachte und weinte zugleich, während sie ihrem Bruder an den Hals flog. »Dass ich dich endlich wiederhabe! Wo hast du nur die ganze Zeit gesteckt?«

Er ließ sie kurz gewähren, dann schob er sie beiseite. »Sag mir lieber, wo ihr wart!«, verlangte er streng. »Zu dieser Zeit? Und ohne männlichen Schutz? Sag du es mir, Lucia!«

Nicht ein freundliches Wort. Geschweige denn eine Berührung. Er hatte sie vorgewarnt. Selbst in Gegenwart Nuris galten seine strengen Regeln, denen sie zugestimmt hatte.

Lucia hatte nur seine Augen, diesen kurzen, zupackenden Blick voller Wärme und Verlangen, den er ihr geschenkt hatte – nicht mehr.

Sie holte tief Luft. Dann berichtete sie in knappen Sätzen von dem Verschwinden des Steins, von Hanas Beobachtungen, dem väterlichen Verbot und wie Nuri und sie es umgangen hatten. Miguels Beteiligung ließ sie, aus einem Gefühl der Vorsicht heraus, ganz aus dem Spiel, und sie tat es nicht nur ihretwegen, sondern vor allem für

Nuri. Und sie behielt auch Gaspars merkwürdige Beichte für sich, weil sie den Priester nicht mit hineinziehen wollte.

»Ihr seid tatsächlich ins Haus dieses Ortíz eingedrungen?«, vergewisserte sich Rashid, als traute er seinen Ohren nicht. »Ihr müsst den Verstand verloren haben!«

»Leider vergeblich«, sagte Lucia. »Den Stein haben wir trotzdem nicht gefunden.«

Rashid schüttelte ungläubig den Kopf. »Ich werde mit Vater reden. Er darf doch nicht abwarten wie eine Maus in der Falle, bis die Katze ihn frisst! Handeln muss er. Und ich werde ihn dabei unterstützen – zusammen mit meinen Freunden. Die Söhne Allahs halten zusammen. Das haben wir uns geschworen.«

»Aber was willst du tun, Rashid?«, fragte Nuri ängstlich. »Das lass meine Sorge sein! Wie kommst du jetzt ungesehen zurück ins Haus?«

»Djamila erwartet uns«, sagte Lucia leise.

»Ach, sie steckt mit euch unter einer Decke?« Er klang alles andere als erfreut. »Dann verschone ab jetzt meine Schwester mit deinen lebensgefährlichen Verrücktheiten, Lucia! Kannst du mir wenigstens das versprechen?«

Wie sehr liebte sie es, wenn er ihren Namen weich und leise aussprach, doch jetzt hatte er ihn regelrecht ausgespuckt.

Ihr Körper war plötzlich hart und schwer, jeder Schritt eine Anstrengung. Lucia fühlte sich elend – vor Sorge, Sehnsucht und vor Ärger. Jetzt wäre es leichter gewesen, Rashid zu hassen. Doch sosehr sie sich auch anstrengte, es gelang ihr nicht.

»Das soll meine Freundin selbst entscheiden«, sagte sie, ohne ihn auch nur noch eines einzigen Blickes zu würdigen. Sie klopfte an die Tür, die sofort aufging, als hätte Djamila seit Stunden auf diesen leisen Laut gelauert. »Komm mit, Nuri, wir wollen endlich schlafen.«

Kapitel 7

Drei Tage später droschen Faustschläge gegen das Holz, als wollte jemand mit Gewalt die Tür einschlagen. Mit einem Satz fuhr Fuego von dem Kissen auf, auf dem er gerade noch friedlich eingeringelt geschlummert hatte, und flüchtete. Lucia, geweckt aus wirren Träumen, zog die gefütterte Winterdecke höher, die ihr Djamila gestern Abend mit sanftem Druck aufgenötigt hatte. Zu ihrem Erstaunen blickte sie in das aschfahle Gesicht der jungen Maurin, das sich über sie neigte.

»Sie sind da, Lucia«, flüsterte Djamila. »Jetzt kommen sie deinen Vater holen!«

»Wer kommt ihn holen?«, fragte Lucia, noch immer schlaftrunken.

»Lucero, der Inquisitor – und jener widerliche Ortíz, der deinem Vater und Kamal das ganze Elend eingebrockt hat.«

»Ortíz ist bei Vater? Dann muss ich auch zu ihm!«

»Dazu ist es jetzt zu spät.« Mit erstaunlicher Kraft drückte die zartgliedrige Djamila sie zurück ins Bett, so energisch, dass die silbernen Reifen an ihren Gelenken klimperten. »Rotkappen haben unser Haus umstellt. Und drüben bei Kamal und Saida sind sie auch schon. Was soll nur aus uns werden? Ich hab solche Angst!«

»Ich kann Vater doch jetzt nicht im Stich lassen!« Lucia stieß die junge Maurin zur Seite. »Zum Angsthaben ist später noch Zeit genug.«

Sie angelte nach ihrem Kleid, das sie gestern Abend nachlässig über die Truhe geworfen hatte, und versuchte, mit fliegenden Fingern die widerspenstigen Ösen des Mieders zu schließen, was ihr erst nach einer Weile gelang. Danach fuhr sie sich mit beiden Händen durch die Locken, schlüpfte barfuß in ihre Schuhe und lief hinunter.

Die Tür, die von den Wohnräumen zur Werkstatt führte, stand nur angelehnt, was Lucia willkommene Gelegenheit zum Atemholen gab.

»Eure Waage ist falsch geeicht, Goldschmied. Sagt mir, wie lange betrügt Ihr Eure Kunden schon?«, fragte eine harte Männerstimme, der anzuhören war, dass sie gewohnt war, zu befehlen. »Und bleibt gefälligst bei der Wahrheit!«

»Das will ich gerne tun! Denn ich habe noch nie einen Kunden betrogen«, hörte sie den Vater in ruhigem Ton antworten. »Erst im Spätsommer hat der Eichmeister die Waage geprüft und für gut befunden. Wenn Ihr also freundlicherweise den kleinen Kiesel wieder aus der Schale nehmen wollt, den Ihr vorhin unter die Affenbrotsamen gelegt habt, könntet Ihr Euch davon auch mit eigenen Augen überzeugen.«

Eine Weile blieb es still, aber Lucias Herz jubelte.

Offenbar war ihr Vater entschlossen, zu kämpfen. Sie würde alles tun, um ihm beizustehen.

»Ihr leistet Euch ein gefährlich lockeres Mundwerk, Goldschmied.« Die Stimme war noch um eine Spur frostiger geworden. »Lasst uns sehen, ob das auch so bleiben wird. Zeigt mir nun meinen Ring!«

»Das kann ich leider nicht, Exzellenz«, sagte Antonio nach einer bangen Pause.

»Warum nicht?«

»Er hat mehrmals behauptet, der Ring sei noch nicht fertig, und mich damit immer wieder aufs Neue hingehalten«, schaltete sich nun Gaspar ein. »Allerdings mit immer fragwürdigeren Argumenten …«

Lucia wurde glühend heiß, und sie wünschte sich inständig, Nuri stünde neben ihr.

Warum nur war ihr Plan nicht aufgegangen, den Stein in seinem Haus zu finden und an sich zu nehmen? Dann könnte sie jetzt triumphierend hinübergehen, das Beweisstück in der Hand …

Versehentlich musste sie sich zu stark angelehnt haben, denn die Tür schwang plötzlich auf.

Jetzt schützte sie nichts mehr vor den Blicken der Männer in der Werkstatt. Gaspar starrte sie so verzehrend an wie beim letzten Mal, während der andere sie lediglich abschätzig musterte und dann erneut ihren Vater ins Visier nahm.

»Du gehst sofort zurück ins Haus!«, rief Antonio. »Mach schon, Lucia! Gehorche wenigstens ein Mal.«

»Lass Marias Tochter doch ruhig dabei sein, wenn ihr Vater versucht, seine Redlichkeit unter Beweis zu stellen«, sagte Gaspar mit dünnem Lächeln. »Das hätte deiner toten Frau bestimmt gefallen!«

»Weshalb könnt Ihr mir den Ring nicht zeigen?«, wiederholte der Inquisitor in drohendem Tonfall. »Redet endlich!«

Der Mann, vor dem ganz Granada zitterte!

Lucia prägte sich sein Gesicht so genau ein, dass sie es mühelos zu Papier hätte bringen können: die breite, niedrige Stirn, von Furchen durchzogen. Eine grobe, lange Nase, leicht gekrümmt. Der Mund schmal und verschlossen. Die Augen so hell, dass sie fast durchsichtig wirkten.

Augen ohne Gnade, ohne jedes Gefühl.

Wieso trug er keine Soutane, wie es sonst alle Geistlichen taten, die sie jemals zu Gesicht bekommen hatte? Er war doch ein Mann der Kirche, aber Luceros Aufzug in gestepptem Lederwams, Hosen und kniehohen Stiefeln erinnerte an den eines Soldaten.

»Weil der Edelstein, der ihn schmücken sollte, verschwunden ist, Exzellenz.« Antonio schien um jedes einzelne Wort zu ringen. »Daher konnte ich den Ring nicht fertigstellen.«

»Ihr sprecht doch nicht etwa von jenem wertvollen Saphir, den Señor Ortíz Euch zu treuen Händen überlassen hat?«

Antonios Schultern sanken tiefer.

Lucia meinte im eigenen Körper zu spüren, welcher Kampf in ihm tobte. Sollte er alles auf sich nehmen – und damit alles riskieren? Doch was würde geschehen, wenn er Kamals Namen nannte?

Rettete das seinen eigenen Kopf?

»Leider doch, Exzellenz«, brachte er mühsam hervor. »Man hat den Saphir gestohlen. Jedenfalls war er plötzlich nicht mehr in der Werkstatt. Eine andere Erklärung habe ich nicht.«

Sein Blick glitt zu Ortíz, der mit einem Mal wie gebannt auf den Boden starrte.

»Gestohlen!«, rief Lucero erregt. »Nicht mehr da, keine Erklärung – was für dreiste Behauptungen! Gebt doch zu, dass Ihr den Diebstahl nur vortäuscht, weil Ihr den Stein unterschlagen wollt!«

»Ich habe noch niemals im Leben gestohlen«, sagte Antonio, doch seine Stimme war alles andere als fest.

»Dann haben wir es hier ja offenbar ja mit einem echten Ehrenmann zu tun!«, rief Lucero. »Niemals betrogen, niemals gestohlen – und wie sieht es mit dem Lügen aus, Goldschmied?«

Stumm schüttelte Antonio den Kopf

»Wenn ich Euch nun aber frage, ob Ihr diesen verschwundenen Stein denn neu geschliffen habt, wie lautet dann Eure Antwort?«, bohrte der Inquisitor weiter. »Ich höre!«

Wie inbrünstig sie ihn hasste! Doch was sollte sie tun? Sie wollte ihren Vater retten. Aber durfte sie dafür ihre zweite Familie verraten?

Antonio stand so reglos wie ein Stein.

»Habt Ihr nun den Hyazinth umgeschliffen - oder nicht?«, wiederholte Lucero. »Durch hartnäckiges Schweigen macht Ihr Euch nur noch verdächtiger. Ohnehin solltet Ihr wissen, dass auch Euer sonstiges Treiben schon eine ganze Weile unsere Aufmerksamkeit erregt hat.«

»Was soll das heißen?«, fragte Antonio gepresst. »Ich habe mir nichts zuschulden kommen lassen!«

»Ihr, ein getaufter Christ, frönt ganz ungeniert der Unzucht mit einer Ungläubigen und benehmt Euch zudem in vielerlei Belangen, als wäret Ihr selbst ein halber Maure …«

Die Tür, die zur Gasse führte, sprang auf Kamal, an dem links und rechts zwei Rotkappen zerrten, drängte schweißnass in die Werkstatt.

»Lasst ihn laufen!«, schrie er auf Andalusisch. »Mein Freund hat nichts getan. Mir hat man den Hyazinth gestohlen – den Hyazinth, den ich in seinem Auftrag umschleifen sollte.« Sein ausgestreckter Arm wies auf Gaspar. »Dieser Mann hat von Anfang an davon gewusst! Was soll die elende Heuchelei? Antonio ist Goldschmied, ich aber bin noch immer der beste Steinschleifer von ganz Granada! Deshalb hat Gaspar den Stein ja zu mir gebracht.«

Luceros eisiger Blick wanderte langsam von einem zum anderen. »So steckt ihr beide also unter einer Decke«, sagte er kopfschüttelnd, »und habt gemeinschaftlich das Vertrauen von Señor Ortíz missbraucht ...«

»Gar nichts haben wir!«, schrie nun auch Antonio voller Empörung. »Gaspar wusste von Anfang an, dass nur Kamal den neuen Schliff beherrscht. Er hat uns regelrecht zu diesem Geschäft gedrängt. Vier Doblas hat er uns dafür in Aussicht gestellt, das hat uns schließlich umgestimmt. Die Zeiten sind schlecht, aber wir hätten dennoch niemals ...«

»... den Herrgott dafür verkaufen dürfen wie einst Judas mit seinen blutigen Silberlingen? Da habt Ihr freilich recht!« Lucero fuhr nun zu Kamal herum. »Du hast die Schuld auf dich genommen, was das Verfahren vereinfachen wird. Normalerweise könnte ich dich auf der Stelle um einen Kopf kürzer machen lassen. Doch weil ich meinen wertvollen Hyazinth unbedingt zurückhaben will, muss ich auf einem öffentlichen Prozess bestehen. Du wirst schon ausspucken, wo der Stein ist, Maure! Und wenn ich dir dazu die Haut bei lebendigem Leib abziehen lassen muss.«

Mit einem Satz war er an der Tür und riss sie auf.

»Greift ihn und bindet ihn!«, wies er die Rotkappen an, die nun hereinstürmten. »Und dann führt ihn ab – in den Kerker.«

Gelähmt vor Angst sahen Lucia und Antonio zu, wie zwei Söldner Kamals Arme auf den Rücken bogen und mit Viehstricken festzurrten. Auch Djamila kam verschleiert aus dem Haus gelaufen und riss erschrocken die Augen auf.

Dann stießen die Rotkappen Kamal grob über die Schwelle nach draußen.

Auf der anderen Seite der Gasse trieb ein blonder, einäugiger Söldner gerade Saida und Nuri, beide ebenfalls in Fesseln, auf den wartenden Schinderkarren zu.

»Aber doch nicht sie!«, schrie Kamal, der auf einmal zu taumeln schien. »Meine Frau, meine Tochter – nicht in diesen Karren! Sie haben beide nichts damit zu tun. Sie sind unschuldig. Lasst sie sofort wieder frei!«

»Das wird dich redseliger machen, wetten?« Seine Bewacher zerrten ihn ungerührt weiter.

»Papa!«, hörte Lucia Nuri schreien. »Papa, man hat uns festgenommen! Lucia – hörst du mich? Du musst ihnen sagen, dass ich niemals …«

Fuego lief ihnen ein paar Schritte nach, dann blieb er unschlüssig stehen, fixierte Lucia und trabte schließlich wieder zu ihr zurück.

In diesem Moment erfolgte der Angriff

Die Söhne Allahs waren schwarz gekleidet und mit langen, schlanken Holzstöcken bewaffnet. Die Vorhut bildete Rashid, ein schwarzes Tuch vor den Mund gebunden, wie es die Krieger der Wüstenstämme zu tun pflegen, um sich vor Sand zu schützen, doch an den raschen, geschmeidigen Bewegungen erkannte Lucia ihn sofort. Sein Stock fuhr dem blonden Hünen direkt in die Mitte und zwang ihn mit einem wütenden Schmerzenslaut auf die Knie. Doch bevor der Mann sich noch von dem Übergriff erholen konnte, prasselten schon weitere Stockhiebe auf ihn nieder, auf die Nieren, die Schenkel, den Magen.

»Du wirst sie niemals wieder anfassen!«, rief Rashid. »Das schwöre ich beim Barte des Propheten!«

Seine Mitstreiter waren nicht ganz so schnell wie er, aber ebenfalls mutig. Wütend hieben sie mit ihren Stöcken auf die anderen Rotkappen ein, die zunächst vor lauter Verblüffung kaum reagierten, allmählich jedoch aus ihrer Starre erwachten.

Als das erste Schwert durch die Luft zischte, floss schnell Blut.

Es erwischte Khaled, drang durch seinen Schenkel, als schneide es dünnes Papier, und brachte ihn zu Fall. Wie ein Sack plumpste er auf die Gasse und versuchte, sich dennoch im Liegen ein Stück weiter zu robben.

Ein Söldner trat ihm grinsend in den Weg.

»Fettes Maurenschwein«, sagte er genüsslich. »Reif für den Spieß!«

Seine Klinge fuhr Khaled direkt ins Herz. Er zuckte, spuckte rosa Schaum, lag plötzlich ganz still.

Die schmale Gasse schien schlagartig dunkler geworden zu sein.

Rashid fuhr herum, die Augen lodernd vor Hass. »Wir werden euch trotzdem besiegen!«, rief er. »Und wenn wir unseren letzten Blutstropfen dafür geben müssen.«

Seine Stockhiebe kamen inzwischen so präzise und unerbittlich, als wäre es ein Mechanismus, der sie ausführte, und keine menschliche Hand.

»Auf ihn!«, schrie der Hüne, der nicht mehr aufstehen konnte. »Seid ihr blind, ihr Tölpel? Er ist der Anführer – ergreift ihn!«

»Nein!«, schrie Lucia. »Lauf, Rashid, sie sind genau hinter dir!« Mit einer raschen Bewegung hob sie den Kater hoch und drückte ihn schützend an ihre Brust.

Gehetzt blieb Rashid stehen, schaute sich um. Seine Verbündeten hatten inzwischen alle das Weite gesucht. Er schien als Einziger in einer nahezu ausweglosen Lage.

Beide Seiten der Gasse waren von Rotkappen versperrt. Es gab nur noch einen einzigen Weg – die Tür, die in sein Elternhaus führte.

Er ließ seinen Stock fallen. Mit einem großen Satz war er drinnen und schlug die Tür hinter sich zu.

»Holt den Rammbock!«, grölte der Hüne mit schwindender Kraft. »Worauf wartet ihr noch? Die Maus sitzt doch bereits in der Falle!«

Es dauerte nicht lange, und die Männer schleppten tatsächlich einen dicken Baumstamm herbei, der mithilfe ihrer vereinten Kräfte das Werk schließlich vollbrachte.

Nuri wandte den Kopf ab, als die Tür aufflog, und weinte. Kamal starrte mit zusammengebissenen Zähnen auf das Straßenpflaster. Saida sah um Jahre gealtert aus.

Lucia vergaß beinahe zu atmen.

Fuego fuhr die Krallen aus und strampelte sich frei. Wie ein rötlicher Blitz war er zwischen den Beinen der Männer verschwunden.

Hilflos mussten sie mit ansehen, wie ein Trupp von Rotkappen Kamals Haus stürmte. Fenster wurden aufgerissen, Decken, Kissen und Lampen hinausgeworfen, dann polterten die Söldner zurück auf die Gasse.

»Er muss sich in Luft aufgelöst haben«, schrie einer von ihnen auf Kastilisch. »Wir haben überall nachgesehen. Aber der Kerl ist nirgendwo!«

»Dann schaut noch einmal gründlicher nach!«, verlangte der Inquisitor. »Kein Mensch kann sich einfach in Luft auflösen!«

Wieder stürmten die Männer hinein, kamen aber dieses Mal sehr viel schneller wieder heraus.

»Er ist nicht mehr da«, sagte einer der Söldner. »Aber mit rechten Dingen zugegangen sein kann es nicht. Er muss mit dem Teufel im Bunde sein! Der hat ihn unsichtbar gemacht.«

»Was für ein Unsinn! Hat das Haus einen unterirdischen Zugang?«, wandte Lucero sich zornentbrannt an Kamal. »Und ich rate dir, spuck die Wahrheit aus! Sonst machen wir es auf der Stelle dem Erdboden gleich.«

»Nicht einmal einen Keller.« Kamals Stimme klang erstaunlich gefasst, während in Lucia ein ungeheurer Verdacht zu keimen begann.

Aber Rashid konnte doch nicht … mitten am Tag … vor den Augen der Rotkappen …

Sie begann leicht zu schwanken, so ungeheuerlich und aufregend zugleich war diese Idee. Doch ihr Herz blutete.

Nuri und Saida – gefesselt und abgeführt wie Verbrecher. Kamal, der in den Kerker musste! Und was würden sie später noch alles mit ihrem Vater anstellen? Doch bis jetzt hatte man ihm gottlob noch nichts angetan. Antonio stand aufrecht da, ohne Fesseln, allein das zählte für den Augenblick.

»Mir ist schlecht«, sagte sie und hoffte, dass sie blass und elend genug aussah. »Ich muss sofort ins Bett!«

»Ich begleite dich«, bot Djamila an, doch Lucia schüttelte abwehrend den Kopf.

»Lass mich! Ich will jetzt nur noch allein sein«, sagte sie.

Die Treppen nach oben nahm sie im Laufschritt. Sie riss die Tür zu ihrem Zimmer auf.

Alles schien genau so, wie sie es verlassen hatte – vor nicht einmal einer Stunde, als das Schreckliche noch nicht geschehen war.

»Rashid?«, sagte sie leise. »Bist du da?«

Alles blieb still.

Und wenn sie sich doch getäuscht hatte?

Im Sonnenlicht sah Lucia die dünne Staubschicht auf dem Boden. Und darin die Abdrücke großer Füße, deutlich eingeprägt wie in feuchten Sand.

Sie näherte sich dem Bett, langsam, wie im Traum.

»Rashid?« Auf einmal konnte sie nur noch flüstern.

Und plötzlich kam eine bräunliche Hand aus der Winterdecke und zog sie kraftvoll zu sich heran.

Wieso nahm er sie nicht endlich in die Arme und ließ sie nie wieder los? Jetzt, wo sie jede Art von Trost so dringend gebraucht hätte!

Doch Rashid schien mit seinen Gedanken anderswo zu sein.

»Die Waffen müssten längst da sein«, murmelte er, die Kiefer so fest zusammengepresst, dass die Wangenknochen umso markanter hervortraten. »Irgendetwas muss dazwischengekommen sein – wenn ich nur wüsste, was! Falls wieder diese verdammten Christen daran schuld sind, werde ich ihnen vorführen, wer die Söhne Allahs sind und wozu sie imstande sind!«

»Rashid!«, wiederholte Lucia bestimmt zum vierten Mal. »Du bist hier. Bei mir. Komm endlich wieder zu dir!«

Wie aus weiter Ferne sah er sie an.

»Was haben wir ihnen nur getan?«, flüsterte er. »Dass sie uns so sehr hassen! Meine ganze Familie ist in Luceros Gewalt – Vater, Mutter und Nuri, und alle drei unschuldig …« Er barg das Gesicht in den Händen.

»Hör zu, Rashid«, sagte Lucia eindringlich, »was immer dieser Wurm auch behauptet, er lügt! Ich weiß genau, dass Ortíz den Stein haben muss. Auch wenn wir ihn leider nicht in seinem Haus gefunden haben. Doch ich habe ihn mit eigenen Ohren sagen hören …«

Das Poltern schwerer Stiefel.

»Ins Bett!«, befahl Lucia. »Und mach dich ganz flach. Du rührst dich nicht, verstanden?«

Sie hatte keine Zeit mehr, den überstürzten Plan noch einmal zu überdenken, sondern musste sich schon im nächsten Augenblick auf ihn legen. Gerade noch schaffte sie es, die Winterdecke einigermaßen gleichmäßig über sie beide zu breiten, dann standen schon drei Rotkappen im Raum, gefolgt von einem leichenblassen Antonio.

»Das ist das Zimmer meiner Tochter«, keuchte er. »Und wenn ihr nicht sofort …«

Einer der Söldner stieß ihn zur Seite.

»Mal sehen, ob das ausgeflogene Vögelchen nicht doch hier oben zwitschert!«, rief er, zückte sein Schwert und begann, wie wild damit durch die Luft zu stoßen.

Lucia durchfuhr ein neuer Schreck.

Rashid hatte sein schwarzes Tuch versehentlich irgendwo im Zimmer fallen lassen. Und seine Fußspuren führten direkt auf das Bett zu …

Erneut erfasste sie ein Schwindelanfall, und dieses Mal wünschte sie sich, darin zu ertrinken und alle Sorgen und Nöte vergessen zu können.

Der zweite Söldner bückte sich und lugte unter das Bett.

»Hier ist er nicht.« Sein Kastilisch war mehr als mangelhaft. »Nichts als Staub und Dreck! Und eine fauchende Katze.«

Er hatte Fuego offenbar am Schwanz erwischt und zog kräftig daran. Wie ein Geschoss kam der rote Kater unter dem Bett hervor, wand und drehte sich, um sich zu befreien, und biss dabei seinen Peiniger so fest in die Hand, bis dieser aufschrie und ihn losließ.

Fuego lief zu dem schwarzen Tuch, packte es zwischen den Zähnen und zog es hinter sich her, bis er endlich mit seiner Beute draußen war.

Beinahe hätte Lucia vor Erleichterung laut aufgestöhnt. Nahezu all die verräterischen Spuren waren damit verwischt.

Der dritte Söldner öffnete die Kleidertruhe und riss Röcke, Mieder und Tücher heraus.

»Die Truhe ist sauber. Keine Spur von dem Flüchtenden.«

Lucia schloss erneut die Augen.

Hoffentlich bemerkte niemand, welch seltsame Empfindungen sie gerade überkamen! Ihr Körper glühte wie in einem Fieberanfall, die

Haut pulsierte und alles Blut schien direkt in den Schoß zu fließen. Dabei waren Rashids Hände ganz ruhig, lagen unbeweglich auf ihrem Bauch, doch das genügte bereits.

»Seid ihr endlich fertig?«, krächzte sie schließlich. »Mir ist sterbenselend. Ich brauche Ruhe!«

»Schon gut, schon gut!«, knurrte der erste Söldner. »Hier ist der Flüchtige offenbar nicht. Es sei denn, er hätte sich in deinem Bett versteckt.« Lautes, dreckiges Lachen.

»Meine Tochter ist sehr krank«, rief Antonio. »Wenn ihr sie nun endlich …«

Er erhielt einen groben Stoß in den Rücken.

»Wir kommen wieder, Goldschmied!«, knurrte der zweite Söldner und zerrte ihn nach draußen. »Und dann bist du dran – verlass dich drauf!«

Die Tür schlug hinter ihnen zu.

Lucia und Rashid blieben noch eine kurze Weile bewegungslos liegen, bis sie sich schließlich verlegen voneinander lösten.

»Du hast mir das Leben gerettet.« Rashids dunkle Augen schienen unergründlich. »Dass dazu eines Tages das Bett eines Mädchens nötig sein würde, hätte ich niemals gedacht!«

Ich würde alles für dich tun, hätte Lucia ihm am liebsten versichert, doch sie hielt sich gerade noch zurück.

»Ich hab dir gern geholfen«, sagte sie stattdessen. »Aber was willst du jetzt tun?«

»Das fragst du noch?« Er trat einen Schritt zurück. »Drüben nachsehen, was sie aus meinem Elternhaus gemacht haben. Das bin ich meinen Eltern und meiner Schwester schuldig.«

»Und wenn sie dich dabei erwischen?«

»Dieses Risiko muss ich eingehen.« Sein Gesicht gefror zu einer starren Maske. »Heute waren wir noch ohne Eisenwaffen – und du hast mit eigenen Augen gesehen, dass wir unterliegen mussten. Khaled ist tot. Jetzt haben wir nach Malik schon den zweiten Freund zu betrauern. Doch bald wird alles anders. Dann müssen die Christen Angst haben, denn unsere Rache wird groß sein.«

»Ich auch?«, sagte sie leise.

»Du? Niemals! Aber du musst vernünftig sein und genau das tun, was ich dir sage. Dann kann dir nichts geschehen.«

Nicht mehr als einen Arm breit standen sie voneinander entfernt und dennoch fühlte Lucia sich plötzlich verlassen. Er sah so wild aus, so zu allem entschlossen, dass er ihr ganz fremd erschien.

Was wusste sie eigentlich von ihm?

Es gab den freundlichen Rashid der Kindertage, den rätselhaften, zu dem seit Monaten all ihre Sehnsucht flog – und seit Kurzem auch jenen jungen, zornigen Krieger, der ihr nichts als Furcht einflößte.

»Geh nicht fort!« Sie streckte die Arme nach ihm aus. »Nicht so!«

Er drehte sich um, kehrte noch einmal zu ihr zurück.

»*Wenn die Dämmerung dichter wird*«, sagte er leise, »*erwarte meinen Besuch! Denn ich glaube, die Nacht ist die beste Hüterin der Geheimnisse. Was ich für dich fühle, verhüllt der Sonne Schein, hindert den Mond daran, aufzugehen, und die Sterne, ihren Lauf zu beginnen.*«

Wenn er doch niemals aufhörte! Noch nie zuvor hatte Lucia ihn auf solch wunderbare Weise zu ihr sprechen hören.

Rashid schmunzelte leicht über ihre offenkundige Verwirrtheit.

»Ein Gedicht, das ich sehr liebe«, sagte er. »Leider ist es nicht von mir, sondern von einer maurischen Prinzessin, die es ihrem Geliebten gewidmet hat, der Christ war. Vor beinahe vierhundert Jahren. Du siehst also, Lucia, Liebe ist unsterblich!«

Er neigte sich nach vorn, küsste sie zart auf die Lippen. Und bevor Lucia etwas antworten konnte, war er verschwunden.

Ein Meister arabischer Kalligrafie* war Padre Manolo niemals gewesen. Aber sein Arabisch war passabel, und er beherrschte die Zeichen der Neshi-Schrift*, ohne lange überlegen zu müssen. Was ihm dagegen größere Schwierigkeiten bereitete, war das ungewohnte Schreiben von rechts nach links. Immer wieder kam seine Hand, die die Feder führte, dabei mit der feuchten Tinte in Berührung, was zu unschönen Verwischungen führte.

Die Zeit drängte zu sehr, um sich darum zu kümmern.

Dabei hätte der Priester nicht einmal sagen können, was genau ihn zu dieser atemlosen Eile trieb. Ein gewisser Ton in der Stimme des Inquisitors hatte ihn aufhorchen lassen. Seitdem war er nicht mehr zur Ruhe gekommen.

Natürlich hätte er sich Hilfe holen können. Er kannte einige Mauren im Umfeld des Imam, die um einiges schneller und besser schreiben konnten, als er es jemals erlernen würde.

Doch wen auf die Schnelle einweihen, wem überhaupt noch trauen in dieser schrecklichen Zeit der Ungewissheit?

Allein mit Doña Pilar hatte er gewagt, seine Befürchtungen zu teilen – und sie damit ganz offenbar in neue Sorgen gestürzt.

»Dann verweigert ihm doch einfach diese Liste mit den arabischen Büchern«, hatte sie vorgeschlagen, während sie einen Topf öffnete, aus dem das köstliche Aroma von Kaninchenbraten, Rosinen und Pistazien drang, das ihm augenblicklich das Wasser im Mund zusammenlaufen ließ. »Oder kann er Euch dazu zwingen? Ich glaube, eher nein. Aber begebt Euch dabei nicht wieder in Gefahr, das müsst Ihr mir versprechen. Noch ein paar schlaflose Nächte bringen mich um den Verstand!«

»Seid ganz unbesorgt!«, versicherte Padre Manolo, was eine großzügige Auslegung der Wahrheit war. »Ich habe natürlich meine Erkundigungen eingezogen. Erzbischof Cisneros hat tatsächlich Erzbischof Talavera nach arabischer Literatur in Granada gefragt. Lucero soll sie Cisneros offenbar nur beschaffen.«

»Und warum seht Ihr dann so unglücklich aus, während Ihr mir das alles erzählt?« Doña Pilars Miene blieb skeptisch. »Da steckt doch noch etwas dahinter, das Ihr vor mir verbergt.«

»Weil ich einfach kein gutes Gefühl dabei habe! Und wisst Ihr, geschätzte Freundin, auf meine Gefühle konnte ich mich seit jeher verlassen.«

»Ach ja?« Plötzlich hatte sie ihn nicht mehr angesehen, scheinbar vollständig in das Hantieren mit dem Essen vertieft, das sie ihm auf einem zerschrammten Teller liebevoll anrichtete. »Da habt Ihr mir offenbar einiges voraus, Padre!«

Doña Pilar hatte den leeren Topf schon wieder eingepackt, um das Pfarrhaus zu verlassen, als sie noch einmal stehen blieb.

»Was spräche eigentlich gegen eine Abschrift?« Im Licht der tief stehenden Sonne, die heute für einige Stunden die spätherbstliche Stadt verwöhnt hatte, wirkte sie plötzlich um Jahre verjüngt. Sogar ihre schmalen Wangen schienen rosig überhaucht und die fleischlose Nase harmonierte mit dem Rest des Gesichts. »Nur für den Fall der Fälle. Das hat unser kluger Vater früher immer gesagt. Und Ihr wisst ja, Padre, unser Volk hatte allen Grund, vorzusorgen.«

Seitdem brütete er hier über diesen endlosen Listen, die er, für den Fall der Fälle, wie er sich lächelnd sagte, obwohl seine Hand vom stundenlangen Schreiben schon ganz verkrampft war, sowohl auf Arabisch als auch auf Lateinisch anfertigte. Die vielen Bände medizinischer Literatur, von denen die wertvollsten ohnehin bei Talavera im Bischofspalast lagerten, hatte er schon aufgelistet; ebenso die Abhandlungen über Rechtsgeschichte und die arabischen Übersetzungen griechischer Philosophen. Inzwischen war er bei den Lyriksammlungen angelangt, aber er merkte, wie seine Gedanken jetzt immer wieder abschweiften.

Imam Hasan hatte ihm ein paar besonders kostbare Bücher geliehen. Auf gut Glück schlug der Priester das oberste in der Mitte auf.

»*Wenn die Dämmerung dichter wird*«, las er, »*erwarte meinen Besuch. Denn ich glaube, die Nacht ist die beste Hüterin der Geheimnisse …*«

Plötzlich konnte er nicht weiterlesen und klappte das Buch zu, als wäre er bei etwas Verbotenem ertappt worden.

Die ersten Jahre im Kloster, wie schwierig war es da für ihn gewesen, der fleischlichen Lust zu entsagen! Der Duft der Frauen, das Rascheln der weiten Gewänder, ihr helles Lachen – während der endlosen Gebetszeiten und der trostlosen Nachtstunden im Dormitorium*, wo der Schlaf ihn hartnäckig geflohen hatte, wehten ihn immer wieder diese Erinnerungen an, wühlten ihn auf und ließen ihn sehnsüchtig und unzufrieden mit seinem Schicksal zurück.

Das war inzwischen anders geworden. Er hatte sich an sein einsames, eheloses Leben gewöhnt. Doch seitdem er Doña Pilar kannte, waren sogar seine Träume verändert. Schon viel zu lange tat sie viel zu viel für ihn! War das der einzige Grund, weshalb die klingenden arabischen Verse gerade wieder ihr Gesicht vor ihm heraufbeschworen hatten?

Eigentlich gefiel ihm alles an ihr.

Die Art, wie sie redete, wie sie dachte, ihr trockener Humor, sogar die schrullige Bärbeißigkeit, mit der sie manchmal um sich schlug, wenn sie Angst bekam, ihre wahren Gefühle zu zeigen. Vor allem jedoch die Großherzigkeit, die hinter der strengen Fassade überreichlich vorhanden vor.

Genau die richtige Frau für einen Priester, dachte er. Wenn er denn eine haben dürfte.

Padre Manolo seufzte, nahm erneut die Feder zur Hand, um seine Arbeit fortzusetzen. Plötzlich durchzuckte ihn ein Gedanke, der ihn augenblicklich hellwach werden ließ.

Nur für den Fall der Fälle – was immer Lucero mit dem Verzeichnis arabischer Schriften vorhatte, er traute diesem Mann nicht über den Weg. Aus diesem Grund würde er die Mühe auf sich nehmen, noch eine weitere Liste anzufertigen, auf der die wichtigsten und kostbarsten Bände fehlten.

Außerdem beschloss er, Imam Hasan darüber in Kenntnis zu setzen. Der muslimische Geistliche besaß eine erstaunliche Sammlung wertvoller arabischer Bücher. Konnte nicht schaden, wenn sie gemeinsam einen Großteil davon an einen sicheren Ort schafften!

Die Feder schien auf einmal über das Papier zu fliegen. Padre Manolo würde sie erst beiseitelegen, nachdem der letzte Buchstabe geschrieben und die Tinte restlos getrocknet war.

So lange musste Doña Pilars köstliches Kaninchen eben warten – für den Fall der Fälle.

Im ganzen Haus stank es nach Elend und Hass.

Wie benommen taumelte Rashid von Raum zu Raum, kaum in der Lage, das gesamte Ausmaß der Verwüstung auf einmal in sich aufzunehmen. Vieles, woran seine Mutter innig gehangen hatte, lag nun zertreten oder befleckt vor ihm: die liebevoll gehüteten Töpfe zerschlagen, die eigenhändig bestickten Kissen aufgeschlitzt, die mühsam vom Mund abgesparten Teppiche von groben Lehmstiefeln besudelt.

In Obergeschoss sah es fast noch schlimmer aus, als hätten hier die Männer des Suchtrupps besonders hemmungslos gewütet. Die Betten waren in ihre Einzelteile zerlegt, alle Truhen und Kästchen aufgerissen und ihr Inhalt wahllos auf den Boden verstreut.

Er bückte sich nach einem dünnen silbernen Armreif, der einst das Handgelenk der kleinen Nuri geschmückt hatte, und musste plötzlich mit den Tränen kämpfen.

Die Rotkappen des Inquisitors waren bis an die Zähne bewaffnet, während den Söhnen Allahs bislang nur ein paar Messer und ihre Holzstöcke blieben. So lange warteten sie nun schon auf die angekündigte Unterstützung aus den Bergen – doch was würden sie gegen gut organisierte Truppen ausrichten können?

Ein böses Gerücht machte seit gestern im Albaycín die Runde: dass die Königin Kunde vom geplanten Aufstand erhalten und deshalb angeordnet habe, so schnell wie möglich mehr Soldaten in Granada zu stationieren.

Was die Chancen der Söhne Allahs trotz ihrer Tapferkeit deutlich schmälern würde.

Angst kroch Rashid langsam unter die Haut. Die christlichen Gegner waren zu allem bereit, das bewies der Zustand seines Elternhauses. Es ging ihnen nicht um Gehorsam, Unterwerfung und Taufe. Es ging allein um Zerstörung.

Die Mauren Granadas sollten ausgerottet werden – mit Stumpf und Stiel.

Er warf den Kopf zurück und begann loszuschreien, so laut wie noch nie zuvor in seinem Leben.

Konnten das Rashids Tritte sein, so fein und leicht, als wöge er kaum mehr als ein Kind?

Unschlüssig blieb Lucia mit ihrer Öllampe gleich hinter der Tür von Kamals Haus stehen.

Sie wollte unbedingt zu Rashid – dieser Gedanke hatte sie aus dem Bett getrieben, die Treppe hinunter, bis zu dem Versteck, wo ihr Vater sonst seinen Schlüssel verbarg.

Doch es war leer gewesen. Unwillkürlich hatte sie die Klinke der Haustür bewegt – nicht einmal abgeschlossen!

»Er ist in die Schänke gegangen«, hatte sie plötzlich Djamilas Stimme neben sich vernommen. »Um seinen Kummer in Wein zu ertränken. Glaubst du, das wird ihm helfen? Oder macht es ihn nur noch verzweifelter?«

»Ich muss hinüber«, hatte Lucia gemurmelt. »Zu …«

»… Rashid.« Ein kurzes Lachen. »Wenn du meinst, ich hätte keine Augen im Kopf, dann hast du dich geirrt. Aber beeil dich. Du solltest wieder im Bett liegen, bevor Antonio zurück ist.«

»Rashid?«, rief sie nun noch einmal. »Ich kann dich hören. Wo bist du?«

Plötzlich wurde sie von hinten ungestüm gepackt. Die Hände, die ihre Arme nach hinten bogen, waren klein und heiß, aber kräftig.

»Rühr dich bloß nicht, sonst bist du des Todes!«, sagte eine Kinderstimme. »Du hast Pech. Das hier ist unser Haus!«

Vor ihr tauchte eine zweite zerlumpte Gestalt auf, ein Junge, klein und mager, von der Gestalt her kaum älter als zwölf. Seine Beine waren dünne bräunliche Stecken und die Djellaba spannte über einem aufgetriebenen Kinderbauch.

»Mein Bruder hat recht«, sagte er. »Du bist uns im Weg! Du musst sterben.«

»Lass sie sofort los!« Rashids Stimme war rau. »Sonst werde ich euch frechem Diebespack eine Lektion erteilen, die ihr niemals vergessen werdet. In ein muslimisches Haus einzudringen, das die Rotkappen geschändet haben, um Beute zu machen! Schämt ihr euch denn gar nicht? Dafür hättet ihr verdient, auf ewig in der Feuergrube zu schmoren!«

»Aber wir haben solchen Hunger.« Der Junge, der Lucia gepackt hatte, ließ sie nun los. »Und die Tür stand doch einen Spalt offen. Wir sind schon oft in solche Häuser gegangen. Um den Ratten zuvorzukommen.«

Rashids Miene war noch immer abweisend. »Wieso fragt ihr nicht eure Eltern nach Essen?«, sagte er. »Die haben doch für euch zu sorgen.«

»Die sind schon lange tot. Und der Mann auch, der uns zum Betteln abgerichtet hat. Die Leute geben kaum noch etwas her, selbst wenn man es schlau anfängt. Seitdem sind wir auf Stehlen angewiesen«, sagte der Ältere.

»Kein Maure darf einen anderen bestehlen.« Rashid schüttelte ihn unsanft, während Lucia sich unauffällig nach ein paar Essensresten bückte.

»Hier«, sagte sie und hielt den Kleinen Brot, ein paar Feigen und ein reichlich ramponiertes Käsestück entgegen. »Und jetzt macht, dass ihr verschwindet – sonst überlegt er es sich vielleicht noch einmal anders!«

Die beiden beeilten sich, das Weite zu suchen.

Jetzt erst hatte Lucia Gelegenheit, sich richtig umzusehen.

»Sie haben schrecklich bei euch gewütet«, sagte sie. »Das anzusehen, muss eine Qual für dich sein, aber auch mich macht es sehr unglücklich, das sollst du wissen. Hier war stets mein zweites Zuhause, solange ich denken kann.«

»Wer gibt ihnen das Recht dazu?«, begehrte er auf. »Sie waren hinter mir her – aber das bedeutet doch nicht, dass sie alles niedermachen dürfen! Sie werden es büßen, Mann für Mann …«

Da war er wieder, jener verlorene Blick, vor dem ihr so bange war!

»Hör zu, Rashid«, sagte Lucia schnell, »ich bin noch einmal gekommen, um mit dir über Gaspar zu reden.«

»Schweig!« Er hielt sich die Ohren zu, als wäre plötzlich alles zu viel für ihn. »Meine Familie sitzt im Kerker, unser Haus gleicht einem Schweinestall – und du kommst schon wieder mit diesem Widerling an! Ich hab jetzt wahrhaft andere Sorgen.«

»Aber du musst mich anhören!« Gegen seinen Widerstand löste sie die Hände. »Ich habe nämlich vergessen, dir etwas Wichtiges zu erzählen. Den blauen Stein haben Nuri und ich zwar nicht bei ihm gefunden ….«

»Das weiß ich doch längst!«, unterbrach er sie.

»Aber nicht, dass ich unwillentlich Zeugin seiner Beichte geworden bin!«, sagte Lucia.

»Das Schwein hat gestanden, den Stein gestohlen zu haben?« Rashid starrte sie ungläubig an. »Und das auch noch in deinem Beisein?«

»Nicht wortwörtlich«, musste Lucia einräumen. »Ich war zufällig in San Nicolás und konnte gar nicht anders, als alles mit anzuhören. Er hat im Beichtstuhl von einem Verbrechen gesprochen, das seit Tagen auf seiner Seele lastet. Er kann damit nur den Diebstahl gemeint haben!«

»Und das war heute? Wann genau?«

»Nein, das ist schon länger her«, sagte sie. »Damals wusste ich ja noch nicht, wen ich da vor mir hatte. Es hat einige Zeit gebraucht, bis ich mir alle Einzelteile zusammengereimt hatte. Aber jetzt gibt es für mich keinerlei Zweifel mehr.«

Eine steile Falte stand zwischen seinen Brauen. »Das hieße ja, dass alles von langer Hand geplant ist. Ein Komplott, in das unsere Väter mit bösem Vorsatz verwickelt wurden! Und Mutter und Nuri sind nichts als weitere Opfer.«

»Genau so sieht es für mich aus!«, bekräftigte Lucia, »Was schlägst du vor?«

»Du findest den Weg zum Haus dieses Widerlings?« Seine Stimme zitterte leicht.

Sie nickte. »Aber er hat einen Neffen, und der ist jung und stark!«, rief Lucia und bekam beim Gedanken an Miguel auf einmal Gänsehaut am ganzen Körper.

»Mein Zorn reicht auch für zwei Männer«, sagte Rashid. »Worauf warten wir dann noch? Lass uns gehen!«

Der Kater blieb ihnen den ganzen Weg zu Gaspars Haus auf den Fersen, obwohl Rashid immer wieder versuchte, ihn zu verscheuchen. Dann duckte Fuego sich und verschwand für ein paar Augenblicke in der Dunkelheit, um schon nach Kurzem wieder neben ihnen herzutraben, als sei nichts geschehen.

»Gib es auf!«, sagte Lucia, die trotz ihrer inneren Anspannung über den listigen kleinen Kerl lächeln musste. »Er hat eben seinen ganz eigenen Kopf.« Ihr Lächeln verschwand abrupt. »Dort vorne ist es«, sagte sie. »Das gelbe Haus.«

Rashid griff nach ihrem Handgelenk und hielt sie fest. »Du weißt, was du zu tun hast?«, sagte er.

Sie nickte beklommen, spürte, wie die Angst in ihr aufstieg, und schluckte schwer.

»Dann klopf jetzt an. Ich sehe drinnen Licht. Er muss noch wach sein.« Er trat ein Stück hinter sie.

Lucia holte tief Luft. Dann ließ sie den eisernen Türklopfer gegen das Holz fallen. Fuego macht einen Satz zur Seite und war in der Nacht verschwunden.

Es dauerte eine ganze Weile, dann ging die Tür einen winzigen Spalt auf.

»Wer ist da?«, hörte sie jemanden sagen.

»Ich bin es, Señor Ortíz«, sagte sie. »Lucia Álvarez. Ich muss Euch dringend sprechen.«

»Jetzt?« Seine Verwirrung war unüberhörbar. Aber schwang nicht auch eine Spur Neugierde mit?

»Es geht um Leben und Tod. Bitte hört mich an.«

Der Spalt in der Tür wurde breiter. Gaspar hatte sein übliches Wams abgelegt, trug Hemd und Bruche* und war im Schein des Öllichts sehr bleich.

»Du bist allein?«, sagte er misstrauisch.

»Nicht ganz.« Geschmeidig wie eine große Katze war Rashid auf die Schwelle gesprungen, packte den Überraschten und drängte ihn zurück ins Haus.

Lucia folgte rasch.

»Wer seid Ihr?« Gaspars Hängebacken begannen angstvoll zu zittern.

»Das fragst du noch?«, sagte Rashid. »Der Rächer der Familie, die du heute unschuldig in den Kerker gebracht habt. Wo ist der Edelstein?«

Gaspar stieß ein hohes, dünnes Lachen aus.

»Da sucht ihr am falschen Platz«, sagte er. »Hier werdet ihr nichts finden. Der Schuldige ist verhaftet worden.«

Rashid versetzte ihm einen Hieb in die Magengrube, der ihn mit einem Stöhnen zusammenklappen ließ.

»Reiz mich nicht unnötig«, sagte er. »Denn das würdest du bitter bereuen. Ich weiß, dass du den Stein hast. Her damit!«

Gaspar hatte sich mühsam wieder aufgerichtet.

»Du willst unbedingt zu den anderen in den Kerker?«, sagte er. »Dann bist du auf dem besten Weg dazu!«

Rashids Faust traf ihn am Jochbein. Jetzt heulte der Glatzkopf vor Schmerzen laut auf.

»Miguel!«, schrie er. »Man überfällt mich ... in meinem eigenen Haus ...«

»Hebt die Hände und rührt euch nicht!« Noch nie hatte Miguels Stimme so eisig geklungen. Er näherte sich langsam von hinten, einen glänzenden Dolch in der Hand. »Sonst steche ich zu.«

»Ich bin es, Miguel«, sagte Lucia schnell, obwohl ihr das Herz bis zum Hals klopfte. »Und Rashid, Nuris Bruder. Sie haben Nuri heute verhaftet und ihre Mutter und ihren Vater mit dazu. Alle drei sitzen unschuldig im Kerker ...«

»Nuri ist im Kerker?« Mit weit aufgerissenen Augen stand Miguel vor ihnen. »Weshalb? Aber warum bedroht ihr denn hier meinen Onkel?«

»Er hat den Stein«, sagte Rashid. »Er wird ihn mir geben. Und wenn ich ihn dafür eigenhändig totprügeln muss.«

Die beiden jungen Männer starrten sich schweigend an.

»Hast du nicht gehört, was dieser Maure eben gesagt hat?«, zischte Gaspar. »So unternimm doch endlich etwas!«

»Er ist Nuris Bruder«, sagte Miguel leise. »Der Bruder des Mädchens, dem mein Herz gehört.« Er wandte sich an Lucia. »Hast du ihm denn nicht gesagt, dass wir drei hier bereits alles durchsucht haben – vergebens?«

»Ihr habt – was?«, quäkte Gaspar, der sich wieder ein wenig zu bewegen wagte. »Mein Neffe macht gemeinsame Sache mit diesen Verbrechern? Ich glaube, ich höre nicht richtig! Und welche Nuri überhaupt? Du liebst eine Muslima, anstatt dir eine anständige christliche Braut zu suchen? Bist du denn ganz von Sinnen?«

»Liebe fragt doch nicht nach Religion«, sagte Miguel kopfschüttelnd. »Oder danach, ob etwas erlaubt ist. Liebe ist ein himmlisches Geschenk.« Wieder glitt sein Blick zu Lucia. »Wir müssen Nuri da so schnell wie möglich rausholen. Sie darf nicht im Kerker bleiben!«

»Nein, das darf sie nicht«, bekräftigte Rashid. »Ebenso wenig wie meine Mutter und mein Vater, die beide vollkommen unschuldig sind. Niemals würde der beste Schleifer von Granada einen Edelstein stehlen.« Er trat einen Schritt auf Gaspar zu, der vor seiner erhobenen Faust ängstlich zurückwich. »Wo ist der Hyazinth?«, sagte er. »Rede endlich!«

»Man hat Euch in der Werkstatt gesehen, kurz bevor der Stein verschwand. Und ich habe Euch in San Nicolás gehört«, mischte sich nun Lucia ein. »Als Ihr die Beichte ablegen wolltet. Ihr habt von einem Verbrechen gesprochen, Señor Ortíz. Im Namen meiner toten Mutter: Wenn Ihr etwas über den Stein wisst, dann sagt es uns! Soll denn unschuldiges Blut seine Schönheit für immer besudeln?«

Sein Ausdruck veränderte sich plötzlich, verlor all seine Härte und Verschlagenheit.

»Du redest genauso, wie sie auch geredet hätte«, sagte Gaspar leise. »Miriam, das schönste Mädchen des ganzen Judenviertels, dessen Vater aus Sorge vor dem, was da kommen würde, ihre christliche Taufe betrieben hat. Ein junger Goldschmied warb um sie, Christ auch er, und er dachte, die Heirat mit ihm würde noch mehr Sicherheit für Maria bedeuten, wie sie von da an hieß. Alles schien auf dem besten Weg, sie hatte ihm ihr Jawort schon fast gegeben, da tauchte eines Tages ein zweiter Bewerber auf, der alles veränderte – Antonio Álvarez.«

Er griff an sein Herz, als könnte er die alten Schmerzen noch wie damals spüren.

»Monate zärtlichen Werbens, das Vertrauen, die Nähe – alles mit einem Mal verflogen! Sie brannte, brannte lichterloh für diesen neuen Mann, und ich war plötzlich unsichtbar für sie, als hätte es mich niemals gegeben …«

»Und deshalb habt Ihr Euch so bitter an Vater gerächt?«, unterbrach ihn Lucia. »Aber warum dann auch noch Kamal – und seine ganze Familie dazu?«

Gaspar schien immer mehr in sich zusammenzusinken.

»Um Maria doch noch für mich zu gewinnen, habe ich damals eine große Dummheit begangen. Damit hatten sie mich in der Hand. Lucero konnte mich dazu zwingen. Ich hatte keine andere Wahl!«

»Aber jetzt hast du eine Wahl, Onkel!«, rief Miguel, der die ganze Zeit fassungslos gelauscht hatte. »Du musst ihnen helfen, wenn du kannst! Ich darf Nuri nicht verlieren. Soll sich denn die Geschichte von damals noch einmal auf grausamste Weise wiederholen?«

Gaspars Lippen öffneten sich und schlossen sich wieder, ohne dass auch nur ein einziger Laut herauskam.

»Sie werden mich töten, wenn das bekannt würde«, flüsterte er schließlich. »Sie sind zu allem fähig!«

»Und ich auch, wenn du nicht endlich redest!«, rief Rashid.

»Bitte, Señor Ortíz«, flehte Lucia. »Ihr müsst uns helfen. Zögert nicht länger!«

Seine Augen gingen weit auf.

»Lucero hat den Stein«, sagte Gaspar. »Er hat darauf bestanden, dass ich ihn ihm sofort aushändige. Verstehst du nun? Jedes Aufbegehren gegen ihn wäre zwecklos!«

Lucero, der Inquisitor! Lucias Zuversicht, die eben noch zart gekeimt hatte, sank zurück ins Bodenlose. Wie sollten sie sich den Hyazinth vom Inquisitor beschaffen?

Vollkommen unmöglich! Jetzt schien erst recht alles verloren.

»Er lachte, als er ihn an der Hand hielt«, fuhr Gaspar fort. »Lachte und lachte, als könne er gar nicht mehr damit aufhören, und gab mir zum Abschied ein Rätsel auf, über dem ich bis heute vergeblich grüble. *Das Kostbarste im Heiligsten*, hat er gesagt. *Dort, wo niemand jemals danach suchen wird. Da ist der Schatz am sichersten aufgehoben. Beim Bischof der Mildtätigkeit.*«

»Wir werden das Rätsel lösen – und wenn ich keine einzige Stunde mehr schlafe, bis es uns gelungen ist«, sagte Lucia mit grimmiger

Miene und hob ihre Hand zum Schwur. »Das gelobe ich feierlich beim Andenken an meine Mutter!«

Rashid starrte sie gebannt an. Dann hob er ebenfalls langsam seine Hand.

Miguel tat es ihm nach einigem Zögern nach.

Und schließlich, nach einer halben Ewigkeit, ging auch die zittrige Hand Gaspars nach oben.

Kapitel 8

Drei goldene Bälle fliegen durch die Luft, anmutig, fast schwerelos. Sie tanzen vor dem gütigen Gesicht eines Weißbärtigen, gehüllt in ein rotes Gewand mit hellem Pelzbesatz, der in der Rechten einen goldenen Krummstab hält.

Lucia ist ein solcher Stab nicht unvertraut; einen ähnlichen hat sie bereits in der Hand von Erzbischof Talavera gesehen, als er am Osterfest im feierlichen weißgoldenen Ornat zum Hochamt eingezogen ist. Doch der Mann, der nun vor dem Altar der Kirche steht, muss um vieles älter sein als der Erzbischof von Granada – und er leuchtet. Goldene Strahlen umgeben seinen länglichen, von feinem weißem Haar bedeckten Schädel, breiten sich nach allen Seiten aus und scheinen selbst die letzten Winkel der alten Kirche zu erreichen.

Was für ein ehrwürdiges Gebäude!

Die Mauern dick und klobig, wie von Gigantenpranken errichtet, die Fenster winzig, die stämmigen Säulen grob gehauen. Und dennoch kommt ihr alles seltsam vertraut vor, als habe sie hier schon unzählige Male gebetet.

Es juckt Lucia in den Füßen, zügig weiterzugehen und Mauern und Bögen zu berühren, um ihre Wucht und Kraft in sich aufzunehmen, doch zu ihrem Erschrecken kann sie auf einmal kein Glied mehr rühren. Plötzlich scheint sie festgewachsen zu sein, verschmolzen mit dem unebenen Boden und seinen unzähligen Rillen und

Rissen, erfüllt von dem Gefühl, bei jedem Atemzug immer noch tiefer zu sinken.

Alles in ihr wird still.

Allmählich gewinnt das Blau vor ihren Lidern an Intensität und vertieft sich zu leuchtendem Lapislazuli, in dem feinste Goldpartikelchen wie entrückte Meereswesen schweben.

Ich muss doch träumen, will Lucia schon rufen, aber ihre Lippen sind zu fest aufeinandergepresst, als dass ihnen auch nur ein einziger Ton entschlüpfen könnte …

Und jetzt stahl sich auch wieder jenes unangenehme Geräusch immer drängender in ihren Traum, das sie nicht zum ersten Mal vernahm.

Jemand erbrach sich über einem Eimer, als müsse er sich die Seele aus dem Leib speien. Schon der dritte Morgen im Hause Álvarez, der mit diesen krampfhaften Lauten begann.

Noch bevor Lucia die Augen geöffnet hatte, wusste sie bereits, dass es nur Djamila sein konnte. Djamila, deren fein geschnittenes Gesicht auf einmal gedunsen wirkte. Djamila, deren sehnlichster Wunsch offenbar endlich in Erfüllung gegangen war.

Leider zum ungünstigsten Zeitpunkt.

Denn den emsigen Goldschmied, der stets beim ersten Hahnenschrei aufgestanden war, um seine Werkstatt eigenhändig sauber zu fegen, gab es nicht mehr. An seine Stelle war ein müder, gramgebeugter Mann getreten, der sich aus Sorge um seinen Freund Kamal und dessen Familie halb um den Verstand trank und zu Wutausbrüchen neigte, gegen die keiner in seiner Umgebung gefeit schien.

Lucia konnte sogar verstehen, was ihn dazu trieb.

Doch was sie dem Vater übel nahm, war eine ihr bislang unbekannt gewesene Sturheit, die er an den Tag legte, seitdem Kamal verhaftet worden war, gemischt mit einem seltsamen Fatalismus, der sie ganz besonders aufbringen konnte.

Mit welch glühenden Hoffnungen war sie direkt von Gaspar Ortíz zu ihm in die Werkstatt gestürmt!

»Alles wird gut, denn wir wissen nun, wer den Stein hat – Lucero!

Das müssen Nuri, Saida und Kamal sofort erfahren, denn dann können sie wieder neue Hoffnung schöpfen, doch noch gerettet zu werden …«

Mitten im Satz hatte Lucia innegehalten vor diesem kraftlosen, zusammengesunkenen Etwas, das noch vor wenigen Tagen ihr stolzer, aufrechter Vater gewesen war. Sie hatte sich zum Weiterreden zwingen müssen, doch seine Reaktion, als sie schließlich am Ende ihres atemlosen Berichts angelangt war, hatte ihre schlimmsten Befürchtungen nur noch bestätigt.

»Der Wurm hat ihn also im Auftrag des Inquisitors gestohlen?«, hatte der Vater mühsam geflüstert. »Dann ist alles ja noch viel schlimmer, als ich zunächst dachte! Der verschwundene Hyazinth dient lediglich als Vorwand für unsere geplante Vernichtung. Lucero strebt einen öffentlichen Prozess an, verstehst du, was das bedeutet? Er will die Schuld eines Mauren und seines Helfershelfer in die Welt hinausschreien, allein darum geht es ihm. Und er wird bekommen, was er will!«

»Lucero muss seine Schuld bekennen. Dazu werden wir ihn zwingen!«

»Kind, Kind, was redest du da? Nichts als Lügen, wird der Inquisitor behaupten und alles, was Gaspar euch preisgegeben hat, als unbrauchbares Geständnis eines Mannes abtun, den eine Übermacht gewaltsam in die Enge getrieben hat. Wer in Granada würde schon wagen, gegen einen Lucero aufzustehen? Darüber willst du unsere Freunde in Kenntnis setzen?« Er leerte seinen Becher in einem Zug. »Vergiss es! Die Mauern des Kerkers sind zu dick. Verloren sind wir, Lucia, nicht anders als sie, und gemeinsam mit ihnen werden auch wir untergehen.«

Seine Hand griff erneut zum Weinkrug, um sich abermals nachzuschenken, doch dieses Mal war sie schneller gewesen und stieß den Krug angeekelt weg.

»Dann müssen wir den Stein eben finden, bevor der Prozess beginnt!« Lucia hasste sich dafür, dass ihre Stimme nicht fest genug geklungen hatte. »Für jedes Rätsel gibt es eine Lösung. Wenn man nur lange genug nachdenkt …«

Kaum hatte sie sich diese Szene wieder vergegenwärtigt, da setzte sie sich ruckartig in ihrem Bett auf.

Fuego, der jetzt Nacht für Nacht an ihrer Seite schlief, als würde er spüren, wie wohl ihr seine Nähe tat, erhob sich eher widerwillig. Er streckte sich ausgiebig und ließ anschließend einen Katzenbuckel folgen, dann jedoch entdeckte er auf dem Boden eines jener bunten kleinen Wollbällchen, die Nuris geschickte Finger für ihn gefertigt hatten, sprang hinunter und begann hingebungsvoll damit zu spielen.

Wie sehr sie die liebste Freundin vermisste!

Doch was Lucia soeben durch den Kopf geschossen war, brachte sie vielleicht des Rätsels Lösung ein gutes Stück näher – und damit auch Nuris ersehnter Freiheit.

Padre Manolo hatte ihr in Kindertagen oft vom Bischof von Myra erzählt, seinem und schon bald auch ihrem Lieblingsheiligen, mit dem der Priester die Liebe für die Armenpflege teilte. Besonders gut in Erinnerung geblieben war Lucia jene Geschichte der drei goldenen Bälle, die der fürsorgliche Nikolaus des Nachts drei jungen Mädchen ins offene Fenster geworfen hatte, damit sie genügend Mitgift bekamen und sich nicht als Straßendirnen verkaufen mussten.

Drei goldene Bälle – der Mann, von dem sie geträumt hatte, war kein anderer als der heilige Nikolaus!

Das Kostbarste im Heiligsten. Dort, wo niemand jemals danach suchen wird. Da ist der Schatz am sichersten aufgehoben. Beim Bischof der Mildtätigkeit – beinahe meinte Lucia Gaspar leibhaftig vor sich zu sehen, so peinlich genau hatte sie sich seine Worte eingeprägt.

Das konnte nur San Nicolás bedeuten, die Kirche, die den Namen des Heiligen trug!

Doch das Kirchenschiff war groß. Und der kostbare Edelstein konnte überall versteckt sein. Lucia brauchte dringend geeignete Verbündete, wollte sie auch nur eine winzige Aussicht auf Erfolg haben.

Nach kurzem Nachdenken verwarf sie die Idee, zu Rashid zu laufen, obwohl doch alles in ihr danach drängte, ihm sofort von ihrer nächtlichen Eingebung zu berichten. Aber hatte er sie beim Abschied nicht noch einmal eindringlich beschworen, nur im äußersten Notfall sein Versteck aufzusuchen, da die Söhne Allahs nichts von ihrer verbotenen Verbindung wissen durften?

Dann kamen nur noch zwei andere Personen infrage und zu denen wollte sie auf der Stelle.

Jetzt hielt Lucia nichts mehr im Bett.

Sie sprang heraus, griff im Laufschritt nach ihren Kleidern und rannte zum Brunnen, um sich mit frischem, kaltem Wasser auch noch den letzten Rest von Müdigkeit aus den Augen zu waschen.

Die Stadt wimmelte auf einmal von Bewaffneten, jedenfalls kam es Lucia so vor, als sie durch die engen Gassen zum Haus von Tante Pilar lief Aber sie sahen ganz anders aus als die Rotkappen des Inquisitors, trugen keine bunten Fetzengewänder und fielen auch nicht durch mangelnde Sprachkenntnisse auf. Die Farben ihrer Kleidung waren gedeckt, Haare und Bärte hatten sie sorgfältig gestutzt, und die Waffen, die sie am Gürtel trugen, wirkten so neu, als wären sie frisch geschmiedet. Sogar Fuego, der bislang vor nichts und niemandem Angst gezeigt hatte, schien der ungewohnte Stechschritt der Männer einzuschüchtern, die mit ihren Stiefeln auf dem holprigen Pflaster polierten, denn obwohl er wie gewohnt an Lucias Seite von zu Hause aufgebrochen war, war der Kater plötzlich irgendwo im Gewühl spurlos verschwunden.

Einer der Männer machte, während er an ihr vorbeilief, mit der rechten Hand eine anzügliche Geste, doch Lucia schlug rasch die Augen nieder, als hätte sie nichts gesehen. Sich mit solch einem Kerl anzulegen, wäre das Letzte, wonach ihr gerade der Sinn stand! Lieber beschleunigte sie ihre Schritte, um das Ziel noch schneller zu erreichen.

Glücklicherweise kam Pilar ihr ein Stück entgegen, das Haar zerzaust, das sonst stets ordentliche Kleid zerknittert und voller Flecken, als läge harte körperliche Arbeit hinter ihr. Noch nie zuvor war Lucia so glücklich über ihren Anblick gewesen.

»Bin gerade erst mit der Armenspeisung fertig«, rief die Tante schon von Weitem. »Du ahnst ja nicht, wer alles im Albaycín auf einmal auf unsere Linsensuppe angewiesen ist!« Näher bei Lucia angelangt, nahm sie ihre Nichte scharf ins Visier. »Dort habe ich auch zu Ohren bekommen, was mit deinem Vater ist«, sagte sie leise. »Abend für Abend in der Schänke, wohin soll das nur führen? Ich muss dringend ein ernstes Wort mit Antonio reden. Diese Sauferei macht alles doch nur noch schlimmer!«

»Später«, sagte Lucia und musste plötzlich an Djamila und ihr Geheimnis denken. Wie wohl die einzige Schwester ihrer toten Mutter auf ein neues Kind reagieren würde? »Jetzt müssen wir beide erst einmal zu Padre Manolo.«

Sie zog die Tante mit sich fort in Richtung San Nicolás. Als Lucia während des schnellen Gehens berichtete, was inzwischen geschehen war, hörte Pilar zunächst kopfschüttelnd zu, dann blieb sie plötzlich stehen.

»Der Padre könnte es schaffen«, sagte sie. »Kamal wurde doch neulich zwangsgetauft. Ein Priester seines Vertrauens, bei dem er die Beichte ablegt, das wäre die einzige Möglichkeit, die ich überhaupt sehe.«

»Wir fragen ihn«, sagte Lucia. »Aber das Wichtigste ist und bleibt der Stein. Der Padre muss uns helfen, ihn zu finden!«

Doch als sie den Geistlichen schließlich in seiner Kirche antrafen, wirkte er so erschöpft, dass all ihre Hoffnungen sanken. Er sah aus, als drücke ihn eine unsichtbare Last; sein Rücken war gebeugt und der Hals, der aus dem viel zu weiten Kragen seiner Soutane ragte, so erschreckend mager, dass sie Angst bekam.

Ob Padre Manolo krank war? Oder aus welchem anderen Grund schienen seine Kräfte auf einmal bis zur Neige erschöpft?

Stets hatte er sich um andere gesorgt, doch nun sah er aus, als brauche er selbst am dringlichsten Fürsorge und Zuneigung.

In Tante Pilar musste Ähnliches vorgehen, das erkannte Lucia an ihrem Blick, der plötzlich seine metallische Härte verloren hatte und ganz weich geworden war. Dann aber straffte sie sich und brachte in einfachen Worten die Angelegenheit auf den Punkt, schneller und direkter, als Lucia es jemals vermocht hätte.

»Das glaube ich nicht!«, rief Padre Manolo, kaum dass sie geendet hatte. »So etwas würde nicht einmal er wagen. Vergesst nicht, Doña Pilar, Rodriguez Lucero ist schließlich ein Mann Gottes!«

»Ein Mann Gottes mit äußerst fragwürdigen Methoden«, entgegnete sie scharf. »Eine ganze Familie unschuldig in den Kerker werfen zu lassen, obwohl man selbst den Übeltäter beauftragt hat! Und vergesst nicht, Padre, Kirchenmänner waren in Granada vor nicht allzu langer Zeit bei der Vertreibung der Juden aus dem Land zu noch ganz anderen Gräueltaten fähig.«

Ihr Gesicht war auf einmal schmerzerfüllt.

»Nach den Juden also nun die Mauren«, fuhr Pilar fort. »Und wer kann schon sagen, wann wir Getauften an der Reihe sein werden? Es gibt schon jetzt Fanatiker im Land, die von der ›Reinheit des Blutes‹ faseln, welche kein Weihwasser jemals zustande bringen könne. Von den Marranen zu den Moriskos*, wenn Ihr versteht, was ich damit sagen will.«

Der Priester starrte zu Boden, als ob er sich auf einmal für seine Kirche schämte.

»Keine schlechte Idee, mich als Beichtvater einzuschleusen«, murmelte er. »Obwohl ich wahrlich nicht behaupten kann, dass Lucero mir sonderlich gewogen wäre. Aber vielleicht lässt er mich ja trotzdem zu Kamal. Einen Versuch wäre es wert!«

Pilars Tonfall wurde eine Spur verbindlicher. »Unser Dank ist Euch gewiss. Doch zurück zu diesem Rätsel, das im Augenblick unser einziger Anhaltspunkt ist und von dem so vieles für uns alle abhängt! Wo in Eurer Kirche könnte der Stein sein? Bitte denkt ganz genau nach, Padre Manolo! Ohne Eure Unterstützung sind wir verloren.«

Ihre Argumente waren bei ihm angekommen, das erkannte Lucia an seinem Gesichtsausdruck, der sich plötzlich verändert hatte.

»Es gibt hier tatsächlich eine kostbare Reliquie«, sagte er. »Ein Armknochen des Heiligen Nikolaus …«

»Zeigt sie uns!«, fiel Lucia ihm aufgeregt ins Wort. »Dort muss der Hyazinth versteckt sein.«

Er führte die beiden in eine Seitenkapelle, wo auf einem kleinen Nebenaltar ein längliches Glasgefäß stand, vollständig mit goldener Spitze ausgekleidet.

»Seit über dreihundert Jahren im Besitz von San Nicolás«, sagte der Priester. »Und mit blankem Gold bezahlt. Das bezeugen zwei uralte Einträge im Kirchenbuch. Ein Ritter aus Bari hat sie dem damaligen Priester teuer verkauft.« Seine Miene hatte sich erneut verschlossen.

»Öffnet es – bitte!«, flüsterte Lucia. »Wir brauchen endlich Gewissheit.«

»Aber das ist ganz und gar unmöglich! Niemand außer Erzbischof Talavera darf den heiligen Schrein berühren, geschweige denn öffnen.«

»Dann müsst Ihr eben zu ihm gehen und ihn darum ersuchen«, verlangte Lucia. »Am besten sofort! Meine Tante und ich werden Euch dabei begleiten.«

»Wie denkst du dir das, mein Mädchen?« Manolos schmale Hand fuhr über sein Gesicht, als könnte sie damit die Müdigkeit einfach wegwischen. »Frauen im Bischofspalast – das ist schon mal ein Ding der Unmöglichkeit! Außerdem hat Seine Exzellenz jede Menge zu tun, gerade jetzt, in diesen turbulenten Tagen. Ich kann doch nicht einfach zu ihm gehen …«

»… und sagen, dass eine unschuldige Maurenfamilie geopfert wird, falls der Schrein geschlossen bleibt? Hat nicht gerade Erzbischof Talavera immer wieder gepredigt, dass die Mauren unsere Nachbarn, ja sogar Freunde sind, mit denen wir gut auskommen sollen?« Lucia spürte, wie eng die Kehle ihr wurde. »Nuri ist meine Mondschwester. Ohne ihre Mutter Saida wäre ich längst tot und Kamal war stets wie ein zweiter Vater zu mir. Ihr und ihren Eltern darf nichts zustoßen!«

»Lucia hat recht. Und besondere Ereignisse haben seit jeher auch besonderes Handeln erfordert.« Pilars fordernde Stimme duldete keinerlei Widerspruch. »Öffnet den Schrein, Padre, darum bitte ich Euch von ganzem Herzen! Lasst keine Unschuldigen zu Tode kommen! Der allmächtige Gott wird Euch diesen Mut eines Tages sicherlich lohnen.«

Er sah sie lange an, bereits im Begriff, abzulehnen, doch ihr Blick war so zwingend, dass er schließlich nachgab.

»Für niemanden sonst auf der ganzen Welt«, sagte er leise, während seine Hände vorsichtig den komplizierten Verschluss öffneten. »Ich hoffe, das wisst Ihr, Doña Pilar!«

Als er schließlich den gelblichen Knochen herausholte, der auf seinem mattgoldenen, halb verfaulten Spitzenuntergrund so zerbrechlich wirkte, als könnte er schon bei der geringsten Berührung zu Staub zerfallen, hielten Lucia und Pilar den Atem an.

Padre Manolo beugte sich tiefer über den Schrein. Dann schüttelte er den Kopf.

»Er ist leer«, sagte er. »Da ist kein Stein – leider.«

Die Enttäuschung war so übermächtig, das Lucia sich abrupt abwenden musste. Sie biss sich auf die Lippen, um nicht in lautes Weinen auszubrechen.

Dann spürte sie die warme Hand der Tante, die leicht auf ihrem Haar ruhte.

»Ich glaube, du hast recht, Lucia«, sagte sie leise, während der Pater die Reliquie zurücklegte und den Schrein erneut sicher verschloss. »Der Stein ist hier, irgendwo in dieser Kirche. Wir müssen ihn nur noch finden. Wir *werden* ihn finden!«

»Aber die Zeit läuft uns davon! Was, wenn sie Kamal verurteilen, und Saida und Nuri …« Lucia konnte nicht mehr weiterreden.

Pilar nahm sie in die Arme und wiegte sie wie ein kleines Kind.

»Das Leben hat mich gelehrt, die Hoffnung niemals aufzugeben«, sagte sie leise, während sie über Lucias Locken strich. »Und irgendwie scheint diese Haltung bei uns in der Familie verankert zu sein, sonst gäbe es uns schon lange nicht mehr. Ich bin mir sicher, auch in dir steckt eine Menge davon. Wir werden alles tun, um deine Nuri und ihre Leute zu retten. Das verspreche ich dir!«

Lucia machte sich frei.

Das Weinen hatte sie sehr mitgenommen, aber sie spürte neue Zuversicht und wagte ein winziges Lächeln.

Den Kinnhaken seines Saufkumpans hatte er nicht einmal kommen sehen, so angetrunken war Antonio Álvarez inzwischen. Zwei Krüge des schweren Weins, dessen erdig rote Farbe ihn stets ein wenig an Stierblut erinnerte, kreisten in seinem Blut und hatten ihn weit zurück in wehmütige Erinnerungen geschickt.

Miriam war plötzlich wieder lebendig, jenes quirlige, hellwache Mädchen mit den rötlichen Locken aus dem Judenviertel, das niemals lange still sitzen konnte und jede ihrer temperamentvollen Ausführungen mit nicht minder lebhaften Gesten begleitet hatte. Bis heute war es für ihn ein Wunder geblieben, dass sie sich damals nach wenigen Wochen für ihn entschieden hatte, obwohl der reiche Goldschmied Gaspar ihr doch bereits eine ganze verlockende Welt zu Füßen gelegt hatte …

Der jäh aufflammende Schmerz holte ihn unsanft in die Gegenwart zurück. Sein Kiefer fühlte sich an, als würde er von einer eisernen Zwinge unbarmherzig zusammengedrückt. Er schüttelte den Kopf, um sich davon zu befreien, was sein Gegenüber offenbar falsch verstanden hatte, denn er langte unter widerlichem Johlen gleich zum zweiten Mal kräftig zu.

Antonio verlor jeglichen Halt und sackte kraftlos auf dem Tisch zusammen. Doch schon nach wenigen Augenblicken spürte er unbändige Wut in sich aufsteigen. Wer war er eigentlich, um sich ständig von anderen niedermachen zu lassen?

Gaspar hatte ihn betrogen und bestohlen, der Inquisitor benützte ihn für allzu offensichtliche Schachzüge, ja nicht einmal Djamila, zu der er stets gehalten hatte und für die er nun auch die Schläge einsteckte, schien noch auf seine Nähe erpicht, sondern verbarg sich vor ihm in den dunkelsten Kammern des Hauses, als leide er plötzlich an einer ansteckenden Krankheit.

Und Lucia?

Der Gedanke an seine Tochter brachte ihn wieder auf die Beine.

Er hatte Lucia enttäuscht, bitter enttäuscht sogar, das verriet ihm ihr rastloser Blick, ebenso wie die unruhigen Finger, die sie mühsam vor ihm zu verbergen suchte. Sie hatte einen Helden als Vater erwartet, einen, der mutig kämpfen konnte und nicht in Selbstmitleid ertrank. Jemanden, der es selbst mit einem übermächtigen Gegner tapfer aufnahm und nicht aufgab, auch wenn die Welt um ihn herum im Chaos zu versinken drohte.

Doch dieser Mann war er leider nicht. Und wünschte sich gleichzeitig mit jeder Faser seines Herzens, es zu sein.

Vielleicht schnellte deswegen jetzt Antonios Faust nach vorn und traf den, der ihn beschimpft hatte, am Mund.

Dessen dünne Haut über der Lippe platzte auf. Hellrotes Blut rann ihm über das Kinn.

»Das wirst du mir büßen!«, schrie der Verletzte und schaute sich hilfesuchend um. »He, worauf wartet ihr noch?«, rief er den andern Männern zu, die vor ihren Bechern sitzen geblieben waren und sich bislang nur auf Glotzen beschränkt hatten. »Muss ich mir das vielleicht von einem gefallen lassen, der am liebsten Djellaba trägt, Hammelfleisch frisst und Nacht für Nacht heimlich zu seiner maurischen Hure schleicht – der geilen Djamila?«

Inzwischen wogte Wut wie ein wildes rotes Meer in Antonios Schädel.

»Sag so etwas niemals wieder!«, schrie er und die Adern an seinem Hals schwollen dabei gefährlich an. »Ein Dreckskerl wie du ist es nicht wert, ihren Namen in den Mund zu nehmen!«

Abermals holte er aus, um der Faust des anderen zuvorzukommen, doch dieses Mal war er zu langsam gewesen. Ein Hieb gegen den Brustkorb raubte ihm alle Luft. Der Goldschmied gab ein pfeifendes Röcheln von sich und wurde grünlich im Gesicht.

In diesem Augenblick stürmte ein kleiner Trupp Rotkappen in die gut gefüllte Schenke.

»Wo Antonio Álvarez?«, schrie einer von ihnen in schlechtem Kastilisch.

»Dort unten. Suhlt sich wie eine Sau im Dreck – genau dort, wo er auch hingehört.« Die Stimme von Antonios Widersacher triefte vor Genugtuung. »Er hat mich geschlagen und mein Gesicht übel zerbeult. Grundlos. Nehmt ihn am besten …«

Ein wütender Hieb in die Rippen brachte ihn zum Verstummen.

Zwei Söldner zerrten Antonio nach oben, rissen seine Hände auf den Rücken und fesselten ihn.

»Im Namen des Inquisitors«, sagte der Anführer und kämpfte dabei hörbar mit dem schwierigen Wort. »Ihr seid verhaftet.« Sein

Mund verzog sich verächtlich. »In der ganzen Stadt haben wir dich suchen müssen«, zischte er. »Das wirst du uns büßen.«

»Aber warum?«, rief Antonio, der sich plötzlich stocknüchtern fühlte. »Ich hab doch nichts Böses getan!«

Der Söldner trat so nah zu ihm, dass er seinen fauligen Atem riechen konnte.

»Deine Werkstatt«, sagte er halblaut. »Dein Maurenfreund. Und nun dein Kopf!«

Mit einem Nicken befahl er die anderen zu sich. »Abführen!«, rief er. »Lucero hasst es, zu warten!«

In wilder Verzweiflung wandte Antonio sich um, bis sein Blick auf einen Nachbar fiel, der in seinen Becher starrte, als erhoffte er sich von dort Erlösung.

»Meine Tochter«, rief er. »Und meine … du musst ihnen Bescheid geben … bitte!«

Er konnte nicht mehr sehen, ob der Angesprochene auch reagierte. Die beiden wütenden Ohrfeigen, die der Anführer der Rotkappen ihm kurz hintereinander versetzte, ließen seine Ohren brennen, als hätte jemand sie mit kochendem Öl übergossen.

Ein Schmerz, so grell und übermächtig, dass für einige Momente sogar sein Augenlicht erlosch.

Jetzt hielt Lucia nichts mehr im Haus, weder das verzweifelte Weinen Djamilas, die sich an sie klammerte und sie beschwor, sie und das Ungeborene nicht zu verlassen, noch die Angst vor dunklen Gassen, in denen sie sich nun ganz allein zurechtfinden musste. Und wenn Rashid sie zehnmal davor gewarnt hatte, grundlos bei den Söhnen Allahs aufzutauchen – sie brauchte ihn jetzt so dringend wie die Luft zum Atmen!

Sie lief so schnell, wie es in der Dunkelheit, die von ihrer Ölfunzel nur schwach erhellt wurde, möglich war – und zuckte zusammen, als etwas Weiches ihre Wade berührte.

»Fuego, kleiner Freund!« Eine Mischung aus Erschrecken und Rührung ließ ihre Stimme zittern. »Lauf wieder nach Hause! Ich kann dich hier nicht gebrauchen.«

Mit seinen großen Augen schaute er zu ihr hinauf, als verstünde er jedes Wort, und trabte, als Lucia weiterging, getreulich neben ihr her.

»Was bist du nur für ein verrückter Kerl!«, murmelte sie. »Man könnte fast glauben, du wärst ein Hund – und nicht der schönste Kater von Granada.«

Ihre Kehle zog sich zusammen, als sie das Haus im Judenviertel wiedererkannte, vor dem die Söhne Allahs ihr damals solch großen Schrecken eingejagt hatten. Lucia zog das Tuch enger um ihren Kopf, mit dem sie nach Maurenart ihre auffallenden Locken bedeckt hatte, gab sich aber keinerlei Illusion hin. Die helle Haut und ihre ungewöhnliche Größe würden sie dennoch verraten.

Durch die Fenstergitter im unteren Geschoss schimmerte Licht, und jetzt, da sie nur noch eine Holztür von Rashid trennte, klopfte ihr Herz so stark, dass sie Angst hatte, es könne ihre Brust sprengen.

Lucia holte tief Luft, dann schlug sie mit der Faust gegen die Tür, so fest sie nur wie konnte.

Ein halbwüchsiger Junge, knochig und kaum größer als ein Kind, öffnete sie einen Spalt und starrte ihr stumm entgegen. Dann fiel sein Blick auf den Kater, der sich dicht neben ihr hielt, und er begann zu grinsen.

»Ich muss zu Rashid«, sagte Lucia auf Arabisch. »Sofort.«

»Rashid ist nicht da«, erwiderte der Junge bedächtig. »Wer bist du überhaupt – eine Rattenfängerin vielleicht?«

»Eine nahe Verwandte.« Etwas Besseres war ihr auf die Schnelle nicht eingefallen. »Ich muss ihn sofort sprechen – es ist sehr dringend.«

»Keiner von ihnen ist da«, sagte der Junge. »Ich bin nur der Wächter. Die anderen sind alle drüben.« Sein Kopf bewegte sich vage nach links. »Im alten Gewürzlager. Jetzt üben sie dort auch schon nachts.«

Was hatte dieser merkwürdige Satz zu bedeuten?

Die Angst um den Vater steigerte Lucias Mut und ihre Entschlossenheit, es herauszufinden.

»Dann bring mich zu ihnen«, sagte sie. »Rashid wird dich dafür belohnen.«

Es war nur ein kurzes Stück, das sie zu gehen hatten, doch mit jedem Schritt wurden Lucias Beine schwerer.

Und wenn er ihr nicht beistand, wie sie sehnlichst hoffte, sondern sie wütend und enttäuscht abweisen würde, wieder ganz der rabiate, zu allem entschlossene Krieger, der ihr so fremd war? Woher konnte sie wissen, welchen Rashid sie dieses Mal vorfinden würde?

»Dann bist du wohl seine Cousine«, sagte der Junge plötzlich neben ihr. »Die Schwester kenne ich nämlich, und ich weiß auch, dass sie Nuri heißt. Sinan, der Sohn unseres tapferen Märtyrers, ist doch so unsterblich verliebt in sie! Aber gesehen habe ich Nuri schon eine ganze Weile nicht mehr.«

Nuri – die Angst um sie schnürte Lucia das Herz ab.

Dazu Saida und Kamal, die ebenfalls im Kerker saßen, und jetzt auch noch ihr Vater! Vielleicht stand sie selbst ja auch schon auf irgendwelchen geheimnisvollen Listen, von denen sie nichts wusste. Sie musste unbedingt so schnell wie möglich den Stein finden.

Das war die einzige Rettung, die es noch gab.

»Ist es hier?«, fragte sie.

Der Junge war plötzlich stehen geblieben. »Oder bist du etwa seine Braut?«, fragte er neugierig. »Dann musst du leider draußen bleiben. Der Imam hat nämlich gesagt, dass die Krieger Allahs die Frauen vergessen müssen. Dann können sie besser kämpfen.«

»Hol jetzt Rashid«, verlangte Lucia. »Und sag ihm, dass Nuris Mondschwester ihn sprechen muss.«

Der Junge betätigte den eisernen Hebel und verschwand nach drinnen, ließ aber das Tor, das breit genug war, dass sogar Karren hindurchfahren konnten, zu ihrem Erstaunen einen Fußbreit geöffnet. Sofort drang starker Schweißgeruch in ihre Nase, gemischt mit einem wohlriechenderen Aroma, das sie an etwas erinnerte, das lange zurücklag.

Lucia konnte nicht anders, sie musste sich vorbeugen und hineinspähen. Das harte Schlagen von Metall auf Metall hörte sie, noch bevor sie die Schwertkämpfer sehen konnte, die im Mittelteil der Halle jeweils Mann gegen Mann gegeneinander angetreten waren.

Alles Mauren, wie sie sofort erkannte.

Mauren, die offenbar zum ersten Mal im Leben ein Schwert in der Hand hielten, denn ihre Bewegungen waren langsam und merkwürdig unbeholfen.

Aber wo steckte Rashid? Sosehr sie den Hals auch reckte, sie konnte ihn nirgends entdecken. Dafür zogen verblasste Schriftzeichen über dem Tor Lucias Aufmerksamkeit auf sich.

Samuel ben Baruch, las sie, geschrieben in lateinischen Großbuchstaben. *Gewürze & Spezereien.*

Dann wurde es schwarz vor ihren Augen. Ein kräftiger Arm hatte sich von hinten um sie gelegt und drückte ihr die Kehle zu.

»Die kleine Christenhure ist ja schon wieder emsig am Spionieren«, sagte eine heisere Männerstimme auf Arabisch. »Und dieser Vollidiot von Achmed bringt sie auch noch wie ein gehorsames Kamel zu unserem Lager und lässt das Tor offen! Aber dieses Mal wird sie uns nicht so glimpflich davonkommen. Dafür werde ich sorgen.«

»Lass sie los, Zegri!«, hörte Lucia Rashid sagen, während ihr die Luft immer knapper wurde. »Du irrst dich. Lucia ist keine Spionin. Und erst recht keine Hure.«

»Sie hat unsere Waffen gesehen.« Der unerträgliche Druck hielt an. »Sie wird sterben. Wer weiß, wer nach ihr noch kommt! Und wir brauchen auf der Stelle ein neues Versteck!«

»Red keinen Unsinn und lass sie endlich los. Du weißt ja, was Lucero mit meiner Familie angestellt hat. Lucia macht sich einfach nur große Sorgen.«

»Auf deine Verantwortung! Doch eine einzige falsche Bewegung – und ich werde …«

Er lockerte seinen Griff so rasch, dass Lucia taumelte. Die Zunge lag plötzlich dick und fremd in ihrem Mund, als gehörte sie jemand anderem, und ihr Kopf drohte zu zerspringen, als sie zu husten begann.

»Mein Vater!«, stieß sie hervor. »Jetzt haben sie auch ihn verhaftet. Gerade vorhin.«

»Antonio? Aber was hat er denn mit dem verschwundenen Stein zu tun?«, fragte Rashid.

Sein Blick war besorgt, das nahm Lucia sehr wohl wahr, doch er hatte nicht gefragt, wie es ihr nach dieser brutalen Attacke ging.

»Seine Werkstatt. Sein Maurenfreund.« Mühsam wiederholte sie die dürren Worte, die der Nachbar Djamila und ihr überbracht hatte. »Sie wollen seinen Kopf, Rashid! Ich hab solche Angst. Was sollen wir nur tun?«

»Lass dich bloß nicht einlullen von ihrem Gerede!«, mischte Zegri sich ein. »Weiber – ich kenne sie. Alle gleich! Ständig haben sie was zu klagen und zu …«

»Halt sofort den Mund!« Zornentbrannt war Rashid zu ihm herumgefahren. »Unsere Väter schweben in Lebensgefahr, deshalb ist Lucia hier. Und du hättest sie beinahe erwürgt!«

»Aber sie ist doch Christin und du bist …«

»Antonio hat mich auf seine Schultern genommen, als ich ein kleiner Junge war«, fiel Rashid ihm ins Wort. »Und nach unzähligen Stürzen meine Tränen getrocknet, manchmal sogar liebevoller als mein eigener Vater. Bevor die Katholischen Könige unsere Stadt erobert haben, waren wir eine Familie. Deshalb werde ich Lucia beistehen, wenn sie meine Hilfe braucht.«

»Der Stein«, flüsterte sie. »Wir müssen den Stein finden – in San Nicolás!« Aus den Augenwinkeln sah sie, dass Fuego plötzlich wieder aufgetaucht war und ein Stück entfernt statuengleich im Dunkeln dasaß, als würde er auf sie warten.

»Du kannst gehen?«, fragte Rashid leise.

Sie nickte.

»Dann komm!« Rashid tippte ihr leicht auf die Schulter, doch Lucias schüchtern ausgestreckte Hand übersah er geflissentlich, während Zegri voller Abscheu die Augen verdrehte.

»Du willst ausgerechnet an diesen Ort unserer allergrößten Scham … Und noch dazu mit einer Christin!«

»Macht ihr mit den Waffenübungen weiter!«, sagte Rashid, ohne sich umzudrehen. »Ich werde zur Stelle sein, wenn ihr mich braucht.«

»Du wirst gestehen, Maure, glaube mir. Es ist lediglich eine Frage der Zeit.«

Abermals hatten sie Kamal aus seiner Zelle in dieses karge Zimmer mit dem übergroßen Holzkreuz geschleppt, das den winzigen Raum beherrschte. Ein Tisch, an dem der hagere Protokollant emsig mitschrieb; ein Hocker, so hart, dass er kaum darauf stillsitzen konnte. Weit entfernt von ihm und damit für den Gefesselten unerreichbar, ein Krug mit frischem Wasser und ein Becher.

»Warum hast du den Stein gestohlen?« Die Stimme des Inquisitors klang beinahe freundlich.

»Das habe ich nicht, Exzellenz«, erwiderte Kamal müde. »Ich habe die Werkstatt nur für ein paar Augenblicke verlassen. Und als ich wieder zurückkam, war er nicht mehr da, aber das wisst Ihr alles längst. Wie oft habe ich es bereits wiederholt? Es müssen mehr als hundert Mal sein!«

»Und wenn ich dich noch viele tausend Mal aufs Neue fragen muss: Wo ist mein Hyazinth?«, bellte Lucero.

Kamal zuckte die Schultern und schwieg.

Das Schlimmste waren nicht die Fesseln, die tief in sein Fleisch schnitten und ihm das Blut abschnürten, auch nicht die dünne Suppe, die den Hunger nur noch bohrender werden ließ, oder das brackige Wasser, mit dem Saida nicht einmal einen durstigen Hund getränkt hätte. Sogar an die Einsamkeit, ja sogar die eisige Angst in stockdunklen Nächten konnte man sich halbwegs gewöhnen. Was ihn am meisten quälte, war die Vorstellung, dass seine Frau und Nuri in einem benachbarten Verlies Ähnliches durchleiden mussten.

Ob man die beiden getrennt hatte, um sie noch verzweifelter zu machen? Oder ließen sie die Tochter wenigstens bei der Mutter bleiben?

Mehr als ein Dutzend Mal hatte er Lucero bereits danach gefragt und als Antwort stets nur eine abweisende Miene erhalten.

»Wo ist mein Hyazinth? Weshalb hast du ihn gestohlen – und für wen?«

Kamal spürte, wie etwas in ihm zerbrach.

Und wenn er die Tat zugab – und damit alles beschleunigte? Dass Lucero nicht an der Wahrheit interessiert war, wusste er, seitdem er ihn zum ersten Mal vernommen hatte. Der Inquisitor wollte ein Geständnis. Allein darauf kam es ihm an.

Weshalb also sollte er ihm diesen Gefallen nicht erweisen, wo sein Tod doch ohnehin beschlossene Sache war?

»Wenn ich gestehe, lasst Ihr dann meine Frau und meine Tochter frei?«, sagte er leise. »Unversehrt?«

»Sieh an, unser verstockter Dieb will auch noch dreiste Forderungen stellen!« Breit wie ein Schiffsbug aus Knochen und Fleisch baute sich Lucero vor ihm auf. »Zuerst dein Geständnis. Alles andere danach.«

Der Inquisitor würde Nuri und Saida nicht freilassen, egal, wie sehr er ihm auch entgegenkam, das schoss Kamal bei diesen Worten durch den Kopf. Sein Urteil war bereits gefällt. Nur der Tod konnte ihn noch erlösen. Diese Erkenntnis war ebenso grauenhaft wie unumstößlich und seiner Brust entrang sich ein lauter, klagender Ton.

»Na, beginnst du endlich, Vernunft anzunehmen?« Lucero fixierte ihn kalt. »Deinen Priester musste ich leider wieder wegschicken. Schlaue Idee, sich ausgerechnet diesen Padre Manolo als Beichtvater einzubestellen! Ich wusste ja gar nicht, dass es dich so inbrünstig nach den Segnungen unseres heiligen Glaubens verlangt. Diese Sehnsucht kann erfüllt werden. Du wirst Gelegenheit haben, deine Sünden zu gestehen – auf der Stelle!« Jetzt schrie er. »Rede! Beichte! Bereue!«

Kamal schüttelte stumm den Kopf, was den Inquisitor noch mehr aufzubringen schien.

»Falls du glaubst, dass es noch tagelang so weitergehen wird, dann hast du dich gründlich getäuscht«, zischte er. »Meine Geduld ist zu Ende.«

Lucero nickte dem Schreiber kurz zu.

»Lasst den Scharfrichter eintreten!«

Der kräftige Mann ganz in Rot mit den größten Händen, die Kamal jemals gesehen hatte, schien den engen Raum beinahe zu sprengen.

»Führt ihn nach unten«, befahl der Inquisitor. »Und erklärt ihm ausführlich die Kostbarkeiten Eurer geheimen Kammer und ihre

Mechanismen! Vielleicht macht ihn ja die am besten ausgestattete Fragstatt* des ganzen Reiches ein wenig gesprächiger.«

Der Scharfrichter zog Kamal vom Hocker, mühelos, als wäre er nichts als ein Haufen Lumpen, und stieß ihn nach draußen.

Mit dünnem Lächeln sah Lucero den beiden hinterher.

»Wir sind beinahe so weit«, flüsterte er. »Dann wird dieses Geschwür für alle Zeit aus dem Körper unseres heiligen katholischen Reiches herausgebrannt sein!«

Als Lucia und Rashid San Nicolás erreicht hatten, wusste er alles über ihren Traum. Er dagegen schwieg sich weiterhin hartnäckig über die Schwertkämpfe aus, die ihr nicht mehr aus dem Kopf gehen wollten.

»Meinst du nicht, eure Schwerter machen alles nur noch schlimmer?«, fragte sie schließlich. »Vater hat immer gesagt, Gewalt gebäre nur neue Gewalt ...«

»Weil wir Mauren uns jetzt endlich wehren können, anstatt uns wie bisher von den Christen abschlachten zu lassen?« Sein Mund war plötzlich hart geworden. »Die Zeit der Lämmer ist vorbei, Lucia. Jetzt sind die Falken an der Macht. Außerdem siehst du ja, wohin Antonios Sanftmut ihn gebracht hat!« So hart, so entschlossen sah er aus, dass ihr noch banger zumute wurde.

»Du könntest dabei sterben«, sagte sie. »Was wird dann aus mir?«

»Wir alle müssen eines Tages sterben.« Er wandte sich zu ihr um. »Jetzt holen wir erst einmal deinen Priesterfreund aus dem Bett!«

Doch statt zum benachbarten Pfarrhaus zu gehen, war Lucia bereits auf das Portal zugelaufen.

Zu ihrer Überraschung war es nicht abgeschlossen. Sie ging hinein, und neben ihr, als wäre es eine Selbstverständlichkeit, trabte Fuego. Aus Respekt vor der Heiligkeit des Ortes wollte sie ihn schon verscheuchen, doch dann hielt sie mitten in der Bewegung inne. Padre Manolo hatte ihr nicht nur vom Bischof von Myra erzählt, sondern auch vom heiligen Franziskus, der in Italien gelebt, Armut gepredigt und alle Tiere als Geschöpfe Gottes gepriesen hatte.

Der Allmächtige konnte also nichts gegen ihren kleinen Freund in seinem heiligen Haus einzuwenden haben!

Das Kirchenschiff war dunkel, bis auf drei hohe weiße Kerzen, die neben dem Altar brannten. Der Priester kniete auf der untersten Stufe, die Hände zum Gebet gefaltet. Falls er verblüfft war, Lucia mitten in der Nacht in seiner Kirche zu sehen, ließ er es sich nicht anmerken, nicht einmal, als sein Blick auf den roten Kater neben ihr fiel.

»Für Nuri, Saida und Kamal?«, fragte Lucia leise.

Padre Manolo nickte und erhob sich.

»Dann solltet Ihr noch eine vierte Kerze anzünden«, sagte Rashid, der seinen Widerwillen überwunden hatte und Lucia doch noch in die Kirche gefolgt war. »Für Antonio Álvarez, der heute verhaftet wurde.« Seine Stimme wurde schneidend. »Geht ihr Christen jetzt schon so gegen eure eigenen Leute vor? Das müsst ihr einem törichten Moslem wie mir erklären!«

»Sie haben deinen Vater verhaftet? Ist das wahr, Lucia?«

Das schmale Gesicht des Priesters wirkte plötzlich noch eingefallener. »Aber er ist doch unschuldig!«

»Das ist mein Vater auch«, sagte Rashid in bitterem Ton. »Von meiner Mutter und meiner Schwester ganz zu schweigen! Doch was macht das schon für einen Unterschied? Wo es dem Inquisitor von Granada doch solche Freude bereitet, Maurenblut zu vergießen!«

»Ich kann verstehen, dass Ihr verzweifelt seid …«, begann Padre Manolo.

»Verzweifelt?«, unterbrach ihn Rashid. »In mir schwelt so viel Zorn, dass es für eine ganze Armee ausreichen würde. Was haben wir euch getan? Ist unser Blut wirklich unreiner als eures?«

»Natürlich nicht«, sagte der Priester müde. »Die drei heiligen Religionen des Buches sind Brüder, die lange Zeit in Frieden und Wohlstand miteinander gelebt haben. Unter meinen Freunden sind viele Mauren, und von ihnen allen schätze ich besonders Imam Hasan, mit dem ich über Jahre viele lehrreiche Dispute geführt habe. Daran hat sich für mich bis heute nichts geändert.«

»Ach, Worte, nichts als Worte!«, stieß Rashid hervor. »Darin seid ihr Christen wahre Meister. Worte, die nichts bedeuten. Worte, die im nächsten Augenblick ganz anders ausgelegt werden können, wie die nutzlose Tinte unter dem Übernahmevertrag* beweist, die uns alles garantiert – und doch nichts davon gehalten hat! Aber damit begnügen wir uns nicht länger. Ihr habt das Schwert gegen uns gezogen – nun schlagen wir Söhne Allahs auch mit dem Schwert zurück!«

Sein Gesicht verriet seine Wut, und dennoch erkannte der Priester die tiefe Traurigkeit, die dahinter lag. Er hatte keine leiblichen Kinder, und dennoch fühlte er sich mehr denn je wie ein Vater, von dessen Klugheit und Besonnenheit alles abhing.

»Wie kann ich dir helfen, mein Sohn?«, sagte er sanft. »Vertrau mir. Mein Wort gilt!«

»Beweist es mir!«, forderte Rashid. »Aber ich wette, spätestens jetzt werdet Ihr kneifen!«

»Was verlangst du?«

»Wir brauchen einen sicheren Ort, an dem wir einen Schatz verstecken können. Einen gefährlichen Schatz, der niemals in christliche Hände fallen darf.« Rashid beobachtete den Padre argwöhnisch. »Nun, was sagt Ihr jetzt? Habt Ihr Eure großen Worte schon wieder verschluckt?«

Padre Manolo griff unter seine Soutane und holte einen Schlüsselbund hervor.

»Folgt mir!«, sagte er, griff nach einem Öllicht, das neben ihm stand, und entzündete es an einer der Kerzen.

Er brachte sie hinter den Altar, wo eine steile Treppe nach unten führte, und stieg als Erster hinab. Lucia folgte ihm, während Rashid die Nachhut bildete. Alle drei waren unten angelangt, als mit einem leisen Plopp auch noch Fuego neben ihnen landete.

Sie erblickten eine verwitterte Holztüre, die in den rauen Stein eingehauen war.

»Der Zugang zur Krypta«, sagte der Priester mit gedämpfter Stimme. »Das Herz von San Nicolás.«

Zu Lucias Erstaunen bewegte der große Eisenschlüssel sich geräuschlos, als wäre das alte Kastenschloss erst vor Kurzem geölt worden.

Rashid wollte sofort hineinstürmen, doch der Priester hielt ihn zurück. »Warte! Du würdest nicht sehr weit kommen, fürchte ich.« Seine Ölfunzel entzündete eine der Fackeln, die an eisernen Gestellen im Fels eingelassen waren. Als ihr Flackern einem stabileren Licht gewichen war, weiteten sich Lucias Augen vor Staunen.

Im Hintergrund ein steinerner Altar, auf dem ein goldenes Kreuz stand, über und über mit bunten Edelsteinen besetzt. Doch nicht davon wurde ihr Blick wie magisch angezogen, sondern von den unzähligen Büchern, Folianten und Pergamentrollen, die den linken Teil der steinernen Krypta nahezu vollständig ausfüllten.

»Aber das sind ja …«

»Imam Hasans kostbare arabische Schriften«, sagte der Padre mit einem kleinen Lächeln. »Und nicht nur seine. Wir haben viele Nächte gebraucht, um alles hierher zu schaffen, und mein armer Rücken nimmt es mir noch immer übel. Doch es hat sich gelohnt. Einer der sichersten Orte in ganz Granada, möchte ich mit Fug und Recht behaupten.«

Er wandte sich an Rashid.

»Mir wäre wohler, wenn ihr euren ›Schatz‹ auch hier aufbewahren würdet«, sagte er. »Auch dem Imam käme das entgegen, das hat er mir selbst gesagt, und Platz dafür ist ebenfalls reichlich vorhanden, wie du siehst.« Seine Hand wies nach rechts.

»Das würdet Ihr tun?«, fragte Rashid ungläubig, während Lucia vor Erleichterung beinahe laut aufgeschrien hätte. »Weshalb?«

»Um das Schlimmste zu verhindern. Und weil ich noch immer aus tiefster Seele davon überzeugt bin, dass *Worte* stärker sind als alle *Waffen.*«

Bei der letzten Fuhre wurden sie angehalten. Der Mond war längst hinter immer schwärzeren Wolkenballen verschwunden; der Nachtwind hatte aufgefrischt und kroch kalt unter die Kleider.

»Wohin?«, bellte der Anführer der Rotkappen. »Was treibt ihr hier um diese Zeit?«

Vorsichtshalber hatten sie nur diejenigen unter den Mauren ausgewählt, die helle Haut hatten, und alle zudem in Christenkleidung gesteckt, die freilich nur geliehen war und bei einigen mehr schlecht als recht passte.

»Nachschub für die Armenküche«, sagte Padre Manolo mit fester Stimme. »Damit unsere mittellosen Brüder und Schwestern auch morgen etwas zu essen haben.«

»Öffnet die Plane!«

Darauf war er zwar vorbereitet, wenngleich er nicht wirklich damit gerechnet hatte. Jetzt zahlte sich aus, dass er auf den blutigen Schweinehälften bestanden hatte, vor denen einigen der Muslime sich derart ekelten, dass sie sich geweigert hatten, sie aufzuladen.

Einige aber hatten sich überwunden und die kostbare Fracht sorgfältig damit bedeckt. Starr vor Angst standen sie jetzt neben dem Karren und fürchteten, ihr letztes Stündlein könnte trotz alledem geschlagen haben.

»Runter mit dem Zeug!«, befahl der Söldner. »Ich will sehen, was eure Armen so zu fressen bekommen.«

»Nichts als Haut und Schwarten«, sagte der Priester. »Stinkender Abfall, den ihr nicht einmal mit den Füßen berühren würdet. Sie aber sind dankbar dafür. Denn ohne ihn müssten sie verhungern.«

Der Anführer zückte sein Schwert und stach wahllos in die Ladung. Jeder der umstehenden Männer wagte kaum zu atmen, bis er sich endlich zufriedengab und die Waffe wieder wegsteckte. »Das nächste Mal gefälligst bei Tag«, knurrte er. »Sonst lasse ich alles in den Darro kippen.«

»Es soll nicht wieder vorkommen«, sagte Padre Manolo freundlich. »Können wir nun weitermachen? Wir alle lechzen nach Schlaf.«

Ein ungnädiges Nicken, aber die Rotkappen traten tatsächlich zur Seite und ließen den Karren passieren.

Äußerlich seelenruhig, befahl der Padre, hinter der Kirche mit dem Abladen der letzten Fuhre zu beginnen. Das Schweineblut hatte viele der Schwerter dunkel und klebrig gemacht. Es würde Stunden dauern, um sie zu säubern. Und würden sie überhaupt jemals wieder rein werden können, fragte einer der Männer mit gerümpfter Nase.

»Dem Blut, das uns alle gerade vor einer Entdeckung gerettet hatte, solltest du Dankbarkeit erweisen«, sagte der Padre in ungewohnt scharfem Ton. »Ich hoffe, es hilft, das Vergießen von Menschenblut zu vermeiden, egal, ob von Christen oder von Muslimen. Nur deswegen lasse ich euch überhaupt in mein Allerheiligstes. Um sinnloses Metzeln auf beiden Seiten zu verhindern.«

Da gab es etwas, was seit Stunden in Lucia rumorte und sie nicht zur Ruhe kommen ließ, etwas, das wie eine Ahnung durch ihr Bewusstsein trieb und sich jedes Mal entzog, wollte sie es sich näher betrachten.

Sie hatte etwas *übersehen.*

Trotz dieses zermürbenden Gedankens waren ihr schon halb die Augen zugefallen, inzwischen nicht mehr nur Fuego neben sich, sondern auch noch Djamila. Die junge Maurin hatte auf einmal behauptet, im Haus spuke es, und sich standhaft geweigert, allein zu schlafen. Die ungewohnte Nähe zu der jungen Frau fühlte sich nicht einmal unangenehm an, als verbinde das Ungeborene in ihrem Bauch sie bereits miteinander.

So viele Jahre hatte Lucia es genossen, Antonios einziges Kind zu sein und seine väterliche Liebe mit niemand anderem teilen zu müssen, doch plötzlich hatte der Gedanke an ein Geschwisterchen nichts Erschreckendes mehr für sie – ganz im Gegenteil. Sie freute sich auf die Geburt, und ihrem Vater würde es neuen Mut schenken, falls er jemals dem Kerker entkommen konnte.

Sie musste ihn retten. Und Nuri und ihre Familie dazu!

Mit einem Mal schoss sie nach oben, so abrupt, dass auch Djamila zusammenfuhr und sich unwillkürlich an Lucias Hand klammerte.

»Ist etwas passiert?«, murmelte sie schlaftrunken. »Sind sie wieder da? Müssen wir fliehen?«

»Schlaf weiter«, sagte Lucia mit klopfendem Herzen, weil ihr plötzlich eingefallen war, was sie übersehen hatte.

Das Kostbarste im Heiligsten. Dort, wo niemand jemals danach suchen wird. Da ist der Schatz am sichersten aufgehoben …

Das Kreuz in der Krypta mit den zahllosen Edelsteinen – wem würde in einer Schüssel voller Erbsen eine einzelne Erbse auffallen?

Kapitel 9

Zitternd vor Aufregung stand Lucia in der Krypta, neben Tante Pilar, die eine dicke Kerze hielt, um das Dunkel der grob behauenen Felsen ringsumher zu erhellen, und starrte auf das alte Kreuz. Padre Manolo war ein paar Schritte zurückgetreten, als wollte er ihr genügend Raum für ihre Suche geben und zugleich den Eingang sichern, doch nach einer Weile drehte Lucia sich hilfesuchend zu ihm um.

»Es sind einfach zu viele Edelsteine«, sagte sie bedrückt. »Einen blauen mit einem besonderen Schliff kann ich nirgendwo entdecken. Aber ich habe den Stein ja auch noch nie im Leben in der Hand gehabt! Könnte ich nicht doch vielleicht Miguel holen, der ihn kennt …«

»Ganz und gar unmöglich!«, rief der Priester. »Dass ich das Geheimnis der Krypta preisgegeben habe, raubt mir ohnehin den letzten Schlaf. Aber blieb mir denn anderes übrig?« Seine Hände deuteten erst nach rechts, dann nach links. »Bedrohte Bücher und verbotene Waffen, um weiteres Blutvergießen auf beiden Seiten zu vermeiden. Ich kann nur hoffen, meine Rechnung geht auf!«

Erst nachdem sie die Schwerter gesehen hatte, die ordentlich gestapelt und von dicken Decken geschützt in der Krypta lagerten, begriff Lucia, weshalb der Padre zunächst gezögert hatte, sie abermals hinunterzulassen. Dass es die Waffenlieferung für die Söhne Allahs war, die Rashid erwähnt hatte, musste niemand laut aussprechen. Wie raffiniert, sie ausgerechnet unter einer christlichen Kirche zu verbergen – doch welch zusätzliche Last hatte der tapfere Padre damit auf sich geladen!

Pilar schien Ähnliches zu denken, so sorgenvoll waren die Blicke, die sie ihm zuwarf.

»Er sagt die Wahrheit, Lucia«, sagte sie. »Je mehr Menschen von der Krypta wissen, desto gefährlicher wird es! Und so leid es mir tut – der Hyazinth befindet sich nicht im Kreuz. Ich fürchte, damit werden wir uns abfinden müssen.«

»Aber Miguel ist ein Freund – und er liebt Nuri«, rief Lucia. »Er würde alles tun, um sie retten, das weiß ich.« Abermals starrte sie auf das Kreuz, obwohl ihre Augen vor Anstrengung und Enttäuschung bereits zu tränen begonnen hatten. So sicher war sie sich gewesen, das verfluchte Rätsel endlich gelöst zu haben, und nun dieser neuerliche Rückschlag!

»Er kann trotzdem nicht in die Krypta«, beharrte der Priester. »Die Söhne Allahs würden ihn lynchen, sollten sie jemals davon erfahren. Willst du auch noch dieses Risiko eingehen, mein Mädchen?«

Plötzlich verließ Lucia all ihr Mut. Der Gegner war einfach zu mächtig. In ihrem Kampf gegen Lucero hatten sie sich übernommen – und mussten notgedrungen unterliegen. Der Inquisitor würde strahlender Sieger bleiben, was ihrem Vater, Nuri, Saida und Kamal sogar das Leben …

»Nein!«, schrie sie und hätte am liebsten mit den Fäusten auf das unschuldige Kreuz eingeschlagen, das all ihre Hoffnungen wie eine Seifenblase zum Zerplatzen gebracht hatte. »Sie dürfen nicht sterben!« Wie ein Häuflein Elend sank sie auf den harten Boden und begann bitterlich zu weinen.

Tante Pilars Arme halfen ihr liebevoll wieder nach oben.

»Du wirst doch jetzt nicht aufgeben, Nichte«, sagte sie leise. »Ich glaube fest an deinen Traum. Der Stein ist hier, hier in San Nicolás, und …«

»Aber wo denn nur?«, rief Lucia tränenüberströmt. »Wo noch kann Lucero ihn versteckt haben?«

»Manchmal hilft beten«, sagte der Priester. »Ein inniges Gespräch mit Gott, in dem man ihn wie ein Kind als gütigen Vater um Rat und Hilfe bittet. Für mich noch immer der beste Weg, um mich zu sammeln und wieder Ordnung in meine Gedanken zu bringen.« Seine Stimme war ruhig, doch die flatternden Hände verrieten ihn.

»Ihr seid in Eile, Padre?«, fragte Pilar, der nichts entging, was ihn bewegte. »Wir sollen Euch jetzt verlassen?«

»Seine Exzellenz erwartet mich«, erwiderte er. »Erzbischof Talavera hat mich in seinen Palast bestellt. Ich möchte mir sein Wohlwollen nicht verscherzen. Und vielleicht kann ich ja bei ihm etwas für die unschuldig Eingekerkerten ausrichten.«

»Ihr müsst ihm von Luceros Schurkereien berichten!«, rief Lucia. »Dann wird er ihn seines Amtes entheben.«

»Das könnte nicht einmal der Erzbischof von Granada«, wehrte der Priester ab. »Die Heilige Inquisition hat ihre ganz eigenen Regeln und Gesetze. Natürlich werde ich alles versuchen. Aber zu viel versprechen will ich lieber nicht. Die Lage ist ernst, das weißt du. Sehr ernst sogar!«

Er brachte die beiden wieder nach oben und verschwand dann in der Sakristei.

Obwohl es ein grauer, kühler Wintertag war, immer wieder von kräftigem Schneeregen durchsetzt, kam das Tageslicht Lucia nach der Dunkelheit der Krypta so grell vor, dass sie unwillkürlich die Hände vor ihre Augen hielt.

»Du fängst doch nicht wieder zu weinen an?«, hörte sie Tante Pilar neben sich sagen. »Wir brauchen unsere Kraft jetzt für anderes.«

»Wofür denn? Es ist doch ohnehin alles verloren …«

»Was für ein Unsinn!«, unterbrach die Tante sie streng. »Die Hoffnung geben wir niemals auf, schreib dir das hinter die Ohren. Und damit du es nicht so schnell wieder vergisst, werde ich die nächste Zeit bei euch nach dem Rechten sehen. Die paar Habseligkeiten aus meinem Haushalt, die ich dafür brauche, hat ein freundlicher Nachbar heute Morgen bereits zu euch geschafft. Meine handverlesenen persönlichen Schätze sind hier drin verwahrt.«

Sie klopfte auf die lederne Satteltasche, die neben ihr stand.

»Mein Vater hat mich beizeiten darin unterwiesen, mit wenig Gepäck auszukommen, falls es einmal nötig sein sollte. Wenn du möchtest, kann ich dir zeigen, wie man das anstellt. Wir können gleich damit anfangen!«

»Du willst bei uns wohnen?«, fragte Lucia verblüfft. »Aber Djamila ist doch …«

»… sicherlich halb verrückt vor Angst wegen Antonios Verhaftung«, fuhr Pilar fort. »Ich kann mir gut vorstellen, wie sie sich fühlen muss.« Sie begann zu lächeln. »Jetzt starr mich doch nicht so entgeistert an, Lucia! Meinst du vielleicht, deine alte Tante wäre blind und taub? Ich weiß längst, dass die beiden ein Paar sind!«

»Ich erkenne meine Stadt nicht wieder, Bruder Manolo.« Erzbischof Talavera streckte seine Hände dem Kaminfeuer entgegen, das zusammen mit einigen glimmenden Kohlebecken sein Arbeitszimmer angenehm wärmte. Die silbernen Leuchter, die gewebten Teppiche, die nicht nur den Boden, sondern auch einige der Wände bedeckten, die zahlreichen Polster und bestickten Kissen – es war unübersehbar, dass er nach karger Klosterzeit gelernt hatte, es sich in seinem neuen Amt gut gehen zu lassen.

Padre Manolos Freude über die vertrauliche Anrede verflog rasch, als er den Erzbischof näher betrachtete. Talaveras Gesicht wirkte regelrecht zerfallen, so tief waren die vertrauten Falten und Runzeln geworden. Wie eine Kraterlandschaft erschien es ihm, nachdem das Feuer der einstigen Vulkane erloschen war.

»Granada hat sich in der Tat verändert, Exzellenz«, sagte er vorsichtig. »Und seine Menschen mit ihm.«

»Bruder Hernando«, verbesserte ihn der Erzbischof. »Nenn mich wieder so wie früher! Gerade dieser Tage wünschte ich immer öfter, wir lebten wieder friedlich im Konvent* wie einst.«

»Die Zeit lässt sich nicht zurückdrehen, Bruder Hernando«, sagte Manolo gehorsam. »Auch Menschen verändern sich. Und leider nicht immer zum Besseren.«

»An uns Geistlichen ist es doch, genau das zu verhindern!« Stöhnend hatte Talavera hatte sich aus seinem Sessel erhoben. Dem Padre war seit Langem bekannt, dass sein früherer Weggefährte an Gicht erkrankt war. Erst kürzlich musste er einen neuen Schub erlitten haben, so schwerfällig, wie er sich nur noch zu bewegen vermochte. »Wir sind Hirten Gottes, welche die ihnen Anvertrauten leiten und vor Sünden beschützen sollen. Wenn wir das nicht mehr vermögen, haben wir in unserem Amt versagt.«

»Gott allein sieht in die Herzen der Menschen …«

»Ich habe dich nicht herbestellt, damit du am Kaminfeuer Allgemeinplätze absonderst«, unterbrach ihn der Erzbischof ungehalten. »Cisneros führt etwas im Schilde und wir müssen ihm zuvorkommen. Wie weit bist du mit den Listen der arabischen Bücher?«

»Alles abgeschlossen«, sagte der Padre und presste anschließend die Lippen fest aufeinander. Dass es zwei Versionen des Bücherbestandes gab, die er vorsichtshalber im Keller des Pfarrhauses verwahrt hatte, blieb vorerst sein Geheimnis, eines nur von so vielen anderen.

»Aus Hofkreisen ist zu mir gedrungen, dass er offenbar einen weiteren heiklen Auftrag zu erfüllen hat. Einen Auftrag, der direkt aus den Gemächern der Königin stammen soll. Was ist nur in Isabella von Spanien gefahren? Seitdem sie ihre jüngere Tochter Johanna* an diesen eitlen Habsburgerprinzen Philipp* verloren hat, kommen ihr offenbar die seltsamsten Dinge in den Kopf. Weißt du vielleicht mehr darüber?«

Der Gedanke, der seit Wochen in ihm kreiste, war zu schrecklich, um ihn auszusprechen. Talavera und Cisneros hatten zwar in vielen Belangen unterschiedliche Meinungen, vor allem was die Missionierung der Muslime betraf, aber beide waren sie doch Erzbischöfe und beide hatten der Königin lange Zeit als Beichtvater und damit engster Vertrauter gedient. Konnte er tatsächlich einen von ihnen eines so schrecklichen Vorhabens bezichtigen?

»Wozu braucht der Erzbischof von Toledo auf einmal eine Auflistung aller arabischen Werke, die es in Granada gibt?«, sagte Padre Manolo stattdessen. »Weil Cisneros urplötzlich seine Begeisterung für arabische Medizin oder seine Liebe zur arabischen Literatur entdeckt hat?«

»Zynismus steht dir nicht, geliebter Bruder. Du warst seit jeher ein Mann des Herzens – und deshalb erwarte ich auch eine offene, ehrliche Antwort von dir!«

Er räusperte sich. Jetzt kam es auf jedes Wort an, das war ihm bewusst.

»Man kann Bücher zusammentragen lassen, weil man sie verehrt und liebt«, sagte der Padre. »Oder weil man sie aus ganzer Seele verabscheut. Entscheide selbst: Was von beidem erscheint dir in Bezug auf Cisneros glaubhafter?«

»Das würde nicht einmal er wagen!«, rief der Erzbischof entsetzt. »Nicht in Granada. Nicht vor meinen Augen. Nicht in meiner Stadt!«

Beinahe wäre Padre Manolo ein müdes Lächeln entschlüpft. Hatte er nicht selbst vor Kurzem diesen Satz voller Entrüstung hervorgestoßen – um sich schon kurz danach zutiefst beschämt eines Besseren belehren zu lassen?

»Die Rotkappen des Inquisitors stehen geschlossen zu seiner Verfügung, wenn er es anordnet«, sagte er. »Diese ausländischen Söldner, die unsere Sprache kaum beherrschen, aber ihre Schwerter sehr wohl zu führen wissen. Sie sind zu allem fähig, das habe ich mehr als einmal mit eigenen Augen mit ansehen müssen. Bei Rodriguez Lucero laufen inzwischen zu viele Fäden der Macht zusammen. Das tut ihm nicht gut – und Granada erst recht nicht. Falls Cisneros und er sich verbündet haben, wäre es vermutlich sehr schwierig, ja beinahe unmöglich, gegen die beiden anzukommen. Hass kann ein ungleich stärkeres Bindeglied sein als Liebe, vergiss das nicht!«

»Lucero ist in ganz Spanien als tüchtiger Inquisitor bekannt«, sagte Talavera nachdenklich und verzog seinen Mund, nachdem er von seiner bitteren Medizin gekostet hatte. Seine Hand griff stattdessen zum Weinpokal und leerte ihn trotz aller ärztlichen Verbote bis zur Neige. »Unerbittlich im Vorgehen, aber äußerst effektiv. In Toledo soll er die Feinde des Glaubens …«

»Toledo ist nicht Granada«, unterbrach der Padre ihn kühn. »Und wird es niemals sein. Von welchen ›Feinden‹ sprichst du überhaupt? Haben hier nicht die Religionen am längsten im ganzen Reich friedlich zusammengelebt, über viele Jahrhunderte? Aber das kann Lucero nicht verstehen, weil er es niemals erlebt hat. Sein Abscheu vor allem, was maurisch ist, macht ihn engstirnig und unberechenbar. Um ihre Schändlichkeit anzuprangern, ist ihm alles recht. Er scheut nicht einmal davor, Unschuldige …«

Lautes Klopfen, dann kam der junge blonde Sekretär des Erzbischofs mit großen Schritten hereingestürmt.

»Es ist sehr dringend, Exzellenz«, sagte er. »Ihre Majestät, die Königin, begehrt Euch zu sehen. Die Sänfte, die Euch zu ihr auf die Alhambra bringen soll, wartet bereits vor dem Portal.«

Talavera zuckte bedauernd die Schultern.

»Damit ist unsere anregende Unterhaltung für den Augenblick leider beendet«, sagte er. »Die Königin von Spanien darf nicht einmal ein Erzbischof warten lassen.«

»Nimm mich mit, Bruder Hernando«, rief der Padre beschwörend. »Wenigstens ein kurzes Stück. Ich muss dir doch noch so vieles über Lucero und seine Machenschaften erzählen!«

»Ein anderes Mal. Schon sehr, sehr bald, du kannst dich darauf verlassen. Doch die kurze Strecke bis zur Roten Burg gehört mir allein!«

Lucia hatte sich zunächst geweigert, mitzukommen, doch Tante Pilar duldete keinerlei Widerspruch.

»Jeder im Viertel weiß, was für ein übles Weib diese Consuelo ist«, sagte sie, während sie Lucia hinter sich herzog. »Aber wir wollen ja schließlich nicht zu ihr, sondern zu ihrem Mann. Kennst du in Granada einen besseren Zimmermann als Pedro? Na, also!«

Dieser Pedro unterbrach seine Arbeit an einem halbfertigen Tisch und legte den Hobel beiseite, als sie eintraten. In der Werkstatt war es kühl, trotz eines gut gefüllten Kohlebeckens, doch der ganze Raum war erfüllt vom frischen, herben Duft nach Olivenholz.

Augenblicklich kam ihr Miguel in den Sinn – Miguel mit seiner Liebe zu diesen besonderen Bäumen. Miguel, der litt, weil Nuri im Kerker saß. Miguel, der ihnen geholfen hatte, als sie ins Haus seines Onkels eingestiegen waren, und plötzlich überkam sie beinahe so etwas wie Bedauern.

Warum konnte sie nicht ihn lieben, der so sanft, so liebevoll, so unkompliziert schien?

Dann jedoch schob sich Rashids Bild wieder davor und ihr Herz begann sofort schneller zu schlagen. Wir können uns nicht aussuchen, wenn wir lieben, hatte Tante Pilar gesagt. Wie recht sie doch damit hatte!

»Träumst du, Lucia?« Ein dezenter Rempler von Pilar brachte sie in die Gegenwart zurück. »Ich bin gerade dabei, Pedro zu erklären, was wir von ihm wollen: Die Tür von Kamals Haus muss wieder richtig schließen, nachdem die Rotkappen sie demoliert haben. Sonst nistet sich noch Gesindel bei ihnen ein. Die Rechnung geht auf mich. Darüber musst du dir keine Sorgen machen, Pedro!«

Der Zimmermann nickte bedächtig, offenkundig kein Mann vieler Worte, aber ein Handwerker, der fleißig und gewissenhaft arbeitete.

»Klingt so, als sollte es am besten schnell gehen«, sagte er. »Ich hab schon gehört, was der ganzen Familie zugestoßen ist …«

»Nichts, was sie nicht verdient hätte! Jetzt ist endlich Schluss mit diesem unerträglichen Hochmut. Spanien hat nur eine einzige Religion – die Heilige Katholische Kirche!«

Consuelo stand in der Tür, den Mund höhnisch verzogen. In ihrer Jugend musste sie eine Schönheit gewesen sein, mit üppigen Hüften, grazilen Händen und dunklem, glänzendem Haar, die vielen Männern den Kopf verdreht hatte. Jetzt aber hatte stumpfes Grau das ehemals leuchtende Braun besiegt, die Lider waren schwer geworden und um die Lippen hatten sich scharfe, resignierte Linien eingekerbt. Als besonders unangenehm empfand Lucia den Geruch, den die Frau des Zimmermanns verströmte: das laue, leicht süßliche Aroma ungeliebter Frauen, die auf Rache sinnen.

»Wie kannst du so etwas nur sagen!«, fuhr Lucia auf. »Sie haben das gleiche Recht, in Frieden zu leben, wie du. Außerdem ist keiner von ihnen jemals hochmütig …«

»Lucia, bitte!« Pilar legte ihr besänftigend die Hand auf den Arm. »Das hat doch keinen Sinn.«

»Mauren – pah! Wie froh werde ich sein, wenn dieses Gesindel endlich da ist, wo es hingehört.«

»Du klopfst bei Antonio an, wenn du so weit bist?« Pilar sprach ausschließlich zu Pedro und tat, als wäre die Keifende gar nicht anwesend. »Ich bin für ein Weilchen in das Haus meines Schwagers gezogen …«

»Den man ebenfalls eingekerkert hat – und das gewiss nicht ohne Grund!« Consuelos Stimme triefte vor Genugtuung. »Von Anfang an hat er ja stets geglaubt, sich etwas Besonderes herausnehmen zu können. Eine fromme Christin war ihm als Ehefrau nicht gut genug, nein, es musste ja unbedingt eine Marrarin sein, die, wie die meisten Juden, ihrem verbotenen Glauben niemals wirklich abgeschworen hat. Und jetzt ist auch noch diese kleine Maurenhure von ihm schwanger. Das ganze Viertel zeigt schon mit Fingern auf diese beiden!«

Sie hielt inne, weil das Rumpeln eines schwer beladenen Karrens auf der Gasse sie ablenkte. Auch Lucia lauschte unwillkürlich nach draußen. Man hörte, wie raue Männerstimmen sich in einer fremden Sprache etwas zuschrien, dann kehliges, triumphierendes Gelächter. Schon wieder diese Rotkappen! Welche neuen grausamen Quälereien sie den Menschen wohl gerade bereiteten?

Consuelo nutzte die Gelegenheit, um für weitere Bosheiten tief Luft zu holen. Mit sichtbarer Befriedigung fuhr sie fort: »Doch seinen kleinen Bastard wird er wohl leider nicht mehr aufwachsen sehen. Denn Antonio Álvarez wird vor Gericht gestellt, schon morgen, wenn die Mittagsglocken läuten, gemeinsam mit seinem maurischen Freund Kamal. Und dann warten der Strick oder besser noch das Rad* auf diese beiden Übeltäter!«

»Woher weißt du das?«, fragte Lucia mühsam beherrscht, während ihre Finger sich so tief in Pilars Arm gruben, dass die Tante beinahe aufgeschrien hätte.

»Von Ignacio«, erwiderte Consuelo. »Der ist seit ein paar Monaten Handlanger des Henkers.«

»Dann weißt du sicherlich auch, wo der Prozess stattfinden soll.« War das wirklich Lucias eigene Stimme, so winzig und zittrig?

»Natürlich.« Consuelos Augen glitzerten. »In der Alcazaba*. Unweit der dunklen Kerkerzellen, wo jetzt alle hocken –jeder Einzelne in seinem eigenen stinkenden Loch.«

»Wir haben keine arabischen Bücher!« Laila, Amirs rundliche Frau, schüttelte verzweifelt den Kopf »Wie denn auch? Mein Mann ist Schneider und kein Gelehrter!«

Die beiden Rotkappen brachen in schallendes Gelächter aus. Dann jedoch wurden ihre Mienen schnell wieder finster.

»Heraus mit den Büchern – oder wir fackeln dir das Dach überm Kopf ab«, sagte der Größere drohend. »Mach schnell! Wir wissen alles!«

Nicht zum ersten Mal verfluchte Laila den Entschluss Amirs, sich den Söhnen Allahs anzuschließen. Seitdem er untergetaucht war, bestand ihr Alltag nur noch aus Angst, Einschränkung und Verdruss, obwohl sie ihr ruhiges, bescheidenes Leben an seiner Seite zuvor doch über alles geliebt hatte.

Aber hatten sie ihrem fleißigen und frommen Mann eine andere Wahl gelassen?

Zwangsgetauft hatten sie ihn, den hingebungsvollen Anhänger der Lehre des Propheten, mit Gewalt dazu zwingen wollen, Schweinefleisch zu essen, und ihn schließlich auch noch mit ihren Schwertern bedroht!

Immer war sie versöhnlich gestimmt gewesen, bedacht auf den Ausgleich zwischen den Religionen, das wussten alle hier im Viertel, Muslime wie Christen, jetzt aber loderte selbst in ihrem friedfertigen Herzen die heiße Flamme des Hasses.

Ihr Gesicht musste die heftigen Gefühle widerspiegeln, denn plötzlich traten die Söldner einen Schritt zurück.

Einen köstlichen Lidschlag lang fühlte Laila sich als Gewinnerin. Hier war ihr Haus, und obwohl ihr Mann sich versteckten musste, hatte sie die übermächtigen Christenfeinde in die Schranken gewiesen!

Dann jedoch veränderte sich alles blitzschnell.

Der jüngere Söldner versetzte ihr eine Maulschelle, die sie an die Wand schmetterte. Der Ältere riss die Tür auf und weitere Rotkappen kamen ins Haus gestürmt, einer von ihnen mit einer brennenden Fackel in der Hand.

Er musste sie nicht einmal an die Holztruhe halten, die Laila von ihrer Großmutter geerbt und stets liebevoll aufbewahrt hatte.

Ihre Lippen öffneten sich wie von selbst.

»Der Heilige Koran«, krächzte sie. Dabei hatte sie den metallischen Geschmack von Blut im Mund. »Und zwei alte Medizinbücher. Gleich nebenan. In der ersten Truhe, unter den Kleidern!«

Djamila führte Miguel zu Lucia und Pilar in den Innenhof, wo Tante und Nichte sich immer noch am liebsten aufhielten, obwohl es eigentlich schon zu kühl dafür war. Mit gemeinsamen Kräften hatten sie, vor Anstrengung ächzend und schwitzend, das aus zahlreichen festen Planen zusammengenähte Dach ausgerollt und in den festen Verstrebungen verankert, Männerarbeiten, die sonst vor dem Wintereinbruch Antonio, Kamal und Rashid erledigt hatten. Doch noch länger damit zu warten, wäre ihnen zu unsicher erschienen. Der steingraue Himmel über Granada sah nach weiterem Schnee aus. Sie konnten nur hoffen, dass das alterschwache Dach die schwere Last auch tragen würde.

Bisher war die junge Maurin bei früheren Besuchen stets abweisend, ja fast schon unhöflich zu dem seltenen Gast gewesen, doch inzwischen hatte ihre Haltung sich verändert. Djamila verzichtete sogar darauf, Haare und Gesicht zu bedecken, sondern bot freundlich an, frischen Tee zuzubereiten. Sie war keine Dienerin mehr, der man etwas auftragen musste, was sie dann ausführte, sondern von Kopf bis Fuß junge Hausherrin, die das kostbare Gut der Gastfreundschaft zu pflegen verstand.

Miguel hatte zerstreut genickt, um sich gleich auf Lucia zu stürzen. Sogar Fuego, der sofort zu ihm gelaufen kam, um sich an seinem Unterschenkel genüsslich zu strecken, bekam nur ein nachlässiges Streicheln ab. Trotzdem schaute er mit seinen großen Augen noch eine Weile erwartungsvoll zu ihm auf, bis er sich schließlich zu seinen Füßen einkringelte.

»Wie geht es Nuri?«, fragte Miguel. »Gibt es Neues von ihr? Seit Tagen habe ich nichts mehr von dir gehört, Lucia! Wie kannst du mich nur so quälen?«

»Wenn du wüsstest, was inzwischen alles geschehen ist …«

Er ließ sie nicht ausreden. »Lässt du mich spüren, dass Gaspar mein Onkel ist? Aber ich hab mit seinen Schurkereien nichts zu tun, das musst du mir glauben!«, rief er leidenschaftlich. »Was meinst du, wie oft ich ihn inzwischen zur Rede gestellt habe – viele, viele Male! Beschimpft habe ich ihn, angebrüllt, sogar beleidigt. Niemals hätte ich geglaubt, dass ich jemals derart respektlos mit ihm umgehen könnte! Onkel Gaspar sieht seinen unverzeihlichen Fehler ein. Er bereut und schämt sich für das, was er euch angetan hat. Das geht sogar so weit, dass er mir ein großes Stück Land mit vielen Olivenbäumen überschrieben hat, wohin er sich im Alter eigentlich zurückziehen wollte. Ausgerechnet in den Alpujarras, die Gegend, an die ich schon so lange mein Herz verloren habe! Sobald der Schnee wieder geschmolzen ist, müssen wir einmal alle zusammen dorthin reiten. Ein wahres Paradies auf Erden, Lucia, wenn man wie ich das einfache Leben …«

»Falls es dann nicht zu spät dafür sein wird.« Jetzt war es Tante Pilars kühle Stimme, die seinen hitzigen Redefluss stoppte. »Die Tat Eures Onkel, Señor Díaz, aus welchen Motiven auch immer begangen, spielt mit gleich vier Menschenleben auf einmal. Morgen wird man meinen Schwager Antonio und seinen Freund Kamal vor Gericht stellen, und was dann mit Nuri und Saida geschieht, vermag niemand zu sagen. Lucia und ich kauen noch immer vergeblich an Luceros Rätsel. Doch alles, was wir bislang versucht haben, um es zu lösen, ist leider fehlgeschlagen.«

»*Das Kostbarste im Heiligsten*«, sagte Lucia. »*Beim Bischof der Mildtätigkeit.* Felsenfest war ich davon überzeugt, damit müsse die Reliquie des Heiligen Nikolaus gemeint sein, aber dort war der Hyazinth nicht. Und dann das kostbare alte Kreuz …« Gerade noch rechtzeitig biss sie sich auf die Lippen und verstummte. »Ebenfalls nichts. Jetzt bleibt uns nur noch ein einziger Tag, und wenn wir bis morgen den Stein nicht gefunden haben …«

Ihre Kehle war zu eng geworden, um weitersprechen zu können.

Miguels aufgelöstes Gesicht verriet seine Betroffenheit. »Wenn ich das alles nur gewusst hätte!«, rief er. »Ich hätte dir doch helfen können!«

»Wie denn?« Angriffslustig fuhr Lucia zu ihm herum. »Das Einzige, was mir noch helfen könnte, wäre der Edelstein. Oder hat dein plötzlich so reumütiger Onkel doch gelogen - und alles ist nur eine gemeine Finte, um Zeit zu schinden, bis es endgültig zu spät für jegliche Rettung ist?«

Hilflos schüttelte Miguel den Kopf. »Er hat es geschworen«, flüsterte er. »Beim Andenken meiner toten Mutter!«

»Ich bin nach wie vor überzeugt, dass der Hyazinth irgendwo in der Kirche sein muss«, mischte Tante Pilar sich erneut ein. »Aber wo? Habt Ihr vielleicht eine Idee, Señor Díaz?«

»Wir gehen noch einmal nach San Nicolás, alle zusammen«, rief Miguel. »Sofort! Und dort werde ich meine Augen aufreißen, bis sie mir aus den Höhlen fallen, das verspreche ich. Immerhin habe ich ihn ja gesehen.«

Wo kam auf einmal all das Holz her?

Am Sandtor, noch vor Kurzem Babu'l-Ramla* genannt, stapelte es sich bereits in hohen Stößen, kein gewöhnliches Brennholz, wie die einfachen Leute in Granada es mühsam vor der Stadt zusammenklaubten, sondern dicke, trockene Eichenscheite, die lange brennen würden.

»In Toledo habe ich so etwas schon einmal gesehen.« Miguel klang plötzlich ängstlich. »Es liegt viele Jahre zurück. Damals brachten sie dort einen Ketzer auf den Scheiterhaufen. Ich war noch ein Junge, doch seine verzweifelten Schreie, während die Flammen an seinen Beinen leckten, habe ich bis heute im Ohr.«

Lucia wandte den Kopf ab, so rasch sie konnte, und bemerkte, dass Fuego noch immer neben ihr hertrabte, als wollte er ihr auf diesem schweren Weg beistehen. Doch heute war sie nicht einmal in der Stimmung für die Liebesbeweise des verspielten roten Katers, die sie sonst stets gerührt hatten, so sehr wuchs ihre Angst ins Unermessliche.

War es das, was ihrem Vater und Kamal bevorstand? Oder sogar Schlimmeres? Und würden sie auch Nuri und Saida solch entsetzlichen Qualen aussetzen?

Ihr Körper fühlte sich plötzlich an, als bestünde er aus Lehm, so schwer waren ihre Beine geworden. Es kostete sie unendliche Mühe, mit Tante Pilar und Miguel mitzuhalten, die weiterhin schnell und unbeirrt ausschritten, als könnten sie es kaum erwarten, das Ziel zu erreichen. Lucia jedoch wäre am liebsten auf der Stelle umgekehrt, um wieder nach Hause zu laufen, sich aufs Bett zu werfen und ihr Gesicht in den Kissen zu vergraben.

Die Zeit war so knapp geworden! Nur noch wenige Stunden, die ihnen blieben. Was, wenn auch ihre letzte Hoffnung für immer zunichtegemacht würde?

Als hätte Pilar ihre Angst gespürt, griff sie plötzlich nach Lucias Hand und drückte sie fest.

»Glaub an dich«, sagte sie leise. »Ich tue es auch.«

Entschlossen öffnete Pilar das Kirchenportal und stieß einen Seufzer der Erleichterung aus, als sie Padre Manolo vor dem Altar erblickte. Doch er war nicht allein. Neben ihm, in eine dunkle Djellaba gehüllt, die ihm die geheimnisvolle Aura eines Wüstenkriegers verlieh, stand Rashid.

Zunächst wurden seine Züge weich, als er Lucia nach ihrer Tante hereinkommen sah, doch der Anblick des schlanken jungen Mannes mit den braunen Locken, der an ihrer Seite schritt, ließ seine Augen erneut wachsam werden und machte seine Lippen hart.

Sogar Padre Manolo wirkte alles andere als erfreut darüber, dass die drei gemeinsam in seiner Kirche erschienen, gefolgt von Fuego, der sich frech mit durch das Portal geschmuggelt hatte.

»Ihr kommt heute leider in einem ungünstigen Augenblick«, rief er und seine schmalen Hände begannen abermals aufgeregt zu flattern. »Rashid und ich haben gerade etwas sehr Wichtiges zu besprechen …«

»Etwas Wichtigeres als vier Menschenleben in höchster Gefahr?« Pilars Stimme klang erstaunlich gelassen. »Das vermag ich kaum zu glauben, Padre!«

»Ich habe Euch stets in allem unterstützt, so gut ich konnte, Doña Pilar«, sagte er händeringend. »Wer, wenn nicht Ihr und Eure Familie verdiente meine ganze Sorge und Aufmerksamkeit? Doch ich fürchte, meine Möglichkeiten sind leider erschöpft. Kommt wieder nach San Nicolás, wenn Euch nach der Heiligen Messe und den Segnungen der Eucharistie dürstet. Dann werde ich Euch in diesem Gotteshaus voller Freude mit offenen Armen willkommen heißen. Doch heute habe ich leider anderes zu tun.«

»Bist du etwa der Grund dafür?«, fragte Lucia und schaute Rashid zwingend an. »Es sind schließlich dein Vater, deine Mutter und deine Schwester, die nicht sterben dürfen!«

»Meinst du, das könnte ich jemals vergessen?« Er sackte leicht in sich zusammen und sah plötzlich so erschöpft aus, dass alles in Lucia sich voller Mitgefühl und Sehnsucht zu einem heißen Knoten zusammenzog. »Deshalb bin ich hier. Um das Schlimmste zu vermeiden.«

»Du willst sie gewaltsam befreien?« Sie glaubte, genau zu wissen, was er dachte, was er fühlte. Plötzlich gab es nur noch sie und ihn. Alles andere um sie herum hatte Lucia vergessen. »Ist das der Plan, den du gerade mit dem Padre besprichst? Aber das darfst du nicht, Rashid! Du könntest dabei sterben. Und sie dazu.«

»Müssen sie das nicht ohnehin? Hast du nicht den gewaltigen Scheiterhaufen gesehen, den man da draußen errichtet hat?« Niemals zuvor hatte Rashid so hart geklungen, so voller Hass und Verzweiflung. »Für wen, glaubst du, ist er gedacht? Für Lucero und seine Rotkappen gewiss nicht, obwohl sie es tausendmal verdient hätten!«

Keiner sagte ein Wort, nur Fuego stieß einen kurzen klagenden Laut aus, als hätte er jedes Wort verstanden.

Rashid fuhr zu ihm herum, als wäre er auf eine Viper getreten.

»Was seid ihr Christen nur für seltsame Wesen?«, schrie er. »Unschuldige Muslime wollt ihr verbrennen, weil unser Blut angeblich unrein ist und ihr uns beschuldigt, eure kostbare Religion zu schänden, aber eure heiligen Gebetsstätten lasst ihr von Tieren entweihen. Ich kann euch nicht verstehen!«

Er hob seine Hand, um den Kater zu vertreiben, was Fuego offenbar Angst einflößte, denn er rettete sich mit einem kühnen Satz mitten auf den Altar. Dabei stieß er mit dem Hinterlauf an das glänzende Gefäß, das dort stand, ein vergoldetes Ziborium, das mit lautem Getöse hinunterfiel, über die Stufen polterte und erst ganz zuunterst liegen blieb. Im Fallen war der Deckel weggesprungen und ein ganzes Stück weitergekollert.

Kreidebleich und zunächst unfähig, sich zu rühren, hatte der Priester dem Spektakel zugesehen.

»Das Allerheiligste!«, rief er mit brüchiger Stimme, so tief saß der Schrecken in ihm. »Und kein anderer als dein lieber Vater, Lucia, hat ihm dieses prächtige goldene Kleid verliehen. Zum Glück waren noch keine geweihten Hostien darin. Erst zum Weihnachtsfest wollte ich zu Ehren Jesu unser altes Ziborium durch dieses neue, vergoldete ersetzen.«

Er lief zu dem Kelch, hob ihn auf, prüfte ihn von allen Seiten und schüttelte beruhigt den Kopf, als er keinerlei Schaden entdecken konnte. Danach verschloss er ihn wieder mit seinem Deckel, um ihn anschließend an seinem Herzen wie einen kostbaren Schatz zu bergen, den er niemals wieder loslassen wollte.

»Seht doch nur!« Mit zitterndem Finger deutete Lucia auf den Steinboden. Die Zunge klebte ihr am Gaumen, so aufgeregt war sie auf einmal. Kälteschauer liefen über ihren Körper. Gleichzeitig begann sie vor Erleichterung zu schwitzen.

Durch das Licht des Glasfensters, das hoch über ihren Köpfen den heiligen Nikolaus in bunten Farben bei der Armenspeisung zeigte, fiel ein dünner Sonnenstrahl auf den blauen Stein und brachte ihn auf fast übernatürliche Weise zum Funkeln. Er war alles andere als perfekt, denn seine Verwandlung vom glatt polierten Stein hin zu einem mit glitzernden Facetten war noch nicht zur Gänze vollzogen, doch schon jetzt raubte seine Schönheit allen Anwesenden schier den Atem.

Für einen Augenblick war es vollkommen still im Kirchenschiff. Nicht einmal der Kater gab einen Laut von sich.

»Der Hyazinth!«, rief Miguel. »Das ist er. Ich erkenne ihn wieder. Onkel Gaspar hat also doch die Wahrheit gesagt!«

Lucia bückte sich und hob ihn behutsam auf. Kühl und glatt lag er auf ihrer ausgestreckten Hand.

»Wir bringen ihn zu diesem Inquisitor!«, rief Rashid erregt. »Dann muss er seine Schuld eingestehen und meine Familie und Antonio sofort freilassen.«

»Das wird er niemals tun«, erwiderte Pilar. »Denk doch nur einmal in Ruhe nach! Ganz im Gegenteil, Lucero würde alles daran setzen, den Stein ein zweites und damit endgültiges Mal verschwinden zu lassen. Die einzige Möglichkeit, die uns bleibt, ist der öffentliche Prozess. Daher wird Lucero morgen dort und nur dort unseren Fund zu Gesicht bekommen!«

»Sie hat recht«, sagte der Padre, der langsam wieder etwas Farbe im Gesicht hatte. »Wir konfrontieren ihn damit vor allen Leuten. Dann laufen seine hinterlistigen Schachzüge ins Nichts.«

Rashid wirkte noch immer nicht überzeugt, vor allem, als jetzt abermals Miguel zu sprechen begann und ihn dabei ansah.

»Ich hätte da eine noch viel bessere Idee«, sagte Miguel. »Hat Lucero nicht immer wieder so dringlich nach seinem Ring verlangt, als er deinen Vater verhaften ließ? Onkel Gaspar hat mir davon erzählt.«

Rashid machte eine stolze Kopfbewegung, so verhalten, dass man sie kaum bemerkte. Seine Miene verriet Skepsis und wachsende Abneigung.

»Dann soll er ihn doch haben!«, rief Miguel.

Alle starrten ihn ratlos an.

»Was soll das heißen?«, sagte Lucia schließlich. »Vater und Kamal sitzen im Kerker. Wer außer ihnen könnte. das bewerkstelligen?«

»Ich.« Miguels Stimme klang selbstbewusst. »Ich schleife den Stein um und gebe ihm seine goldene Fassung. Beim Läuten der Mittagsglocken kann Lucero den Ring über seinen Finger streifen.«

»Niemand in Granada außer meinem Vater beherrscht den neuen Schliff«, sagte Rashid. »Du übernimmst dich da ganz gewaltig, mein Freund!«

»Keineswegs«, erwiderte Miguel ruhig. »Ich bin ein Meister der Goldschmiedekunst, der verschiedene Lehrherren hatte. Mit meinem Onkel war es auch in Toledo oftmals alles andere als einfach, das dürft ihr mir glauben. Deshalb habe ich ihn auch verlassen, sobald ich alt genug dafür war, und bin für zwei Jahre nach Santiago de Compostela gegangen, um dort bei einem anderen Meister zu lernen. Eines Tages stieß ein Venezianer zu uns, der in seiner Heimatstadt Probleme mit den Behörden hatte und auswandern musste. Er hat mir die neue Technik des Rosenschliffs beigebracht.« Miguel stieß einen Seufzer aus. »Stein und Ring bis morgen fertig zu haben, ist dennoch eine riesige Herausforderung. Aber ich nehme sie bereitwillig an, vorausgesetzt, ich kann Kamals Schleifmaschine benutzen und darf Antonios Gold verarbeiten. Mein eigenes Werkzeug, an das ich gewöhnt bin, bringe ich natürlich mit.«

Jetzt lächelte Miguel und schaute beinahe fröhlich in die Runde.

»Gehen wir«, sagte er, kraulte Fuego, der ihm schnurrend um die Beine strich, und richtete sich wieder auf, noch immer sichtlich die Wirkung seiner Rede auf die Anwesenden genießend, die ihn nach wie vor sprachlos anstarrten. »Jeder Augenblick zählt.«

»Moment, Moment!« Rashids Rechte schnellte nach vorn, als wollte er ihm einen Kinnhaken versetzen, doch sie hieb lediglich in die Luft. »Das alles erscheint mir wenig sinnvoll. Wir haben nach einem verschwundenen Stein gesucht – und ihn endlich gefunden. Jetzt müssen die Eingekerkerten freikommen. Allein darum geht es doch! Wer sagt uns denn, dass ein fertiger Ring auch nur das Geringste an deren Situation ändern würde?«

»Mir gefällt diese Idee«, sagte Tante Pilar. »Der fertige Ring wird jedem klarmachen, dass unsere Lieben zu Unrecht eingekerkert wurden. Und Lucero mit seinen eigenen Waffen zu schlagen, das würde er sich merken bis zum Jüngsten Gericht!«

»Ich bin auch dafür.« Lucia hielt Rashids schneidendem Blick mutig stand. Auch wenn sie ihn liebte, in diesem Augenblick sogar ganz besonders innig, weil er den Unmut, der in ihm herrschte, nicht in seinem Herzen verbarg, sondern ganz offen auf seinem Gesicht zeigte, so musste sie doch nicht in allem einer Meinung mit ihm sein. »Die Werkstatt meines Vaters steht dir zur Verfügung, Miguel!«

Rashids Augen verengten sich, als könnte er kaum fassen, dass sie ihm so unverblümt widersprach.

Brüsk wandte er sich zum Priester um. »Ich brauche Euch trotzdem noch, Padre. Allein!«, sagte er mit rauer Stimme. »Nicht alle Angelegenheiten lassen sich so einfach lösen, wie Ihr wisst.«

»Dann komm mit mir.« Padre Manolo öffnete die Tür zur Sakristei. Das Ziborium hatte er zuvor sicher im Tabernakel* verschlossen und den Schlüssel an sich genommen. Er beschloss, ihn künftig an einem Lederband um den Hals zu tragen, damit niemand mehr unbemerkt an die heiligen Gefäße kommen konnte.

»Euch anderen wünsche ich alles Glück dieser Welt«, rief er Lucia, Pilar und Miguel zu. »Wir sehen uns morgen, bevor der Prozess beginnt. Und habt mir bitte ein sorgsames Auge auf dieses ganz besondere Katzentier! Der heilige Franziskus, der alle Geschöpfe Gottes liebte, hätte sicherlich seine ganz besondere Freude an ihm gehabt.«

Sie hatten alle Lichtquellen entzündet, die in der ganzen Nachbarschaft aufzutreiben gewesen waren, und sie nach den Anordnungen Miguels in der Werkstatt platziert. Als er endlich mit dem Schleifen beginnen konnte, war es bereits Nachmittag geworden, und schon bald würde sich frühwinterliche Dunkelheit über die Stadt senken. Sorgsam verhängten sie die Fenster mit dicken Tüchern, damit kein verräterischer Lichtstrahl nach draußen drang und ihr Tun preisgab.

Miguel hatte sich bemüht, die Unruhe, die in ihm aufstieg, vor Pilar und besonders vor Lucia zu verbergen, doch vor sich selbst musste er einräumen, dass er gründlich unterschätzt hatte, was diese Aufgabe ihm abverlangte.

Im Tageslicht zu schleifen, war etwas ganz anderes!

Jetzt musste er gegen eine Vielzahl unbekannter Dämonen ankämpfen, die ihm zu schaffen machten. Miguel spürte, wie seine Augen brannten, wie die Nackenmuskeln sich mehr und mehr verhärteten, ja sogar die Sicherheit seiner geschickten Finger, auf die er stets so stolz gewesen war, erschien ihm plötzlich fraglich. Immer wieder musste er die Schleifmaschine anhalten, aus Angst, mit einer einzigen falschen Bewegung all das zu zerstören, was er in stundenlanger mühevoller Arbeit bereits erschaffen hatte.

Die blaue Rose wuchs quälend langsam – und selbst das nur, wenn er ihr rückhaltlos alles schenkte, was sein Herz und seine Handwerkskunst zu bieten hatten.

Pilar, Djamila und Lucia behüteten ihn jeweils auf ihre eigene Weise. Djamila hatte Safranhuhn geschmort und Mandelkuchen gebacken, damit er bei Kräften blieb, Pilar griff ab und an mit kräftigen Fingern in seinen verspannten Rücken und knetete ihn, während

Lucia einfach bei ihm sitzen blieb, um ihm mit ihrer Anwesenheit Mut und Kraft zu schenken.

Wie sehr sie das anstrengte, merkte sie erst, als sie zwischendrin aufstand, um draußen frische Luft zu schöpfen, weil sie die Augen kaum noch offen halten konnte. Wind fuhr unter ihren Rock, Schneeflocken trieben ihr ins Gesicht, und beim Atmen drang ein Schwall kalter Luft in ihre Lungen, der sie zum Husten brachte.

Nach einer Weile hörte sie ein Maunzen neben sich. Fuego, der wie alle anderen die Werkstatt bisher nicht verlassen hatte, war ihr gefolgt und schaute zu ihr herauf

Voller Rührung nahm Lucia ihn hoch und drückte ihre Nase gegen sein weiches Fell.

»Mein kleiner Held«, sagte sie. »Das werde ich dir nie vergessen! Doch was wird morgen sein? Ich hab solche Angst, Fuego!«

Tante Pilar musterte sie besorgt, als sie wieder hineinging. Der Kater folgte ihr auf dem Fuß.

»Wieso legst du dich nicht wenigstens ein Weilchen ins Bett?«, sagte sie. »So bleich und todmüde, wie du aussiehst!«

»Ich kann euch jetzt doch nicht allein lassen!«, wehrte sich Pilar.

»Wir sollten uns mit dem Wachbleiben abwechseln«, schlug Djamila vor. »Eine ruht sich aus, während die beiden anderen sich um Miguel kümmern, falls er etwas braucht.« Im Lauf dieses besonderen Abends hatten sie alle bisherigen Förmlichkeiten abgestreift. Jetzt gab es keinen »Señor Díaz« mehr, keine »Doña Pilar«, weder Tochter noch heimliche Geliebte, sondern nur noch vier zutiefst besorgte Menschen, die eine Zwangslage fest zusammengeschweißt hatte.

»Das gefällt mir!«, rief Pilar. »Und Lucia soll gleich den Anfang machen. Du gehst hinauf und streckst dich aus, und wir wecken dich, wenn wir dann ebenfalls Ruhe brauchen!«

Lucia schämte sich fast, wie erleichtert sie darüber war, zumindest für einige Zeit der fast unerträglichen Spannung entfliehen zu können, die in der Werkstatt herrschte. Miguel verstand sein Handwerk, das wusste sie inzwischen, aber konnte er in dieser kurzen Spanne auch nur annähernd die Perfektion Kamals erreichen?

Diese und unzählige andere Fragen wirbelten in ihrem Kopf, als sie sich hingelegt hatte, in Kleidern, um bei Bedarf schnell wieder aufspringen zu können, und mit Fuego eingerollt auf ihren Beinen, der bald friedlich zu schlummern schien.

Irgendwann musste sich der Schlaf auch über sie gesenkt haben, denn als ein irritierendes Geräusch sie weckte, erwachte sie nur mühsam aus einem Wirrwarr von Traum und Albtraum. Bis auf ein kleines Öllicht neben der Tür, das fast heruntergebrannt war, war es dunkel in der Kammer, doch als' sie lauschte, erkannte sie eindeutig die Atemzüge eines Menschen!

Sie war nicht länger allein. Fuego sprang auf, lief ein Stück und begann dabei zu fauchen, dann aber kam er mit hochgestelltem Schwanz zum Bett zurück, als ob er ihr etwas melden wolle.

»Rashid?«, flüsterte Lucia mit klopfendem Herzen. Konnte sie nicht auch jenes leicht bittere Aroma riechen, das sie seit Neuestem mit ihm verband?

»Wen sonst hast du nachts in deiner Schlafkammer erwartet?« Jetzt saß er an ihrem Bett.

»Die anderen sind alle unten«, stieß sie erschrocken hervor, obwohl gleichzeitig alles in ihr jubelte.

Er war gekommen! Das bedeutete, dass er ihr nicht länger grollte.

»Ich weiß«, sagte er leise. »Schafft er es denn?«

»Ich hoffe es sehr. Natürlich fehlt Miguel die lange Erfahrung deines Vaters. Aber er tut alles, was er kann. Schon allein wegen Nuri …«

»Sie wird niemals einen Christen heiraten«, sagte Rashid brüsk und rückte ein Stück beiseite. »Nicht, solange ich das verhindern kann.«

»Und wenn nicht? Sollte das nicht allein Nuris Herz entscheiden?«, sagte Lucia. »Aber jetzt müssen wir sie erst einmal freibekommen. Morgen …«

»Ich glaube, ihr begeht einen verhängnisvollen Fehler!« Rashid war aufgesprungen und begann, mit großen Schritten im Zimmer auf und ab zu gehen. »Diese Ausgeburt der Hölle wird sich niemals von euch vorführen lassen, Ring hin oder her. Lucero ist listig wie ein Fuchs, verschlagen wie eine Hyäne und stark wie ein Krokodil. Der angeblich gestohlene Hyazinth ist doch nichts als ein Vorwand, um mit uns Mauren öffentlich abzurechnen!«

Genau das hatte ihr Vater auch gesagt.

Plötzlich war es, als griffe eine eisige Hand nach Lucias Herzen. Und wenn alles, was sie auf sich genommen hatten, vergeblich sein würde?

»Morgen wissen wir mehr«, sagte Lucia tapfer. »Warum bist du gekommen, Rashid?«

»Musst du das wirklich fragen?« Jetzt war er wieder bei ihr, näher als je zuvor. Sie spürte den Druck seiner Schenkel und wurde sich dabei gleichzeitig ihrer Schenkel bewusst, als seien sie auf einmal losgelöst von ihrem Körper.

Sein Atem dicht an ihrer Haut. Er griff nach ihrer Hand, hielt sie ganz fest, und Lucia ließ sie ihm.

Ihre Augen redeten mit Rashid in einer Sprache jenseits des Verstehens. Tief in ihr wurde es warm.

Dann senkten sich seine Lippen auf ihren Mund.

Der Kuss war lang und innig, zunächst nicht verlangend, nur tröstend und wärmend, doch schließlich veränderte er sich. Sie spürte, wie Rashids Zunge ihren Mund erkundete, immer kühner und leidenschaftlicher. Seine Hände behielt er schon lange nicht mehr bei sich. Wie zwei eigenständige Lebewesen empfand sie Lucia, die sie streichelten und an Stellen berührten, wo kein Mann sie bislang berührt hatte.

Schließlich stieß sie ihn liebevoll, aber entschieden zurück.

»Was hast du denn?«, sagte er keuchend. »Hab ich etwas falsch gemacht? Ich wollte unbedingt noch einmal bei dir sein, bevor …« Er verstummte abrupt.

»Bevor was, Rashid?«

»Je weniger du weißt, desto geringer die Gefahr für dich. Ich will dich da nicht mit hineinziehen.« Es klang abschließend.

»Aber ich stecke doch längst mittendrin«, rief Lucia und sprang aus dem Bett. »Also hör endlich damit auf, mich wie eine dumme Gans zu behandeln, die von nichts Ahnung hat!«

Rashid hatte sich ebenfalls erhoben. Keuchend wie zwei Kämpfer, die nach Atem rangen, standen sie sich gegenüber.

»Hat er dich vielleicht dazu gebracht?« Er machte eine Kopfbewegung in Richtung Tür. »Dass du mir auf einmal in allem widersprichst? Dann wird er mich kennenlernen. Ich traue diesem Christen nicht über den Weg.«

»Fängst du schon wieder damit an?«

»Sein Onkel war es schließlich, der unsere Väter …«

»Ich weiß!«, unterbrach sie ihn. »Aber was kann Miguel dafür? Er tut alles, um die Schuld Gaspars wiedergutzumachen. Es geht ihm nicht nur um Nuri. Ich bin ihm nämlich auch wichtig, falls dir das bisher entgangen sein sollte!« Es war ihr einfach so herausgerutscht.

Sein Gesicht verschloss sich augenblicklich.

»Wieso läufst du dann nicht auf der Stelle zu ihm hinunter und hältst ihm die Hand?«, sagte er grob.

»Stell dir vor, genau das werde ich jetzt tun!«

»Dann kannst mich für immer vergessen!« Rashids Stimme klang rau.

Lucias Augen verengten sich.

»Ich lasse mich von dir nicht erpressen!«, rief sie. »Schon gar nicht in dieser Nacht …«

Aufgewühlt lief sie zur Tür. Doch dann drehte sie sich noch einmal um. Rashid stand bereits an der Leiter, die über einen Zwischenboden hinauf auf das verschneite Dach führte.

Plötzlich fühlte sie sich ganz leer.

»Geh nicht so«, bat sie. »Mir zuliebe.«

Rashid schien mit sich zu kämpfen, schließlich kam er noch einmal zurück.

Seine Lippen streiften kurz ihr Haar.

»In ganz Granada kenne ich kein eigensinnigeres Mädchen«, hörte sie ihn murmeln. »Ach, was – in ganz Spanien! Womit habe ich das nur verdient?«

Damit drehte er sich um, erklomm die Leiter und war verschwunden.

Das Aroma von *qavah* erfüllte die Werkstatt. Gerade hatte Pilar die vierte Portion davon aufgebrüht und brachte sie zu Miguel.

Dessen Augen waren stark gerötet und winzig vor Müdigkeit, doch über sein stoppeliges Gesicht ging ein Strahlen.

»Ohne dieses Teufelszeug hätte ich niemals durchgehalten«, rief er, trank einen Schluck und verzog den Mund. »Es muss direkt von Satan kommen, denn es schmeckt so gallenbitter wie die Hölle, aber es macht dich hellwach, als müsstest du niemals wieder schlafen!« Er schüttelte sich.

Lucia sah ihn schweigend an. Er musste nicht wissen, dass sie das Beutelchen mit den geheimnisvollen roten Beeren neben ihrem Bett gefunden hatte. Ob Rashid es dort verloren oder absichtlich für seinen Rivalen zurückgelassen hatte, spielte jetzt keine Rolle mehr. Djamila hatte zu ihrer Überraschung gewusst, wie man es zubereitet, und sie hatten ausnahmslos alle von der bitteren Flüssigkeit getrunken.

»Die Zarge für den Stein ist fast fertig getrieben.« Miguel setzte den Hammer zu einem neuen Schlag an – und traf daneben.

»Pass bloß auf!«, rief Pilar, »und zerstöre nicht im allerletzten Moment dieses Kleinod, das uns alle an den Rand des Wahnsinns getrieben hat!«

»Keine Angst! Ich passe auf.«

Der nächste Schlag saß, ebenso der allerletzte. Miguel griff nach einem ovalen Blutstein* und polierte mit dessen glatter Fläche Hyazinth und Goldrand. Dann steckte er sich sein Meisterwerk an den rechten Mittelfinger.

»Licht!«, befahl er und Lucia und Djamila befreiten die Fenster der Werkstatt von ihren provisorischen Verhüllungen, bevor sie näher traten.

»Der Ring des Inquisitors!«, rief Miguel. »Jetzt soll Lucero bekommen, wonach es ihn so gelüstet hat!«

Im ersten Sonnenschein war der Effekt überwältigend.

Sobald er die Hand bewegte, nahmen die frisch geschliffenen Facetten das einfallende Licht auf und reflektierten es unterschiedlich. Kein glatter, polierter Stein mehr – sondern ein Meer aus funkelndem Blau, gebettet in strahlendes Gold.

Tante Pilar klatschte in die Hände. »Lucero wird der Mund offen bleiben! Allerdings ist er so viel Schönheit gar nicht wert.«

»Hoffentlich gelingt unser Plan«, murmelte Lucia und musste an die Befürchtungen des Vaters denken, ebenso wie an Rashids düstere Prophezeiung von heute Nacht.

»Wir sollten vorher noch saubere Gewänder anlegen«, fuhr Pilar fort. »Damit wir vor Gericht nicht wie ein Haufen Bettler aussehen.«

»Soll auch ich ein christliches Kleid anziehen?«, wollte Djamila wissen. »Ausnahmsweise würde ich das sogar tun.«

Pilar nahm ihre beiden Hände und hielt sie fest. »Das solltest du besser bleiben lassen«, sagte sie entschieden. »Dein Auftritt dort könnte als Provokation aufgefasst werden.«

»Aber ich trage doch Antonios Kind«, rief die junge Maurin entrüstet. »Wir sind eine Familie. Soll ich jetzt plötzlich wieder nicht mehr dazugehören?«

»Natürlich gehörst du dazu! Und damit dem Ungeborenen und dir auch nichts zustößt, hütest du das Haus und erfrischst uns nach der Verhandlung mit einem guten Essen.«

Doch Djamilas verletzter Blick wollte Lucia nicht aus dem Kopf gehen, als sie hintereinander hinauf zur Alhambra stapften. Überfrierende Nässe hatte die Gassen rutschig werden lassen, und selbst Padre Manolo in seinen genagelten Stiefeln, der sich ihnen vor der Werkstatt angeschlossen hatte, murmelte ab und zu ein Schimpfwort, wenn er auszugleiten drohte. Der Wind hatte sich gelegt, doch die Luft, die in ihre Lungen drang, war eisig.

Die *Puerta de la justicia** war streng bewacht, doch als der Padre vortrat und die Bewaffneten nach dem Prozess fragte, ließen sie die kleine Gruppe passieren.

Sie waren nicht allein gekommen.

Vor ihnen kleinere Grüppchen von Menschen, die offenbar dasselbe Ziel hatten.

Sie überquerten einen großen, gepflasterten Platz, dann erhob sich vor ihnen ein riesiges Gebäude.

»Die Festung«, murmelte Miguel beeindruckt. »Früher muss sie beinahe so etwas wie eine eigene Stadt gewesen sein.«

Wohin sollten sie sich wenden?

Keiner von ihnen wusste plötzlich noch weiter, bis Lucia auf einmal in einiger Entfernung ein paar Rotkappen entdeckte.

»Wo sie sind, kann auch Lucero nicht weit sein«, sagte sie. »Kommt, wir müssen uns beeilen! Die Glocken werden gleich den Mittag einläuten!«

Nur noch ein paar Schritte trennten sie von einem mächtigen Tor, an dem vier Soldaten postierten. Von den Rotkappen plötzlich keine Spur mehr; sie mussten einen anderen Weg genommen oder bereits nach drinnen verschwunden sein.

Vor einer riesigen steinernen Treppe holte Miguel den Ring aus dem Beutel, den er zu dessen Schutz mit weichen Tüchern ausgeschlagen hatte, und drückte ihn Lucia in die Hand.

»Dein Vater wird leben«, sagte er leise. »Ebenso wie Kamal, Saida und die wunderbare Nuri, die wir beide von ganzem Herzen lieben. An ihrer Stelle schenke ich dir diesen Kuss.« Sanft berührten seine Lippen ihre Stirn.

Lucia musste schlucken, um nicht auf der Stelle erneut loszuweinen. Sie drehte sich um und stürmte die Stufen nach oben, die in den ersten Stock führten, so ungestüm, dass die anderen ihr kaum nachkamen.

Dann standen sie erneut vor einer hohen bewachten Tür.

»Wir alle sind bei dir, aber es ist *dein* Kampf«, flüsterte Pilar ihr zu. »Und ich weiß, du wirst ihn gewinnen!«

Lucia straffte sich, versuchte sogar ein Lächeln, doch es misslang. Ihre Faust hielt den Ring so fest umschlossen, dass er sich tief in ihr Fleisch grub.

»Hat die Verhandlung bereits begonnen?«, fragte sie mit belegter Stimme.

»Gerade eben«, sagte einer der Soldaten. Der Rest seiner Antwort ging in ohrenbetäubendem Glockengeläut unter.

Lucia drehte sich zu Tante Pilar um, die ihr aufmunternd zunickte.

Dann drückte sie die Klinke herunter und ging hinein.

Kapitel 10

Lucias Augen flogen durch den Raum. Er war hoch, kahl, bis auf ein paar Bankreihen aus grobem Holz, auf denen sich Männer, aber auch einige Frauen dicht an dicht drängten. Lucia erkannte Consuelo, mit deren Anwesenheit sie bereits gerechnet hatte, sowie andere Christen aus dem Albaycín, die ihr vom Sehen her vertraut waren. Alle anderen waren für sie Fremde.

Sie trat einen weiteren Schritt nach vorn, sanft vorangetrieben von Tante Pilars Zeigefinger, der sich unauffällig in ihren Rücken gebohrt hatte, und versuchte verzweifelt, jeden Gedanken an die schwer bewaffneten Rotkappen auszuschalten, die links und rechts neben der Tür standen.

Vorne links saßen auf kleinen Schemeln Nuri und Saida. Nuri stieß bei ihrem Anblick einen sehnsuchtsvollen Klagelaut aus. Ihr Gesicht war winzig und verweint, ebenso wie das ihrer Mutter, doch bis auf die gebundenen Hände schien man den beiden kein sichtbares Leid zugefügt zu haben.

Gegenüber entdeckte Lucia den Vater, zu ihrer Beruhigung äußerlich ebenfalls unversehrt. Antonios Augen gingen weit auf, als er die kleine Prozession wahrnahm, von seiner Tochter angeführt, die sich gerade in den Raum geschoben hatte. Dann hob er seine Hand, soweit die Fesseln es erlaubten, und deutete auf Kamal.

Als ob das nötig gewesen wäre! Lucia hatte ihn längst erspäht, unter dem Fenster kniend auf einer Art Sünderbank, das einstmals so stolze Gesicht grau und verfallen.

Was hatten sie mit seiner Rechten angestellt?

Wo einstmals seine berühmte Schneidehand gewesen war, in ganz Granada als Instrument seiner Könnerschaft und Präzision bekannt, baumelte jetzt ein hässliches, blutverschmiertes Gebilde aus Haut, Knochen und Sehnen.

Der Anblick fuhr ihr bis ins Mark, und all die klugen Worte, die Lucia sich so sorgfältig den ganzen Weg bis hinauf zur Roten Burg zurechtgelegt hatte, schienen plötzlich wie vom Wind zerstoben.

In ihrem Hals saß ein dicker Kloß. Sie versuchte zu schlucken, um sich davon zu befreien, doch es wurde nur noch schlimmer. Weil sie Angst bekam, daran ersticken zu müssen, begann sie verzweifelt zu husten.

Der Inquisitor hielt mitten in seiner Anklagerede inne.

»Was treibt ihr hier?«, bellte er. »Wer hat euch Vermessenen gestattet, die Würde dieses Gerichts zu stören?«

Aus Furcht, die Stimme könnte ihr versagen, riss Lucia die Hand mit dem Ring nach oben und streckte ihn ihm entgegen.

»Der Ring des Inquisitors«, rief sie krächzend. »Ihr habt nach ihm verlangt. Hier ist er!«

»Ich fordere dich auf, diesen unerhörten Auftritt sofort zu beenden«, schrie Lucero, ohne sich von der Stelle zu rühren. »Hinaus mit dir!«

»Meine Nichte bleibt und wird reden.« Die Stimme Pilars war ruhig und klar. »Sag ihm, was du zu sagen hast, mein Mädchen!« Inzwischen lag ihre feste Hand auf Lucias Schulter und schenkte ihr Wärme und Kraft.

»Ich bin Lucia Álvarez«, begann sie gedämpft, wurde aber mit jedem Wort sicherer und lauter. »Dort drüben sitzt mein Vater Antonio, auf der anderen Seite Saida, meine zweite Mutter, und ihre Tochter Nuri, meine Mondschwester. Der Mann unter dem Fenster, den man so grausam zugerichtet hat, ist Kamal, der mich wie seine eigene Tochter liebt. Sie alle sind unschuldig – jeder Einzelne von ihnen!«

Mehrstimmiges Raunen erhob sich von den Zuhörerbänken.

»Ich fordere dich nochmals auf, zu schweigen …«

»Das wird sie nicht«, rief nun Padre Manolo, dem die Zornesröte im Gesicht stand. »Hört Euch gefälligst an, was sie zu sagen hat!«

»Gaspar Ortíz brachte vor einiger Zeit einen Hyazinth in die Werkstatt meines Vaters, den Kamal umschleifen und mein Vater anschließend in Gold fassen sollte.« Noch immer hielt Lucia den

Ring fest umklammert. »Eines Tages war der kostbare Stein verschwunden. Kamal und mein Vater wurden beschuldigt, ihn gestohlen zu haben, wurden verhaftet und eingekerkert. Doch keiner von ihnen hatte den Stein genommen, jemand anderes hatte ihn gestohlen und ihn in einem heiligen Gefäß in San Nicolás versteckt …«

»Nichts als unverschämte Behauptungen«, unterbrach sie Lucero. »Für die du büßen wirst, wenn du sie nicht sogleich zurücknimmst!«

»Jedes ihrer Worte ist wahr«, kam Miguel ihr zu Hilfe. »Ich kann beschwören, dass der Stein aus dem Ziborium gerollt ist.«

»Gott, der Herr, ist mein Zeuge!«, rief Padre Manolo mit seiner lautesten Predigerstimme, die bis in den letzten Winkel drang. »Das Mädchen hat die reine Wahrheit gesagt.«

»Das kann ich nur bestätigen«, schaltete sich nun auch Pilar ein. »Mit meinen eigenen Augen habe ich es gesehen.«

Für einen Augenblick wurde es still im Raum. Kein Laut mehr, nicht einmal Atemgeräusche waren noch zu hören.

»Und das soll der gestohlene Hyazinth sein?« Lucero hatte ein paar Schritte auf Lucia zu gemacht und starrte auf den Ring. Dann riss er ihn ihr plötzlich aus der Hand. »Ich erkenne ihn ja nicht einmal wieder!«

Blitzschnell hatte er sich den Ring über seinen Mittelfinger gestreift. Er saß wie angegossen, als würde er ihm schon seit jeher gehören. Die Facetten der blauen Rose funkelten und sprühten, als der Inquisitor die Hand langsam hin und her bewegte.

»Was mich nicht wundert«, ergriff Miguel das Wort und brachte das Kunststück fertig, gelassen und ruhig zu klingen. »Denn in der letzten Nacht habe ich sogar mein Augenlicht aufs Spiel gesetzt, um ihn exakt nach Euren Vorgaben umzuschleifen. Erkennt Ihr den Rosenschliff, umgeben von glänzendem Gold? Alles genau so, wie es sein sollte! Wir wollten Euch an diesem besonderen Tag nicht enttäuschen.«

Luceros dichte Brauen hoben sich angewidert. »Seid Ihr nicht Miguel Díaz, der Neffe dieses Gaspar Ortíz?«, sagte er drohend, ohne die geringsten Anstalten zu machen, den Ring wieder abzulegen. »Ein Gauner und Rosstäuscher, wie er im Buche steht!«

»Mein Onkel hat lediglich ausgeführt, was jemand anderes ihm aufgetragen hat.« Miguel sah ihn furchtlos an. »Nicht mehr und nicht weniger.«

»Eure dreiste Rede verrät, aus welch verworfenem Stall Ihr stammt«, fuhr Lucero ihn an. »Ohne jeglichen Funken Respekt der Heiligen Kirche gegenüber! Soll ich Euch auf der Stelle zusammen mit Eurem Onkel verhaften lassen? Ist es das, was Ihr anstrebt? Gründe dafür gäbe es jedenfalls überreichlich!«

»Lasst meinen lieben Vater frei, ich bitte Euch darum bei der Gnade des Herrn!«, rief Lucia, die angesichts seiner glühenden Blicke erneut Angst verspürte. Ihr Herz hämmerte. Sie musste sich zum Weiterreden zwingen. »Er hat nichts getan. Und ebenso wenig Kamal, seine Frau Saida und Nuri, ihre Tochter, die alle unschuldig sind. Ihr habt doch jetzt, was Ihr wolltet. Seid gnädig, Exzellenz, ich flehe Euch an!«

Lucero fuhr zu ihr herum. »Da haben wir ja gleich die ganze Bande von Übeltätern«, zischte er. »Der Neffe eines stadtbekannten Gauners, der sich ohne Erlaubnis an fremdem Eigentum vergeht. Eine Marranin, die heimlich ihrem alten Götzendienst anhängt. Ein ehemaliger Mönch, der sich inzwischen lieber mit den Moslems verbrüdert, als die Messe für anständige Christen zu lesen. Und allen voran als Rädelsführerin eine kleine Diebin, die auch noch die Frechheit besitzt, mit der Beute vor Gericht aufzutauchen und lauthals ihre Lügenmärchen aufzutischen! Was, glaubt ihr, werde ich mit euch anstellen?« Die Adern an seinem Hals traten hervor, so hassverzerrt war sein Gesicht. »Der Kerker ist noch viel zu schade für euch!«

Nuri begann haltlos zu weinen.

Saida sog scharf die Luft ein, als würde ihr der Atem knapp.

Lucia überlief es eiskalt.

»Erkennt endlich die Wahrheit an, Rodriguez Lucero!« Tante Pilar wirkte plötzlich ein ganzes Stück größer als sonst, so aufrecht stand sie im Raum. »Ihr habt die Falschen beschuldigt und gefangen gehalten. Sie sind allesamt unschuldig. Ihr müsst sie freilassen – sofort!«

Einige auf den Zuschauerbänken begannen zu scharren und zustimmend zu murmeln. Jetzt ruhten die erbarmungslosen Augen Luceros auf ihr.

»Kein Taufbecken dieser Welt vermag den hässlichen Geruch unreinen Blutes abzuwaschen«, zischte er. »Egal, ob maurisches oder jüdisches – ich kann es schon von Weitem riechen. Und dein Blut stinkt besonders übel bis zum Himmel. Doch es fließt nicht nur in dir, sondern auch in dieser unverschämten Kreatur, deren Vater sich durch eine Mischehe besudelt hat. Ah, wie inbrünstig ich das alles hasse!«

Seine Hände fuhren nach oben, als wollte er überirdische Hilfe beschwören, sanken dann aber wieder herab und ballten sich zu Fäusten. Sein starrer Blick fixierte Lucia.

»Ihre Mutter war eine Jüdin. Kann man also etwas anderes als Gottlosigkeit und Verschlagenheit von der leiblichen Tochter erwarten? Mitnichten!«

Wut überrollte Lucia wie eine Woge. Danach überkam sie eine kühle, gefährliche Ruhe.

»Ihr habt kein Recht, derart abfällig über meine Mutter zu reden«, rief sie. »Sie hat ihr Leben gegeben, um mir meines zu schenken. Einer wie Ihr dürftet nicht einmal ihren Namen in den Mund nehmen!«

Zwei Männer auf den Bänken waren aufgesprungen. Zuspruch – oder wütender Protest?

Vergeblich bedeutete ihr Antonio von seinem Platz aus zu schweigen, doch Lucia ignorierte seine aufgeregten Gesten, ebenso wie Miguels vor Schreck versteinertes Gesicht und Tante Pilars Schnalzen, das sie stets als Warnung ausstieß, wenn gar nichts anderes mehr helfen wollte. Im Gegenteil, Lucia wurde nur noch lauter.

»Jemand hat den Ring stehlen lassen und sich dazu der Schwäche eines Gaspar Ortiz bedient.«

Lucero schien wie erstarrt.

»Jemand hat ihn im Ziborium von San Nicolás versteckt, um unsere Familien ins Elend zu treiben«, fuhr Lucia fort. »Und ich weiß inzwischen auch, wer das war!«

Jetzt war die Hälfte der Zuschauer erregt aufgesprungen, als könnten sie nicht glauben, was sie da gerade zu hören bekamen. Consuelo fächelte sich heftig Luft zu und verdrehte die Augen. Drohte ein Ohnmachtsanfall, wie er sie bisweilen bei verbotenen Hahnenkämpfen überkam, die sie, wie Lucia wusste, regelmäßig besuchte? Als niemand sich um sie kümmerte, atmete sie gleichmäßiger und ließ sich auf die Bank zurücksinken.

Doch Lucia war noch lange nicht am Ende angelangt, obwohl ihre Finger vor Aufregung eiskalt geworden waren.

»Ihr wart das, Rodriguez Lucero, Ihr, der Inquisitor von Granada – und kein anderer!«, schrie sie. »Den Schlaf habt Ihr uns geraubt und unsere Herzen vor Verzweiflung bluten lassen. Einzig und allein Eure Gemeinheit ist es, die hier zum Himmel stinkt!«

Die Zuschauer begannen wild durcheinanderzureden. Einige ergriffen die Partei des Inquisitors, doch viele stellten sich auf die Seite des mutigen Mädchens.

»Wenn ihr nicht auf der Stelle ruhig seid, lasse ich den Saal räumen.« Luceros Stimme klang merkwürdig angeschlagen, und er vermied es sogar, direkt zu den Menschen zu schauen, die doch auf sein Geheiß hier als Zuschauer erscheinen sollten. »Ich dulde keinerlei Ausschreitungen!«

Wohl oder übel wurden die Leute ruhiger und setzten sich wieder auf die Bänke. Doch ihre Gesten und Blicke verrieten Lucia, dass viele an Lucero zu zweifeln begonnen hatten.

Dieser schien mit sich zu hadern, dann jedoch gab er sich offensichtlich einen Ruck und seine Miene wurde so undurchdringlich wie ganz zu Anfang.

»Lasst die beiden Maurenweiber frei!«

Wer hatte das gerufen? War es wirklich Lucero gewesen? Er stand so nah bei Lucia, dass sie seine säuerliche Ausdünstung riechen konnte.

Zwei Söldner nahmen Saida und Nuri die Fesseln ab und stießen sie grob nach vorn. Miguel fing Nuri im letzten Moment auf, sonst wäre sie gefallen.

»Der Goldschmied kann ebenfalls gehen. Allerdings wird er lernen müssen, dass man den größten Triumph oftmals mit dem tiefsten Leid bezahlen muss.« Lucero schien die Worte förmlich auszuspeien, als verursachten sie ihm unerträgliche Übelkeit.

Trotzdem machte Lucias Herz einen freudigen Sprung, während Antonio finster vor sich hinstarrte, als man seine Fesseln löste.

»An seiner Stelle bleibt die Tochter hier, die auf höchst verdächtige Weise in den Besitz meines Hyazinths gelangt ist«, fuhr Lucero fort. »All die dreisten Lügen und Verleumdungen, die sie hier ausgestoßen hat, werden ihr nichts nützen, denn vielerlei Anzeichen deuten in meinen Augen auf ein Vergehen hin, ja möglicherweise sogar auf ein Verbrechen. Erst eine gründliche Untersuchung wird erweisen, inwieweit die Fäden bei ihr zusammenlaufen. Lucia Álvarez, du bist hiermit verhaftet!«

Sie spürte ihren Körper plötzlich nicht mehr. Auch nicht den jähen Schmerz, als einer der Rotkappen ihr die Arme nach hinten riss und sie mit groben Stricken fesselte.

Lucias Augen suchten nach einem Halt – und fanden keinen.

Dann jedoch fiel ihr verzweifelter Blick auf Kamal, der sie mit einem Ausdruck tiefsten Mitgefühls anlächelte. Seine Schmerzen mussten unerträglich sein, doch sein gütiges Gesicht verriet nichts davon.

»Ich bin stolz auf dich, meine Tochter«, sagte er leise. »Gerade ist es, als hätte man dich mir zum zweiten Mal geschenkt.«

Fuego hatte sie mit kläglichem Maunzen vor der Tür der Werkstatt empfangen, doch als er schließlich Nuri erblickte, schoss er wie ein rötlicher Pfeil auf sie zu und strich ihr schnurrend um die Beine. Den ganzen Weg über hatte Miguel Nuri mehr getragen als geführt, so schwach hatte sie sich gefühlt, doch nun löste sie sich aus seinen Armen und kniete auf dem Pflaster nieder, ohne sich um Schmutz oder Nässe zu kümmern.

»Unser kleiner Held«, murmelte sie, während sie zärtlich über sein weiches Fell strich, denn inzwischen hatte sie von Miguel und Tante Pilar alles erfahren, was seit ihrer Verhaftung geschehen war. »Was hätten wir nur ohne dich getan? Du wolltest uns retten – und hast es sogar geschafft. Aber leider haben sie an unserer Stelle nun

Lucia eingekerkert. Und immer noch meinen armen Papa, dem sie alles genommen haben!«

»Kamal darf nicht sterben«, murmelte Pilar mit zusammengebissenen Zähnen. »Ebenso wenig wie mein Mädchen! Padre Manolo muss sich an Erzbischof Talavera wenden und ihm alles berichten. Und dann werden wir ja sehen, was aus diesem Gauner von Lucero wird!«

»Antonio!« Mit einem Glücksschrei flog Djamila dem Wiedergekehrten um den Hals. »Dass ich dich wiedersehe – und ganz gesund! Bald werden wir zu viert sein.« Sie nahm seine Hand, legte sie auf ihren Bauch.

Ein kurzes Lächeln erhellte sein Gesicht, dann wurde es wieder ernst.

Jetzt erst schien Djamila auch Nuri und Saida zu bemerken. »Ihr seid wieder da – wie sehr ich mich darüber freue! Aber wo ist Kamal? Und wo Lucia?«

»Beide sitzen im Kerker«, sagte Pilar an Antonios Stelle. »Sie haben Lucia verhaftet und Kamal trotz erwiesener Unschuld nicht freigelassen.«

»Aber doch nicht unser Mädchen!«, rief Djamala entsetzt. »Das darf nicht wahr sein!«

»Leider doch. Lass uns erst mal hineingehen. Sonst weiß binnen Kurzem die ganze Straße, was man uns angetan hat.«

Seitdem waren lange Stunden vergangen, Stunden voller Erzählen, voller Weinen und mehr oder weniger erfolgreichen Tröstungsversuchen. Jeder hatte versucht, seinen Teil dazu beizutragen: Djamila mit köstlichem Essen, das sie liebevoll vorbereitet hatte, Pilar mit Eimern voll heißem Wasser, das sie unermüdlich herbeigeschleppt hatte, damit die Heimgekehrten sich vom Schmutz und Ekel der Verließe reinigen konnten. Miguel, indem er zur Ablenkung der kleinen Runde von der wilden Schönheit der Alpujarras erzählt hatte. Sogar Antonio, Saida und Nuri, die frisch gesäubert nach und nach dazustießen, hatte er mit seinen begeisterten Schilderungen der unberührten Bergtäler in Bann ziehen können, jedenfalls so lange, bis die Dämmerung angebrochen war.

Doch plötzlich sprang Nuri erregt auf

»Wir sitzen hier, essen, trinken und schwätzen, als wäre nichts geschehen – während sie im Kerker frieren und leiden!«, rief sie. »Wir müssen Papa und Lucia befreien. Er wird es vielleicht nicht mehr lange aushalten mit seiner zerquetschten Hand. Er braucht einen Hakim*. Jemand, der sich um ihn kümmert und die Wunde versorgt. Und ich weiß ganz genau, wie sehr meine Freundin sich im Dunklen fürchtet!«

»Aber was du da vorschlägst, ist ganz und gar unmöglich!« Antonios Stimme war rau vor Sorge. »Ihr habt doch die Bewaffneten vor den elenden Löchern gesehen, in die man uns gesteckt hatte. Nicht anders werden sie mein armes Kind und meinen so übel gefolterten Freund bewachen.«

»Man bräuchte eiserne Waffen.« Pilar schien zu überlegen. »Und tapfere Männer, die bereit wären, alles auf eine Karte zu setzen.« Ihr Blick bekam etwas Wildes. »Mir kommt da nur einer in den Sinn, der dazu fähig wäre …«

»Rashid!« Djamila, Saida und Nuri hatten es wie aus einem Mund gerufen.

»Wo steckt er überhaupt?«, sagte Miguel. »Er muss doch wissen wollen, wie der Prozess heute ausgegangen ist.«

»Vielleicht hat er ja noch Dringlicheres zu tun …« Djamilas Stimme war ein Wispern.

»Was soll das heißen?«, fuhr Pilar sie an. »Rede!«

»Alle sagen, dass heute Nacht etwas Schreckliches geschehen wird.« Djamila schluckte mehrmals. »Das ganze Albaycín spricht von nichts anderem. Das Holz, das sie auf der Babu'l-Ramla zusammengetragen haben, und all die konfiszierten arabischen Bücher! In jedem Haus waren sie, haben es von oben bis unten durchwühlt und an Gedrucktem weggeschleppt, was immer sie finden konnten. Sogar Lailas alten Koran, der noch von ihrem geliebten Großvater stammte, haben sie ihr genommen. Womöglich versuchen Rashid und die Söhne Allahs, das Schlimmste zu verhindern.«

Antonio starrte sie an, als sähe er seine junge Geliebte zum ersten Mal. Sie quittierte es mit einem kleinen Lächeln.

»Und das alles trägst du einfach so mit dir herum?«, fragte er fassungslos. »In deinem Zustand?«

»Ich bin zwar schwanger, aber nicht schwachsinnig. Außerdem, scheint mir, gäbe es da noch so einiges, was du an mir entdecken solltest«, lautete Djamilas schlichte Antwort. »Hoffentlich bleibt uns genügend Zeit dafür!«

»Ich gehe ihn holen.« Pilar war aufgestanden. »Er ist der Einzige, der uns helfen kann.«

»Aber mein Sohn hält sich doch im Untergrund verborgen«, wandte Saida verzweifelt ein. »Rashid selbst hat mir gesagt, dass es zurzeit keine andere Möglichkeit für ihn gibt.«

»Im Untergrund? So weit ist das gar nicht.« Pilars Lippen verzogen sich zu einem winzigen Lächeln. »Im alten Judenviertel haben sie sich verschanzt, dort, wo unsere Familie früher gelebt hat, das weiß ich von Lucia. Ausgerechnet das Gewürzlager unseres verstorbenen Vaters dient ihnen als Unterschlupf, was ihm übrigens sehr gefallen würde, wäre er noch am Leben. Ganz in der Nähe des Lagers steht das blaue Haus meiner Kindertage.« Ihre Hände fuhren in die lederne Satteltasche und zogen einen bronzefarbenen Schlüssel heraus. »Das Beste und Sicherste aller Verstecke, sollte es eng für uns werden!«

»Ich werde dich begleiten.« Miguel stand an ihrer Seite. »Wenn zutrifft, was Djamila befürchtet, könnte es gefährlich für eine Frau werden, die heute ohne männlichen Schutz unterwegs ist.«

»Du als Christ zu all den Muslimen – und auch noch unbewaffnet?« Pilar schüttelte skeptisch den Kopf. »Das könnte ins Auge gehen!«

»Ich habe mein scharfes Messer, mit dem ich gut umzugehen weiß. Außerdem ist endloses Warten nicht gerade meine Stärke. Mit einer einzigen Ausnahme. Die ich noch keinen Moment bereut habe.« Seine Augen suchten Nuris Blick, die schließlich errötend den Kopf senkte und in ihren Schoß starrte. »Lasst uns das Schicksal in die eigenen Hände nehmen!«

»Ihr müsst schnell wiederkommen.« Es klang wie ein Befehl, doch Antonios Stimme zitterte, als er es hervorstieß. Seine Lider zuckten. Seine Zähne schlugen aufeinander, als hätte er jegliche Kontrolle verloren. Mit einem Mal standen ihm die Strapazen der Kerkerhaft unübersehbar ins Gesicht geschrieben. »Und zwar heil und gesund – versprecht mir das!«

»Das werden wir«, versicherte Pilar und berührte dabei sanft seinen Arm. »Verlass dich darauf, Schwager. Und hoffentlich mit guten Neuigkeiten. Betet inzwischen für uns!«

»Kamal?«

Keine Antwort.

»Abu, hörst du mich?« So hatte Lucia ihn früher immer genannt, damals in glücklichen Kindertagen.

Alles blieb still.

Sie kauerte sich auf der harten Pritsche zusammen. Wie sollte er auch antworten können, wo sie doch starke Felswände voneinander trennten?

Sie hatten ihr zwei zerfranste Decken vor die Füße geschleudert, die widerlich stanken und bestenfalls notdürftig wärmten. Links von ihr musste der Wasserkrug stehen, aus dem sie schon viel zu viel getrunken hatte, um noch bis morgen früh keinen Durst verspüren zu müssen. Den undefinierbaren Brei in der abgeschlagenen Schüssel hatte sie nicht einmal angerührt.

Als gerade noch ein Lichtstrahl durch ein winziges Gitter nach unten gefallen war, hatte sie sich alles genau eingeprägt, um sich später auch im Dunklen einigermaßen zurechtzufinden. Doch Lucia hatte nicht mit der übermächtigen Schwärze gerechnet, die sich wie ein festes Tuch um sie legte und sie zu ersticken drohte.

Da waren sie wieder, die Albträume früherer Tage, vor denen sie sich immer so gefürchtet hatte! Die Angst, vom Dunkel verschluckt zu werden, einfach ausgelöscht, als hätte es sie niemals gegeben.

Das beste Mittel dagegen war stets Nuri gewesen. Nach ihrer weichen Hand zu greifen oder besser noch, sich gleich an sie zu schmiegen und ihren Duft einzuatmen, hatte die Furcht und das Gefühl von Verlassenheit stets erfolgreich besiegt.

Jetzt jedoch erschien Lucia die Freundin so unerreichbar wie der Mond.

Sie spürte die Tränen, die sich in ihre Augen drängen wollten, und wehrte sich dagegen, so gut sie konnte. Hatte Nuri nicht hier ebenso ausharren müssen – tagelang?

Sie war Lucia Álvarez, die schon so weit gekommen war. Sie konnte, sie *durfte* jetzt nicht aufgeben!

Für ein paar Augenblicke spürte sie Reste der alten Stärke. Tante Pilar würde nicht zulassen, dass ihr etwas zustieß, ebenso wenig wie Padre Manolo, der sie stets unterstützt hatte. Und auch der Vater, sobald er sich nur ein wenig von den Strapazen der Haft erholt hätte.

Aber Rashid …

Sie hätte nicht an ihn denken dürfen und hasste sich dafür, dass es doch geschehen war, denn nun fiel das letzte bisschen Kraft, das ihr noch geblieben war, wie ein Kartenhaus in sich zusammen.

Warum nur hatten sie nicht auf seine Einwände gehört?

Er war von Anfang an dagegen gewesen, den Stein fertig zu schleifen und den Ring zu schmieden, um beides dem Inquisitor zu übergeben und ihn damit zur Aufgabe seines heimtückischen Plans zu nötigen, doch keiner von ihnen hatte auf ihn hören wollen.

Ob er sie suchte?

Oder war er inzwischen ganz und gar mit den Vorbereitungen des Aufstands beschäftigt und hatte dafür keine Zeit?

Als etwas Lebendiges ihren Knöchel streifte, schrie Lucia schrill auf – Ratten! Schon beim letzten Licht hatte sie einige von ihnen umherhuschen sehen. Auch waren ihr die Eisenfesseln für Hände und Füße aufgefallen, die mit rostigen Eisenketten tief in der Wand verankert waren.

Jetzt stürzten alle Albträume auf einmal auf sie ein.

Kamal hatte man seine Schneidehand zertrümmert, um ihn zu einem Geständnis zu zwingen, obwohl Lucero doch genau wusste, dass er den Stein gar nicht haben konnte.

Was würde man ihr nehmen?

Einen Arm? Die Beine? Das Augenlicht?

Lucia hob die Fäuste und schlug gegen den harten Fels, wieder und wieder, bis sie zu bluten begannen.

Dann fing sie an, haltlos zu weinen.

Umhang und Kleid der Königin waren blutrot. Nur den Saum zierte eine Borte aus breitem nachtschwarzem Samt. Ihre Hofnärrin, keine zwei Schritte von ihr entfernt, trug dieselbe Robe, doch das Miniaturformat, das für ihre gedrungene Gestalt notwendig war, ließ es an ihr eher wie ein lächerliches Mummenkostüm* wirken.

Isabella von Spanien hielt eine brennende Fackel in der rechten Hand. Dolores, die Zwergin, die man vor langen Jahren in der Christnacht als halbtoten Säugling vor der Kathedrale gefunden hatte, trug eine wesentlich kleinere Fackel.

Ein Stück entfernt stand mit unbewegtem Gesicht Francisco Jiménez de Cisneros, barfüßig in abgelaufenen Sandalen, wie immer in seine Büßerkutte gehüllt. Nicht einmal in dieser kalten Nacht wärmten ihn Filz oder Fell als Umhang. Er stützte sich schwer auf seinen Bischofstab, den vielleicht merkwürdigsten, den die Christenheit jemals zu Gesicht bekommen hatte, denn sein unterer Part bestand aus einem wurmstichigen Pilgerstab, während sein, oberer Teil aus dem Szepter von Boabdil, des letzten maurischen Königs von Granada gefertigt war.

Er schaute zur Königin und nickte.

Isabella senkte ihre Fackel und zündete das sorgsam errichtete Reisignest an, auf dem sich Bücher, Schriftrollen und Pergamente stapelten, ausnahmslos alle in arabischer Sprache verfasst. Die Zwergin tat es ihr nach.

Ein Schrei ging durch die Menge, die sich seit Einbruch der Dunkelheit am Sandtor versammelt hatte, als die Scheite zu brennen begannen und Flammen an den Büchern emporleckten, zögernd noch, beinahe schüchtern, bald jedoch höher und stärker, gierig verschlingend, was man ihnen geopfert hatte.

Cisneros reckte sich, als falle soeben eine gewaltige Last von seinen mageren Schultern.

Ein paar der Mauren hatten eilig Wassereimer herbeigeschleppt, um den Brand zu löschen, doch sie wurden von den dunkel gekleideten Soldaten der Königin, die wie ein Wall aus Menschenleibern den Marktplatz umschlossen, gewaltsam daran gehindert.

Hitze breitete sich rasch aus. Das prasselnde Feuer begann zu stöhnen und zu ächzen wie ein riesiges Lebewesen. Die Flammen züngelten, als verlangten sie gierig nach mehr.

Das war noch lange nicht das Ende.

Noch immer rollten bis zum Rand gefüllte Handkarren aus allen Ecken heran und Rotkappen warfen noch mehr Bücher in die Flammen. Als könne es ihnen nicht schnell genug gehen, fingen sie an, die Druckwerke zu zerfetzen, rissen ganze Seiten heraus, zerstörten die Einbände und zertraten, was die Hände nicht zu verunstalten imstande waren, mit ihren genagelten Stiefeln.

Einige aus der Menge klatschten laut Beifall, andere jedoch stöhnten und weinten, und als ein besonders schön gebundenes Exemplar des Korans zerfetzt auf dem Scheiterhaufen landete und rasch Feuer fing, stieg ein hoher, klagender Ton einer betagten Frauenstimme in den verhangenen Nachthimmel.

»Das ist erst der Anfang.« Rashids Stimme war dunkel vor mühsam unterdrückter Wut. Er und Doña Pilar und Miguel standen am Rand des Massakers, ratlos, zornentbrannt. »Jetzt sind es noch Bücher. Werden es beim nächsten Mal Menschen sein?« Er ballte seine Fäuste, als wollte er im nächsten Augenblick losschlagen. »Welch grausame Wesen diese Christen doch sind! In einer einzigen Nacht zu zerstören, was Andersgläubige in langen Jahrhunderten an Wissen und Schönheit erschaffen haben.«

Auch Pilar schaute voller Entsetzen in die Flammen, die sie auf ihrem Weg zu Antonios Haus überrascht hatten.

»Der Padre hat es geahnt«, flüsterte sie. »Jetzt erst verstehe ich ihn ganz. Ich hoffe nur, Manolo konnte in seiner Krypta so viele arabische Bücher wie möglich retten!«

»Die Zeiten des Hoffens sind vorbei.« Rashids Stimme war scharf wie eine Klinge. »Zum Glück hat die Krypta des Priesters nicht nur Bücher geborgen, sondern auch Lanzen und Schwerter.« Er schlug den Umhang zurück und entblößte für einen Moment seine Waffe. Dann verschwand sie wieder unter dem weiten Stoff. »Jetzt ist die Zeit der Krieger gekommen. Diese Nacht werden die Ungläubigen von Granada niemals vergessen!«

Er wollte davon.

»Warte!« Miguel packte seinen Umhang und hinderte ihn am Weitergehen. »Dein Vater und deine …« Er zögerte kurz, dann sprach er weiter: »… Lucia brauchen dich jetzt am dringendsten, vergiss das nicht. In den Kerkern der Festung kann jede Stunde eine Ewigkeit bedeuten.«

Wütend wie ein gereizter Stier fuhr Rashid zu ihm herum. »Meinst du, ich wüsste das nicht? Aber ihr, mit eurem lächerlichen Vorhaben, den Stein fertig zu schleifen und den Ring zu schmieden, habt doch alles nur noch schlimmer gemacht. Mein Vater hat sogar seine berühmte Schneidehand eingebüßt! Hast du auch nur eine Ahnung davon, was das für ihn bedeutet? Selbst wenn er freikommt, ist sein Leben zerstört. Wären wir schneller gewesen, er könnte noch gesund sein. Und wenn er an seinen Verletzungen stirbt, was dann? Hast du dann auch wieder eine Binsenwahrheit parat?« Er fuhr sich mit der Hand über das Gesicht. »Wieso habt ihr nicht beizeiten auf mich gehört?«

»Antonio ist frei und deine Mutter und Nuri auch«, wandte Pilar ein, die keinen Streit zwischen den beiden jungen Männern aufkommen lassen wollte. »Sie sind in Sicherheit. Unversehrt. Das ist schon mal ein Anfang …«

»Wozu?«, unterbrach er sie. »Damit sie sich blindlings diesem vorlauten Christen an den Hals wirft?«

Miguel wandte sich von den zuckenden Flammen ab und nahm ihn ins Visier. »Und du und Lucia? Wo genau ist da der Unterschied?«

Pilar schnappte nach Luft. »Das alles könnt ihr austragen, sobald die Gefangenen wieder heil bei uns sind und wir uns alle in Sicherheit befinden«, sagte sie. »Keinen Augenblick früher! Wir sollten Lucero nicht unterschätzen. Wir haben ihn öffentlich beschämt, dafür wird er sich rächen. Ich fürchte, dass er binnen Kurzem einige von uns erneut festnehmen lassen wird, um sie mundtot zu machen. Die Macht, über Leben und Tod entscheiden zu können, schmeckt ihm viel zu süß. Wieso sollte er von ihr lassen, wo er sie doch in vollen Zügen auskosten könnte?«

»Dann ist Antonios Haus ja eine gefährliche Falle!«, rief Rashid.

»Aus diesem Grund werden wir alle es auch schleunigst verlassen«, sagte Pilar. »Du kennst das blaue Haus mit den Blüten an der Wand im ehemaligen Judenviertel?«

Er nickte knapp.

»Dorthin werden wir gehen. Alle zusammen. Durch eine Falltür gelangt man in den Keller, der zu einem Gewölbe ausgebaut wurde, in dem man sich mit einigen Vorräten tagelang aufhalten kann. Sogar eine unterirdische Zisterne ist vorhanden. Von außen lässt sich nichts davon erkennen. Mein kluger Vater hatte an alles gedacht.« Sie zögerte. »Auch an den Ausbau seiner Gewürzhalle, kurz bevor die Juden aus Granada vertrieben wurden. Die Halle, aus der ich dich eben abgeholt habe und die den Brüdern Allahs jetzt als Übungsplatz dient.«

Beschämt senkte Rashid den Kopf.

»Ich kann manchmal ein ziemlicher Idiot sein«, begann er zu stammeln. »Verzeih …«

Holzscheite knackten und stöhnten. Angebrannte Buchseiten flogen in der Luft herum wie versengte Vögel. Die Haare einer jungen Frau fingen Feuer, und sie schrie gellend auf, bis eine Ältere geistesgegenwärtig ein Tuch darüber geworfen hatte, um die Flammen zu ersticken.

Schluchzend fiel die Junge ihr um den Hals, weinte und weinte, als sollten ihre Tränen den Brand löschen.

Pilar ergriff Rashids Hände. »Rettet sie!«, sagte sie. »Holt Lucia und deinen Vater aus den dunklen Verließen der Alcazaba. Allein darauf kommt es jetzt an.«

Erzbischof Talavera stand am Fenster seines Palastes. Die rundlichen Schultern zuckten, so reichlich flossen seine Tränen.

»In diesen Flammen geht alles zugrunde, woran ich seit jeher geglaubt habe«, sagte er schluchzend. »Aber die Religionen des Buches *sind* Brüder. Das weiß ich! Und ich werde auch künftig daran festhalten, was immer auch geschieht.«

»Wir müssen handeln, Bruder Hernando.« Padre Manolos

Stimme klang fordernd. »Die Zeit drängt! Zum Trauern ist später noch Zeit genug.«

Der Erzbischof sah ihn besorgt an. »Und du hast wirklich einige Bücher retten können?«, fragte er abermals und schnäuzte sich ausgiebig. »Viele?«

»Das habe ich. Und nicht nur ich allein. Aufgrund meiner mit Absicht unvollständigen Listen konnten viele der wertvollen Bücher in den Häusern von Granada verborgen und damit unentdeckt bleiben. Doch wie lange noch? Solange Menschen wie Rodriguez Lucero Macht ausüben können, gibt es keine Sicherheit, weder für Menschen noch für Bücher!«

Er trat näher zu dem fülligen Mann, der sich nicht vom Fenster zu lösen vermochte.

»Sie sind unschuldig.« Wie oft hatte er das inzwischen schon gesagt? »Alle beide. Der Ring, den Lucero für sich bestellt hatte, war lediglich ein Vorwand, um öffentlich mit den Mauren abzurechnen. Dass Kamal in der Zwischenzeit zwangsgetauft wurde, kam Lucero dabei erst recht gelegen. So konnte er ihm das Motiv der Rache unterstellen. Und das Mädchen, Bruder Hernando! Ich kenne sie von klein auf Lucia darf nicht zum Spielball seiner Machtgelüste werden!«

»Sie ist die Tochter einer Jüdin, hast du gesagt?« Talavera klang auf einmal zögerlich.

»Aus Miriam, der Jüdin, wurde nach der Taufe Maria, die Christin.« Den hässlichen Ausdruck *Marranin,* der ihm ohnehin zuwider war, wollte der Priester jetzt erst recht nicht in den Mund nehmen. »Ich kenne die Tante gut, Doña Pilar. Ohne ihre Hilfe müsste ich die Armenspeisung von San Nicolás schon morgen schließen. Kaum jemand leistet meiner Gemeinde größere Dienste als sie. Bitte, Bruder, zögere nicht länger – handle!«

Der Erzbischof griff zum Weinpokal, trank lange und durstig.

»Es ist ganz und gar nicht ungefährlich, sich in die Belange der Inquisition einzumischen«, sagte er, nachdem er ihn wieder abgesetzt hatte. »Und es bringt zudem, wie die Erfahrung gezeigt hat, meistens erbärmlich wenig. Diese Institution hat in ihrem Kampf gegen die Bedrohungen des rechten Glaubens ihre ganz eigenen Regeln und Gesetze, das weißt du ebenso gut wie ich.«

»Aber in diesem Fall geht es doch gar nicht um eine Bedrohung des rechten Glaubens«, rief Padre Manolo aufgebracht, »sondern um einen Edelstein, der zwei Familien ins Unglück gestürzt hat. Der Hyazinth war niemals gestohlen, sondern lag die ganze Zeit in unserem Ziborium, wo kein anderer als Lucero oder, in dessen Auftrag, Ortiz ihn platziert haben …«

Er hielt inne, weil Talavera sich plötzlich mit einer gequälten Geste an die Stirn fasste.

»Was ist mit dir?«, fragte er. »Bist du krank?«

»Das alte Leiden«, flüsterte der Erzbischof. »Quälende Kopfschmerzen, die mir schier den Schädel sprengen wollen. Ich fürchte, ich muss mich auf der Stelle zurückziehen. Allein Ruhe und Kühle können jetzt noch Linderung bringen.«

»Du lässt mich im Stich, Bruder Hernando? Und nimmst damit billigend in Kauf, dass womöglich zwei Unschuldige auf einmal von einem selbstherrlichen Fanatiker in den Tod getrieben werden? Das kann nicht dein Ernst sein! Wo ist dein früherer Kampfgeist geblieben? Ich erkenne dich nicht wieder.«

Talavera schien gar nicht mehr richtig zuzuhören, sondern wedelte mit einem großen Leinentuch, um sich Kühlung zu verschaffen.

»Und was ist mit den Folgen?« Der Priester dachte an die Waffen, die ihr Anführer Zegri mit den Söhnen Allahs vor Kurzem aus der Krypta geholt hatte. Ihre Mienen hatten nichts Gutes versprochen. Sogar mit ihm, der ihnen doch geholfen hatte, hatten sie nur das Allernotwendigste geredet. Ihr Hass auf alles, was christlich war, wuchs von Tag zu Tag, von Stunde zu Stunde. Das Feuer, das ihre heiligen Schriften soeben zum Großteil vernichtet hatte, würde ein Übriges tun. »Hast du daran schon einmal gedacht? Die Mauren Granadas haben es gründlich satt, von uns Christen wie Lämmer zur Schlachtbank geführt zu werden. Es wird Blutvergießen geben, Bruder, und damit Tod und noch mehr Elend auf allen Seiten! Lass uns das verhindern!«

Er erntete nur ein kleines müdes Lächeln, das den Erzbischof bereits große Anstrengung zu kosten schien.

»Du hast seit jeher zu Übertreibungen geneigt, Bruder Manolo«, sagte Talavera. »Schon damals im Kloster, ich erinnere mich noch sehr genau, als ein paar von uns einen jungen Schwan geschlachtet und gebraten haben, der dir ans Herz gewachsen war, und du uns alle dafür schon in der Hölle schmoren sahst. Vergiss nicht, wir alle sind in Gottes Hand. Er allein bestimmt unsere Geschicke. Sobald mein Schmerz ein wenig nachgelassen hat, werde ich für die beiden im Kerker beten. Was ich dir übrigens auch empfehle. Du bist schließlich Priester – und kein Mann der Politik oder gar des Heeres.«

Der Priester starrte ihn fassungslos an. Konnte oder wollte sein früherer Wegbegleiter nicht begreifen, welch Inferno Granada womöglich bevorstand?

Doch solange er ihn auch erwartungsvoll anschaute, in dem leidenden, zerfurchten Antlitz, das ganz und gar nach innen gekehrt schien, fand er keine Antwort auf seine Bitten.

Padre Manolo seufzte leise, dann drehte er sich um und verließ wortlos den Raum.

»Es ist unmöglich. Wir sind wie zwei Schiffe auf verschiedenen Meeren, die niemals Seite an Seite segeln werden.« Nuris Stimme klang traurig. »Das müssen wir beide so hinnehmen.«

»Es ist möglich – vertrau mir!«, widersprach Miguel leidenschaftlich. »Gemeinsam können wir alles schaffen – auch die stürmischste See!«

»Pst! Nicht so laut. Oder willst du, dass sie jedes Wort mithören kann?«

Das galt Djamila, die mit ihnen hinüber in Kamals Haus gegangen war, um einige Kissen und Decken für die Nacht zu holen. Zusammen mit Pilar und Lucia hatten sie hier stundenlang tüchtig aufgeräumt, nachdem die Tür repariert worden war und man keine Einbrecher mehr fürchten musste. Alles Zerbrochene war weggeräumt, der Schmutz gesäubert, die schlimmsten Schäden beseitigt, so gut es ihnen möglich gewesen war. Und dennoch strahlte das einstmals so behagliche Haus eine Einsamkeit aus, die alle frösteln machte.

Hier mochte niemand mehr wohnen.

»Und wenn schon!«, sagte Miguel. »Zeigt sie uns nicht durch ihr Beispiel, dass es möglich ist? Sie trägt das Kind von Antonio und beide sind glücklich darüber. Sei mutig, Nuri! Bald werden es ohnehin alle wissen.« Er breitete die Arme weit aus, als wollte er die ganze Welt umfangen. »Was wenn nicht Liebe könnte uns jetzt noch retten?«

Er sah die Angst und die Hoffnung, die abwechselnd über ihr Gesicht glitten, und liebte sie nur noch mehr dafür.

Hatte er sie nicht seit jeher gekannt? Dass es nicht so war, wusste Miguel, und doch fühlte er sich ihr so nah, dass er beinahe selbst davon überzeugt war.

Nuri sah ihn an mit ihren großen dunklen Augen, die ihm im Licht der Ölfunzeln, die sie rasch entzündet hatte, um sich zurechtzufinden, wie schwarze Sterne erschienen.

»Du träumst einen wunderschönen Traum, Miguel Ortíz«, flüsterte sie. »Aber Träume sind begrenzt. Und sehr gefährlich. Wenn man aus ihnen aufwacht, dann gibt es im richtigen Leben unüberwindliche Hindernisse, vor allem zwischen Mauren und Christen. Ein Graben trennt uns, so tief wie die Unendlichkeit!«

»Wer sagt das?«, fuhr er auf, während sie ein paar Decken zusammensuchte. »Etwa die Leute da draußen? Lass sie doch reden! Das ist mir ganz und gar egal. Sie wissen nichts! In meinem Herzen sieht es ganz anders aus.«

»Deine Leute da draußen verbrennen gerade alles, was meinen Leuten heilig ist«, erwiderte Nuri heftig. »Das hast du uns doch vorhin mit deinen eigenen Worten berichtet! Noch sind es arabische Bücher, die sie ins Feuer werfen. Was aber, wenn es schon bald Mauren aus Fleisch und Blut sein werden?«

»Deshalb müssen wir ja fliehen!« Eine Locke war ihm in die Stirn gefallen und seine Augen glänzten wie im Fieber. »Damit keinem von uns mehr etwas zustoßen kann. Und ich weiß auch schon, wohin. Wir gehen in die Alpujarras, Liebste! Dort werden wir gemeinsam leben und glücklich sein.«

Nuri spürte, wie ihre Wangen heiß wurden. Noch nie zuvor hatte er sie so genannt.

»Du bist verrückt, Miguel Ortíz«, sagte sie. Welche Freude es ihr bereitete, allein seinen Namen auszusprechen! Tausendmal hintereinander hätte sie es tun mögen, ohne jemals müde zu werden. »Vollkommen verrückt sogar!«

»Vielleicht bin ich das.« Er lachte, dieses breite, umwerfende Lachen, das sie schon bei der ersten Begegnung an ihm geliebt hatte. »Komm mit mir, Nuri! In der Bergeinsamkeit der Alpujarras würde unser Glück niemand stören!«

Glück.

Nuri erschrak. Die Verlockung kam direkt aus ihrem Herzen. Aber sie konnte, sie durfte das nicht fühlen!

Papa mit seiner verstümmelten Hand und Lucia saßen noch immer im Kerker. Rashid, der geliebte Bruder, unternahm womöglich gerade waghalsige Anstrengungen, um sie daraus zu befreien. Ein Versuch, der ihn das Leben kosten konnte. Wenn sie einen von ihnen verlieren würde – das Herz wollte ihr stillstehen bei diesem Gedanken!

Doch da gab es noch etwas anderes, das ihr schwer auf der Seele lag, seit Längerem schon, genau genommen seit dem Einbruch in Gaspars Haus, als Miguel ihr zum ersten Mal seine Gefühle offenbart hatte. Manchmal stieg es empor, dann schob sie den unangenehmen Gedanken schnell wieder weg, als ob sie das Problem damit aus der Welt schaffen könnte.

»Sie würde mich hassen«, murmelte sie. »Lucia verabscheut es, zurückgewiesen zu werden, da kenne ich meine geliebte Mondschwester nur allzu gut! Ich möchte sie nicht unglücklich machen, erst recht nicht nach allem, was sie jetzt durchzustehen hat. Ich weiß doch, wie viel sie für dich empfindet, Miguel, von Anfang an!«

Wieso begann er jetzt lauthals loszulachen? Nuri starrte Miguel erstaunt an.

»Du weißt nichts davon, oder?« Es schien ihm schwerzufallen, sich wieder zu beruhigen, aber vielleicht lag das ja auch an der immensen Anspannung, unter der sie alle standen. »Lucia hat dir nichts verraten? Das sieht ihr ähnlich!«

»Ich verstehe kein Wort«, sagte Nuri leicht säuerlich. »Was meinst du?«

»Rashid und Lucia … Du weißt wirklich nichts davon? Als Schwester und allerbeste Freundin?«

»Du lügst«, rief sie empört. »Das kann nicht sein. So etwas hätte Lucia mir doch niemals verheimlicht!«

»Ich lüge nicht. Und bestimmt hatte sie gute Gründe, ihre Gefühle für sich zu behalten. Allerdings, liebste Nuri, muss man schon sehr blind sein, um nicht zu bemerken, dass die beiden sich zueinander hingezogen fühlen.«

Sie wandte sich ab, schweigend, und begann auf einmal hastig zu hantieren. Binnen Kurzem war der Berg an wärmenden Decken, den Nuri zusammengerafft hatte, so riesig, dass sie ihn allein nicht tragen konnte.

»Ich brauche Hilfe!«, rief sie.

Noch bevor Miguel zulangen konnte, stand Djamila schon vor ihr.

»Ihr habt euch sehr viel Zeit gelassen«, sagte sie mit leiser Missbilligung. »Aber jetzt kommt endlich. Wir bringen alles zu deiner Mutter, Pilar und Antonio.«

»Warte – nur noch einen Augenblick!« Miguel wollte Nuri am Ärmel packen, sie aber riss sich los.

»Ich muss jetzt für mich alleine sein«, sagte sie. »Kannst du das nicht verstehen? Die Angst um Papa, die Haft, die plötzliche Freilassung, die verbrannten Bücher – und nun das! In meinem Kopf dreht sich alles im Kreis. Was soll ich jetzt überhaupt noch glauben? Worauf noch vertrauen?«

Sie begann zu weinen.

Miguel nahm sie in die Arme, ohne sich um Djamilas Anwesenheit zu scheren, und hielt sie ganz fest.

»Natürlich muss das alles hier erst einmal überstanden werden«, murmelte er an ihrem Ohr. »Aber du sollst wissen, dass ich mit dir leben möchte, Geliebte!«

Nuri zitterte unter seiner Berührung. Plötzlich spürte er, dass sie ihn ebenfalls umarmte und dass ihre Finger ihn am Ohr kitzelten. Ein kurzer Moment nur, eine winzige, unschuldige Zärtlichkeit, wie sie auch Kinder hätten austauschen können, die ihm jedoch durch und durch ging und ihn mit hellem, taumelndem Glück erfüllte.

Dann löste sie sich langsam von ihm.

Djamila stieß ein Hüsteln aus. Ihre Augen waren feucht geworden.

»Ich werde für euch beide beten«, sagte sie. »Ebenso wie für Rashid und Lucia. Dann wird die Liste der Gebete, die ich täglich für Antonio und das Kleine an Allah richte, eben noch ein Stückchen länger.«

»Aber du erzählst es niemandem!«, rief Nuri ängstlich. »Das musst du mir versprechen. Mama hat schon genug auszuhalten! Und wenn ich nur an den strengen Blick von Tante Pilar denke …«

»Das muss ich doch gar nicht«, erwiderte Djamila. »Eure seligen Gesichter verraten euch ohnehin.«

Als Lucia erwachte, war es stockdunkel. Kälte war ihr unter die lausigen Decken gekrochen, hatte ihre Glieder ganz hart und steif gemacht. Sie erhob sich vorsichtig und berührte behutsam den Boden, um ja nicht wieder mit einem der pelzigen Scheusale in Kontakt zu kommen.

Dann tastete sie nach dem Krug.

Vorsichtig hob sie ihn an die Lippen, ließ das Wasser lange im Mund, bevor sie es schluckte.

Hatte sie vorhin noch geschimpft, es sei brackig? Auf einmal erschien es ihr köstlich und rein.

Danach kam der Napf an die Reihe. Der Löffel fuhr in den Getreidebrei, sie schob ihn in den Mund, kaute, schluckte. Und wenn die Ratten hundertmal daran genagt hatten – was scherte es sie?

Sie wollte trinken und essen, um zu überleben.

Und sie würde überleben – so lange, bis jemand kommen würde, um sie aus diesem Albtraum zu befreien.

Mit dieser Hoffnung im Herzen schien nicht einmal die Pritsche, auf der sie sich erneut zusammenrollte, so hart und schmal wie zuvor.

Lucia schloss die Augen.

Hinter ihren Lidern wurde es hell.

Rashid, dachte sie, Liebster! Wo bist du?

Kapitel 11

Den Inquisitor in ihre Gewalt zu bekommen, war einfacher gewesen als befürchtet. Sei es, dass Lucero in seinem Machtrausch sich leichtsinnigerweise in trügerischer Sicherheit gewiegt hatte, sei es, dass er zu viele seiner Rotkappen zur Bücherverbrennung geschickt hatte – vor dem stolzen, zweistöckigen Haus nahe der Baustelle, wo bald schon die riesige neue Kathedrale in den Himmel wachsen würde, waren lediglich noch zwei der fremdländischen Söldner postiert.

Die Söhne Allahs, ganz in Schwarz, erledigten die beiden im Handstreich von hinten, auch wenn es nur ein kleiner Trupp war, denn es hatte heißen Streit zwischen Zegri und Rashid gegeben. Ersterer verlangte die Blutrache an allen Christen, die sich gegen die Mauren Granadas gewandt hatten; Letzterer bestand auf dem Vorrang der Befreiung von Kamal und Lucia. Als nichts mehr helfen wollte, kam es schließlich zur Abstimmung: Ganze sechs Männer traten hinter Rashid, während all die anderen sich eng um Zegri scharten, um ihm nachzufolgen.

Eine bittere Niederlage und ein empfindlicher Schlag zugleich für den Stolz des jungen Kriegers, aber Rashid hatte dennoch versucht, sich nach außen hin nichts anmerken zu lassen. Deshalb war es für ihn nun eine Genugtuung, wie schnell und problemlos sie in das Haus des Inquisitors eingedrungen waren.

Sie fanden ihn in seinem Arbeitszimmer, am Tisch, vor einem Stapel Pergamente, die Hände vom flackernden Kaminfeuer gewärmt.

»Wer seid ihr?«, fragte Lucero fassungslos, bevor ihn ein Schlag gegen die Schläfe tief ins Reich der Träume verbannte.

Sie fesselten ihn, zogen ihm einen Sack über den Kopf und banden ihn wie ein Bündel Heu auf eines der Maultiere, das sie bei Einbruch der Nacht konfisziert hatten.

Danach ging es mit der wertvollen Beute den steilen Weg hinauf zur Alhambra.

Ein ganzes Stück vor der *Puerta de la justicia* machten sie halt, luden den noch immer Bewusstlosen ab, lösten seine Fesseln und brachten ihn mit einem ordentlichen Schwall eiskalten Wassers wieder zur Besinnung.

»Wo bin ich?«, stammelte er, verschloss allerdings schnell wieder den Mund, als er in lauter dunkelhäutige Gesichter blickte, die sich wie Wüstenkrieger schwarze Tücher bis über die Nase gezogen hatten.

»Noch nicht ganz da, wo wir dich haben wollen«, sagte Rashid. »Du hast jetzt genau zwei Möglichkeiten: Entweder du gehst durch dieses Tor und lässt uns hinein, ohne uns den Wachen zu verraten – oder wir schneiden dir auf der Stelle die Kehle durch!«

»Ich beuge mich eurer Übermacht«, erwiderte Lucero, ohne eine Miene zu verziehen. »Wenngleich unter Protest. Gehen wir!«

Die beiden Männer, die das Tor bewachten, schienen erstaunt über den seltsamen Trupp, der da mitten in der Nacht Einlass begehrte, doch nach dem Befehl Luceros ließen sie sie passieren.

»Jetzt!«, sagte Rashid knapp, nachdem sie die Mauer hinter sich gelassen hatten. Vier der Söhne Allahs kehrten um, stürzten sich auf die Wächter, fesselten und knebelten sie.

»Was willst du?«, fragte Lucero. Im Mondlicht schienen seine Augen zu flackern und zum ersten Mal entdeckte Rashid eine Spur von Angst in dem sonst so steinernen Gesicht.

»Du wirst uns zu den Verliesen führen«, antwortete er. »Dorthin, wo Kamal bin Nabil und Lucia Álvarez zu Unrecht eingekerkert wurden. Und keinen einzigen Laut – sonst stirbst du!«

Tatsächlich trottete der Inquisitor gehorsam voran, den steinernen Weg hinauf zur Alcazaba, doch dann blieb er plötzlich stehen.

»Ihr kommt hier niemals lebend heraus«, sagte er. »Das wisst ihr, wenn ihr keine Idioten seid. Wieso gebt ihr nicht lieber gleich auf und streckt die Waffen?«

Rashids Hieb traf ihn ohne jegliche Vorwarnung unter dem Auge. Die dünne Haut platzte auf Lucero begann heftig zu bluten.

»Ich verlange mein Wertvollstes von dir zurück«, sagte Rashid mit dumpfer Stimme. »Und zwar meinen Vater und meine Liebste! Also lauf zu, wenn du an deinem Leben hängst!«

Lucero gehorchte zögerlich.

Inzwischen stiegen die dunklen, alten Mauern vor ihnen auf, die schon so vielen Menschen zum Verhängnis geworden waren. Vielfältige Gerüchte darüber kreisten in Granada, blutrünstige Geschichten, die in langen Winternächten vor dem Feuer erzählt wurden und Kinder dazu brachten, sich schaudernd an ihre Mütter zu kuscheln.

»Wo sind sie?«, stieß Rashid drohend hervor. »Meine Geduld geht langsam zu Ende!«

»Gleich«, erwiderte der Inquisitor. »Aber wie willst du sie freibekommen?«

»Ganz einfach.« Rashids Dolch fuhr ihm seitlich an die Kehle und machte ihn unfähig auch nur zur allerkleinsten Bewegung. »Denk dir geschwind etwas Kluges aus. Denn kein anderer als du wird ihre Freilassung anordnen!«

Mit der anderen Hand packte er Lucero am Hals und schüttelte ihn wie einen ungehorsamen Welpen, der zur Vernunft gebracht werden musste.

Spürte Lucero die Kühle der Klinge oder schien seine Haut zu brennen, wo der Dolch ihn berührte? Unsicher taumelte er nach vorn, bis er vor einer mächtigen alten Holztür angelangt war. Links und rechts steckten zwei flackernde Fackeln in eisernen Haltern.

»Ich nehme eine davon heraus«, sagte der Inquisitor. »Das mache ich sonst auch immer, wenn ich im Dunklen herkomme.«

»Sie dürfen keinen Verdacht schöpfen.« Rashid fühlte sich erschöpft, als wäre die innere Anspannung auf einmal zu viel für ihn. »Tu so, als wäre alles wie immer. Solltest du versuchen, uns reinzulegen, werden wir …«

»Schon gut!« Lucero schien sich auf einmal zu straffen, wirkte aufrechter und größer. Er nahm eine Fackel aus der Halterung, Danach ließ er den Eisenring schwer gegen das Holz fallen. »Öffnet!«, rief er mit lauter Stimme. »Hier ist Rodriguez Lucero, der Inquisitor Granadas. Ich begehre Einlass!«

Es dauerte eine Weile, bis ein offensichtlich verschlafener Wächter das Tor öffnete.

»Exzellenz?«, sagte er erstaunt, als er den Inquisitor erkannte. »Aber es ist doch mitten in der Nacht …«

Da waren die Söhne Allahs schon nach vorn gestürmt, hatten ihn umgerannt und gleich danach zu einem Bündel verschnürt, wie auch den zweiten Mann, der sich kurz nach ihm gezeigt hatte und den sie auf die gleiche Weise unschädlich gemacht hatten.

»Weiter!«, befahl Rashid und ließ die Schlüssel klappern, die einer der Wächter an seinem Bund getragen hatte.

»Ihr begeht einen großen Fehler«, begann Lucero abermals. »Denn ihr werdet nicht weit kommen. Also besinnt euch rechtzeitig!«

»Dein größter Fehler war, uns Mauren zu unterschätzen. Ich werde nicht zulassen, dass du meinen Vater und Lucia unschuldig einsperrst. Wo sind sie?«

»Hier.«

Es war so dunkel und modrig, dass die Felswände das Licht der Fackel zu verschlingen drohten. Rashid musste gegen ein Gefühl von Beklemmung und Angst ankämpfen, das in ihm aufstieg. Hier hatten sie ausharren müssen, seine Mutter, seine Schwester, sein Vater – und Lucia!

Es wurde Zeit, diesem Spuk ein Ende zu bereiten.

»Vater!«, rief er. »Lucia? Hört ihr mich? Ich bin hier, um euch zu befreien!«

Er meinte ein Gurgeln zu hören, dann schwaches Rufen, das viel zu schnell wieder erstarb.

War er zu spät gekommen?

Seine Angst wuchs. Er riss sich das Tuch vom Mund, aus Sorge, daran zu ersticken.

Der Schlüsselbund in seiner Hand tanzte, als er die Schlüssel nacheinander ausprobierte, so aufgeregt war er, bis endlich der richtige gefunden war.

Dann sprang die Tür auf.

»Lucia – Liebste!«, rief er in unendlicher Erleichterung, als sie sich bei seinem Anblick von der Pritsche erhob und ihm entgegenging. »Du bist unverletzt? Jetzt wird alles gut.«

Ihre Schritte waren unsicher, aber sie konnte aufrecht gehen und brachte sogar ein winziges Lächeln zustande.

»Wo ist Abu?«, sagte Lucia leise. »Mach dir um mich keine Sorge. Aber ihn müssen wir schnell holen!«

Worte, die Rashid mit neuer Zuversicht erfüllten.

»Gleich nebenan«, sagte er. »Sein Leiden wird bald vorbei sein.«

Jetzt zitterte seine Hand mit dem Schlüssel so stark, dass statt seiner ein anderer der Söhne Allahs aufsperren musste.

Kamal lag auf dem felsigen Boden, die verstümmelte Hand zwischen die Schenkel gepresst, als würde er die Schmerzen kaum ertragen, und rührte sich nicht.

»Abu?« Rashid lief besorgt zu ihm. »Hörst du mich? Ich bin es, dein Sohn!«

Keine Antwort.

»Wir müssen ihn nach draußen tragen«, rief Rashid über die Schulter zu den anderen. »Wir werden ihn auf das Maultier binden, sehr, sehr vorsichtig, damit er nicht …«

»Das glaube ich kaum.« Luceros Stimme war höhnisch. »Denn keiner von euch wird diesen Kerker lebendig verlassen!«

In einer Hand hielt er auf einmal einen prall gefüllten Beutel, der hier unten irgendwo versteckt gewesen sein musste, in der anderen noch immer die Fackel.

»Ein wertvolles Geschenk meiner tapferen Rotkappen. Man nennt es Donnerkraut oder auch Schwarzpulver. Jenseits der Pyrenäen experimentieren sie bereits eifrig damit. Ein wahres Wundermittel – ihr werdet es gleich erleben! Denn man braucht nur ein Stück Schnur, das als Lunte dient. Just in dem Moment, wo das geheime Gemisch mit Feuer in Berührung kommt, explodiert es – und zerfetzt alles, was in seiner Nähe ist.«

Rashid, noch immer über seinen verletzten Vater gebeugt, rang nach Luft. Und aus Lucias Kehle kam ein hoher, verzweifelter Ton.

»Es wird Spaß machen, eure Gliedmaßen zusammensuchen zu lassen. Oder sollen wir uns diese Mühe sparen und sie gleich hier im Felsengrab verrotten lassen? Wo ihr Mauren doch ohnehin unreinen Blutes seid und daher in die tiefste Hölle fahren werdet!«, fuhr der Inquisitor fort. »Und jetzt hinein mit euch – alle zusammen!«

Er hob den Arm, um seinem Befehl mehr Gewicht zu verleihen, als man einen halblauten Kampfschrei hörte. An Luceros Rücken schien plötzlich etwas zu hängen, das sich nicht mehr abschütteln ließ, ein quietschlebendiges, mageres Menschenbündel, das ihn kühn von hinten angesprungen hatte.

Amir hatte sein Schwert gezückt und stieß es dem Inquisitor zwischen die Rippen, exakt in Herzhöhe. Lucero sackte zusammen und fiel nach vorn wie ein nasser Sack.

Die brennende Fackel war seinen Händen entglitten.

»Für alles, was du uns angetan hast!« Der kleine Schneider bückte sich, um sie aufzuheben, und schien höchst zufrieden. »Ab jetzt kannst du dein verdammtes Schweinefleisch mutterseelenallein in der Hölle fressen, du Scheusal!«

Es dauerte ein paar Augenblicke, bis Rashid die Sprache wiederfand.

»So schnell wie möglich weg von hier!«, befahl er schließlich. »Bevor man ihn hier findet. Kannst du gehen, Lucia?«

»Das kann ich.« Ihre Augen hingen an seinem Gesicht. »Aber Kamal …«

»Dann helft mir mit dem Vater! Wir müssen ihn ein Stück weit tragen!«, rief er den Söhnen Allahs zu.

Sie nahmen den gleichen Weg zurück, vorbei an den gefesselten Männern. Danach kamen sie an den Torwächtern vorbei, die ebenfalls noch geknebelt am Boden lagen.

Lucia war unwillkürlich stehen geblieben, doch Rashid trieb sie zum Weitergehen an.

»Bis zum Sonnenaufgang werden sie auf jeden Fall überleben«, sagte er. »Das ist mehr, als ich dir für uns versprechen kann. Komm jetzt! Es gibt Wichtigeres zu tun.«

Als sie die *Puerta de la justicia* hinter sich gelassen hatten, kam ihnen aus der Ebene, wo die Stadt lag, ein heller Schein entgegen.

»Es wird ja schon Morgen«, sagte Lucia verblüfft. »Dabei dachte ich, diese rabenschwarze Nacht würde niemals enden!«

»Das ist noch lange nicht der Morgen, Lucia«, erwiderte Rashid. »Sondern noch immer die schlimmste Nacht, die Granada je erlebt hat. Die Stadt brennt!«

Auf Pilars Anordnung hatten alle in Antonios Haus maurische Gewänder angelegt, auch sie selbst, obwohl darüber eine hitzige Diskussion zwischen ihr und Miguel entbrannt war.

»Das nützt doch nichts!«, hatte der junge Goldschmied gerufen, während seine goldenen Augen sich zu milchigem Braun verdunkelten. »Du siehst ebenso wenig maurisch aus wie ich. Ein Blick in unsere Gesichter – und sie wissen sofort, wen sie vor sich haben!«

»Dazu darf es eben erst gar nicht kommen«, hatte sie widersprochen. »Wir teilen uns auf, damit wir weniger auffallen. Erst im blauen Haus werden wir sicher sein.«

Fuego war aufgesprungen, als die beiden laut geworden waren, und hatte sich mit großen Augen zwischen sie gestellt, als versuche er, den Streit zu schlichten. Seit den letzten Schlägen, die seine Familie getroffen hatte, reagierte er auf jedes noch so kleine Signal.

Nuri gab sich Mühe, ihn mit Streicheln wieder zu beruhigen, und schließlich kringelte er sich zu ihren Füßen ein.

Denn bisher waren sie noch immer nicht aufgebrochen, hin- und hergerissen zwischen der Hoffnung, Rashid würde schon im nächsten Moment mit den befreiten Gefangenen hier eintreffen, und der Angst, er könnte es doch nicht schaffen. Die meisten Zweifel hegte noch immer Antonio, der sich wegen Lucias Inhaftierung die heftigsten Vorwürfe machte.

»Wie konnte ich sie nur solcher Gefahr aussetzen? Ich hätte damit rechnen müssen, dass sie meine Tochter als Geisel nehmen werden«, sagte er ein ums andere Mal. »Lucero schreckt vor nichts zurück, um sein widerliches Ziel zu erreichen – die Ausrottung aller Muslime Granadas. Wenn sie meiner Tochter etwas antun, das würde ich mir niemals verzeihen!«

»Hör bitte auf mit deinen Selbstvorwürfen!«, rief Nuri entschlossen. »Meine Freundin ist stark, das weiß ich. Was ich ertragen habe, das schafft auch Lucia. Größere Sorgen mache ich mir um Papa. Falls ihm die Flucht gelingt, dann braucht er dringend einen Heilkundigen. Doch woher sollen wir in dieser Nacht solch einen Mann herbekommen?«

»Ich gehe Padre Manolo fragen.« Pilar hatte sich erhoben. »Ich weiß, wie gut er Imam Hasan kennt. Die beiden sind seit Langem befreundet. Vielleicht weiß ja der muslimische Gelehrte Rat. Sobald ich zurück bin, machen wir uns auf den Weg. Rashid kennt das blaue Haus. Ich habe ihm den Weg beschrieben. Womöglich sind sie sogar bereits dorthin unterwegs.«

»Du willst in dieser Nacht allein hinaus? Du musst verrückt geworden sein!«, rief Antonio entsetzt. »Sollen wir jetzt auch noch um dich bangen? Hast du nicht gesehen, wie hell der Himmel über Granada geworden ist, Schwägerin? Die halbe Stadt steht in Flammen!«

»Und wenn schon!« Sie begann sich zu verhüllen. »Weißt du denn eine andere Möglichkeit?«

»Und wenn Rashid gar nicht mehr kommt?« Saidas Stimme klang verzweifelt. »Wenn ich in dieser schrecklichsten aller Nächte nicht nur den Mann verliere, sondern meinen einzigen Sohn mit dazu? Das würde ich nicht überleben!« Sie begann haltlos zu schluchzen.

Lautes Klopfen ließ alle zusammenfahren.

»Das sind sie!«, rief Nuri. »Papa, Rashid und Lucia – ich komme!« Sie sprang auf, lief zur Tür und öffnete sie, bevor jemand von den anderen sie daran hindern konnte.

Doch nicht die so innig Ersehnten standen vor ihr, sondern ein Mann mit einem länglichen Gesicht, das grau wie Sackleinen war.

»Rettet mich!«, rief er bang. »Sie wollen mich umbringen. Ihr seid meine allerletzte Hoffnung!«

Es war Emilio – der Vorarbeiter der Fliesenleger auf der Alhambra, der Kamal und Rashid so übel schikaniert hatte!

In Nuri sträubte sich alles vor Ablehnung. Der rote Kater war ebenfalls aufgesprungen und begann dicht neben ihr, den Fremdling anzufauchen, wie man es bisher noch nicht von ihm gehört hatte.

»Was willst du hier?«, sagte Miguel scharf, dem der Mann unbekannt war, der jedoch zu spüren schien, was in Nuri vorging. »Wer bist du überhaupt?«

»Mauren!«, stieß Emilio hervor. »Sie haben mich verfolgt, nein, erbarmungslos gejagt haben sie mich wie einen flüchtenden Hasen. Überall werfen sie brennende Fackeln in Christenhäuser, wisst ihr das, um alles dem Erdboden gleichzumachen! Und ich habe gehört, dass sie einigen von uns bei lebendigem Leib die Haut abgezogen haben sollen …«

»Hör auf mit diesem Unsinn!« Antonio ließ ihn nicht ausreden. »Ein Schinder und Maurenhasser ist er, der Kamal und Rashid Tag für Tag das Leben schwer gemacht hat. Wie viele Male hat mein Freund mir davon berichtet! Und jetzt kommst du ausgerechnet zu uns?«

»Siehst du denn nicht, was sie mir angetan haben?«, winselte Emilio und streckte ihm anklagend seinen Arm entgegen. Der Ärmel war zerfetzt und enthüllte brandiges Fleisch, dunkelrot und von hässlichen aufgeworfenen Blasen verunziert. »Mit brennenden Fackeln haben sie mich geschlagen! Und wäre ich nicht geschwind davongelaufen, stünde ich jetzt sicherlich von Kopf bis Fuß in Flammen. Rettet mich, um der Gnade des Herrn willen! Seid barmherzig, ich flehe euch an. Werft mich diesen Bestien Allahs nicht zum Fraß vor!«

Fuego fauchte ihn an, als wollte er ihn zerfleischen. Nuri gelang es, ihn zu packen und wieder zu beruhigen.

»Die Wunde muss gesäubert und verbunden werden«, sagte Pilar knapp. »Machst du dich gleich daran, Djamila?«

»Ihr lasst mich bei euch bleiben?« Emilio fiel auf die Knie. »Wie soll ich euch das nur danken? Der gütige Gott im Himmel soll euch tausendfach dafür belohnen!«

»Ich bin noch immer dagegen«, wehrte sich Antonio. »Dieser Mann ist es nicht wert, dass man …«

»*Was du dem Geringsten meiner Brüder angetan hast, das hast du mir getan*«, sagte Pilar leise. »Erinnerst du dich, Schwager? Mini und ich haben damals fremden Schutz genossen, der uns gerettet hat. Das habe ich niemals vergessen!«

»Halunken wie er ändern sich niemals. Nicht einmal in Lebensgefahr.« Der Goldschmied schüttelte den Kopf. »Sie schnappen nach der Hand, die ihnen das Futter reicht. Sobald du ihnen den Rücken zukehrst, fallen sie erneut über dich her. Er gehört zu dieser Sorte, das weiß ich. Lasst die Finger von ihm!«

»Er ist ein Mensch, Antonio, ein Mensch in großer Not, trotz allem.«

»Ich will aber nicht, dass Djamila dieses Schwein berührt.« Jetzt schrie er beinahe. »Du fasst ihn mir nicht an!«, befahl er ungewohnt harsch.

»Dann werde ich es eben machen.« Pilar drängte Emilio in die Küche, wo er sich trotz seiner Schmerzen neugierig umschaute.

»Geht ihr weg?«, fragte er, während Pilar Wasser in eine Schüssel goss und Leinen in breite Streifen zerriss.

»Wie kommst du darauf?«

Er schrie auf, als die Flüssigkeit mit seiner geschundenen Haut in Kontakt kam, dann schien er sich angesichts der tröstlichen Kühle allmählich zu entspannen.

»Weil so viele leere Haken über dem Herd sind. Da müssen noch vor Kurzem Töpfe und Näpfe gehangen haben. Wo wollt ihr denn hin?«

»Geht dich gar nichts an.« Pilar nahm ein Kännchen in die Hand. »Manchmal hilft es, ein wenig Honig daraufzuträufeln. Es kann die Wunde aber auch schlimmer machen. Was willst du? Entscheide dich!«

»Keinen Honig.« Emilios Blick war plötzlich misstrauisch geworden. »Wer weiß, was du mir wirklich antun willst!«

»Gerade noch hast du um dein Leben gebettelt – und jetzt schon wieder solche Sprüche?« Sie legte den Verband eine Spur fester an, als es eigentlich notwendig gewesen wäre, was ihn abermals schmerzerfüllt zusammenzucken ließ. »Mitnehmen werden wir dich ohnehin nicht.«

»Ihr wollt mich hier allein zurücklassen – schutzlos?« Sein Mund klappte auf und entblößte hässliche Zahnstummel. »Das dürft ihr nicht! Nicht in dieser Nacht.«

»Immerhin hast du dicke Mauern um dich herum, die dich schützen werden. Und gesunde Beine. Notfalls musst du sie eben noch einmal in Bewegung setzen. Und jetzt komm! Du kannst dich eine Weile in der Werkstatt aufhalten.« Ihr Mitgefühl von vorhin war verflogen. Plötzlich konnte es auch Pilar nicht schnell genug gehen, ihn wieder loszuwerden.

Sie schob ihn über die kleine Treppe nach unten und reichte ihm einen Krug Wasser und ein Öllicht.

»Ich schließe jetzt hinter dir ab«, sagte sie. »Und wenn wir gehen, dann lasse ich dich wieder heraus.«

»Du sperrst mich ein?« Emilio starrte sie vorwurfsvoll an. »Wieso?«

Weil Antonio vermutlich recht damit hat, wenn er dich für einen räudigen Köter hält, der über uns herfallen wird, sobald er Gelegenheit dazu hat, dachte Pilar. Sogar Fuego, der sonst jeden freundlich begrüßt, der das Haus betritt, hat etwas gegen dich.

»Besser für uns alle.« Damit verließ sie ihn.

»Wo ist er?«, wollten sie anderen von ihr wissen, als sie allein wieder zurückkam.

»Gut untergebracht«, sagte sie ausweichend und konnte nur hoffen, dass er nicht sein Ohr an die Tür gepresst hielt, um sie auszuspionieren. »Lasst uns jetzt alles zusammenpacken und dann ganz schnell aufbrechen. Mein Gefühl sagt mir, dass wir nicht länger damit warten sollten.«

»Aber der Hakim für Papa«, rief Nuri. »Du wolltest doch erst Hilfe holen!«

»Das kann ich auch noch vom blauen Haus aus«, sagte Pilar. »Lass ihn erst einmal zu uns zurückkehren! Wenn ich euch alle dort in Sicherheit weiß, wird mir bedeutend wohler sein.«

»Pilar, die Säule, die uns stützt«, sagte Antonio nachdenklich, während er die Decken so klein wie möglich zusammenlegte. »Daran ändert sich offenbar nichts. Die, die alles trägt und alles zusammenhält. Sogar, wenn die Lage verzweifelt scheint. So war es schon damals, nicht wahr? Als Maria und du junge Mädchen waren und ihr noch in eurem schönen blauen Haus im Judenviertel gelebt habt.«

Ihre hellen Augen begannen zu glitzern.

»Blieb mir denn je eine andere Wahl?«, erwiderte sie. »Damals – wie auch heute?«

Vor ihnen eine Wand aus beißendem Rauch.

»Wie sollen wir da nur durch?«, fragte Lucia verzweifelt und blieb wie angewurzelt stehen. »Wir alle miteinander werden lichterloh verbrennen!«

»Wir müssen weiter.« Rashids Stimme klang fest. »Bis zum blauen Haus ist es nicht mehr weit. Zieh dir das Tuch über den Mund und komm!«

»Das hast du schon so oft gesagt!«, fuhr sie auf. »Was soll ich dort überhaupt? Ich bin müde. Meine Füße tun weh. Und meine Lunge auch, von der feuchten Luft im Kerker. Ich will nach Hause – zu Vater, Tante Pilar und Nuri!«

Er packte sie plötzlich an den Händen und hielt sie so fest, dass Lucia aufschrie.

»Ich weiß, du hast einiges durchmachen müssen«, sagte er. »Doch das gibt dir noch lange nicht das Recht, dich jetzt wie ein verwöhntes Kind aufzuführen. Siehst du nicht, wie schlecht es Abu geht?« Er deutete auf das Maultier, das sie sicher bisher unversehrt gebracht hatten. »Er bewegt sich kaum noch. Seine Schmerzen müssen unmenschlich sein. Wie kannst du dich da so egoistisch aufführen?«

Blind vor Tränen sah Lucia ihn an.

Da war es wieder, jenes süße Ziehen im Bauch, das sie jedes Mal in seiner Nähe überkam! Eine ganze Zeit hatte sie gehofft, nein sogar gewusst, dass es Rashid ähnlich erging, sobald er mit ihr zusammen war. Doch jetzt schien plötzlich alles verändert. Er war so fremd, so hart, so ganz und gar versunken in seiner eigenen Welt!

Sie fuhr zusammen, als direkt vor ihr ein brennender Balken den Weg versperrte. Rashid stieß ihn mit einem beherzten Fußtritt zur Seite, dann konnten sie endlich weiter.

»Ich werde nicht lange bleiben können«, hörte sie ihn sagen. »Die Söhne Allahs brauchen mich. Unser Kampf hat gerade erst begonnen. Ich muss zu ihnen!«

»Du willst uns allein lassen und zu den Söhnen Allahs gehen – nach allem, was geschehen ist?«, sagte Lucia entsetzt. »Das kannst du nicht, sei doch nicht so grausam, Rashid!«

»Du bist doch nicht allein. Die ganze Familie wird um dich sein, beinahe so wie früher«, erwiderte er. »Deine Tante ist eine kluge Frau. Was Pilar rät, darauf kann man getrost vertrauen.«

Wieso stieg bei seinen harmlosen Worten Zorn in ihr auf? Sie wusste doch, dass er recht hatte. Ohne Tante Pilar wäre womöglich alles noch viel schlimmer gekommen. Und dennoch schmerzte es sie, dass Rashid so tat, als könnte ihre Tante ihn ersetzen.

»Duck dich!«, hörte sie ihn rufen.

Gerade noch rechtzeitig, denn von oben prasselte abermals loderndes Gebälk auf die enge Gasse herab. Das Maultier machte einen Satz zur Seite, bis Rashid es wieder einfangen konnte. Zum Glück hatten sie Kamals Gurte so fest gezurrt, dass er nicht herunterfiel.

»Hilfe!«, rief er mit schwacher Stimme. »Hilfe!«

»Nur die Ruhe, Abu«, sagte Rashid liebevoll. »Wir sind gleich am Ziel!«

Sie kämpften sich weiter, durch Wolken von Asche und Staub, als wäre Granada gerade dabei, sich in qualmende Einzelteile aufzulösen. Die meisten Häuser waren aus Stein und daher nicht so leicht entflammbar, aber gerade in den Christenvierteln, die in den vergangenen Jahren schnell gewachsen waren, gab es viele hölzerne Ställe oder Vorratsschuppen, die rasch Feuer fingen, und Fensterläden, die ebenfalls lichterloh brannten. Sobald das Feuer dann die Möbel erfasst hatte, war es kaum noch zu löschen. Von Ruß starrende Fenster, wohin sie auch schauten.

Je näher sie dem einstigen Judenviertel kamen, desto finsterer wurde es. Längst war der Mond hinter schnell ziehenden Wolken verschwunden. Nur der Feuerschein, der vom Albaycín herüberleuchtete, spendete diffuses Licht.

»Wir sind da«, sagte Rashid. »Hier muss es sein.«

Das Haus aus ihren Träumen, das sie sonst nur von kurzen, verstohlenen Besuchen her kannte!

Lucia fühlte sich plötzlich beklommen. Hier hatten Mutter und Tante Pilar gelebt. Hier musste ihr Großvater gestorben sein – der wohlhabende jüdische Gewürzhändler Samuel, der sich selbst strikt geweigert hatte, das Christentum anzunehmen, aber darauf bestanden hatte, seine beiden Töchter christlich taufen zu lassen, um ihnen auch nach dem grausamen Edikt* der Katholischen Könige eine lebenswerte Zukunft in Granada zu ermöglichen.

»Ob sie schon da sind?«, sagte sie leise und wünschte sich plötzlich, er würde sie berühren.

Als könnte Rashid ihre Gedanken lesen, zog er sie plötzlich an seine Brust.

»Ich weiß genau, wie schwer das alles für dich sein muss«, flüsterte er und seine schlanken Finger strichen zärtlich über ihre Wange. »Gerade geht das friedliche Miteinander unserer Kinderjahre, in dem wir beide aufgewachsen sind und das wir geschätzt und geliebt haben, für immer zugrunde. Eines Tages werden wir vielleicht unseren Kindern davon erzählen. Doch damit es überhaupt dazu kommen kann, müssen wir beide jetzt sehr tapfer sein. Versprichst du mir das, Lucia?«

Sie nickte, unfähig, auch nur einen Ton herauszubringen.

Seine Lippen senkten sich auf ihren Mund und plötzlich war alles um sie herum vergessen. Die Angst, der Kerker mit seinem widerlichen Gestank, der noch immer an ihr klebte, der tote Inquisitor. Die schwarzen Fenster und die vielen Tierkadaver, die ihren Weg gesäumt hatten. Es gab nur noch sie und ihn – und diesen köstlichen, wunderbaren, einzigartigen Augenblick. Er schmeckte süß und bitter zugleich, nach Honig und Rauch, nach Glück und Verzweiflung, und sie wünschte sich, dass dieser Kuss niemals enden würde.

Dann löste Rashid sich von ihr, klopfte einmal kurz und danach zweimal lang an die Tür des blauen Hauses, wie sie es vereinbart hatten.

Nach einiger Zeit erschien Miguel, mit wildem Blick und einer Axt in der Hand, als wäre er bereit, gegen ein ganzes Heer von Feinden auf einmal anzutreten.

Hinter ihm entdeckten sie Nuri, die schon die Arme zur Begrüßung ausstreckte.

»Wir sind da, Besserwisser«, sagte Rashid und verzog seinen Mund zu einem angedeuteten Grinsen. »Hilf mir, unseren Vater nach drinnen zu bringen, denn er befindet sich leider in denkbar schlechter Verfassung.« Sein Grinsen wurde breiter. »Und dann lass mich endlich zu meiner Schwester! Darauf warten Nuri und ich schon eine halbe Ewigkeit.«

Pilar lief so schnell, wie sie nur konnte, aber es gab immer wieder Hindernisse, die sie zum Innehalten zwangen. Mühsam musste sie sich durchkämpfen zwischen verkohlten Balken und glimmenden Holzteilen, die auf den Gassen lagen: Dazwischen das Schreien und Weinen der Menschen, die nach Vermissten suchten und nicht fassen konnten, dass ihre Häuser in Brand geraten waren. Wasser, ohnehin seit jeher kostbar und in Granada in höchsten Ehren gehalten, war plötzlich Mangelware geworden, und manch einer musste hilflos mit ansehen, wie vor seinen Augen verbrannte, was ihm lieb und teuer gewesen war.

»Die Mauren haben die Häuser angezündet!«

»Nein, die Christen waren es – tötet sie alle!«

Solche und ähnliche Sätze flogen Pilar um die Ohren, als sie sich durch die verwüsteten Gassen ihren Weg suchte, und am liebsten hätte sie sich die Ohren zugehalten, um nichts mehr davon hören zu müssen.

Schwer atmend erreichte sie die Anhöhe, auf der San Nicolás lag, und wandte sich als Erstes zum Wohnhaus des Priesters, doch alle Fenster waren dunkel.

Sofort ging sie hinüber zur Kirche. Das Gotteshaus war dunkel, bis auf ein halbes Dutzend Kerzen, die vor dem Altar aufgestellt waren, und dort, auf den Stufen, fand sie auch Padre Manolo.

Sie erschrak, als er sich zu ihr umwandte.

Sein Gesicht wirkte abgezehrt, als lägen tagelange Exerzitien hinter ihm, die ihm den letzten Rest seiner Kraft gestohlen hatten. Doch als er sie erkannte, erhellte ein kleines Lächeln seine leidenden Züge.

»Doña Pilar!«, sagte er und erhob sich rasch. »Unsere Welt geht dort draußen gerade unter! Was hat Euch durch dieses Inferno zu mir geführt?«

Über ihren ungewohnten Aufzug, der sie wie eine Maurin aussehen ließ, verlor er keine Silbe.

»Ich brauche Eure Hilfe, Padre! Und ich bin auch gekommen, um mich von Euch zu verabschieden.«

Er neigte den Kopf, wie sie es an ihm kannte, doch als er ihn wieder hob, wurde ihr bewusst, wie schwer ihre Worte ihn getroffen hatten.

»Ich werde Euch also verlieren«, sagte er leise. »Wie sehr ich mich seit jeher davor gefürchtet habe!«

Zunächst zögerte sie noch, dann aber streckte Pilar ihre Hand aus und legte sie auf sein Herz.

»Zu einer anderen Zeit und in einem anderen Land«, sagte sie, »hätte es vielleicht eine Zukunft für uns gegeben. Aber nicht hier. Doch mein Herz wird Euch niemals vergessen, Manolo. Ihr seid ein großer Mann, voller Tapferkeit, Liebe und Güte.«

»So viel verlangt Ihr von mir, Pilar?« Das erste und einzige Mal, dass er sie direkt beim Vornamen genannt hatte.

»Mehr noch.« Sie zog ihre Hand zurück, plötzlich wieder sehr beherrscht. »Lucia und Kamal sind wieder bei uns. Und Rashid …«

Er hob abwehrend die Hand.

»Ihr habt recht, Padre«, sagte Pilar rasch. »Je weniger Ihr wisst, desto besser.« Sie hüstelte. Das Bitten hatte ihr noch nie besonders gelegen. »Kamal ist schwer verletzt. Seine Finger – Ihr habt sie ja im Justizpalast selbst gesehen –, die Verletzung hat sich entzündet.

Wenn kein Heilkundiger seine Schmerzen lindert und die Entzündung bekämpft, weiß ich nicht, ob er die Flucht überhaupt überleben wird.«

»So weit wollt Ihr fort?« Seine Augen suchten ihren Blick.

Pilar hielt ihm stand. »Wir wollen tief in die Berge. Nur dort haben wir überhaupt eine Chance.«

»Jetzt? Mitten im Winter?«, sagte der Priester.

»Wir müssen. Wenn wir leben wollen. Und das wollen wir!«

»Dafür werdet Ihr tüchtige Maultiere brauchen.« Die kräftige Männerstimme ließ sie zusammenschrecken.

Aus dem Dunkel des Kirchenschiffes löste sich eine Gestalt, ein Mann in Büßerkutte, den Kopf mit einer Kapuze verhüllt. Als er sie abstreifte, wusste sie, wer da vor ihr stand – Gaspar Ortíz, Miguels Onkel.

»Es ist weit und anstrengend bis in die unberührten Täler der Alpujarras. Erst recht, wenn ein Verletzter dabei ist.«

»Woher wisst Ihr …?«, stammelte Pilar.

»Mein Neffe Miguel! Es gibt wohl so gut wie keinen Vorwurf, den er mir nicht an den Kopf geworfen hätte – zu Recht. Ich habe Eurer Familie unsägliches Leid zugefügt. Und dafür schäme ich mich zutiefst.«

»Weil Ihr damals meine Schwester nicht haben konntet!«, rief sie. »Ist es das, was Euch heute noch quält? Wie gemein und niederträchtig Ihr doch wart.«

Er schüttelte langsam den Kopf. »Nein, ich schäme mich, weil ich meinte, mich mit Haut und Haar der Inquisition verkauft zu haben, und keinen Ausweg mehr wusste. Doch der Padre hat mich eines Besseren belehrt. Die unsterbliche Seele ist stets frei. Um ihretwillen werde ich nun nach Santiago de Compostela pilgern, um sie von meinen Sünden reinzuwaschen.«

»Jetzt? Mitten im Winter?«, entfuhr es ihr.

Gaspar lachte. »Meint Ihr nicht, dass auch mir gelingen könnte, was Ihr Euch vorgenommnen habt?« Dann wurde er wieder ernst. »Wie viele seid ihr?«, wollte er wissen.

»Acht.« Die Antwort kam prompt.

»Mein Neffe besitzt bereits ein Maultier, dann bräuchtet Ihr nur noch drei weitere zum Reiten sowie eines als Packtier.« Er schien zu überlegen. »Das dürfte kein großes Problem darstellen.«

Sie sah ihn unverwandt an. »Auch nicht sofort? In dieser besonderen Nacht? Es gibt gute Gründe für uns, nicht länger zu warten.«

Gaspar zögerte kurz, dann aber kam sein erlösendes Kopfschütteln.

»Ich werde die Tiere beschaffen«, sagte er. »Wohin soll ich sie bringen?«

Pilar sog die Luft hörbar durch die Vorderzähne. »Ich soll Euch unser Versteck verraten?«, sagte sie misstrauisch.

»Ihr traut mir nicht?« Gaspar verzog das Gesicht. »Das würde ich auch nicht an Eurer Stelle. Schickt meinen Neffen hierher. In ungefähr drei Stunden. Dann wird alles bereit sein.«

Er wandte sich zum Gehen. Am Taufbecken angelangt, drehte er sich noch einmal um.

»Sagt Miguel, dass ich ihn immer geliebt habe. Er war der Sohn, den ich mir stets gewünscht habe. Wie sehr ich unsere Trennung bedaure! Vielleicht wird er ja eines Tages bereit sein, mir zu vergeben.«

Dann schloss sich das Kirchenportal hinter ihm.

Pilar und der Priester sahen sich an. Eine ganze Weile fand keiner die richtigen Worte.

»Kamal braucht dringend einen Hakim«, brachte sie schließlich mühsam hervor, obwohl sie ihm viel lieber ganz andere Dinge gesagt hätte. »Sonst sieht es nicht gut für ihn aus. Könnt Ihr mir helfen, Padre?«

»Nichts lieber als das, Doña Pilar.« Da war er wieder, der tiefe Graben von Amt und Konvention, der zwischen ihnen klaffte und sie beide bislang erfolgreich vor noch größerem Herzeleid geschützt hatte! »Folgt mir bitte. Ich bringe Euch zu ihm!«

Waren es Mauren oder Christen, die dort draußen an der Tür hantierten?

Tausenderlei Gedanken schossen Emilio durch seinen Kopf. Stunden mussten vergangen sein, seitdem diese verdammten Maurenfreunde aufgebrochen waren, die lediglich der Anblick seines verbrannten Fleisches schließlich zur Mildtätigkeit gezwungen hatte.

Wie sehr sie ihm alle zuwider waren, vor allem diese resolute Frau mit der großen Nase, die ihn nach Strich und Faden herumkommandiert hatte! In ihren hellen Augen war kein Funken Mitleid gewesen, sondern nur wachsame Zurückhaltung.

Versuchte man dort draußen gerade, die Tür aus den Angeln zu reißen?

Emilio machte sich unwillkürlich kleiner, was nicht gerade einfach war, weil er sich seinen leeren Bauch gierig mit all dem vollgestopft hatte, was die Bewohner zurückgelassen hatten. Ein Aufbruch für immer, so hatte es für ihn ausgesehen.

Er fuhr sich an die Nase, die plötzlich juckte, wie immer, wenn er Angst bekam. Wenn das dort draußen Mauren waren, war sein Leben keine Bohne mehr wert, das wusste er. Nicht in dieser Nacht, da alle Regeln und Gesetze auf einmal außer Kraft gesetzt schienen.

Zu viele von ihnen hatte er als Aufseher auf der Alhambra schikaniert und gequält. Sein Gesicht war überall in der Stadt bekannt. Dabei war es wie Balsam für ihn gewesen, endlich einmal befehlen und strafen zu können! Sein ganzes Leben hatte er sich vergeblich danach gesehnt. Sollte dieses kurze Glück nun für immer vorbei sein?

»Aufmachen! Sonst zünden Haus an!«, rief jemand vor der Tür.

Das klang ganz und gar nicht maurisch! Das klang nicht einmal richtig Andalusisch.

Eine wilde Freude stieg in Emilio empor. Er war auf der richtigen Seite gelandet! Nun konnte ihm nichts mehr zustoßen. Er sprang auf, so schnell sein Wanst es gestattete, rannte zur Tür und entriegelte sie mit fliegenden Händen.

Lauter Rotkappen, die Fackeln in den Händen trugen und ihm finster entgegenstarrten.

»Ich Freund!«, rief er eilig. »Kein Feind.«

Sie starrten ihn regungslos an, bis sich von hinten ein blonder Hüne mit einer Narbe quer über der Wange nach vorn schob.

»Dein Haus?«, bellte er.

Emilio schüttelte den Kopf. »Nur Versteck«, sagte er, darauf bedacht, kein Wort zu verwenden, das der andere nicht verstehen würde. »Aber ich weiß, wo sie sind.«

Er deutete hinter sich, dann zeigte er auf das gegenüberliegende Haus, wo Kamal mit seiner Familie gewohnt hatte.

»Verbrecher – alle beide. Maurenpack!« Er spuckte voller Abscheu aus.

»Wo?« Die Stimme des Hünen klang bedrohlich.

Emilio sandte ein kurzes Stoßgebet zur himmlischen Jungfrau, die über ihn wachte, seitdem er ein kleiner Junge war, und dankte ihr nicht zum ersten Mal für seine ausgezeichneten Ohren, denen nicht einmal Geflüstertes entging. Jetzt kam ihm zugute, wie sehr er sich zuvor angestrengt hatte, alles zu verstehen, was er nicht hatte hören sollen.

»Judenviertel«, sagte er dann. »Nicht weit. Blaues Haus!«

Hatte der Söldner ihn wirklich verstanden? Er musste ganz sichergehen.

»Ich Christ wie ihr.« Emilio tippte auf seinen eingefallenen Brustkorb und entblößte seine Zahnstummel. »Gutes Herz. Guter Mann. Kann euch führen!«

Der Mann, der sich über Kamal beugte, war alt und furchterfüllt, das sah man seinem bleichen Gesicht an, das ein kurz geschnittener weißer Bart bedeckte.

»Nur um Hasans willen«, murmelte er ein ums andere Mal. »Kein anderer als der Imam höchstpersönlich hätte mich in dieser Nacht aus dem Haus bekommen!«

»Wird er die Flucht überstehen?«, fragte Nuri bang, während Lucia ihr den Arm um die Schulter legte, um ihr Mut zu machen, obwohl Nuri sich unter der Berührung ganz steif machte.

Das Geheimnis zwischen Rashid und ihr, das sie Nuri vorenthalten hatte! Ob sie ihr das jemals verzeihen würde?

Der Hakim wiegte bedenklich den Kopf. »Das Gift der Entzündung scheint zum Glück noch nicht weit in seinem Blut vorgedrungen zu sein«, sagte er. »Sonst gäbe es am Arm entlang eine verdächtige rote Linie. Doch davon kann ich bislang nichts entdecken. Das ist die gute Nachricht. Er fiebert stark, aber wohl eher, weil er sich im Verlies eine schlimme Erkältung zugezogen hat, was mich dennoch beunruhigt, da es schon so lange anhält. So weit die schlechte Nachricht. Ich habe die Wunde gesäubert, mit Weihrauch versorgt und mit einer Beifußsalbe bestrichen. Von beidem gebe ich euch eine ordentliche Portion mit auf die Reise. Mehr kann ich im Augenblick leider nicht für ihn tun.«

»Und seine Hand?« Das kam von Saida. »Mein Mann war der berühmteste Steinschleifer Granadas! Wird er sie jemals wieder benutzen können?«

»Das liegt allein beim Allmächtigen! Zum Schienen ist es längst zu spät. Das hätte gleich nach der Tortur erfolgen müssen. Aber manchmal wachsen selbst mehrfach gebrochene Knochen wieder von selbst in der alten Richtung zusammen. Pflegt ihn, seid gut zu ihm, damit auch seine Seele sich von den Strapazen erholt. Dann wird es ihm besser gehen.«

Er erhob sich ächzend.

»Ich muss zurück«, sagte er. »Meine Tochter liegt in den Wehen. Es gibt offenbar verrückte Seelen, die ausgerechnet in dieser Nacht des Schreckens auf die Weltkommen wollen – und eines davon ist mein Enkelkind.«

»Und der Schlafmohn?« Das kam von Pilar, die ihn zur Tür brachte, wo einer der vielen Söhne des Imam ihn in Empfang nahm, um den Hakim sicher nach Hause zu begleiten.

»Hier. Das sind kleine Schwämmchen, die Ihr mit der Tinktur aus diesem Gefäß tränkt und ihn dann aussaugen lasst.« Beides wanderte in ihre Hände. »Doch dabei ist größte Sorgsamkeit angebracht. Gebt Ihr ihm zu viel davon, könnte es sein, dass er gar nicht mehr aufwacht. Verabreicht Ihr ihm das Mittel hingegen zu oft, gewöhnen sich Körper und Seele daran und er wird zum Süchtigen, der die Welt nicht mehr versteht und nur noch in seinen wirren Träumen lebt.«

»Wir werden sehr sorgfältig sein«, versprach Pilar und wollte ihm zwei Silbermünzen zustecken, die anzunehmen der Hakim jedoch verweigerte.

»Die Freunde des Imam sind auch meine Freunde«, sagte er. »Möge der Allmächtige seine gütige Hand über euch alle halten!« Damit trat er hinaus in die Nacht.

Wo blieb Miguel?

Ohne die Maultiere konnten sie nicht aufbrechen. Doch seitdem Lucia und Rashid ihnen berichtet hatten, was geschehen war, schien jeder Augenblick zu zählen.

Der Inquisitor war tot – wenn herauskäme, wer da seine Hände im Spiel gehabt hatte, sie wären alle miteinander Todeskandidaten!

»Wird er noch kommen, dein Christenfreund?«, sagte Saida. »Oder erweist er sich als echter Neffe seines Onkels und lässt uns im letzten Moment doch im Stich? Er hätte nichts zu befürchten, wenn er in Granada bleibt. Wir dagegen …«

»Sei still!«, rief Nuri. »Miguel wird kommen. Niemals würde er uns betrügen, das weiß ich. Vielleicht hat man ihn unterwegs irgendwo aufgehalten. Oder man hat ihm etwas angetan.« Ihr liebliches Gesicht war bleich vor Sorge.

»Ach, ich wünschte, mein Sohn Rashid wäre noch da, um uns zu schützen!« rief Saida. »In seiner Nähe würde ich mich viel sicherer fühlen.«

Lucia und Nuri tauschten einen raschen Blick. Dass sie Nuri nichts von ihr und Rashid erzählt hatte, stand noch immer wie eine dicke, hohe Mauer zwischen ihnen. Doch beide wussten, dass jetzt anderes wichtiger war, wenn sie überleben wollten.

Trotzdem war alles in Lucia traurig und kalt, denn nicht einmal einen Kuss zum Abschied hatte es gegeben, lediglich eine kurze, verstohlene Berührung ihres Rückens und ein letzter, tiefer Blick, dann war er fort gewesen.

Die Söhne Allahs warteten auf ihn. Jetzt gehörte ihr Liebster den schwarzen Kriegern.

Würde die Erinnerung alles sein, was ihr von ihm blieb?

Sie musste sich rasch abwenden, um ihren Schmerz zu verbergen.

Währenddessen hatte Tante Pilar alles für den Aufbruch vorbereitet. Ihre klare Stimme teilte jedem die verschiedenen Aufgaben zu; keiner, der sich ihr nicht klaglos gefügt hätte. Sogar Fuego, den sie beim Verlassen des Hauses im Albaycín im letzten Augenblick in ihre Satteltasche gestopft hatte, als er kläglich maunzend neben ihr stand und sie mit großen Augen ansah, schien genau zu verstehen, dass er jetzt keinen Unsinn anstellen durfte, wenn er mitwollte – wohin auch immer.

Lucia ließ die Tante nicht aus den Augen, und sie glaubte zu spüren, was in ihr vorgehen musste. War die Verantwortung, die Pilar sich aufgeladen hatte, nicht zu schwer?

Ich werde dir beistehen, dachte sie aus einem Gefühl großer Zuneigung heraus und fühlte sich plötzlich wie befreit. Wann immer du mich brauchst!

Dann war Miguel endlich da.

Als Nuri ihm an der Schwelle um den Hals fiel, ohne sich um die anderen zu kümmern, schien sein Gesicht zu leuchten.

»Maultiere in dieser Nacht?«, sagte er mit einem schelmischen Grinsen. »Keine ganz leichte Aufgabe! Sogar Onkel Gaspar wäre daran um ein Haar gescheitert – aber hier sind sie!«

Keineswegs perfekte Tiere, wie Lucia bemerkte. Aber immerhin besser als gar nichts. Drei Stuten und ein jugendlicher Hengst, der ausschlug, sobald man ihm zu nahe kam.

Wer sollte den wohl reiten?

»Nuri und ich«, sagte Miguel schnell. »Denn ich kenne mich am besten mit seinem Charakter aus. Meine lammfromme Rosita soll Kamal und Pilar tragen. Die anderen beiden Stuten sind für Lucia und Saida bestimmt und für Antonio und Djamila. Die älteste und langsamste habe ich als Packmuli vorgesehen.« Er begann zu winken. »Beeilt euch! Es wird bald hell werden.«

Er hat recht, dachte Lucia, die längste Nacht, die je über Granada hereingebrochen war, neigte sich tatsächlich dem Ende zu!

Doch was Miguel und Tante Pilar so forsch angeordnet hatten, ließ sich nicht ohne Weiteres umsetzen. Vom geplanten Gepäck mussten sie vieles zurücklassen. Und auch die zahlreichen Kleidungsschichten, in die sie sich gewickelt hatten, um der Kälte im Gebirge zu trotzen, erwiesen sich als ungemein hinderlich.

Schließlich jedoch hatten alle die Maultiere erklommen. Sogar Kamal, den sie zusätzlich mit Gurten am Sattel fixiert hatten, damit er einigermaßen sicher saß, schien halbwegs bei Sinnen.

Und auch Fuego, der so lange miaut hatte, bis Lucia nicht mehr anders konnte, als sich seiner zu erbarmen, streckte seinen roten Kopf aus ihrer Satteltasche.

»Dann los!« Im ersten Morgenlicht erhob Miguel seinen Arm, um die Richtung anzugeben, als sie plötzlich von Rotkappen umzingelt waren.

Überall schienen die Söldner des toten Finsterlings zugleich zu sein, als hätte die Hölle ihre hässlichsten Dämonen auf einmal ausgespuckt, um sie zu vernichten. Sie hieben nach den Beinen der Maultiere, die angstvoll wieherten und versuchten, sich ihrer menschlichen Last zu entledigen, um zu fliehen, sie fluchten und schimpften, während sie ihre Schwerter schwangen.

»In Namen unseren Herrn Lucero – der Tod sei mit euch!«

Auf einmal schien alles verloren. Die ganzen Mühen völlig umsonst. Lucia und Nuri sahen sich schreckensbleich an, sogar Tante Pilars Züge erschlafften.

Da jedoch erschallte ein lauter arabischer Kampfschrei – und alles war mit einem Mal schwarz von den dunklen Djallabas der Söhne Allahs, die wie eine Horde von angstlosen Derwischen* mitten in das Geschehen fuhren.

Allen voran Rashid, das Schwert in der Hand, sein Gesicht eine Maske aus Rache und Zorn.

»Ah! Im Namen meines Vaters!« Gleich zwei Söldner auf einmal stürzten zu Boden.

Die anderen Krieger an seiner Seite taten es ihm nach, schwangen die Eisenwaffen so gewandt und treffsicher, als wären sie seit Langem damit vertraut.

»Wir nützen die Attacke aus!«, rief Miguel. »Die nächste Lücke ist unsere Rettung!«

Von hinten erschien wie ein düsteres Mahnmal Emilios hagere Gestalt. »Das werdet ihr mir büßen!«, schrie er. »Ihr seid des Todes – alle miteinander!«

Wen meinte er?

Offenbar hatte er sich unvorsichtigerweise mit einem der Rotkappen angelegt. Oder wollten sie den Verräter ausschalten?

Ein Schwert fuhr ihm in den Leib, er gurgelte, griff sich an die Brust, fiel – und starb.

»Los!«, befahl Miguel, und die Maultiere setzen sich in Bewegung, während Rotkappen und Muslime unvermindert miteinander fochten.

Plötzlich tauchte direkt vor Lucia das Narbengesicht des blonden Hünen auf, der mit seinem Schwert auf die Beine des Maultiers zielte, um sie zu Fall zu bringen.

»Rashid!«, schrie sie in Todesangst. »Rette uns!«

Es dauerte keinen Lidschlag – und der Herbeigerufene war da und versetzte dem blonden Hünen einen Hieb mit seinem Schwert, der ihn zu Boden streckte.

Für einen Augenblick stand Rashid ganz aufrecht, das dunkle Haar von den Strahlen der aufgehenden Wintersonne illuminiert – und Lucias Herz schien vor Liebe und Glück schier auszusetzen.

Dann aber traf ihn ein Schlag von hinten, er stürzte zu Boden und rührte sich nicht mehr.

»Rashid!« Lucias Stimme schien sich zu überschlagen. »Rashid – was ist mit dir!«

»Weiter!«, hörte sie Miguel sagen. »Das ist unsere allerletzte Chance. Seht nicht hin. Er ist verloren. Ihr könnt ihm nicht mehr helfen!«

Und während Lucias Hände sich in die Mähne der Stute krallten, die in Galopp verfiel, während Saida hinter ihr in lautes Weinen ausbrach, ließen sie mit jedem Schritt das schreckliche Schlachtfeld und die glimmende Stadt immer weiter hinter sich.

Epilog

In der Nacht war Neuschnee gefallen, nicht mehr das federleichte Pulver der vergangenen Monate, das alles ringsumher im Tal wie blendend weißer Zucker bedeckt hatte, sondern schwerer, nasser Schnee, der als Last auf dem flachen Dach lag, dessen blaugraue Lehmschicht sich bei Nässe schloss, und jedes Geräusch ringsumher dämpfte.

Irgendetwas hatte Lucia dennoch aufgeweckt, und sie war schnell aufgestanden, um den Rahmen mit der aufgespannten Schweinsblase, die Schutz gegen Kälte bot, ein Stück zur Seite zu schieben und durch die Rillen des Fensterladens nach draußen zu spähen. Als sie nichts Auffälliges entdecken konnte, lief sie wieder zum Bett zurück und kuschelte sich noch einmal unter die warme Decke.

Wie eisig die Bergnächte in den Alpujarras sein konnten!

Im Schutz der Mauern von Granada hatten sie alle nicht die geringste Ahnung davon gehabt. Seitdem sie hier lebten, hatten sie jedoch lernen müssen, mit Kälte ebenso zurechtzukommen wie mit lang anhaltenden Stürmen oder schnell aufziehenden Wintergewittern, mit eingefrorenen Scheunentoren und bohrendem Hunger, wenn die Vorräte aufgebraucht waren und erst erhebliche Anstrengungen unternommen werden mussten, um neue zu beschaffen.

Keiner von ihnen war mehr wie früher.

Die Veränderung hatte niemanden verschont. Aber wenigstens hatten sie in den Monaten hier oben noch keinen Toten zu beklagen gehabt. Alle waren sie am Leben und gesund.

Lucia schob Fuego beiseite, der es sich wie beinahe jede Nacht zwischen Nuri und ihr bequem gemacht hatte und es dabei, wie ebenfalls fast jede Nacht, mit dem Platz, den er dabei für sich beanspruchte, ein wenig übertrieb. Der Kater maunzte, als sie ihn berührte, öffnete ein Auge, schloss es wieder, nachdem er erkannt hatte, wer sich da an ihm zu schaffen machte, und ringelte sich erneut ein, um noch eine weitere Runde zu schlafen.

Sie begann zu lächeln, als ihr Blick auf Nuri fiel.

Die Freundin lag auf dem Rücken, das Gesicht entspannt, die Arme nach oben, die Hände zu Fäusten geballt, wie es Säuglinge taten.

Wie glücklich sie aussah!

Bestimmt träumte sie wieder von Miguel, der sich bis zur Hochzeit im Obergeschoss des Nebenhauses bei Antonio, Djamila und Tante Pilar einquartiert hatte. Sobald die Schneeschmelze richtig eingesetzt hatte, wollten sie heiraten. Dann würde zwischen ihr und Nuri nichts mehr so sein wie bisher.

Saida war als Erste mit der ungewöhnlichen Verbindung einverstanden gewesen, gegen die sie früher mit allen Mitteln gekämpft hätte, während Kamal sehr viel länger gegrübelt und gezweifelt hatte, bis Tante Pilar ihn eines Tages zur Seite genommen und eindringlich auf ihn eingeredet hatte. Danach gab auch er seinen Segen, während Pilar unten an der Tür die Mesusa* anbrachte, die früher schon dem blauen Haus im ehemaligen Judenviertel über Jahre Frieden und Gesundheit geschenkt hatte.

Nun waren die drei Religionen des Buches wieder vereint.

Natürlich gönnte Lucia den beiden Verliebten ihr Glück von ganzem Herzen. Und doch gab es viele Nächte, wo Einsamkeit sich wie ein Bleigewicht auf ihre Seele senkte. Die Zärtlichkeiten und Umarmungen des jungen Paares, das nun keinen Hehl mehr aus seiner Liebe machen musste, empfand sie dann wie einen Stich ins Herz, und die unstillbare Sehnsucht nach Rashid, den sie für immer verloren hatte, war kaum noch zu ertragen.

Keiner der anderen wagte es, in ihrer Gegenwart seinen Namen in den Mund zu nehmen, nicht einmal Saida, die in der Abgeschiedenheit der Schlafkammer oft um ihren verlorenen Sohn weinte, oder Nuri, deren liebliche Züge schwermütig wurden, wenn sie an den toten Bruder dachte. Es war, als hätten sich alle insgeheim verbündet, um Lucia zu schützen, ein Bestreben, aus Zuneigung geboren, das ihr mittlerweile jedoch fast den Atem nahm, als so beklemmend empfand sie es. Immer wieder hatte sie sich vorgenommen, den Bann zu brechen und einfach über Rashid zu reden, doch jedes Mal, wenn sie es bisher versucht hatte, blieben die Worte ihr im Mund stecken, als wäre die Barriere, die es dabei zu überwinden ging, einfach zu hoch.

Dabei gab es auch andere Tage voller Ruhe und Gelassenheit, wo Lucia beinahe wieder etwas wie Glück empfinden konnte, etwa als sie und ihr Vater zusammen mit Miguel bei günstiger Witterung ein ganzes Stück bergab geritten war, um dessen Olivenhain in Augenschein zu nehmen.

Oder als das Kleine in Djamilas Leib zum ersten Mal so kräftig gegen die Bauchdecke getreten hatte, dass man von außen seinen winzigen Fuß erkennen konnte.

Vor allem aber, als Kamal zum ersten Mal wieder mit großer Vorsicht die rechte Hand ausstrecken konnte, ohne dabei sofort vor Schmerzen aufzuschreien. Sie war nicht mehr gerade, aber doch einigermaßen verheilt. Als Steinschleifer würde er niemals mehr arbeiten können. Das war für alle Zeit vorbei. Doch einen Schaufelgriff umfassen oder ein Maultier am Zügel halten zu können, war schon um vieles mehr, als er sich in mutlosen Stunden jemals erhofft hatte.

Tante Pilar hatte die langen Winternächte auf ganz eigene Weise genutzt. Sei es, weil sie die Gedanken an den Padre vermeiden wollte, sei es, weil ihr, der eingefleischten Städterin, das stille, einsame Dasein hier oben ganz besonders zu schaffen machte, jedenfalls hatte sie eines Abends aus den Tiefen ihrer Satteltasche Papier, Tinte und Federn gezogen und damit begonnen, die Familienchronik aufzuschreiben, damit die Erinnerung an das, was früher war, nicht für immer verloren ging. Das Schreiben schien ihr alles andere als leicht zu fallen, man hörte sie ächzen und stöhnen, und manchmal haderte sie laut mit sich, wenn etwas ihr nicht mehr einfallen wollte oder sie Schwierigkeiten hatte, Empfindungen in passende Worte zu fassen.

»Ich bin so langsam wie eine Schnecke!«, hörte Lucia sie bisweilen klagen, wenn sie nebenan mit ihrer Familie zu Abend aß und dabei die verliebten Blicke ertragen musste, die ihr Vater und Djamila sich zuwarfen. »Und auch kaum klüger als diese Tiere, wie mir manchmal scheint!«

Dann lachten alle, versicherten ihr lautstark das Gegenteil, und sie nahm mit frischem Mut die Feder zur Hand, um ihre Arbeit fortzusetzen.

Die Geburt des Kindes, die in naher Zukunft bevorstand, würde alles noch einmal radikal ändern, das wusste Lucia. Dann würde sie unweigerlich in die zweite Reihe zurücktreten müssen und alle Aufmerksamkeit und Fürsorglichkeit würden von nun an dem Kleinen gelten.

Wohin gehörte sie eigentlich?

In beiden Häusern versicherte man ihr, dass sie hier zu Hause war – und doch fühlte sie sich oftmals fremd. Dabei liebte Lucia die klare Luft, die schroffen, steil aufsteigenden Felswände, den einsamen Flug der Adler, die hoch über ihnen kreisten. Manchmal schien ihr Herz fast stillzustehen angesichts der Schönheit, die sie hier umgab, aber gleichzeitig vermisste sie Granada und das einstige Leben dort mit allen Fasern ihres Seins.

Dem Vater schien es nicht viel anders zu gehen. Das spürte sie, wenn Antonio mitten im Satz innehielt und wieder jenen leeren Blick bekam, als blicke er durch einen zersplitterten Spiegel zurück in die Vergangenheit. Auch Djamila fürchtete sich jeden Tag mehr vor einer Geburt jenseits aller Zivilisation, die sie ohne die wissenden Hände von Hebamme oder Hakim würde durchstehen müssen.

»Begrabt mich unter einem Olivenbaum, wenn ich dabei sterbe«, hatte sie erst gestern Abend gesagt, als das Kleine in ihr so lebhaft gestrampelt hatte, dass sie kaum noch sitzen konnte. »Wenn es ein Mädchen wird, dann soll sie Pilar heißen. Und nennt ihn Rashid, wenn es ein Junge wird. Das müsst ihr mir versprechen!«

Alle hatten ihr widersprochen und beschwichtigend auf die Schwangere eingeredet, bis auf Lucia, die plötzlich hinausgehen und nach Luft schnappen musste.

Da war er auf einmal gewesen, der Name, den bisher niemand ausgesprochen hatte!

Die Unruhe, die seitdem in ihr rumorte, hatte Lucia lange wach gehalten und den gleichmäßigen Atemzügen Nuris lauschen lassen, hatte ihr später wirre Träume geschickt und sie gleich beim ersten Licht aus dem Schlaf gerissen. Vielleicht würde es besser werden, wenn sie das Tagwerk beherzt begann.

Lucia sprang aus dem Bett, zog das Tuch enger um die Schultern. Allein die Vorstellung, sich nebenan mit eiskaltem Wasser reinigen zu müssen, bescherte ihr schon Gänsehaut am ganzen Körper. Wie komfortabel waren dagegen die Baderäume in Granada gewesen, vom regelmäßigen Besuch im geheizten Hamam ganz zu schweigen!

Was mochte aus dem verschwenderisch dekorierten Gebäude geworden sein, ebenso wie aus all den anderen Häusern im Albaycín, die nach dem niedergeschlagenen Aufstand die geballte Wut der angegriffenen Christen getroffen hatte?

Die Söhne Allahs waren schließlich besiegt worden, nachdem in Granada viel Blut auf beiden Seiten geflossen war, das wussten sie von einigen Flüchtlingen, die es nach ihnen bis hier herauf geschafft und sich im Nachbartal angesiedelt hatten. Es gab Gerüchte, einige der besiegten Maurenkrieger hätten sich ebenfalls bis in die Berge zurückgezogen, um neue Kräfte zu sammeln und erneut zuzuschlagen, doch bislang hatten sie keinen von ihnen zu Gesicht bekommen.

Nichts als dummes Gerede, dachte Lucia, als sie vor der Waschschüssel stand. Märchen, wie man sie kleinen Kindern erzählt, um sie zur Ruhe zu bringen!

Mit zusammengebissenen Zähnen vollzog sie eine lustlose Katzenwäsche. Danach schlüpfte sie über ihrem Kleid in eine dicke Jacke, die so weit war, dass sie beinahe zweimal hineingepasst hätte, aber am besten von allem wärmte. Hier, in der Weltabgeschiedenheit der Berge, gab es niemanden mehr, der ihr verboten hätte, Nuris Gewänder anzulegen – oder umgekehrt. Jeder hüllte sich in das, was gerade zur Hand war, um der Kälte zu trotzen. Eitelkeiten hatten sie alle hier oben schon lange abgelegt, und so zog sie gleich drei Paar Socken übereinander an, um einigermaßen warme Füße in den Pantinen zu bekommen, die Antonio für sie aus Olivenholz geschnitzt hatte.

Den einzigen Spiegel, der sich in Tante Pilars Gepäck befunden hatte, hatte Fuego erst neulich im übermütigen Spiel hinuntergestoßen. Nun musste sie sich mit einer gezackten Scherbe begnügen, die das Bild eines jungen Mädchens mit wirren rotblonden Locken zurückwarf, das verdrossen und frierend zurückblickte.

Lucia schnitt sich selbst eine Grimasse und musste plötzlich lachen. Dann ging sie die schmale Treppe hinunter, um nach dem Feuer zu schauen.

Sie hatte sich bemüht, bei allem, was sie tat, möglichst leise zu sein, um keinen der anderen vor der Zeit aufzuwecken, doch es war ihr offensichtlich wieder einmal nicht gelungen. Oben hörte sie Nuri halblaut mit dem Kater schäkern, und als sie die Tür aufstieß, um frisches Holz zu holen, und die kalte Morgenluft in ihre Lungen strömte, traf sie auf Miguel, der zu ihr trat und mit anpackte, ohne erst lange zu fragen.

Er erschien Lucia bisweilen als der eigentliche Gewinner ihrer Flucht.

Im Einklang mit der Natur, die sie umgab und von der ihm ein ordentlicher Teil gehörte, der sie alle nähren musste und den er so offen und großherzig mit ihnen teilte. Voller Vorfreude auf die Arbeit an seinen Olivenbäumen, die schon bald wieder beginnen würde. Selig bei der Aussicht, binnen Kurzem für immer mit seiner Liebsten vereint zu sein. Miguels Gesicht spiegelte den inneren Frieden wider, der in ihm herrschte, er wirkte gelassen, fröhlich, ohne Selbstzweifel oder sonstige Anfechtungen.

Und wenn sie damals eine andere Wahl getroffen hätte? Sich nicht in Rashid, sondern in Miguel verliebt hätte?

Der Gedanke fuhr durch Lucia wie ein Blitz. Miguels schmale Hände, die Locken, die goldenen Augen, der aufrechte Charakter – auch sie hätte sich an seiner Seite an all dem erfreuen können!

Schnell schaute sie zu Boden, weil sie sich schämte, doch seinem aufmerksamen Blick war nichts entgangen.

»Kein guter Tag, Lucia?«, sagte er leise und trat näher zu ihr, ohne sie berühren.

Stumm schüttelte sie den Kopf.

»Aber doch nur, weil du dich noch gar nicht richtig umgeschaut hast«, fuhr Miguel aufmunternd fort. »Siehst du denn gar nichts?«

Auch Nuri war inzwischen heruntergekommen, das Haar noch vom Schlaf zerstrubbelt, von Kopf bis Fuß in zwei Lagen Decken gehüllt, um sich warm zu halten. Ihr Gesicht begann zu leuchten, als sie Miguel erblickte, und Lucia fühlte sich plötzlich überflüssiger denn je.

»Was meinst du?«, fragte Lucia mürrisch zurück. »Vielleicht den dicken Schnee, der so fest an meinen Pantinen klebt, dass ich kaum vorwärtskomme?«

»Weiter entfernt!« Seine Stimme klang unvermindert freundlich.

Sie kniff die Augen zusammen.

Da war doch nichts als Himmel und Bäume, schneebedeckte Bäume. Und schroffe Felsen, weiter oben, dort, wo die Baumgrenze aufhörte.

»Ich sehe nichts«, sagte sie. »Nichts außer …« Sie verstummte abrupt.

Wo gerade noch eine Lücke zwischen zwei Bäumen gewesen war, die ihre kahlen, mit dicken Schneehaufen bepackten Äste in den Himmel streckten, war auf einmal etwas Dunkles.

Ein Tier?

Wenn ja, dann hatte sie diese seltsame Rasse noch nie zuvor gesehen. So groß und unförmig, wie es ihr erschien, bewegte es sich trotzdem erstaunlich schnell voran.

Das war kein Tier, erkannte Lucia plötzlich. Das war ein Reiter auf einem Maultier, der direkt auf die weißen Häuser zuhielt!

Angst griff mit eisiger Hand nach ihr. Hatte man sie schließlich doch verraten – und das hier war das Ende, vor dem sie sich alle seit Monaten fürchteten?

Lucia bemühte sich, halbwegs ruhig zu atmen. Offenbar war es nur *ein* Reiter. Wäre es ein Soldat oder ein Söldner gewesen, wie sie zunächst befürchtet hatte, dann wäre er nicht allein unterwegs – und er trug ja nicht auch das Barett der Rotkappen.

Sein Haar war dunkel und wehte hinter ihm her, weil er nun in Galopp verfiel, als könne er es kaum erwarten, näher zu kommen.

Sein Atem stieß Wolken in die klare Luft, ebenso wie der seines Maultiers, das vor Anstrengung schaubte.

Lucias Gedanken wirbelten wie in einem bunten Kaleidoskop durcheinander. Sie kniff die Lider zusammen, riss dann die Augen erneut auf.

Der Reiter war näher gekommen.

Es war kein Traum, sondern ganz real. Der freudige Schreck fuhr Lucia in alle Glieder. Plötzlich stand sie wie angewurzelt, unfähig, sich zu rühren.

Dann aber kehrte Leben in ihre Glieder zurück.

Nuri hinter ihr stieß einen Schrei aus, während Lucia die lästigen Pantinen beiseiteschleuderte und in Socken auf den Reiter zurannte.

Der Reiter erhob sich im Sattel und winkte.

»Lucia«, hörte sie ihn rufen. »Lucia. Lucia!«

Tränen rannen über ihr Gesicht. Da hörte sie hinter sich auf einmal seltsame Geräusche. Im Laufen wandte Lucia sich halb um.

Sie sah Nuri, die wie wild strampelte und sich losreißen wollte, während Miguel, der mit beiden Händen ihre Decken gepackt hatte, sie daran hinderte. Ein befreites Lachen stieg in Lucia auf, während sie weitereilte.

Der Reiter auf dem Maultier war inzwischen so nah, dass sie Einzelheiten erkennen konnte. Was für eine harte Zeit hinter ihm liegen musste! Quer über die Stirn zog sich eine wulstige rote Narbe. Die Wangen unter dem dunklen Bart waren derart eingefallen, dass er eher einem Eremiten als einem Krieger glich, doch seine Schlehenaugen schimmerten warm und kraftvoll, wie Lucia sie seit Jahren kannte.

Und so sehnsuchtsvoll schauten sie sie an!

Wie hatte sie ohne ihn auch nur einen einzigen Tag überleben können? Diesen Augenblick würde Lucia niemals vergessen, das schwor sie sich in diesem Augenblick - und wenn noch hundert weitere Jahre vor ihr lagen.

»Rashid!«, rief sie und streckte die Arme nach ihm aus, während er abstieg und auf sie zulief.

Und dann war er endlich bei ihr angelangt.

Als Lucia die Berührung seiner Hand spürte, die sie ungeduldig zu ihm heranzog, linste sie für einen Lidschlag nach oben. Der Himmel, zuvor noch von dicken Wolken verhangen, hatte aufgerissen.

Über ihnen helles, leuchtendes Blau.

Der Frühling ist nicht mehr aufzuhalten, dachte Lucia. Ebenso wenig wie das Glück!

Nachwort

Al Andalus«, so nannten die Berber, die 710 zum ersten Mal in kriegerischer Absicht auf der Iberischen Halbinsel landeten, den Süden des Landes, das später einmal Spanien heißen sollte. Und dieses Andalusien, wie es heute heißt, muss jenen Wüstenkriegern wie das Paradies auf Erden erschienen sein: grün und saftig, mit vielen Pflanzen und Bäumen, von denen sie bislang nur hatten träumen können. Bis ins Jahr 1492, in dem auch Christoph Columbus Amerika entdeckte, dauerte ihre Herrschaft, dann fiel als letzte maurische Bastion Granada.

Wem von uns ist heute noch bewusst, dass die Mauren damit 781 Jahren über Spanien geherrscht haben?

Wenn man heute quer durch Spanien reist, sieht man noch viele der grandiosen Baudenkmäler, die sie geschaffen haben, und manchmal, besonders in Andalusien, könnte man beim Anblick gewisser Gesichter mit arabischem Einschlag glauben, in ihnen spiegle sich das Erbe ihrer maurischen Vorfahren. Warum das nicht möglich ist, möchte ich mit diesem kurzen historischen Abriss erklären: Spanien hat sich seiner Mauren tatkräftig und zum Teil auch sehr grausam entledigt, ein Prozess, der beinahe über 150 Jahre dauern sollte.

Allerdings schlägt die Geschichte manchmal zurück: Seit den Siebzigerjahren des letzten Jahrhunderts drängen immer mehr Menschen aus Nordafrika auf die Iberische Halbinsel. Das Albaycín, ehemaliges Maurenviertel in Granada, in dem die beiden Familien meines Romans leben, ist heute wieder fest in ihrer Hand, ebenso wie die verschiedenen Märkte und Geschäfte.

Die Mauren sind also zurück in Granada!

Die Rückeroberung von christlicher Seite ging unter dem Namen »Reconquista« in die Geschichte ein. Ihre wohl berühmteste Galionsfigur ist der heilige Jakobus, auch als »Maurentöter« in zahlreichen Statuen dargestellt, wobei am Sattel seines Pferdes die abgeschlagenen Köpfe Ungläubiger baumeln. Seine Gebeine wurden im achten Jahrhundert in Santiago »gefunden« (in Wirklichkeit eher »erfunden«) und haben Tausende von Rittern in ganz Europa ermutigt, ihren bedrängten Standesgenossen im fernen Spanien im Kampf gegen die Mauren zu Hilfe zu eilen. Heute wälzen sich Jahr für Jahr Hunderttausende von Pilgern und sonstigen Sinnsuchern von den Pyrenäen bis nach Galizien auf einem Weg, der als »Jakobsweg« inzwischen ins moderne Bewusstsein Eingang gefunden hat.

Doch die Eroberung Granadas war alles andere als ein rühmlicher militärischer Feldzug. Seit 1486 hatten die Katholischen Könige Isabella und Ferdinand in zähen Belagerungskriegen den Mauren Stück für Stück andalusisches Land abgetrotzt, mit dem Ziel, Granada zu isolieren und zur Unterwerfung zu zwingen. Als schließlich Málaga fiel, wurde als Nächstes die »Vega«, das fruchtbare Vorland Granadas, geplündert und verwüstet. Parallel dazu wurden endlose Verhandlungen mit dem regierenden Emir von Granada geführt, der seinerseits mit seinem Neffen um die Macht stritt.

1490 begann die Belagerung der Stadt. Nahrung und Wasser wurden immer knapper. Da nahm der letzte Herrscher Granadas, Boabdil, der inzwischen seinen Onkel entthront hatte, abermals Kontakt zu Isabella und Ferdinand auf. Am 25. November 1491 wurde eine Erklärung zur Übernahme des Emirats veröffentlicht. Die darin enthaltenen 25 Bedingungen bestätigen der muslimischen Bevölkerung ihre Sicherheit und die freie Ausübung der Religion. Außerdem sollten sie die Freiheit haben, nach ihren Vorstellungen zu leben und sich nach ihren Bräuchen zu kleiden, weiterhin in ihren traditionellen Berufen frei arbeiten zu können und ihre Häuser zu behalten. Alle in Gefangenschaft geratenen Muslime mussten laut

Vertrag auf freien Fuß gesetzt wer- den, und der gesamten muslimischen Bevölkerung wurde das Recht zugestanden, die Iberische Halbinsel zu verlassen.

So weit die Theorie.

Was nicht im Vertrag stand: Diese Vereinbarung wie auch die vorhergehende Belagerung war zu großem Teil mit jüdischem Geld finanziert worden, was die Katholischen Könige freilich nicht daran hinderte, drei Monate später das sogenannte »Alhambra-Edikt« zu erlassen: Binnen einer Frist von drei Monaten hatten alle nicht zum Christentum konvertierten Juden das Land ohne Geld, Gold oder eine Entschädigung zu verlassen. Eine für Spanien katastrophale Entscheidung. Ärzte und Kaufleute, Bankiers und Handwerker fehlten plötzlich, die Wirtschaft brach zusammen, und welches Leid diese Entscheidung erst über die Vertriebenen gebracht haben mag, deren Familien seit Jahrhunderten in Spanien gelebt hatten, ist kaum vorstellbar. Viele flohen zunächst nach Portugal, von wo sie wenig später ebenfalls vertrieben wurden, andere nach Nordafrika, Ägypten, Griechenland, aber auch nach Polen, Deutschland und in die Niederlande.

Am 2. Januar 1492 verließ Boabdil die Stadt, übergab König Ferdinand die Schlüssel und seine Siegel. Er erhielt ein Landgut in den Alpujarras, begab sich später nach Nordafrika und starb 1533 in Fes. Die 25 Bestimmungen wurden im Kapitulationsvertrag von 1492 schriftlich festgehalten. Anfänglich wurden sie auch respektiert und sogar von einem Teil des Klerus befürwortet, für den in meinem Roman die Figur von Padre Manolo steht. Diese sanfte Linie vertrat besonders Hernando de Talavera, Beichtvater von Königin Isabella und erster Erzbischof von Granada, der daran glaubte, dass die Mauren mit Vernunftargumenten vom Christentum als der besseren Religion überzeugt werden könnten, daher sogar Predigten auf Arabisch hielt und sich für eine Übersetzung der Bibel ins Arabische einsetzte.

Dieser maurenfreundliche Kurs wurde 1498 radikal korrigiert. Auf Drängen Königin Isabellas und des Erzbischofs von Toledo, Francisco Jiménez de Cisneros, wurden harte Maßnahmen gegen die im Land verbliebenen Mauren, die sogenannten *mudéjares,* in Gang gesetzt. Cisneros ließ sich 1499 in Granada nieder, um sie persönlich durchzuführen. Es kam zu groß angelegten Zwangstaufen, wie ich sie auch in meinem Roman beschrieben habe, zu zahlreichen Denunziationen und Prozessen. Auch getaufte Mauren galten als verdächtig – manchmal sogar als besonders verdächtig. Es genügte bereits, sich von Kopf bis Fuß zu waschen – die Mauren besaßen ja eine große Badekultur –, um als »Kryptomaure« (heimlicher Maure) zu gelten und verhaftet und bestraft zu werden.

Die Institution, deren Aufgabe die Reinhaltung des katholischen Glaubens war, hieß Inquisition. 1478 in Spanien als staatliche Einrichtung unter einem Großinquisitor begründet, setzte sie zunächst auf die Verfolgung getaufter Juden; später nahm sie auch getaufte Mauren ins Visier. Man ging dabei alles andere als zimperlich gegen Verdächtige vor. Mit ausgeklügelten Fragetechniken sollten Geständnisse erzwungen werden, auch das Mittel der Folter gehörte dazu. Bereits bei der Verhaftung wurde das Vermögen eingezogen; auf einen Verteidiger hatte man keinen Anspruch, Denunzianten konnten im Verborgenen bleiben. Viele Menschen starben unter großen Qualen.

Diego Rodriguez Lucero, bereits von Zeitgenossen wegen seiner grausamen Methoden »Finsterling« genannt, der im Namen der Inquisition in Granada wütete, gehörte zu den Allerschlimmsten. Jähzornig, unberechenbar, grausam, von tiefem Maurenhass durchdrungen, machte er dieser Bevölkerungsgruppe, ob nun getauft oder nicht, die »Reinheit des Blutes« streitig, eine abstruse Vorstellung, die Jahrhunderte später die Nationalsozialisten unter Hitler aufgriffen und mit dem Holocaust aufs Schrecklichste weiterführten. Luceros Tod durch die Hand des Schneiders Amir in meinem Roman entspringt meiner Fantasie, ebenso der Einsatz der Rotkappen, der historisch nicht verbürgt ist. Der »reale« Lucero hat noch eine Zeit lang weitergelebt und weitergequält.

Als Cisneros im Dezember 1499 in Granada den Großteil aller arabischen Schriften verbrennen ließ, kam es zum Aufstand der Mauren, der sich über Wochen hinzog – auch das ein schreckliches

Vorbild für die Nazis, die 1933 ebenfalls in den großen Städten des Deutschen Reichs die öffentliche Verbrennung verbotener Bücher durchführten. Der Dichter Heinrich Heine bezieht sich in seiner Tragödie »Almansor« (1821) auf jene Vorgänge in Granada. Dort steht auch der Satz: »Das war ein Vorspiel nur, dort, wo man Bücher verbrennt, verbrennt man am Ende auch Menschen«, ein Satz, der weltberühmt wurde und immer wieder zitiert wird.

Jeder, der wie ich historische Romane schreibt und es mit der Recherche ernst meint, sollte auch eine Prise detektivischen Ehrgeiz besitzen. So bin ich beim Durchforsten der Literatur auf einen Aufsatz aus dem Jahr 1851 (!) gestoßen, der »Die Nacht von Granada« sehr anschaulich und detailgenau beschreibt. Ihm zu Ehren trägt dieser Roman seinen Titel.

Wie ging es weiter mit den Mauren in Granada?

Der Aufstand wurde schließlich von den königlichen Soldaten niedergeschlagen, was dazu führte, dass König Ferdinand den Vertrag von 1491 aufkündigte. Jetzt mussten die Mauren entweder katholisch werden oder das Land verlassen. Ein Teil von ihnen ging ins Exil, die anderen ließen sich wohl oder übel taufen, aber es scheint auch gar nicht so wenige gegeben zu haben, die sich durch Flucht entzogen, vor allem in die einsamen Bergregionen der Sierra Nevada – dorthin, wo auch die beiden Familien meines Romans schließlich gehen.

Die Mauren nannten dieses Gebiet »Al-Busherat« (Grasland), woraus im Lauf der Jahrtausende Las Apujarras wurde. Bis heute ist ihr Erbe in den Alpujarras allgegenwärtig. Sie schufen ein ausgeklügeltes Bewässerungssystem, bauten zahlreiche Obst-, Gemüse und Getreidesorten sowie Olivenbäume auf sorgfältig gepflegten Terrassen an und errichten die berühmten weißen Dörfer, an denen sich Touristen noch heute in der wilden Bergeinsamkeit erfreuen.

1569 kam es zu einem weiteren maurischen Aufstand in den Alpujarras, der ebenfalls von den Soldaten der Krone blutig niedergeschlagen wurde, und viele der Morisken wurden zwangsweise nach Galizien, Kastilien oder Aragon umgesiedelt – zum Teil mitten im Winter. Bei den Deportationen starben Tausende. Zwischen 1609 und 1611 wurden die letzten 275000 von ihnen aus Spanien ausgewiesen. Viele siedelten sich in Tunesien oder Algerien an und beeinflussten die Kultur dieser Länder durch andalusische Traditionen.

Brigitte Riebe

Zeittafel

711-719
Das christliche Westgotenreich wird von muslimischen Heeren aus Nordafrika erobert. Der größte Teil der Iberischen Halbinsel (Ausnahme ist die nordspanische Gebirgsregion) gerät innerhalb weniger Jahre in den Herrschaftsbereich des Kalifen von Damaskus. Fortan trägt es den Namen »al-Andalus« (Andalusien) und wird von Statthaltern des Kalifen regiert. Christen und Juden dürfen unter den neuen Herrschern gegen Zahlung einer Sondersteuer ihre Religion auch weiterhin frei ausüben.

741-146
Berberaufstand in Andalusien. Die mit den arabischen Eroberern verbündeten Berber kämpfen um mehr Einfluss im eroberten Andalusien. Der Aufstand wird zwar unterdrückt, doch der Name »Mauren« für die in Andalusien lebenden Muslime geht auf die Berber zurück, da sie aus der ehemals römischen Provinz Mauretanien in Nordafrika stammten.

756
Das Emirat von Córdoba wird vom Emir Abd ar-Rahman I. gegründet. Andalusien wird künftig nicht mehr von schnell wechselnden Statthaltern des Kalifen beherrscht, sondern vom Emir und seinen leiblichen Nachfahren.

756-929
Die Emire von Córdoba führen Kriege in Nordafrika und Frankreich und setzen sich erfolgreich gegen christliche Herrscher in Nordspanien, gegen Franken und Wikinger zur Wehr. Andalusien wird somit politisch und militärisch gefestigt. Der Kalif von Damaskus verliert immer mehr Einfluss in Andalusien.

929
Aus dem Emirat von Córdoba wird ein eigenständiges Kalifat, als sich der militärisch äußerst erfolgreiche Emir Abd ar-Rahman III. selbst zum Kalifen von Córdoba ernennt und damit vom islamischen Großreich lossagt.

929-1002
Das Kalifat von Córdoba erlebt eine Blütezeit, in der die Bevölkerung stark anwächst. Zahlreiche Moscheen und Paläste werden gebaut. Die berühmte arabische Buchmalerei wird besonders gepflegt. Die neu entstehenden Werke werden in großen Bibliotheken gesammelt.

1002
Der erfolgreiche Minister und Feldherr Almansor (»der Siegreiche«) stirbt. Zu seinen Lebzeiten hat er das Kalifat von Córdoba erfolgreich gegen die christlichen Reiche im Norden Spaniens verteidigt. Nach seinem Tod schwindet die militärische Macht des maurischen Spanien.

1013-1031
Nach dem Tod von Kalif Hirscham II. bricht 1013 ein Bürgerkrieg aus. Verschiedene maurische Adelsgeschlechter kämpfen um mehr Einfluss im Kalifat und schwächen das Reich so im Kampf gegen die äußeren Feinde.

1031
Der letzte Kalif Hirscham III. wird von maurischen Adelsgeschlechtern vertrieben. Das Kalifat von Córdoba zerfällt in über zwanzig Emirate (Kleinkönigreiche), die sich auch gegenseitig bekriegen. Zu den mächtigsten Emiraten steigen Sevilla und Granada auf. Politisch und militärisch sind sie zwar geschwächt, doch die maurische Kultur erreicht in den folgenden Jahrzehnten einen hohen Standard.

1085
Der katholische König Alfons VI. von Kastilien erobert das im Herzen von Andalusien gelegene Toledo. Das christliche Nordspanien konnte damit einen entscheidenden Erfolg bei der Rückeroberung Spaniens für das Christentum verbuchen.

1086-1212
Die Mauren Andalusiens führen einen erbitterten Religionskrieg gegen die christlichen Königreiche Nordspaniens, vor allem gegen Kastilien und Aragón. Die Mauren rufen die islamische Gruppierung der Almoraviden aus Nordafrika herbei. Mit ihrer Hilfe können sie die christlichen Eroberungszüge zwar aufhalten, verlieren aber ihre Unabhängigkeit: die andalusischen Emirate werden in der Folge zu Provinzen des nordafrikanischen Reichs der Almoraviden und später des ebenfalls nordafrikanischen Reichs der Almohaden.

1212
Die Mauren verlieren eine entscheidende Schlacht gegen die christlichen Heere Kastiliens und Aragóns bei Navas des Tolosa.

1225
Die Mauren geben unter dem christlichem Ansturm auf ihre Emirate den größten Teil von Andalusien auf und ziehen sich in das Emirat Granada zurück. Der weitaus größte Teil Spaniens wird nun von christlichen Herrschern regiert, der wichtigste ist der König von Kastilien.

1235-1492

Für mehr als 250 Jahre herrscht die maurische Dynastie der Nasriden über das Emirat Granada. Die Nasriden fördern die Wissenschaften, die Geschichtsschreibung und die Baukunst. Sie bauen die Stadtburg Alhambra oberhalb von Granada prachtvoll aus. Interne Familienstreitigkeiten schwächen das ohnehin kleine Reich auf politischem und militärischem Gebiet.

1481-1491

Das Königreich Kastilien führt Krieg gegen Granada und erobert zahlreiche Städte im Emirat. Im April 1491 beginnt die Belagerung der Stadt Granada. Da die Lage für die Mauren aussichtslos ist, werden im November Kapitulationsverhandlungen eingeleitet.

25. November 1491

Die Kapitulationserklärung Granadas gesteht den muslimischen und auch den jüdischen Einwohnern freie Religionsausübung und Selbstverwaltungsrechte zu. Mauren, die nicht in Granada bleiben wollen, wird ein freier Abzug zugesichert.

2. Januar 1492

Der letzte Emir von Granada, Muhammad XII., genannt Boabdil, willigt in die Kapitulation ein und verlässt Granada, um ins Exil zu gehen. Von einer Anhöhe südlich von Granada aus soll er ein letztes Mal auf seine Stadt zurückgeblickt haben. Der Ort heißt bis heute nach dieser Begebenheit »El suspiro del moro« (Der Seufzer des Mauren). Mit Boabdil endet die über 700 jährige maurische Herrschaft in Andalusien. Zahlreiche Mauren ziehen sich in der Folge in die abgelegene Bergregion der Alpujarras zurück.

31. März 1492

Königin Isabella und König Ferdinand erlassen das »Alhambra-Edikt«. Es weist alle Juden aus Spanien aus, die sich bis zum 31. Juli 1492 nicht taufen lassen wollen. Rund 150.000 Juden wandern daraufhin aus. Rund 50.000 treten zum katholischen Glauben über.

1499
Ende des Jahres werden vom Erzbischof von Toledo Francisco Jiménez de Cisneros angeregte Maßnahmen zur »Maurenmissionierung« ergriffen. Im Dezember werden in Granada Zwangstaufen durchgeführt. In einer öffentlichen Bücherverbrennung verglühen Tausende kostbarer arabischer Schriften in den Flammen.

1500
In den Alpujarras kommt es zu Aufständen der dort lebenden Mauren gegen ihre religiöse Unterdrückung.

1501
Das Edikt vom 20. Juli untersagt den Moriskos (getaufte Mauren) von Granada den Umgang mit noch nicht getauften Mauren, um einen »Rückfall« in die angestammte Religion zu verhindern.

1502
Ein Edikt der Katholischen Könige vom 12. Februar weist alle Mauren an, sich bis Ende April taufen zu lassen oder das Land bis dahin zu verlassen. Rund eine Million spanischer Mauren lässt sich taufen und steht fortan unter besonderer Beobachtung der Inquisition. 300.000 Mauren wandern aus, vor allem nach Nordafrika.

1568/1569
In den Alpujarras kommt es zu einem Aufstand der Morisken. Ursache waren die Maßnahmen zur Unterdrückung der maurischen Kultur in Spanien, die König Philipp II. angeordnet hatte.

1570-1571
Nach der endgültigen Niederschlagung des Aufstands von 1568/1569 werden die verbliebenen Morisken auf verschiedene Gebiete Spaniens zwangsumgesiedelt.

1609
Ein Edikt von König Philipp III. beschließt, die Morisken endgültig aus Spanien auszuweisen. Rund 300.000 Morisken müssen in den folgenden Jahren das Land verlassen.

Um 1614
Die endgültige Vertreibung der Morisken aus Spanien ist weitgehend abgeschlossen.

Glossar

Albaycín
Das älteste Stadtviertel von Granada, in dem vor allem Mauren lebten. Es liegt an einem Hügel gegenüber der → Alhambra, von der es durch den Fluss Darro getrennt ist.

Alcazaba
Die eigentliche Festung und das älteste Bauwerk der → Alhambra mit einem mächtigen Turm hoch über Granada. In ihren Gewölben befand sich der Kerker. Die ummauerte Königsstadt der maurischen Herrscher von Granada mit Königspalast, Festung, einem Händler- und Handwerkerviertel und weithin berühmten Gartenanlagen. Nach der Vertreibung → Boabdils 1492 nutzte das spanische Königspaar die Anlage.

Alpujarras
Südlich Granadas und hinter den hohen Gipfeln der Sierra Nevada liegt die Gebirgsregion der Alpujarras. In der abgelegenen wilden Landschaft mit ihren tief eingeschnittenen Tälern und fruchtbaren Hängen suchten nach 1492 zahlreiche Mauren Zuflucht.

Babu'l-Ramla
Der auch »Sandtor« genannte Zugang zu Granada; nahe des erzbischöflichen Palastes gelegen.

Barett
Mit einer Krempe versehene flache Kopfbedeckung, die vom 14. bis 16. Jahrhundert modern war und von Männern wie Frauen getragen wurde.

Beschneidung
Die teilweise oder völlige Entfernung der Vorhaut des Penis bei männlichen Säuglingen. Im Judentum aus religiösen Gründen bindende Pflicht, wird die Beschneidung im Islam verschiedentlich als Brauch ausgeübt.

Blanco
Eine Kleinmünze, die vom 14.-16. Jahrhundert in Spanien gebräuchlich war. Die weiße Farbe, nach der die Münze benannt wurde (blanca: »weiß«) kam von ihrem hohen Silberanteil.

Blutstein
Jaspis. Als Schmuckstein und zum Polieren verwendetes Mineral von schwarzgrauem und metallisch glänzendem Aussehen.

Boabdil
Muhammad XII., letzter Emir von Granada (* um 1459, † um 1533), wurde von den christlichen Bewohnern Spaniens »Boabdil« genannt. Nach der Eroberung Granadas durch Isabella und Ferdinand 1492 wurde Boabdil in die spanischen → Alpujarras verbannt, 1494 ging er ins Exil nach Nordafrika.

Bruche
Mittelalterliches Beinkleid für Männer in der Art einer weiten Unterhose.

Conversos
Aus dem Islam zum christlichen Glauben übergetretene Muslime im Spanien zur Zeit der → Reconquista.

Derwisch
Angehöriger eines religiösen islamischen Ordens. Derwische versuchen, Gott durch besondere geistige Übungen und durch Askese näherzukommen. Musik und Tanz spielen dabei eine große Rolle.

Djellaba
Weites und bequemes knöchellanges Übergewand mit langen Ärmeln und häufig einer Kapuze. Ursprünglich die Kleidung von Wüstenvölkern wird sie bis heute von Muslimen, Männern wie Frauen, in den arabischsprachigen Ländern um das Mittelmeer getragen.

Dobla
Eine Goldmünze, die in Spanien im 14. Jahrhundert eingeführt wurde. Später wurde aus ihr die Dublone. Ihr Name bedeutet »Doppelter«.

Dormitorium
Der gemeinsame Schlafraum von Mönchen und Nonnen in einem Kloster oder auch der Bereich des Klosters, in dem ihre Einzelzellen liegen.

Edikt
Ein Edikt bezeichnet seit der römischen Antike eine Verwaltungsanordnung der Obrigkeit.

Ferdinand
König Ferdinand II. von Aragón (* 1452, † 1516), genannt »der Katholische«, beherrschte zusammen mit seiner Frau → Isabella von Kastilien einen Großteil von Spanien. Er war außerdem König von Sizilien und Neapel.

Fragstatt
Ein mit Folterwerkzeugen ausgestatteter Befragungsraum im Mittelalter.

Generalife
Der Sommerpalast der maurischen Herrscher von Granada mit prachtvollen Gartenanlagen und einem Wassergarten mit Wasserspielen. Er liegt oberhalb der → Alhambra auf einem Hügel. Der arabische Name Yen-nat-al-arif bedeutet »Paradiesgarten in der Höhe«.

Granada (von Granatapfel)
Hauptstadt des maurischen Emirats Granada. Seit der christlichen Eroberung Granadas 1492 Hauptstadt der spanischen Provinz Granada. Die Stadt liegt an den Hängen dreier Hügel, vergleichbar einem aufgeplatzten Granatapfel (arabisch: »Garnata«).

Habsburgerprinz
Philipp, genannt »der Schöne« (* 1478, † 1506), Erzherzog von Österreich und Erzherzog der Niederlande, war der Sohn von Kaiser Maximilian I.

Hakim
arabisch: »Arzt«

Hamam
Der Hamam ist der Kulturraum für die im Islam vorgeschriebenen rituellen Waschungen, aber auch für die normale Körperhygiene. Männer und Frauen besuchen es gleichermaßen, aber zu unterschiedlichen Tageszeiten oder an unterschiedlichen Wochentagen.

Heiliger Krieg
Der Heilige Krieg (Djihad: »Bemühen«) ist der auch das eigene Leben umfassende Einsatz für die Sache Allahs. Den Teilnehmern wird göttliche Belohnung nach dem Tod verheißen.

Hyazinth
mittelalterliche Bezeichnung für Saphir

Imam
Titel für einen herausragenden und gelehrten Muslim, aber auch die Bezeichnung für den Vorbeter in der Moschee. Häufig ist der Imam ein Religionsgelehrter.

Inquisition
Die im Mittelalter von der katholischen Kirche eingerichtete Behörde zur Verfolgung von Andersgläubigen und Ketzern. Der Inquisitor, meist Angehöriger eines Mönchsordens, leitete die Untersuchungen und verhängte im Namen des Papstes und mit Unterstützung der weltlichen Behörden Strafen. In Spanien wurde die Inquisition 1478 auf Wunsch der → katholischen Könige eingerichtet.

Isabella
Isabella I. (1451-1504) wurde 1474 Königin von Kastilien. 1469 heiratete sie Ferdinand, den Erben des spanischen Königreichs Aragón. Gemeinsam mit ihm beendete sie 1492 die christliche Rückeroberung Spaniens mit der Einnahme Granadas.

Jettstein
auch Gagat genannt, bitumisierte Kohle, oft im Trauerschmuck verwendet.

Johanna
Johanna, genannt »die Wahnsinnige« (1479-1555), war das dritte Kind von Isabella und Ferdinand. Als 16-Jährige heiratete sie Prinz → Philipp. Nach dem Tod ihrer älteren Geschwister wurde sie die spanische Thronfolgerin. Den Beinamen erhielt sie wegen ihrer Eifersuchtsanfälle und Depressionen.

Kalette
Als Abstumpfung und zum Schutz vor Verletzungen wird die Kalette als winzige achteckige Facette an der Spitze eines Diamanten angebracht.

Kalligrafie
Schönschreibkunst

Katholische Könige
Ferdinand von Aragón und Isabella von Kastilien. Papst Alexander VI. verlieh dem spanischen Königspaar nach Vollendung der → Reconquista den Titel »Katholischer König« bzw. »Katholische Königin«. Er war eine Auszeichnung für Monarchen, die sich besonders für die Ziele der katholischen Kirche einsetzten.

Konvent
Der Wohnbereich eines Klosters, aber auch die Zusammenkunft der Mitglieder eines Klosters wird Konvent genannt.

Koran
Das heilige Buch des Islam. Nach islamischem Glauben wurde der Koran (arabisch: »Vortragstext«) von Gott wörtlich dem → Propheten Mohammed geoffenbart.

Marranen
Schimpfwort (span.: marrano: »Schwein«) für spanische Juden und denen Nachkommen, die sich ab dem 14. Jahrhundert unter Zwang oder gesellschaftlichen Druck zum Christentum bekehrt hatten. Die Marranen wurden von der → Inquisition besonders beobachtet und verfolgt. Ihnen wurde vorgeworfen, ihren jüdischen Glauben heimlich weiter auszuüben.

Mesusa
Die Mesusa ist ein kleines Behältnis, das in jüdischen Wohnungen traditionell an dem rechten Türpfosten angebracht wird. Im Inneren

der Mesusa befindet sich ein Pergamentstück, auf das Worte aus dem 5. Buch Mose geschrieben stehen.

Metamorphose
Aus dem griechischen metamórphosis: »Umwandlung«, »Verwandlung«.

Moriskos
Mauren, die nach der christlichen Eroberung in Spanien zurückblieben und die sich, meist unter Zwang, taufen ließen. Das Wort bedeutet »kleiner Maure«.

Muezzin
Ausrufer, der die gläubigen Muslime fünfmal täglich zum Gebet aufruft. Er beginnt seinen Ruf mit den Worten »Allahu akbar!« (Gott ist groß!).

Mumme
Das Wort Mumme bedeutet Maske oder Verkleidung. Das Wort Mummenschanz (Maskenspiel) leitet sich von Mumme ab.

Muslima/Muslim
Anhänger der Religion des Islam. In wörtlicher Bedeutung: »die/der sich (Gott) Unterwerfende«.

Myrtenhof
Ein Innenhof im Königspalast der → Alhambra mit einem lang gestreckten Wasserbassin, das von Myrtenbüschen und Säulengängen umgeben wird.

Nasriden
Maurische Dynastie des Königreichs (Emirats) von Granada, die von 1232 bis 1492 herrschte. Sie geht auf Muhammad Yusuf ben Nasri zurück. Der letzte Nasridenherrscher von Granada war der 1492 vertriebene → Boabdil.

Neshi-Schrift
Eine wichtige arabische Schriftart, die vor allem in Büchern verwendet wird. Im Unterschied zur lateinischen Schrift kennen die zahlreichen arabischen Schriftarten keine Großbuchstaben und es wird von rechts nach links geschrieben.

Prophet
Mohammed (* um 570, † 632) war der wichtigste Prophet des Islam und wird deshalb häufig nur »der Prophet« genannt. Mohammed bedeutet »der Gelobte«.

Puerta de la justicia
Ein maurisches Wehrportal aus dem 14. Jahrhundert am äußeren Mauerring der → Alhambra. Es bildet von der Altstadt Granadas aus den Zugang zur Alhambra.

Qavah
Der arabische Name für »Kaffee«. Im späten 15. Jahrhundert begann sich Kaffee in der arabischen Welt auszubreiten. Muslimische Mönche sollen die Verwendung der Kaffeebohnen wegen ihrer wach haltenden Wirkung äthiopischen Hirten abgeschaut haben. Das geschmacksverbessernde Rösten der Bohnen war anfangs noch unbekannt. Das Getränk wurde zu dieser Zeit durch Abkochen der roten Beeren des Kaffeestrauchs zubereitet.

Rad
Das Rädern war eine Hinrichtungsart, die vor allem im Mittelalter praktiziert wurde. Im Gegensatz zum Hängen trat der Tod nicht schnell ein, sondern wurde qualvoll in die Länge gezogen durch das Brechen der Knochen und das »Flechten« des Körpers auf ein Wagenrad.

Reconquista
Die »Rückeroberung« der spanischen Halbinsel für das Christentum. Sie begann im 8. Jahrhundert und wurde vom Königspaar Isabella und Ferdinand mit der Eroberung Granadas 1492 abgeschlossen.

Rondiste
Der Trennrand zwischen Ober- und Unterteil von geschliffenen Steinen.

Rote Burg
Der arabische Name → Alhambra bedeutet »rote Burg«. Die Bezeichnung geht vermutlich auf den ersten Nasridenherrscher in Granada, Muhammad Yusuf ben Nasri, genannt Al-Ahmar (dt.: »der Rote«), zurück. Außerdem weisen die Außenmauern der Burgstadt eine rote Färbung auf.

Schweinefresser
Verunglimpfende Bezeichnung, die Muslime, denen der Verzehr von Schweinefleisch aus religiösen Gründen verboten ist, auf Christen anwendeten.

Tabernakel
Im Tabernakel werden in der katholischen Kirche die geweihten Hostien aufbewahrt. Meist hat er die Form eines kleinen Schranks. Er ist kunstvoll verziert, abschließbar und am Hauptaltar einer Kirche zu finden.

Übergabevertrag der Mauren
1491 belagerten die Katholischen Könige Granada. Die Mauren gerieten in eine aussichtlose Lage und mussten Friedensverhandlungen aufnehmen. Am 25. November 1491 wurden die Übergabebedingungen der Stadt vereinbart, denen → Boabdil später zustimmt. In ihnen wurde den maurischen Einwohnern Granadas unter anderem das Recht auf freie Berufs- und Religionsausübung zugesichert.

Vorbeter
Der Vorbeter leitet das Gebet in der Moschee. Siehe → Imam.

Ziborium
Ein in der katholischen Kirche gebräuchliches Gefäß mit festem Deckel zur Aufbewahrung von geweihten Hostien. Das Ziborium ist meist aus Metall gefertigt, kunstvoll verziert und hat die Form eines Kelchs.

Zingulum
Der zur Kleidung von Geistlichen der Katholischen Kirche gehörende Gürtel. Priester, Bischöfe und Kardinäle tragen das Zingulum als breites farbiges Band. Bei Mönchen und Nonnen ist es ein einfacher Strick.

Verwendete Literatur (Auswahl)

Helga Ballauf: Den Schleier lüften. Spanien und sein maurisches Erbe, Book on Demand, Norderstedt 2008

Georg Bossing: Das maurische Spanien. Geschichte und Kultur, Verlag C.H. Beck, München 2007

John Edwards: Die spanische Inquisition, Artemis & Winkler Verlag, Düsseldorf und Zürich 2008

Karl Joseph Häfele: Der Cardinal Ximenes und die kirchlichen Zustände Spaniens am Ende des 15. Jahrhunderts und Anfänge 16. Jahrhunderts insbesondere ein Beitrag zur Geschichte und Würdigung der Inquisition, ohne Verlagsangabe, Tübingen 1851

Ulla Heise: Kaffee und Kaffeehaus. Die Geschichte des Kaffees, Insel Verlag, Frankfurt am Main, 1996

Peter Hilgard: Der maurische Traum, Winfried Jenior Verlag, Kassel 1997

Washington Irving: Die Alhambra, Societäts Verlag, Frankfurt am Main 1985

Nina Koidl: Granada: Ein literarisches Porträt, Insel Verlag, Frankfurt am Main 2001

Uta Korzeniewski: Karfunkelstein und Rosenquarz. Mythos und Symbolik edler Steine, Jan Thorbecke Verlag, Ostfildern 2005

Robert Lemm: Die spanische Inquisition, Anaconda Verlag, Köln 2005

Bernhard Vincent: Das Jahr der Wunder. Spanien 1492, Verlag Klaus Wagenbach, Berlin 1991

Danksagung

Danke, liebste Pollo, für wundervolle Herbsttage in Granada, den unvergesslichen Aufenthalt in »Casa Morisca« und in eurem schönen andalusischen Heim, wo alles seinen Anfang nahm!

Muchísimas gracias a Miguel Rodríguez-Acosta de Granada por todas las valiosas informaciones y su divertida amistad!

Danke an Sabine, die beste und lustvollste Plotterin der gesamten Hemisphäre!

Mein herzlicher Dank geht an Dieter Jerusalem, der mir Vergessenes und Wichtiges über mittelalterliche Schleiftechniken von Edelsteinen auf liebenswerte Weise zugänglich machte.

Allerherzlichstes Dankeschön an die Historikerin Bettina Kraus, die mir bei Literaturbeschaffung und Textkritik unentbehrlich war.

Vielen Dank an den lieben Onkel Karl, der mir im Dschungel alter und neuer Diamantschleiftechniken beste Tipps gab.

Grazie mille an Lea für ihre unnachahmliche Intensiv-Schulung in Sachen »Sähnsucht« sowie an alle meine jugendlichen Testleserinnen und Testleser, als da wären: Paulina, Elli, Carla, Caro, Stella, Johanna, Saskia, Hannah, Bernie, Alina, Paul und Jeremias: Macht Riesenspaß mit euch – bis zum nächsten Roman!

… und natürlich ebenso an meine »großen« Leserinnen Pollo, Moni, Ana und Brigitte.

Vor allem aber an meinen geliebten Mann Reinhard, der bei jedem Roman aufs Neue meine nicht immer ganz einfach zu ertragenden Exkursionen in frühere Jahrhunderte mit Charme, liebevoller Unterstützung und vor allem Engelsgeduld meistert!